La rose interdite

*

Mariage à Hazelhurst

TERRI BRISBIN

La rose interdite

LES HISTORIQUES

éditions Harlequin

Titre original : SURRENDER TO THE HIGHLANDER

Traduction française de MARIE-FRANCE BALAZS-KNOPP

Photos de couverture

Sceau : © ROYALTY FREE/FOTOLIA
Couple : © F. ACCORNERO/T. SCHLUCK

83-85, boulevard Vincent-Auriol 75646 PARIS CEDEX 13.

Service Lectrices — Tél. : 01 45 82 47 47
www.harlequin.fr

ISBN 978-2-2802-2216-7 — ISSN 1159-5981

Chapitre 1

Lairig Dubh, Ecosse, 1356

Rurik Erengislsson brandit son épée au-dessus de sa tête, la lame tranchante pointée vers le bas. En cet instant, il ne faisait plus qu'un avec son arme. C'était elle qui lui donnait sa force et sa résolution, elle qui faisait vibrer tout son être de ce farouche chant de mort. Le Viking enfoui au plus profond de lui se réveilla soudain et il dut faire appel à toute sa maîtrise pour ne pas assener le coup mortel à l'homme qui gisait à ses pieds dans la poussière.

Le visage levé vers le soleil, il poussa son cri de guerre, dont l'écho se répercuta loin par-delà la cour, plus loin même que les hauts remparts entourant le donjon de Lairig Dubh.

Assez avisé pour lui accorder ce moment de triomphe, son adversaire n'esquissa pas un geste, la pointe acérée qui menaçait sa gorge suffisant d'ailleurs à l'empêcher de bouger. Ce fut seulement lorsqu'une salve de vivats s'éleva de la foule des spectateurs que Rurik écarta enfin son épée et tendit la main au vaincu.

Connor, seigneur de MacLerie et comte de Douran, se releva lentement.

— Je commençais à croire que ma dernière heure avait sonné, grommela-t-il entre ses dents. Il y avait dans vos yeux une expression que je n'y avais jamais vue, Rurik.

Il épousseta ses vêtements et tendit la main vers sa propre

épée, que Rurik lui avait arrachée pendant le combat. Un page s'élança pour la ramasser et la rapporta à Connor.

Rurik s'éclaircit la gorge et cracha dans la poussière.

— Je ne tue pas ceux que je sers.

Fin observateur, Connor désigna du menton les larges cercles d'or qui enserraient les bras de Rurik. Cela aussi était nouveau !

— L'épée. Les bracelets. Je suppose que cela n'est pas sans rapport avec les visiteurs qui vous attendent dans la grande salle de mon château.

Rurik haussa un sourcil.

— Des visiteurs ?

Il fit signe à un autre page d'approcher et lui donna des instructions avant de lui tendre son épée. Puis il se retourna vers Connor. Inutile de feindre la surprise ! Son seigneur prendrait cela comme une insulte. Connor n'était pas seulement son suzerain, il était aussi son ami.

— Ils sont venus spécialement pour voir Rurik Erengislsson. Ils apportent des nouvelles des Orcades. De votre père…

Rurik n'ignorait rien des nouvelles en question. Ces hommes avaient déjà tenté de le voir à deux reprises. Mais chaque fois, ils avaient dû repartir pour le nord sans avoir obtenu gain de cause. Rurik avait tout fait pour les éviter. Mais il n'avait pas su se débarrasser des cadeaux qu'ils lui avaient fait parvenir aussi aisément que de leurs missives.

— Je sais, dit-il.

Il essuya la sueur qui coulait de son front et haussa les épaules.

— Mais je ne veux pas leur parler.

Trop tard ! Rurik vit Connor jeter un furtif regard par-dessus son épaule et comprit que les visiteurs approchaient. Il les aurait volontiers jetés dehors manu militari. Mais Connor, en les accueillant céans, leur avait accordé sa protection en même temps que son hospitalité. Les brutaliser, même si c'était pour sa propre sauvegarde, c'était offenser le maître de maison et s'en faire un ennemi. Mais que n'aurait-il pas donné pour pouvoir leur tourner le dos !

Connor lui assena une tape sur l'épaule.

— On ne peut pas toujours fuir son passé, Rurik. Il finit inévitablement par vous rattraper. L'épée que vous avez brandie tout à l'heure au-dessus de ma tête en est une preuve. Pour ma part, c'est une leçon que la vie m'a apprise. Vous devriez y réfléchir.

Il se pencha plus près et baissa la voix pour ajouter :

— Puissent mes erreurs vous être utiles, sans que vous ayez à les répéter !

Rurik fronça les sourcils. Accepter cette épée avait été une faute. Les bracelets, aussi beaux qu'ils soient, ne revêtaient pas la même importance symbolique. Au diable sa faiblesse ! Il aurait dû enterrer l'arme quelque part lorsqu'il l'avait reçue et ne plus jamais y penser.

Il jeta un coup d'œil au page occupé à nettoyer l'épée suivant ses directives. Puis il exhala un soupir. Allons, puisqu'il le fallait…

Il adressa un hochement de tête à Connor et se retourna pour affronter les deux hommes qui le suivaient à la trace depuis plus de trois mois. Il ne les avait aperçus jusqu'ici que de loin et ignorait leur identité.

Mais en les voyant s'approcher, il fut frappé par l'aspect familier de leur silhouette, et avant même qu'ils n'aient ôté leurs capuchons, il les avait reconnus. Deux amis d'enfance dont il avait autrefois partagé les frasques juvéniles — et qui étaient devenus des hommes à présent.

Rurik leur tendit la main tour à tour. Les souvenirs jaillissaient à flots de sa mémoire. Dieu savait combien de sottises pouvaient commettre trois jeunes garçons, lorsqu'ils avaient trop de temps à eux et personne pour les guider comme il convenait !

— Sven. Magnus.

Il y eut une seconde d'hésitation. Puis Sven s'avança vers lui et le gratifia d'une amicale étreinte. Rurik s'écarta brusquement, réticent à s'avouer que cette accolade lui réchauffait le cœur. Quant à la réaction de Magnus, il aurait dû s'y attendre. Mais elle le prit tout de même par surprise et le coup qu'il reçut dans la poitrine le déséquilibra si bien qu'il l'envoya rouler sur le sol.

Un silence de mort se fit dans la cour, tandis qu'il se relevait et époussetait ses braies. Puis, contre toute attente, il éclata de rire.

— Connor, venez que je vous présente ces deux abominables…

A peine se fut-il retourné vers Connor que les deux lascars lui sautèrent sur le dos. Tous trois s'affalèrent sur le sol avec force éclats de rire et luttèrent quelques minutes jusqu'à ce que Rurik les repousse, mettant un terme au joyeux pugilat. Cette fois, la glace était rompue.

Il présenta ses deux amis à Connor en gaélique, langue du clan MacLerie.

— Allez donc vous asseoir dans la grande salle, vous y serez plus à l'aise pour causer, suggéra Connor.

Mais Rurik secoua la tête, peu désireux d'entamer la conversation devant des tiers.

— Je préférerais que l'entrevue ait lieu chez moi, décida-t-il.

Il fit traverser la cour à ses visiteurs, franchit les portes avec eux et leur fit prendre la direction du village. Sa gorge se serrait un peu plus à chaque pas. Ne commettait-il pas une erreur en acceptant d'écouter le message que les deux hommes s'apprêtaient à lui délivrer ?

En fait, il avait menti à Connor. Au fond de lui, il savait déjà de quoi il retournait — et il redoutait les paroles de son père. Il avait peur des choix qu'il lui faudrait faire quand il les aurait entendues. Il s'était toujours juré de ne pas remettre les pieds dans l'archipel du nord, et il lui avait été facile de tenir sa promesse, aussi longtemps que personne ne l'avait invité à y retourner !

A présent, qu'allait-il faire ?

Sven et Magnus ne prononcèrent pas un mot pendant

le trajet jusqu'au cottage de Rurik. Une femme du village veillait sur sa maison lorsqu'il s'absentait de Lairig Dubh et se chargeait du ménage quand il était là. Rurik sourit à la pensée de toutes les autres douceurs que la charmante Daracha lui offrait pendant ses séjours. L'eau lui vint à la bouche à la pensée des instants qu'il passerait avec elle cette nuit, quand le village serait endormi.

Sven et Magnus, eux, dormiraient au château.

Il poussa le panneau de chêne et les laissa entrer devant lui. Laissant la porte ouverte pour que la brise rafraîchisse la salle, il tira des tabourets autour de la petite table.

— Asseyez-vous, intima-t-il en désignant les sièges.

Puis il tira d'un placard une gourde de bière et trois gobelets qu'il remplit avant de s'attabler à son tour.

— Eh bien ? fit-il en adressant un signe à Sven.

— Il y a près de trois mois que nous essayons de vous mettre la main dessus, Rurik. Mais vous n'avez pas cessé de nous filer entre les doigts comme une anguille. Pourquoi nous avez-vous constamment évités ?

Rurik haussa les épaules.

— Parce que ce que vous aviez à me dire ne m'intéressait pas. Pas plus que celui qui vous envoie.

Il n'était pas certain que l'excuse soit crédible. L'essentiel était qu'elle en ait l'air.

— Et maintenant ? demanda Magnus. Pourquoi avez-vous changé d'avis ?

Rurik promena un regard songeur autour de lui. Bonne question ! Pourquoi recevoir les deux émissaires maintenant, après les avoir obstinément fuis pendant des mois ?

— Sans doute que le temps est venu, répondit-il enfin.

Sven et Magnus ricanèrent en chœur et échangèrent un coup d'œil. Puis ils haussèrent les épaules avant de siroter quelques gorgées d'ale. La tension entre eux se dissipa, comme si les deux visiteurs passaient l'éponge sur le passé, maintenant qu'ils étaient sûrs de se faire entendre.

— Votre père veut que vous reveniez, déclara Sven sans

ambages. Il est prêt à vous reconnaître comme son fils et son héritier.

— Son héritier ? répéta Rurik.

Le mot lui avait échappé malgré lui. Un élancement lui poignit le cœur et il sentit sa gorge se nouer. Tant et tant d'années à lutter contre cette douleur ! Et à présent, un mot avait suffi pour qu'elle le submerge.

— Il a besoin de quelqu'un pour gérer ses terres en Suède. Et il y a une proposition de mariage à la clé. Un beau mariage, cela va de soi.

Rurik ne put s'empêcher de sourire. Décidément, il avait du mal à cacher ses sentiments !

— Un mariage ?

— Allons, mon vieux, vous n'ignorez pas les relations qu'il a à la cour. J'en connais plus d'une là-bas qui ne demanderait pas mieux que de s'unir au fils du comte Erengisl Sunesson. Bâtard ou pas, vous êtes le mari rêvé pour bien des filles d'aristocrates, vous savez.

L'allusion à sa naissance illégitime blessa Rurik. Mais Sven avait raison, il le savait. La plupart des alliances se négociaient à travers des mariages, et sa bâtardise ne serait pas un obstacle pour tous ceux qui rêvaient de s'allier avec un homme riche ou puissant. Or, il se trouvait que son père était les deux.

— Alors, vous viendrez ? s'enquit Magnus.

Rurik hésita. Indéniablement, il y avait une partie de lui que cette offre comblait de joie. Mais il ne lui permit pas de s'exprimer. Beaucoup de gens ici dépendaient de lui et il ne voulait pas les décevoir. Son seigneur, pour commencer. Et puis son oncle, qui l'avait pris sous son aile sans lui poser de questions. Bien qu'il n'eût guère envie d'en révéler trop sur lui-même, Rurik savait qu'il devait mûrement peser sa décision.

— Je vais y réfléchir, Magnus. J'ai besoin d'un peu de temps.

Sven et Magnus échangèrent un nouveau coup d'œil avant de promener un regard dubitatif sur le modeste cottage.

Rurik lut aisément dans leurs pensées.

— Le seigneur des lieux vous offre son hospitalité, les rassura-t-il. Vous serez convenablement nourris et logés, n'ayez crainte.

Il se leva et attendit que les deux visiteurs aient vidé leurs gobelets. Puis ils reprirent ensemble le chemin du château. Des villageoises ne tardèrent pas à se rassembler sur les bords de la route pour les suivre du regard. Rurik les salua d'un signe de tête et vit que ses compagnons les avaient également remarquées.

— Tenez-vous à l'écart des jeunes filles, les prévint-il. Le seigneur des lieux se considérerait comme offensé si vous commenciez une liaison avec elles pour les abandonner ensuite. Il y a assez d'autres femmes, ajouta-t-il en désignant du menton quelques accortes commères avec qui il avait déjà pris du bon temps depuis le départ de Nara. Des gaillardes qui ne demandent pas mieux…

Sven et Magnus distribuaient à présent les sourires et les signes de connivence. Rurik ne s'en offusqua pas. Les hommes avaient des besoins, que les femmes remplissaient. Quand elles étaient consentantes, le plaisir était partagé. Où était le mal ?

— Il y a tout de même une chose que vous devez savoir, dit-il en baissant la voix. Elles croient que tous les hommes du nord… hem… Eh bien, elles pensent qu'ils me ressemblent tous, si vous voyez ce que je veux dire, conclut-il avec un sourire moqueur.

Sa réputation d'amant exceptionnel s'était construite au fil des ans, ici chez les MacLerie. Mais il avait partagé autrefois avec Magnus et Sven trop de soirées égayées par le vin et les femmes pour que ceux-ci s'avisent de démentir la rumeur. Ils connaissaient trop les prouesses de leur ancien compagnon en la matière.

Tous trois gagnèrent le donjon, où le maître et la maîtresse des lieux veillèrent à leur fournir tout ce qui pouvait assurer leur confort. Puis ils retournèrent au village, chercher auprès des femmes une autre forme de bien-être.

Cinq jours s'étaient écoulés depuis que Rurik avait eu connaissance de l'offre de son père, et il n'avait encore pris aucune décision. Son oncle n'aborda pas le sujet, bien que Rurik fût certain qu'il était au courant. Dougal n'avait jamais évoqué ce qui était arrivé à sa sœur Moireach, la mère de Rurik. Et Rurik n'avait jamais cherché à démêler ce que son oncle savait exactement. Tout ce qui lui importait, c'était que Dougal l'avait accueilli à bras ouverts et avait été son meilleur soutien dans ses efforts pour s'intégrer au clan MacLerie.

Hésitant à soulever le problème, Rurik préféra demander conseil à son meilleur ami et se mit à la recherche de Connor après le repas du soir. Il connaissait la place favorite du maître des lieux — en dehors du lit de sa femme ! — et n'eut aucun mal à le trouver sur les remparts, d'où il observait les allées et venues dans la cour.

— Alors, quand partez-vous ? lui demanda Connor, dès qu'il le vit approcher.

Rurik haussa les sourcils.

— A vrai dire, je ne sais pas encore si je vais répondre à l'invitation.

Connor lui frappa sur l'épaule.

— Allons donc ! Vous avez su ce que vous alliez faire à l'instant même où on vous a transmis le message. Peut-être même avant ! Dès que vous avez sorti cette épée de sa cachette et vous en êtes servi, votre décision a été prise.

— Je…, commença Rurik.

Il se tut, incapable de nier plus longtemps la vérité.

Connor secoua la tête.

— Inutile d'essayer de me donner le change, Rurik. Votre

oncle Dougal a parfaitement saisi lui aussi. Seulement il ne veut pas vous en parler.

Rurik n'avait pas de mots pour exprimer sa surprise et sa gratitude d'avoir été si bien compris par les deux êtres les plus proches de lui.

Devinant son embarras, Connor tendit la main vers lui.

— Puis-je voir l'épée ?

— J'aurais cru que vous l'aviez déjà vue d'assez près ! le taquina Rurik.

Farouchement pudique ainsi que beaucoup de guerriers, il lui était plus facile de plaisanter que d'exprimer ses sentiments intimes.

Connor sourit.

— J'ai su clairement de quoi il retournait lorsque j'ai regardé dans vos yeux. L'homme qui me tenait à sa merci n'était plus le Rurik que je connaissais.

Rurik sortit l'épée du fourreau et la tendit à son ami par le pommeau.

— Elle est superbe, commenta Connor avec admiration. Une véritable œuvre d'art ! C'est celle de votre père ?

— Et de son père avant lui. Enfant, je l'ai toujours vue suspendue au dossier de sa chaire. Dans sa famille, cinq générations de guerriers s'en sont servi.

Connor recula et saisit l'arme à deux mains pour la brandir, traçant des moulinets au-dessus de sa tête. Rurik savait que l'épée était parfaitement équilibrée et aussi mortelle qu'elle était belle. Il regarda en silence Connor fendre l'air avec la lame. Seul un guerrier pouvait apprécier cette arme à sa juste valeur. Et c'était de toute évidence le cas de Connor.

— Et à présent, c'est la vôtre ?

— Il semblerait.

— Alors quand partez-vous ? répéta Connor, qui ajouta promptement : en avez-vous parlé à Jocelyn ?

Rurik secoua la tête. La dame de céans était devenue pour lui une excellente amie, mais elle risquait fort de ne pas très bien prendre la nouvelle de son départ. Et lui aussi serait triste de la quitter. Elle allait lui manquer.

— Vous avez peur de l'affronter, hein ? railla Connor. Espèce de poltron !

Rurik le laissa dire. Connor était bien le seul homme qui eût le droit de lui appliquer ce vocable sans y laisser aussitôt la vie.

— Très bien. Je le lui dirai moi-même… quand vous serez déjà loin.

Rurik replaça l'épée dans son fourreau et acquiesça de la tête. Aucune parole n'aurait pu exprimer ce qu'il ressentait en cet instant. Aussi se contenta-t-il de tendre le bras à Connor.

— Seigneur…, le salua-t-il avec une inclination du buste.

— Ami, répliqua Connor, qui s'empara de sa main et la secoua vigoureusement. Vous aurez toujours votre place ici, Rurik, avec les MacLerie. Ne l'oubliez jamais.

La gorge serrée, Rurik hocha la tête. Puis il se retourna promptement et s'éloigna de son seigneur.

En route vers sa destinée…

Chapitre 2

Couvent de la Sainte-Vierge, Caithness, Ecosse

Margriet s'assit sur les marches de la petite chapelle et plaqua ses paumes sur ses oreilles. Si une autre bonne sœur se mettait à crier, elle aurait la tentation de l'étrangler, Dieu lui pardonne !

D'accord, c'étaient des novices, et très jeunes de surcroît. Mais sœur Madeline et sœur Marie hurlaient déjà d'une voix suraiguë, plus fort que tout ce qu'elle avait jamais entendu de sa vie. Heureusement, sœur Suisan venait de s'évanouir de nouveau. Au moins, on ne l'entendait plus !

Bouleversée par la vue des guerriers à leurs portes, la révérende mère Ingrid avait couru dans la chapelle où elle était tombée à genoux, s'abîmant dans la prière. Il ne fallait pas compter sur elle pour répondre aux questions ou aux demandes. La mère Ingrid était d'habitude le calme personnifié, mais il était compréhensible qu'elle perde la maîtrise d'elle-même devant une telle menace. N'importe qui en aurait fait autant !

Dans de telles conjonctures, c'était sur Margriet que retombait depuis deux jours la responsabilité de la communauté.

Le problème, c'était qu'elle ne savait pas quoi faire…

Un doux murmure la tira soudain de ses réflexions.

— Demoiselle ?

Margriet leva les yeux et laissa retomber ses mains dès qu'elle eut reconnu sœur Sigridis.

— Demoiselle !

En fait, la novice ne chuchotait pas, elle criait !

— Qu'y a-t-il, ma sœur ?

— *Il* vous demande de nouveau.

— Je sais. Cela fait deux jours qu'il me réclame.

Sigridis fixa sur elle de grands yeux effrayés.

— Vous ne pensez pas que vous devriez lui répondre ? Il semble furieux à présent.

Margriet prit une profonde inspiration et exhala son souffle avant de se lever. Chaque fois que le guerrier blond hurlait son nom de l'autre côté des remparts, les plus jeunes des nonnes piquaient une nouvelle crise de nerfs.

Rejetant sa longue natte sur son épaule, elle tira sur son épaisse robe de bure et se dirigea vers la grande porte, devant laquelle campait l'étranger... Oh, Seigneur, si seulement il voulait bien se calmer et les laisser — *la* laisser en paix ! Mais chaque fois qu'elle le revoyait, l'angle de ses mâchoires nettement dessinées lui ôtait ses illusions.

Visiblement, elle avait affaire à un obstiné.

Pour être franche, elle l'aurait sans doute trouvé attirant en d'autres circonstances. Il était indéniablement vigoureux, et ses bras puissants, dont les muscles saillaient tandis qu'il ébranlait la porte avec ses poings, devaient fournir un sûr refuge à ceux qui se mettaient sous leur protection. Il devait se raser la tête en temps normal, mais son crâne était à présent recouvert d'un duvet blond pâle, si léger que Margriet avait presque envie d'y passer les mains. C'était bien la seule douceur qu'il y eût dans son apparence, car même sa voix caverneuse lui faisait battre le cœur d'effroi.

C'était elle qu'il cherchait, et elle n'en était que plus irritée par son attitude et ses méthodes. S'imaginait-il l'amadouer avec de tels procédés ?

Sœur Sigridis s'arrêta et se tint à distance, tandis que Margriet montait dans la tour de garde pour regarder par-dessus la muraille.

— Cessez de terrifier ces pauvres nonnes, messire ! intima-t-elle fièrement.

Elle attendit la réponse, et comme rien ne venait, elle avança un peu le buste pour jeter un coup d'œil sur son interlocuteur. L'homme recula de quelques pas afin de la scruter à l'aise. Mais Margriet était tranquille sur ce point, ses informes robes de nonne la recouvraient des pieds aux épaules et sa guimpe entourée d'un long voile ne laissait apercevoir qu'une petite partie de son visage.

— Et moi, je demande à lady Margriet Gunnarsdottir de se présenter ici, ma sœur. J'ai ordre de l'escorter chez elle, dans le Nord. Dès que ma requête aura été satisfaite, je satisferai la vôtre.

Margriet le dévisagea, surprise. Quand il ne criait pas, il avait la voix presque agréable, admit-elle. Du moins pour un Barbare…

Mais cela ne lui disait pas ce qu'elle devait faire…

— Lady Margriet a… euh… elle a fait vœu de silence, improvisa-t-elle. Elle craint pour son âme si elle venait à briser sa promesse.

L'excuse lui était venue spontanément et lui avait semblé fort plausible, mais de gros éclats de rire s'élevèrent de la troupe. Apparemment, ces rustres ne croyaient pas qu'une femme soit capable de se taire.

— Amenez-moi tout de suite la gamine ! vociféra leur chef, qui se remit à marteler le panneau de bois.

Margriet eut peur que l'énorme porte ne finisse par céder sous la force de ses poings.

— Laissez-moi quelques instants, s'il vous plaît, messire. Je… je vais voir si je peux convaincre la demoiselle de vous rencontrer.

Les hommes en bas échangèrent quelques propos dont elle perçut la rumeur.

— Une heure, ma sœur, déclara enfin leur chef. Vous avez une heure pour la convaincre de venir me parler. Sinon, je brûlerai ce couvent jusqu'aux fondations et j'irai la chercher moi-même.

Il avait repris sa voix tonitruante pour lancer cet avertissement. Margriet prévit les réactions des nonnes et grinça des dents à la pensée du concert qui n'allait pas manquer de s'élever.

La réalité dépassa son attente. A peine la menace eut-elle été proférée qu'un abominable chœur de sanglots et de cris hystériques s'éleva de la chapelle. Les quelques hommes qui travaillaient là, paysans ou domestiques chargés des lourds travaux que les femmes ne pouvaient accomplir, lui jetèrent un regard nerveux. En dehors de quelques couteaux, haches ou faucilles, ils ne possédaient aucune arme et n'étaient pas en mesure de défendre le couvent contre cette attaque.

Margriet descendit en hâte l'escalier de la tour et adressa un signe à sœur Sigridis. La nonne secoua d'abord la tête, craignant d'être envoyée dehors pour parlementer avec le guerrier.

Mais telle n'était pas l'intention de Margriet.

— S'il vous plaît, ma sœur, allez dire à la révérende mère que je vais m'entretenir avec ce Rurik et tenter de le convaincre de me laisser ici.

La novice parut sceptique.

— Etes-vous sûre, milady ? Il risque de vous emmener de force, si vous vous hasardez hors de nos murs.

Certes, sœur Sigridis ne demandait pas mieux que de l'aider. Mais Margriet perçut tout de même une note de soulagement dans sa voix. Visiblement, elle se réjouissait de ne pas devoir parler au farouche guerrier, ce dont on ne pouvait la blâmer. Margriet savait à quoi s'en tenir à présent. Si quelqu'un était capable de trouver un compromis et de décider leurs assaillants à lever le siège, c'était elle et elle seule.

— Oui, ma sœur, répondit-elle calmement. J'en suis certaine.

D'un geste déterminé, elle ôta son surcot et défit sa guimpe et son voile. Elle ne supportait pas très bien la chaleur ces derniers temps, et elle fut heureuse de sentir la brise envelopper son corps d'une fraîche caresse. Après avoir jeté ses vêtements à une servante, elle réfléchit à la façon dont elle allait pouvoir s'y prendre. Qu'est-ce qui pouvait inciter l'homme à cesser de l'importuner et à lever enfin le camp ?

Pendant toutes ces années, elle n'avait communiqué avec son père que par écrit. Pourquoi ne pas lui faire une lettre qu'elle confierait à ce guerrier ? Il donnerait la missive à Gunnar au lieu de la ramener elle-même aux Orcades, comme il prétendait en avoir reçu l'ordre.

Elle pénétra dans le couvent par les cuisines et en profita pour rassurer toutes celles qui travaillaient là.

Bien qu'elle ne fût pas nonne ni officiellement en charge du lieu, sa forte personnalité et son intelligence innée lui avaient vite assuré assez d'ascendant sur les sœurs pour les guider dans leurs tâches quotidiennes. Au fil des années, Margriet avait découvert qu'elle aimait les responsabilités. Et comme elle œuvrait pour le bien-être de toutes, elle s'était vite persuadée que sa présence ici était bénéfique à la communauté. Mère Ingrid passait chaque jour davantage de temps en prière, depuis que rien ne venait plus la distraire, ce qui la rendait visiblement heureuse. Et Margriet aussi.

Elle ouvrit la porte de l'appartement de la supérieure et fouilla son bureau en quête d'un morceau de vélin neuf, ou du moins un parchemin qui puisse être gratté et réutilisé. Elle finit par trouver ce qu'elle cherchait et s'assit pour composer une lettre à son père, lui expliquant qu'elle préférait rester ici avec les sœurs, pour y mener une vie de contemplation et de prière.

Il n'allait tout de même pas lui refuser de servir Dieu de cette façon ?

Il lui fallut presque une heure pour gratter le vélin, chercher ses propres mots et les écrire. Mais lorsqu'elle eut achevé et saupoudré de sable l'encre fraîche, elle reprit confiance, certaine que le subterfuge allait marcher.

Le parchemin soigneusement roulé à la main, elle sortit du

bureau, endossa de nouveau ses habits de nonne et chercha des yeux qui pourrait bien l'accompagner hors des murs.

Impossible de compter sur une sœur pour jouer cette mascarade. Aussi se mit-elle à la recherche de la servante qui travaillait à la blanchisserie, une très jeune fille qui adressait rarement la parole à qui que ce soit. Si ce guerrier du Nord croyait que la fille de Gunnar était encore une gamine, eh bien, c'était une gamine qu'elle allait lui présenter, une jeune personne qui ne piperait mot et la laisserait parler à sa place.

— Elspeth ! appela-t-elle.

— Oui, demoiselle ?

Elle mit en quelques mots la jeune blanchisseuse au courant. Celle-ci acquiesça d'un hochement de tête, et Margriet lui fit signe de la suivre vers la grande porte.

— Mettez cela, lui dit-elle en lui tendant le second costume de nonne qu'elle avait pris dans la réserve.

Laissant à la jeune fille le temps de s'habiller, elle prêta l'oreille au bruit de voix qui s'élevait de l'autre côté du mur. Les hommes semblaient s'impatienter.

— Jurez-vous que vous ne tenterez rien contre lady Margriet ? leur cria-t-elle à travers le vantail.

— Ma sœur, « vous lasseriez la patience des saints » que vous priez ! s'exclama le chef. Amenez la fille à présent ou je ne réponds plus de rien.

« Vous lasseriez la patience des saints ». Elspeth avait souri à ces mots, et Margriet eut tout à coup le soupçon que le guerrier n'était pas le premier à parler d'elle en ces termes. Qui sait si quelques-unes des sœurs n'en avaient pas autant à son service ?

Tout de même, elle devait obtenir l'assurance qu'ils n'useraient ni de leur force ni de leurs armes contre la communauté.

Elle tenta une autre approche, persuadée que la vanité d'un homme pouvait jouer contre lui.

— C'est la maison de Dieu ici, messire. Même un puissant et valeureux guerrier comme vous ne peut refuser une trêve au nom du Tout-Puissant.

Le juron malsonnant qui résonna à travers l'épaisseur du vantail lui en dit long sur les pensées de son interlocuteur. Mais elle n'en attendit pas moins en silence. Après quelques minutes remplies de farouches chuchotements ponctués de quelques rires, le chef se laissa fléchir.

— Trêve accordée, ma sœur. Mais faites sortir la fille à présent !

Il avait rugi de nouveau, et Margriet entendit s'élever derechef le concert des cris dans la chapelle. Elle tira son voile un peu plus bas sur son visage et ôta la barre qui fermait les portes. Puis elle écarta les vantaux et se glissa par l'entrebâillement. Elspeth la suivit en baissant la tête selon ses instructions.

— Lady Margriet ? questionna l'homme.

Il s'approcha de la jeune fille et lui souleva le menton pour voir son visage.

Au diable l'impudent ! Comment osait-il ? Margriet craignit que la fille ne bronche. Mais Elspeth resta immobile à son côté et se soumit à l'examen sans ciller. Ce fut Margriet qui se troubla lorsque l'homme lâcha Elspeth et tourna son attention vers elle. Son regard parut la transpercer jusqu'à l'âme, si intense qu'elle tenta de détourner les yeux. En vain.

Il examina ses traits comme s'il y cherchait quelque chose, puis enveloppa son corps d'un coup d'œil perçant. En dépit du voile et de la robe informe, elle eut l'impression qu'il la touchait littéralement, presque comme s'il avait promené les mains sur sa chair nue.

Leurs yeux se rencontrèrent, et le moment parut s'éterniser, jusqu'à ce que les hommes derrière eux se mettent à tousser bruyamment.

Margriet se reprit et s'éclaircit la gorge.

— Je vous présente lady Margriet Gunnarsdottir, de Kirkvaw, dit-elle en désignant Elspeth. Elle a écrit la lettre que voici pour expliquer la situation à son père. Si vous voulez bien remettre ceci à Gunnar dès votre retour là-bas…

Pour toute réponse, il rompit le cachet dont elle avait scellé le parchemin et se mit à lire sans vergogne, au grand dam de Margriet. Puis il éclata d'un rire qui éveilla tous les échos de la forêt et passa la missive à l'homme qui se tenait le plus près de lui. Ce dernier en prit connaissance avant de la lui rendre. Lui non plus ne pipa mot, mais secoua la tête d'un geste incrédule.

— Messires, ce n'est pas bien. Vous vous gaussez des pieuses intentions de cette jeune fille. Délivrerez-vous son message à lord Gunnar ?

— Non, ma sœur. Lui amener cette lettre au lieu de sa fille, ce serait notre arrêt de mort à tous.

Il jeta le parchemin sur le sol et l'écrasa sous son pied botté. Margriet se récria et tenta de ramasser le vélin. Mais le guerrier lui empoigna le bras et l'obligea à se redresser.

— Messire !

Elle regarda la rude main qui la retenait prisonnière, puis le visage de l'homme. Personne n'avait jamais osé l'empoigner ainsi. Mais en cet instant, elle n'était pour lui qu'une insignifiante nonne qui l'empêchait d'accomplir sa mission.

Il sembla s'apercevoir enfin de l'incongruité de son geste et la relâcha.

— Pardonnez-moi, ma sœur, fit-il d'une voix adoucie. Je ferai réparer tout ce que nous avons détruit et enverrai une généreuse donation au couvent pour me faire pardonner. Si la demoiselle part avec nous, bien entendu.

Il accompagna ces derniers mots d'un sourire qui ne diminua en rien les craintes de Margriet. Fascinée, elle observa la façon dont ses lèvres bien modelées se retroussaient aux commissures. Cette expression adoucissait ses traits, sans altérer pour autant la découpe virile de son visage. Cela le rendait plus séduisant qu'elle ne l'aurait cru possible lors de leurs précédentes entrevues, et une sonnette d'alarme tinta en elle. Allons, à quoi songeait-elle ? Elle était pourtant bien placée pour connaître la duplicité masculine et s'en méfier !

Il resta là à la dévisager, la dominant de toute sa taille. Soudain, il fit un pas vers elle et elle recula d'instinct, consciente du danger.

— Vous vous moquez de moi ! tonna-t-il.

Il tendait déjà la main vers Elspeth, mais Margriet tira la fille à l'intérieur avant qu'il n'ait eu le temps de s'emparer d'elle. Puis elles pesèrent ensemble de tout leur poids sur la porte, qu'elles verrouillèrent en abaissant la barre.

Enfin en sécurité, Margriet respira. Pas pour longtemps. Une voix tranquille, mais d'autant plus dangereuse, s'éleva de l'autre côté du panneau de bois.

— Lady Margriet, je ne sais pas qui est cette fille. Mais si *vous* ne vous présentez pas en personne devant cette porte au lever du soleil, je vous jure que je brûlerai ce couvent jusqu'aux fondations.

— Messire…, commença-t-elle.

Mais il ne la laissa pas poursuivre.

— N'espérez pas me prendre de nouveau pour un imbécile, milady. Soyez devant cette porte à l'aube, où il ne restera derrière nous que cendres et femmes en pleurs, quand je vous aurai attachée sur mon cheval pour vous ramener de force à votre père.

Elle frissonna à cette menace et coula un regard à Elspeth, dont le visage avait perdu toute couleur.

Ainsi, sa ruse avait échoué. Et bien que l'homme fût un inconnu pour elle, elle ne douta pas un seul instant de sa résolution. Il était bien décidé à faire ce qu'il avait dit, il suffisait de le regarder pour en être persuadée.

Sans ajouter un mot, elle entraîna Elspeth avec elle et se mit à courir vers la chapelle. Peut-être que la pieuse réclusion de mère Ingrid et ses prières étaient un meilleur plan que le sien, en fin de compte ?

Il lui fallut un certain temps pour rassurer les nonnes et les autres femmes, et encore plus longtemps pour accepter de regarder les choses en face. Au fond d'elle-même, elle avait encore du mal à croire que l'homme puisse avoir recours à des mesures si drastiques pour l'obliger à sortir.

Mais lorsque sœur Sigridis vint lui apprendre que les guerriers ramassaient du bois dans la forêt et l'empilaient en énormes tas au pied de la muraille, la vérité lui apparut dans sa terrible nudité.

Non, elle ne pouvait laisser faire cela. Après toutes les années de sécurité et de confort que lui avaient assurées les bonnes sœurs, elle se sentait incapable de les laisser souffrir ainsi à cause d'elle.

Couchée sur sa paillasse, elle passa une partie de la nuit à réfléchir et conclut qu'elle n'avait guère le choix. Oh, elle savait que les sœurs ne lui demanderaient jamais de partir et ne la contraindraient pas à le faire ! Mais sa conscience ne la laisserait pas en paix si elle ne prenait pas elle-même la décision.

Glissant les mains sur son ventre arrondi, elle songea que ce départ était peut-être la volonté de Dieu, après tout. Finn lui avait promis de l'épouser, mais quelque chose était arrivé qui l'avait obligé à quitter Caithness avant qu'il n'ait eu le temps de tenir sa promesse.

Sûrement, si elle accompagnait ces hommes à Kirkvaw, qu'elle pourrait le retrouver et lui apprendre son état, afin qu'il honore sa parole et leur amour.

Sûrement ?

Elle eut l'impression qu'elle venait tout juste de fermer les paupières lorsqu'elle fut brusquement tirée du sommeil par quelqu'un qui la secouait sans ménagement. Margriet se frotta les yeux, en priant pour ne pas être prise de nouveau d'un de ses accès de nausée matinale. Puis elle se redressa sur son séant et rencontra le regard angoissé de quatre jeunes nonnes.

Elle se leva et enfila ses bottines.

— Que se passe-t-il ?

Repoussant ses cheveux emmêlés de son visage, elle se

dirigea vers la porte et s'arrêta sur le seuil pour attendre la réponse. Mais l'odeur de bois brûlé qui vint piquer ses narines lui en dit plus long que les mots n'auraient pu le faire.

Affolée, elle se précipita hors de la cellule et courut vers les portes. Cette fois, le sort en était jeté, elle ne pouvait plus éviter son destin.

Haussée sur la pointe des pieds, elle retira la barre et la jeta sur le sol. Rassemblées derrière elle, les sœurs la regardaient faire en silence. Aucune ne l'arrêta ni n'essaya de la persuader de rester. La fumée de plus en plus épaisse lui brûla les yeux lorsqu'elle sortit enfin pour affronter son adversaire.

Cinq hommes se tenaient là avec des torches allumées, attendant l'ordre de leur chef pour enflammer l'amoncellement de bois. Rurik l'aperçut alors et une furtive expression de triomphe se peignit sur son visage. Puis il couvrit en quelques enjambées l'espace qui les séparait et se retrouva devant elle avant qu'elle n'ait eu le temps d'esquisser un geste.

Ce n'était pas une torche qu'il tenait dans les mains, mais un rouleau de corde.

La menace qu'il proféra sembla résonner jusqu'au tréfonds d'elle-même.

— Viendrez-vous de bon gré, milady, ou dois-je vous ligoter ?

Pas un son ne s'éleva de l'assemblée et nul n'esquissa le moindre geste tandis qu'il observait une pause, attendant sa réponse.

Margriet releva la tête. Le sang de ses ancêtres bouillonna dans ses veines, lui donnant une assurance qu'elle n'avait pas ressentie jusqu'alors.

— Inutile, messire. Je suis Margriet Gunnarsdottir et je vous suivrai de mon plein gré si vous me garantissez la sécurité de tous ceux qui sont rassemblés à l'intérieur de ces murs.

Ils savaient tous deux qu'elle n'avait pas le choix, de toute façon. Mais Rurik réagit de la façon la plus inattendue. Au lieu de pavoiser, comme l'auraient fait la plupart des hommes en cette situation, il lui adressa un sourire. Visiblement, il approuvait sa sortie et ne pouvait s'empêcher d'admirer sa force de caractère.

Le respect qu'elle lut dans son regard lui réchauffa le cœur.

— Très bien.

Il fit signe à ses séides d'écarter les torches. Tous obtempérèrent. Et à la grande surprise de Margriet, ils s'inclinèrent devant elle comme un seul homme.

— Milady…

Elle resta là un instant à les regarder, incertaine de ses propres sentiments.

Mais tout à coup, la sensation de malaise qui n'avait cessé de l'oppresser depuis son réveil atteignit son point de non-retour. D'un geste instinctif, elle porta la main à son estomac. Mais il était déjà trop tard.

— Oh, je crois que…

Elle n'eut pas le temps d'avertir qui que ce soit et se pencha en avant, le cœur au bord des lèvres.

Eclabousser les bottes d'un homme en vomissant à moins d'un mètre de lui, ce n'était certainement pas la meilleure façon de lui exprimer l'émotion qu'elle ressentait en cet instant.

Ou peut-être que si, justement ?

Chapitre 3

Rurik s'était réjoui de la capitulation de Margriet. Décidément, sa carrière démarrait bien et la mission que lui avait assignée son père — un test sans aucun doute — allait être promptement remplie. Mais sa satisfaction fut quelque peu ternie par ce qui s'ensuivit.

Oh, bien sûr, il comprenait dans une certaine mesure. La réaction nerveuse de Margriet était normale chez une femme confrontée à une situation difficile. Quant à ses bottes maculées, elles avaient connu pire après tout et il ne s'en souciait pas… Enfin, pas outre mesure. Il allait en être quitte pour les nettoyer, voilà tout.

Les portes du couvent étaient ouvertes à présent, même si ses occupantes demeuraient hors de vue. Seule une nonne était postée sur le seuil de la petite église, où elle semblait jouer les chiens de garde, se retournant vers l'intérieur de l'édifice et chuchotant quelque chose chaque fois que ses hommes ou lui prononçaient une parole ou esquissaient un geste.

Sven et Magnus avaient vite compris le manège et grognaient ou crachaient pour le seul plaisir d'observer les réactions de la gardienne. La nonne ne s'était pas aperçue qu'ils se moquaient d'elle, et Rurik aurait dû leur ordonner de cesser, car il n'était pas bien de railler ainsi ces femmes de Dieu. Mais c'était un amusement bien innocent en fin de compte, et qui ne faisait de mal à personne.

Une odeur déplaisante lui rappela soudain qu'il avait une tâche urgente à accomplir. Jetant un regard sur le courtil enclos de murs, il eut tôt fait de repérer un puits et se dirigea tout droit vers la margelle. Comme la demoiselle ne revenait pas, occupée sans doute à rassembler ses affaires, il avait le temps de procéder au nettoyage de ses chaussures avant de se mettre en route.

Il tendait la main vers le seau, quand il fut surpris par l'arrivée d'un vieil homme.

— Elle n'a jamais chevauché très longtemps, grommela le nouveau venu sans le moindre préambule. Elle va avoir des difficultés, pour sûr.

Rurik descendit le seau dans le puits et le remonta dès qu'il fut plein. Puis il renversa le contenu sur ses bottes, en s'aidant d'un pied pour frotter l'autre, jusqu'à ce que les souillures aient disparu. Il avait ses raisons pour ne pas répondre. Son silence était sans doute le meilleur moyen d'inciter le vieillard à s'épancher.

Ce qui ne tarda pas à se produire…

— Elle n'a pas quitté une seule fois le couvent depuis que son père l'a envoyée ici, il y a bien des années de ça. Vous pouvez comprendre cela, non ?

Rurik lui jeta un coup d'œil. L'homme se tenait voûté et semblait accablé par les ans.

— En quoi cela me concerne-t-il, brave homme ?

Sa tâche achevée, il replaça le seau où il l'avait trouvé et regarda son interlocuteur dans les yeux.

— Craignez-vous que je ne la maltraite, par hasard ?

L'homme se redressa autant que le lui permettaient ses épaules affaissées.

— La fille de Gunnar n'est pas n'importe qui et doit être traitée avec respect. Si vous lui faites du mal, c'est à moi que vous en répondrez !

Rurik faillit éclater de rire, mais il se retint. Tous deux savaient que le vieillard ne pouvait en aucune façon se mesurer à lui. Mais sa tentative de lui en imposer n'en était pas moins respectable. Plus intéressant encore, ses propos et la ferveur de sa voix en apprenaient beaucoup à Rurik sur sa véritable adversaire — la rétive lady Margriet.

Il s'inclina devant le vieillard.

— Vous avez ma parole qu'il ne lui arrivera rien de mal tant qu'elle sera confiée à mes soins. Vous voilà rassuré ?

L'homme examina Rurik, comme s'il se demandait quelle crédit il pouvait accorder à sa promesse. Puis il hocha la tête.

— Très bien, je vous crois.

Avec toute la fierté d'un guerrier écossais, il tendit la main à Rurik, qui la secoua amicalement.

— Comment vous appelle-t-on, vieillard, et quel est votre rôle céans ?

— Mon nom est Iain le Noir et je veille sur les troupeaux.

La chevelure de l'homme avait peut-être été noire dans sa jeunesse, songea Rurik. Mais il aurait davantage mérité d'être appelé Le Gris à présent.

Un vacarme dans la cour attira tout à coup leur attention, interrompant leur échange. Rurik porta instinctivement la main à son épée et se retourna pour voir ce qui se passait. Mais il laissa retomber son bras en voyant un groupe de femmes sortir du couvent.

La jeune fille dont ils parlaient se tenait au milieu des autres et elle était la seule à ne pas crier ni pleurer, tandis qu'elles se dirigeaient toutes vers lui en gesticulant. Un voile de nonne recouvrait de nouveau ses longs cheveux noirs, et ses yeux, du bleu le plus clair qu'il ait jamais vu, illuminaient sa peau nacrée.

Ou du moins ce qu'il pouvait voir de sa peau.

Rurik se prit à douter en la voyant ainsi vêtue. Et si elle avait vraiment prononcé ses vœux ?

Incapable de répondre à cette question, il secoua la tête pour chasser ces vaines interrogations de son esprit. Puis il émit un bref sifflement à l'adresse de ses hommes et leur désigna la porte d'un geste du menton. Sven et Magnus cessèrent immédiatement leurs pitreries pour rassembler les hommes. Après tous ces jours d'attente, leur voyage allait enfin pouvoir commencer.

Rurik rencontra le regard de la jeune fille par-dessus la tête de ses compagnes et fut frappé par la soudaine vulnérabilité qu'il y décela. Tant qu'elle s'était sentie protégée par la clôture du couvent, Margriet Gunnarsdottir lui avait paru hautaine et indéniablement sûre d'elle. Mais à présent qu'elle allait être confiée à ses soins, toute sa bravade l'avait désertée et il fut certain que les autres s'en rendaient compte aussi.

Ecartant les nonnes, il se dirigea vers elle et la saisit par le bras pour l'entraîner vers la grande porte. Mais elle s'immobilisa soudain et resta plantée sur ses deux pieds, refusant d'avancer.

Que se passait-il encore ? L'agacement s'empara de lui de nouveau.

— Plus d'atermoiements, milady ! Je pensais avoir été clair. Vous aviez une heure pour vous préparer, pas une minute de plus.

— « Ma sœur », le corrigea-t-elle aussitôt.

Ses lèvres esquissèrent une moue délicieusement rebelle, qui le charma et l'irrita à la fois.

— Vous devez m'appeler « ma sœur » et non « milady », insista-t-elle.

Un brusque silence s'abattit autour d'eux. Tout le monde attendait la réponse de Rurik, qui hésita. En dépit de l'habit et du voile, il n'était pas encore certain du statut réel de sa protégée.

Mais il décida de lui accorder le bénéfice du doute.

— D'accord, « ma sœur ». Dépêchons-nous à présent. La journée est déjà bien entamée et je veux profiter de chaque instant de lumière.

« Pour vous emmener aussi loin que possible d'ici et découvrir ce que vous êtes vraiment », compléta-t-il à part lui.

Surpris, il la vit se rapprocher de lui et pencher la tête pour lui chuchoter en confidence :

— Je vous demande pourtant de m'accorder quelques

minutes de plus. J'aimerais faire mes adieux à la révérende mère. C'est… c'est très important pour moi.

Rurik la dévisagea et vit des larmes scintiller dans ses yeux.

— Ne pouvez-vous pas comprendre ? J'ai vécu ici plus longtemps qu'à Kirkvaw avec mon père ou ma mère. Je vous en supplie, laissez-moi lui dire quelques mots en privé avant notre départ.

Rurik releva la tête et promena un regard circulaire sur l'assistance. Puis il exhala un soupir. Son premier mouvement le portait à refuser. Il y avait déjà presque trois jours que ses hommes et lui attendaient le bon vouloir de cette femme qui ne cessait de lui mettre des bâtons dans les roues, l'empêchant ainsi d'accomplir sa mission. L'impatience lui dictait de se mettre en route sans perdre un instant de plus.

Mais d'un autre côté, Margriet lui avait clairement montré qu'elle ne voulait pas retourner chez elle. A moins que le ton du message paternel, ou une partie de son contenu, ne soit la cause de sa réticence ?

Quoi qu'il en soit, il préférait être son guide et son protecteur plutôt que son geôlier.

Il se tourna vers la chapelle.

— En fait, j'aimerais m'entretenir moi-même avec votre révérende mère. Peut-être que si je la rassure sur votre sécurité, vous répugnerez moins à vous éloigner d'elle ?

Mais elle secoua la tête avec véhémence, déplaçant son voile dans ce geste.

— Surtout pas, messire ! Notre mère nous a clairement dit que vous la terrorisiez et qu'elle ne voulait surtout pas vous parler directement.

Il serra les dents.

— Alors dépêchez-vous, mil… ma sœur. Nous devrions être partis depuis longtemps.

Refusant de lui accorder une totale victoire, il se retourna et gagna la porte à grandes enjambées. Parvenu sur le seuil, il croisa les bras sur sa poitrine et darda sur ses hommes un regard sévère, les mettant au défi de proférer la moindre remarque. Avisés comme ils l'étaient, ils s'en gardèrent bien et firent mine de s'activer autour des chevaux.

Sage attitude s'il en était…

A sa grande surprise, la demoiselle cette fois les rejoignit en moins de temps qu'il ne s'y attendait, suivie de la jeune fille qu'elle avait tenté de faire passer pour elle. Rurik recula pour les laisser passer. Puis il regarda ses hommes les aider à se mettre en selle sur les deux juments qu'il s'était spécialement procurées pour le voyage de lady Gunnarsdottir vers le nord.

Quelques minutes de plus, le temps d'attacher les bagages de la demoiselle sur son cheval, et ils étaient partis…

Margriet tâcha de résister à la tentation de regarder en arrière, mais ce fut bientôt un combat perdu. Le lieu qu'elle avait appelé son foyer et ceux qui étaient devenus sa famille quand son père l'avait exilée à Caithness devenaient de plus en plus petits dans le lointain.

A présent, elle devait lutter pour retenir les larmes qui lui brûlaient les paupières.

— Adieu, Caithness…

Après un dernier regard désolé sur tout ce qui avait fait sa vie jusqu'alors, elle se retourna et fixa les yeux sur la route devant elle.

Tout en mâchant discrètement les herbes destinées à combattre ses nausées, elle s'efforça d'oublier le passé pour se concentrer sur l'avenir.

Pour la première fois depuis des années, elle allait pouvoir découvrir le vaste monde au-delà du couvent et revoir la mer et sa maison. L'image des énormes vagues déferlant sur la plage lui arracha un frémissement d'anticipation et elle s'efforça de s'en réjouir.

Qui sait ? Quelque chose de bon allait peut-être sortir de ce début chaotique, en fin de compte.

La lumière du soleil pénétrait l'épaisse frondaison des arbres autour d'eux et tombait sur le sol humide moucheté d'ombres. Chaque fois que les hommes passaient dans un rayon de soleil, leur silhouette se nimbait d'un halo doré et Margriet ne put s'empêcher d'admirer leur virile beauté.

En dépit de toutes ses années au couvent et malgré ce que lui avait coûté sa précédente faiblesse, elle se laissa aller au plaisir de les contempler.

Chacun d'eux était séduisant à sa façon. Surtout les chefs, qui avaient hérité de la taille des guerriers nordiques de jadis…

Magnus avait les cheveux sombres et son regard révélait un caractère mystérieux et presque dangereux, sauf lorsqu'il souriait. Sven était son exact opposé, avec sa chevelure blonde qui tombait dans son dos et ses yeux aussi bleus qu'un ciel d'été.

Les branches des arbres s'agitèrent sous l'effet du vent et la lumière se déplaça, illuminant le chef de l'escorte. Elle ne connaissait pas son nom de famille. Seulement son prénom — Rurik. Un prénom trop répandu dans les Orcades pour qu'elle puisse l'associer à une famille ou une autre avant qu'il ne lui révèle lui-même son identité. Ce qu'il avait refusé de faire jusqu'à présent, bien qu'elle eût froncé les sourcils devant ses esquives, blessée par ce manque de franchise à son égard.

Mais qu'importait après tout ? Son père ne l'aurait pas confiée à cet homme s'il n'était pas digne de confiance. Et elle aurait tout le temps, pendant le long trajet jusqu'aux Orcades, de découvrir qui était sa parentèle.

Pour l'instant, elle se contentait de l'observer tandis qu'il chevauchait devant elle, guidant et protégeant à la fois leur petite cavalcade.

Margriet sentit sa respiration s'accélérer au souvenir de ce corps puissant dont elle avait été si proche pendant quelques instants. Elle revoyait surtout ses yeux à la couleur changeante — parfois verts comme les feuilles des arbres et parfois semblables à cette émeraude qu'elle avait vue jadis orner le pommeau de l'épée de son père.

Comme s'il avait lu dans ses pensées, l'objet de sa rêverie se retourna brusquement et fixa sur elle un regard si intense qu'elle en eut le souffle littéralement coupé.

Pourvu que les autres ne se soient aperçus de rien ! Elle se força à détourner les yeux et remua sur sa selle. Une nonne ne regardait pas un homme avec cette insistance, au nom du ciel ! Elle ne devait pas oublier son déguisement. Sinon, il ne servirait à rien et ne les protègerait pas, Elspeth et elle.

Lorsqu'elle osa relever les yeux, Rurik la regardait encore et ce fut à son tour de se détourner en adressant quelques mots à Magnus. Apparemment, elle avait été le sujet de cet échange, car Magnus rangea sa monture sur le bord du chemin et laissa passer les autres jusqu'à ce qu'il se retrouve à côté d'elle.

— Ma sœur…, commença-t-il.

Il n'avait pas trébuché sur le mot comme son chef.

— Rurik voudrait savoir si vous vous sentez assez bien pour accélérer l'allure. Nous avons beaucoup de distance à couvrir avant la tombée de la nuit.

Elle ne comprit pas sur-le-champ.

— Assez bien ?

— Oui… euh… Vous avez été un peu malade, non ? expliqua-t-il avec gêne.

Il semblait embarrassé, comme la plupart des hommes quand ils étaient confrontés à des malaises de nature typiquement féminine.

Elle se redressa sur sa selle et s'éclaircit la gorge.

— Dites à Rurik de ne pas s'inquiéter. Je peux parfaitement chevaucher à son rythme.

Magnus sourit, exposant à son regard un agréable arrangement de traits masculins, au large front et au menton volontaire. Une lueur de gaieté brilla dans ses yeux et il hocha la tête avant de s'élancer pour rejoindre Rurik. Elle les vit rire ensemble en lui jetant des regards furtifs et comprit qu'elle avait dû dire quelque chose d'incongru. Mais quoi ? Elle eut beau se répéter ses paroles, elle n'y trouva rien de déplacé.

Décidément, elle ne comprendrait jamais les hommes !

Il était vrai qu'elle n'avait pas grande expérience en la matière. D'ailleurs, sa seule histoire avec un spécimen du sexe opposé révélait un flagrant manque de jugement de sa part…

Mais s'il y avait un aspect d'elle-même qu'elle avait découvert, c'était sa capacité à apprendre promptement, quelles que soient les circonstances. Ce voyage allait lui permettre de découvrir les hommes, la façon dont ils se conduisaient entre eux et envers les femmes qu'ils étaient censés respecter. Elle savait déjà comment ils traitaient les femmes ordinaires qui n'avaient pas la chance d'avoir un protecteur !

Elle éperonna son cheval en voyant les cavaliers qui les précédaient, Elspeth et elle, accélérer l'allure. Redoutant de tomber ou d'effrayer sa monture, elle baissa la tête et se concentra sur ses gestes. Oh, elle avait déjà monté avant cela, mais jamais aussi longtemps de suite, avec des guerriers expérimentés qui semblaient passer leur vie à cheval, à en juger par leur aisance.

L'après-midi lui parut se traîner affreusement et elle en fut bientôt réduite à se cramponner aux rênes de tout le restant de ses forces.

Rurik ne cherchait tout de même pas à se venger d'elle de cette façon ? Il lui semblait que de longues heures s'étaient déjà écoulées, et pourtant ils allaient toujours d'un trot soutenu. A présent qu'il la tenait, Rurik ne semblait pas disposé à lui manifester la moindre compassion. Combien de temps résisterait-elle ? Son corps n'était plus que courbatures. Si cela continuait ainsi, elle allait être obligée d'implorer sa merci.

— Messire ! cria-t-elle d'une voix aussi forte qu'elle put. Messire, je vous prie !

Son message fut relayé par plusieurs voix avant d'atteindre son destinataire. Le cortège ralentit, au grand soulagement de Margriet. Chaque muscle de son dos et de ses jambes protestait lorsqu'elle tentait de se redresser sur le mince coussin censé protéger son derrière des cahots. Ses promenades sur le poney boiteux du couvent ne l'avaient pas préparée à chevaucher à ce rythme.

Elle tamponna une fois de plus son front couvert de sueur et regarda Rurik rebrousser chemin pour s'avancer vers elle.

— Je… j'avoue que je ne suis pas habituée à une pareille allure, messire. Pourriez-vous m'accorder une courte pause, s'il vous plaît ? Je… je vous en prie.

Elle vit une lueur de triomphe briller un instant dans le regard de son interlocuteur, qui acquiesça d'un hochement de tête.

— Milady…, commença-t-il.

Il s'éclaircit la gorge et corrigea sans quitter Margriet du regard :

— Ma sœur, il est inutile de me *prier*. Confiez-moi simplement vos besoins et je ferai mon possible pour les satisfaire. Quels qu'ils soient…

Il vit la bouche charmante s'entrouvrir, tandis que la jeune femme, choquée, écarquillait ses prunelles au bleu si transparent. Le corps de Rurik réagit aussitôt et il sentit son bas-ventre s'enflammer. Par les seins de Freya, mais elle était ravissante lorsqu'elle s'offusquait ainsi !

Il aurait dû s'excuser pour l'ambiguïté de sa réponse. Mais la petite flamme qu'il avait vue scintiller dans le regard clair de son interlocutrice venait d'éclairer sa lanterne. Il avait trop l'habitude des femmes pour s'y tromper un seul instant. *Sœur* Margriet en savait plus sur les jeux de l'amour qu'il ne convenait à une nonne !

Oui, elle avait parfaitement compris le sous-entendu érotique, il en aurait mis sa main au feu. Malheureusement, elle n'était pas la seule. Ses hommes avaient saisi eux aussi, à en juger par la façon dont ils s'agitaient sur leurs montures en détournant les yeux.

Il vit Margriet déglutir sous son regard. Dommage que la vue de son cou charmant lui soit en partie dérobée par la guimpe !

— Un petit moment de repos serait le bienvenu, messire, articula-t-elle enfin. A vrai dire, je ne sens plus mes jambes, ajouta-t-elle dans un chuchotement, pour n'être entendue que de lui seul.

Sans doute s'était-elle aperçue qu'ils tendaient tous l'oreille avec une avide curiosité.

Rurik promena un regard autour de lui, jaugeant la distance qu'ils avaient déjà parcourue et celle qu'il leur restait à accomplir avant d'établir leur camp pour la nuit.

— D'accord, acquiesça-t-il enfin.

Pour des raisons de sécurité, il ne lui plaisait guère de s'arrêter maintenant, alors qu'ils avaient déjà perdu tant d'heures ce matin-là. Mais un regard sur l'autre jeune nonne, dont la pâleur le frappa, le convainquit du bien-fondé de sa décision. Après tout, elles n'étaient pas des voyageuses aguerries.

Il leva un bras pour ordonner une halte et demeura un instant immobile à surveiller les cavaliers qui prenaient position devant le cortège et derrière, prévenant ainsi toute mauvaise surprise venant de la route.

Puis il se laissa glisser à terre et confia ses rênes à l'un de ses hommes afin d'avoir les mains libres pour aider les deux femmes. Il tendait déjà les mains vers Margriet, mais elle secoua la tête.

Rurik recula. La vie lui avait appris qu'il existait une catégorie de gens toujours prêts à rendre les choses plus difficiles en toute circonstance et qu'il n'y avait rien à faire contre cette prédisposition. Visiblement, Margriet — enfin, sœur Margriet — en faisait partie.

Les bras croisés sur la poitrine, il regarda ses simagrées, tandis qu'elle luttait pour mettre pied à terre toute seule. Il était évident que ses jambes refusaient de lui obéir. Elle se contorsionna sur sa selle et il la laissa faire jusqu'à ce que sa monture, énervée, se mette à piaffer dangereusement sous elle.

Allons, il était temps d'intervenir ! Rurik s'approcha et s'empara des rênes, contrôlant le cheval en un tournemain.

La fille de Gunnar était une obstinée. Cela se voyait à la façon dont elle s'efforçait de bouger ses jambes manifestement inertes. Deux ou trois fois, elle coula un regard désespéré à sa compagne. Mais pas à lui.

Entêtée.

Et orgueilleuse, en plus !

Aucun de ces traits de caractère ne convenait précisément à ce qu'on pouvait attendre d'une nonne, du moins dans l'esprit de Rurik. Peut-être était-ce pour cela que Gunnar l'avait exilée ici ? Avait-il espéré que les bonnes sœurs sauraient la mater par le travail, la prière ou la force ?

En fait, il en savait fort peu sur la fille de Gunnar, qu'il n'avait jamais rencontrée lorsqu'il était encore aux Orcades. Il était trop jeune alors et avait d'autres centres d'intérêt. Tout ce qu'il avait entendu dire, c'était que la mère de la fillette était morte peu après lui avoir donné naissance, à moins que ce ne soit après avoir accouché d'un autre enfant. Et la jeune Margriet avait été envoyée au loin.

A y réfléchir, les combats pour contrôler les Orcades avaient éclaté à peu près au même moment. Les loyautés étaient alors très fluctuantes, l'issue de la lutte incertaine et Gunnar avait été avisé d'envoyer sa fille vers le sud. A présent que le contrôle de Caithness était échu à un comte écossais et qu'Erengisl de Suède était fermement établi dans son statut de comte des Orcades, Gunnar avait dû penser que le moment était venu de la faire revenir à la maison. Sans doute avec l'intention de la marier…

Bon sang ! Elle avait failli basculer par-dessus sa monture, mais pas un cri ne s'était échappé de ses lèvres serrées. Même en cette extrémité, elle n'avait pas requis son aide !

Hem… Gunnar allait sans doute être aussi surpris que lui de découvrir la subite vocation de sa fille pour la vie religieuse.

— Bon, cela suffit !

Il intervint au moment précis où il comprit qu'elle allait atterrir le postérieur le premier dans la poussière de la route et lui passa les deux bras autour de la taille. La soulever du cheval ne fut pour lui qu'un jeu d'enfant, car elle ne pesait pas plus lourd qu'une plume.

Non, le problème ne venait pas de là.

Le problème, ce fut de la relâcher, lorsqu'il eut senti la finesse de sa taille et le renflement délicieusement féminin de ses hanches sous la robe de bure.

Ou plus exactement quand elle se mit à se débattre pour se dégager et que ses mains à lui glissèrent assez haut pour sentir le poids généreux de ses seins. Margriet s'en aperçut et il la sentit se figer, tandis qu'une lueur flambait dans ses yeux clairs.

La meilleure chose à faire — ou du moins la plus courtoise — aurait été de la lâcher tout de suite. Mais en cet instant, il se moquait bien d'être courtois ! Une poussée de sang chaud lui incendia les veines, réveillant en lui l'instinct de ses ancêtres, bien connus pour leur propension au rapt et au pillage.

Par le sperme d'Odin, il comprenait les vieilles légendes ! Ou du moins son corps comprenait, prêt à entrer en action. Et lorsqu'elle plaça ses mains sur ses épaules, il faillit tout oublier pour…

— Merci de votre assistance, messire.

La voix de la jeune femme résonna à ses oreilles, arrêtant net le maelström de ses pensées. Mais le bouillonnement de son sang ne se laissa pas aussi facilement apaiser.

Il hocha la tête et déposa Margriet sur le sol. Elle semblait si mal assurée sur ses jambes qu'il dut la soutenir encore une minute, jusqu'à ce qu'elle retrouve son équilibre. Décidément, il était urgent de mettre un peu de distance entre eux ! Rurik se retourna pour prêter assistance à l'autre nonne. Malheureusement, Magnus l'avait déjà devancé.

Tout près de Margriet comme il l'était, il perçut son souffle court, tandis qu'elle hasardait un pas sur la route. Mais elle dut capituler de nouveau, malgré son entêtement. Incapable d'avancer, elle trébucha contre Rurik, tandis que ses jambes lâchaient sous elle.

— Par le souffle de Thor, lady Mar... euh... ma sœur, laissez-moi au moins vous prêter main-forte ! grogna-t-il en l'empoignant par les épaules.

Elle acquiesça d'une inclination de tête, bien qu'une flamme de colère brillât dans ses yeux. De toute évidence, elle était furieuse d'avoir à accepter son aide.

Après quelques minutes, il la relâcha enfin et lui offrit le bras.

— Grand merci, messire, murmura-t-elle après avoir fait quelques pas à son côté. Je peux me débrouiller seule à présent.

Elle lui retira sa main et il la regarda s'éloigner d'une démarche encore incertaine.

Lorsqu'il se retourna enfin, ce fut pour constater que ses hommes l'observaient avec autant de curiosité qu'il en mettait lui-même à observer la nonne.

Au diable !

Voyant les deux femmes s'éloigner de la route, il fit signe à l'un de ses compagnons.

— Accompagnez-les, voulez-vous ? Mais montrez-vous discret...

Sans doute avaient-elles besoin d'un peu d'intimité après toutes ces heures de chevauchée.

Rurik les suivit des yeux, pensif. Il n'était pas homme à ignorer ses propres défaillances, quand elles pouvaient signifier la mort non seulement pour lui, mais pour ceux à qui il avait juré protection et loyauté.

Pourquoi la présence de cette nonne le mettait-elle ainsi sens dessus dessous ?

Sans doute y avait-il plusieurs raisons à cela.

Tout d'abord, il ne s'attendait pas à ce que la fille de Gunnar soit aussi âgée. Les missives du père lui avaient donné à penser qu'il s'agissait d'une gamine.

Deuxièmement, il était tombé de haut en découvrant qu'il avait affaire à une nonne. La fille d'un homme aussi riche et estimé que Gunnar était destinée au mariage, non à l'Eglise. Il avait été stupéfait de la voir en habit de religieuse.

Mais plus que tout cela, il ne s'attendait pas à trouver une femme aussi belle, aussi forte et volontaire que cette Margriet Gunnarsdottir, avec sa natte brune et son regard à damner tous les saints du paradis.

Depuis le premier instant où elle s'était rebellée contre ses injonctions, elle s'était montrée une vraie fille du Nord — farouche, courageuse et fière. Et à l'entendre donner des ordres autour d'elle, il avait très vite compris que c'était elle qui dirigeait en fait le couvent.

L'établissement comptait au moins une cinquantaine de nonnes, sans compter les autres habitants. Et tous, du plus jeune au plus âgé, semblaient bien nourris et parfaitement tenus. Une tâche difficile même pour le plus expérimenté des régisseurs. Alors une bonne sœur…

Rurik déglutit, la gorge sèche. Il comprenait à présent d'où venait le problème. Bien qu'elle se fût présentée à lui comme nonne, son corps et ses sens ne voyaient en elle que la femme sous la grossière robe de bure.

Et cette femme lui inspirait du désir, un désir qui lui incendiait le sang et ne pouvait que se révéler infiniment dangereux.

Rurik la regarda disparaître derrière les buissons et comprit que c'était là une faiblesse qu'il ne pouvait pas se permettre.

Chapitre 4

La respiration régulière d'Elspeth à son côté ne faisait qu'accroître le supplice de Margriet, lui rappelant qu'il y avait déjà des heures qu'elle cherchait en vain le sommeil.

Elle se retourna sur le côté et étouffa à grand-peine un gémissement lorsque le contact du sol dur lui révéla un autre endroit de son corps meurtri par ses longues heures de chevauchée. Un spasme agitait sa hanche et elle essaya d'étendre la jambe pour calmer le tressautement nerveux. Un peu de marche aurait sans doute fait passer la crampe. Mais le ronflement sonore qui résonnait juste devant sa tente la faisait hésiter. Ce fut seulement quand son dos se rappela lui aussi à son bon souvenir qu'elle se décida à tenter l'aventure.

Uniquement destinée à leur fournir un semblant d'intimité, la tente était minuscule — moins d'un mètre de haut et à peine deux pas de large. Elle se glissa hors de la couverture en essayant de ne pas réveiller Elspeth et se fraya un chemin vers le pan de toile.

Comme elles dormaient tout habillées, les vêtements n'étaient pas un problème et elle pouvait sortir dans cette tenue. Mais il n'en allait pas de même pour ses cheveux. Stupide vanité qui l'avait empêchée de les couper ! Elle craignait qu'ils ne la trahissent, surtout depuis que les hommes l'avaient vue sans voile au couvent, lorsque la panique l'avait fait sortir en catastrophe. Les femmes qui prononçaient leurs vœux se rasaient la tête avant de coiffer la guimpe, et sa chevelure luxuriante risquait d'éveiller les soupçons.

Ce qui était fort dangereux…

A tâtons, elle se fit une natte et tira de son sac un châle de laine dont elle s'enveloppa la tête. Puis elle jeta un coup d'œil au-dehors.

L'homme qui gardait la tente dormait si près qu'elle allait devoir l'enjamber pour sortir. Dieu merci, ses ronflements occultaient le léger bruit qu'elle produisait en se déplaçant. Ses jambes, son dos et ses hanches se contractèrent de douleur, tandis qu'elle passait par-dessus le gardien. Elle s'éloigna d'un pas vacillant… pour trébucher un peu plus loin contre Sven. Heureusement, le jeune homme la rattrapa avant qu'elle ne s'affale par terre.

— Ma sœur, vous allez bien ? s'enquit-il doucement.

Il jeta un coup d'œil vers la tente, puis vers elle de nouveau.

— C'est le milieu de la nuit. Vous devriez vous reposer tant que vous pouvez le faire.

Margriet hocha la tête. Au moins, celui-ci semblait comprendre combien son inexpérience lui rendait ce voyage inconfortable et pénible. Pas comme la brute qui les commandait ! Ce Rurik les faisait avancer sans états d'âme, avec une détermination qui la hérissait. Etant elle-même habituée à donner des ordres, elle n'était pas un parangon d'obéissance et ce changement de situation la perturbait. Sans doute était-ce pour cela que les pensées se bousculaient en elle dans la plus totale confusion, l'empêchant de trouver le sommeil.

Sven s'éclaircit la gorge, la tirant de ses réflexions.

— J'ai besoin de marcher un peu pour me déraidir les jambes. Est-ce permis ? s'enquit-elle avec une humilité qu'elle était bien loin d'éprouver.

Les hommes, pour ce qu'elle en savait, adoraient que les femmes se comportent comme si elles n'avaient rien dans la tête.

Sven tourna les yeux vers l'autre bout du camp. Rurik,

leur chef, dormait là-bas, assis contre un arbre et le torse enveloppé dans une cape sombre. Si Sven n'avait pas regardé dans cette direction, Margriet ne l'aurait même pas remarqué tant il se confondait avec l'ombre.

Ce qui était sans doute son objectif.

En tout cas, l'homme avait dû adresser à Sven quelque signe imperceptible pour elle, car celui-ci acquiesça à sa requête.

— Venez, chuchota-t-il en lui tendant la main.

Elle s'appuya sur son bras musculeux et ils s'éloignèrent lentement de la tente. D'abord, ils restèrent tous deux silencieux. Mais lorsqu'ils furent à quelque distance des hommes endormis, Margriet ne put contenir sa curiosité.

— Votre chef ne semble guère ravi de devoir m'escorter à Kirkvaw, commença-t-elle.

Sven ricana.

— Rurik n'est pas enchanté de retourner à Kirkvaw, c'est un fait.

Margriet s'étonna.

— Que voulez-vous dire, messire ? Ne sera-t-il pas récompensé par mon père, s'il accomplit cette mission ?

— Oh, oui, il sera récompensé. Mais pas par votre père.

Il se pencha vers elle comme s'il s'apprêtait à lui confier quelque chose. Mais une voix s'éleva derrière eux dans l'obscurité.

— Sven, vous n'avez pas à aborder des sujets aussi personnels avec la fille de Gunnar. Surtout quand ils me concernent…

Rurik ! Margriet sursauta, frappée par la menace latente qui vibrait dans sa voix.

— D'accord, fit Sven avec un sourire.

Il adressa un signe de tête à Rurik avant de s'éloigner silencieusement, comme s'il obéissait à un ordre tacite.

Laissant Margriet en compagnie de celui qu'elle aurait préféré éviter entre tous…

Rurik lui offrit le bras. Puis, sans prononcer une parole,

il la fit marcher en rond autour du camp. Margriet ne tarda pas à se sentir mieux. Chaque pas lui semblait plus facile que le précédent, et au bout de quelques tours les courbatures de son dos et de ses hanches devinrent beaucoup moins douloureuses. Rurik ne cessa de la guider que lorsqu'elle s'arrêta d'elle-même, au moment où ils allaient passer devant sa tente pour la troisième fois.

— Tous mes remerciements, messire, dit-elle doucement, comme ils arrivaient à la hauteur du garde endormi.

Elle s'attendait à ce que Rurik le réveille et le réprimande pour avoir dormi pendant son escapade. Mais il n'en fit rien, à son grand étonnement. Sans doute lut-il dans ses pensées, car il répondit à la question comme si elle l'avait posée tout haut.

— Il est ici pour assurer votre confort, ma sœur, pas votre sécurité. S'il y avait eu le moindre danger alentour, je vous garantis que personne ne dormirait dans ce camp.

— Mon confort ?

— Oui. Si vous avez besoin de quoi que ce soit, n'hésitez pas à le lui demander.

Elle s'aperçut alors que l'homme ne dormait pas vraiment. Allongé sur le sol, il les observait entre ses paupières mi-closes.

Margriet se tourna de nouveau vers Rurik, dont l'expression, bien qu'illuminée par le clair de lune, lui parut toujours aussi indéchiffrable.

— Donc je n'aurai pas à l'enjamber, la prochaine fois qu'il me prendra l'envie de faire une promenade nocturne ?

Le garde écoutait chacune de leurs paroles, mais sans répondre lui-même.

Rurik secoua la tête.

— Non, ma sœur. La prochaine fois, vous le réveillerez pour lui dire bonsoir.

Cette fois, l'homme émit un son qui ressemblait fort à un rire étouffé.

Une plaisanterie de Rurik, c'était chose si rare que

Margriet en demeura bouche bée. Etonnée de ce changement d'attitude et plus curieuse qu'elle ne voulait l'admettre, elle risqua la question qu'elle avait déjà posée à Sven.

— Alors c'est vrai, vous ne souhaitez pas retourner à Kirkvaw ?

En fait, ce n'était que la première de la longue liste de questions qu'elle avait en réserve, sur Kirkvaw, mais aussi sur son père et sur Rurik lui-même.

— Je pourrais vous demander la même chose, ma sœur. Pourquoi ne voulez-vous pas retourner à Kirkvaw ?

Elle ouvrit la bouche pour répliquer, mais la réponse qu'elle s'apprêtait à énoncer et celle qu'elle aurait *dû* donner risquaient d'être si différentes qu'elle préféra se taire. En outre, elle ne voulait pas discuter avec lui. Ses paroles auraient risqué d'en révéler plus qu'elle ne souhaitait en dire à quiconque.

Cette fois encore, il parut lire dans ses pensées.

— Vous voilà aussi embarrassée que moi, ma sœur, n'est-ce pas ?

Elle pinça les lèvres, ravalant les mots qu'elle s'apprêtait à prononcer. Quoi qu'elle dise, cela lui causerait du tort. Acceptant momentanément la défaite, elle contourna le garde immobile et pénétra dans la tente. Mais lorsqu'elle se retourna pour ajuster les deux pans de toile qui fermaient l'entrée, elle vit que Rurik était toujours là, les bras croisés sur la poitrine. La cape drapée sur ses larges épaules flottait presque jusqu'à ses pieds.

Elle l'entendit adresser quelques mots au garde, trop bas malheureusement pour qu'elle puisse capter ses paroles. L'homme lui répondit dans ce dialecte que parlaient les gens du commun aux Orcades et elle s'efforça de saisir le sens de ses propos.

Bien que les terres autour du couvent soient tombées sous la domination d'un lord écossais quelques années plus tôt, le comte Erengisl restait le protecteur du lieu, ainsi que de plusieurs monastères à Caithness. Or on parlait à sa cour la langue scandinave formelle que Margriet utilisait à son arrivée au couvent. La mère Ingrid, originaire d'une autre partie de l'Ecosse, lui avait aussi enseigné le gaélique en usage là-bas. Mais la jeune fille se sentait plus douée pour l'arithmétique que pour les langues.

Après avoir ajouté une phrase ou deux d'un ton très calme, Rurik termina son discours par un petit rire qu'elle soupçonna d'être à ses dépens. Vexée, elle sortit la tête pour qu'il la voie. D'un signe, il lui intima l'ordre de rentrer et elle faillit un instant regimber. Mais la fatigue l'emporta et elle se glissa sous la toile sans mot dire. Cette fois, ses articulations ne la firent pas trop souffrir quand elle s'installa sous les couvertures auprès d'Elspeth endormie.

Le soleil se leva bien trop tôt à son goût et elle eut l'impression d'avoir à peine fermé l'œil quand l'ordre de lever le camp résonna à l'extérieur. Dieu merci, elle avait eu la présence d'esprit avant de s'endormir de sortir de son sac les herbes dont elle avait besoin le matin et de les placer à portée de main. Les mâcher à son réveil contribuait à calmer ses malaises matinaux.

Tout en pliant les couvertures, elle pria pour que son estomac se remette en place et ne lui joue pas un mauvais tour comme la veille. Puis elle prit de longues et profondes inspirations, comme le lui avait conseillé la cuisinière du couvent, et se concentra sur sa tâche en luttant contre la nausée.

Si Elspeth remarqua son malaise, elle n'en pipa mot, tandis qu'elles regardaient les hommes démonter et empaqueter leur tente. Mais lorsque leur gardien de la nuit leur tendit un bol de porridge, l'estomac de Margriet se rebella sur-le-champ et elle dut s'éloigner en toute hâte. Heureusement, Elspeth congédia les hommes qui faisaient mine de la suivre, avec plus de fermeté qu'on aurait pu s'y attendre de la part d'une jeune personne élevée chez les sœurs.

— Non, non, messieurs, laissez-la ! Elle n'a pas besoin de vous pour l'instant.

Cachée derrière un fourré, Margriet tomba à genoux et laissa son estomac se vider de son maigre contenu. Mais les spasmes ne se calmèrent pas tout de suite et il lui fallut plusieurs minutes avant de pouvoir s'asseoir sur les talons et reprendre sa respiration.

Elle s'essuya la bouche, le corps secoué de frissons. Un craquement de feuilles derrière elle l'avertit que quelqu'un approchait. Elspeth sans doute.

Margriet se releva, prête à la remercier de son assistance.

— Elspeth, je…

Elle tressaillit en découvrant Rurik immobile à quelques pas de là. Les mains sur les hanches, il l'observait avec une étrange intensité, sans manifester la moindre émotion apparente. Les lignes dures de son visage auraient pu être sculptées dans la pierre tant elles semblaient impassibles.

— Ma sœur ? appela à cet instant la voix tremblante d'Elspeth.

Margriet aurait dû la rejoindre, mais elle s'en sentait incapable. Une étrange torpeur s'était emparée d'elle, l'empêchant de bouger et même de détourner les yeux pour s'arracher au regard fixe de Rurik. Pourquoi la dévisageait-il ainsi, au nom du ciel ? Elle se sentait si nue et vulnérable en cet instant qu'elle tâta machinalement sa guimpe et son voile, afin de s'assurer qu'ils étaient bien en place.

— Ma sœur ?

Le charme qui les empêchait tous deux de bouger se dissipa enfin et ils se tournèrent ensemble vers Elspeth. Mais la jeune fille n'était pas seule. Sven était accouru lui aussi avec plusieurs de ses compagnons et tous se tenaient là à la contempler bouche bée. Oh, Seigneur ! Margriet prit une profonde inspiration et tâcha de rassembler ses esprits. Ecartant Rurik, elle voulut reprendre le chemin du camp. Mais comme les autres demeuraient sur place, littéralement pétrifiés, elle se retourna pour leur faire face.

— Veuillez m'excuser. Je… j'avais grand besoin d'être seule un instant.

Dans une telle conjoncture, mieux valait en dire le moins possible. Au moins, elle ne risquerait pas d'être prise en flagrant délit de mensonge ! Accablée de honte, elle tourna les talons et s'engagea dans le sentier qui coupait le bosquet. Un pesant silence régnait derrière elle et elle eut l'impression de sentir sur sa nuque le poids de tous les regards posés sur elle. Mais elle n'en continua pas moins son chemin, dans l'espoir que l'incident serait vite oublié.

— Pardonnez-nous d'avoir violé votre intimité, ma sœur.

Elle accepta l'excuse d'un hochement de tête, sans se retourner, et tâcha d'ignorer les chuchotements croissants de l'assistance.

Mais la voix de Rurik l'arrêta derechef.

— On entendait vos haut-le-cœur dans tout le camp. Nous nous sommes inquiétés pour vous.

Le sarcasme latent de ces propos mit le comble à sa confusion. Oh, Seigneur, comment allait-elle se sortir de cette situation épineuse ? Devait-elle lui répondre tout de suite ou attendre d'être seule avec lui ?

Elle se décida enfin. Ignorer le défi — car c'en était bel et bien un — ne pouvait qu'aggraver les choses. Mais que dire ?

— Je vous remercie de votre sollicitude à tous, articula-t-elle enfin.

Elle les regarda dans les yeux l'un après l'autre, Rurik en dernier.

— Voyez-vous, je ne suis pas habituée à voyager, et mon corps me le rappelle à sa façon.

Rurik accueillit l'explication sans commentaire, mais il était loin d'être convaincu. Quelque chose n'allait pas dans tout cela, le diable l'emporte ! Il avait l'intuition que Margriet venait de leur servir un mensonge. La hâte avec laquelle elle s'était éloignée du camp, son malaise, sa façon de détourner les yeux chaque fois qu'elle rencontrait les siens, tout cela l'intriguait plus qu'il ne l'aurait voulu.

D'un geste, il renvoya ses hommes à leurs devoirs, mais fit signe à Magnus et Sven de rester. Le confort de la demoiselle leur importait à tous, et les malaises dont elle avait souffert deux jours de suite n'auguraient rien de bon pour leur périple. Ils ne pouvaient tout de même pas la remettre à son père sur une civière, à demi morte d'épuisement ! Si Rurik voulait mener à bien sa mission, il lui fallait prendre son état de santé en considération.

— Prenez vos cartes et rejoignez-moi au camp, leur dit-il. Je crains que nos projets ne soient trop ambitieux pour la fille de Gunnar.

— Au moins, elle n'a pas pris vos bottes pour cible cette fois ! plaisanta Magnus. Si sœur Margriet supporte si mal de cheminer dans les terres, qu'en sera-t-il quand nous prendrons le bateau pour rejoindre les îles ?

Magnus fit la grimace comme ses deux compagnons. Mais on n'en était pas là et le problème actuel n'en demeurait pas moins. Faire voyager la jeune femme à trop vive allure les mènerait tout droit à l'échec de leur mission. Malgré le retard accumulé par ses propres tergiversations, Rurik savait que la saison peu avancée leur laissait encore du temps. Il s'en fallait encore de plusieurs semaines avant que les tempêtes d'hiver ne rendent la mer quasi impraticable. Dans ces conditions, passer quelques jours de plus sur la route n'avait pas grande importance, surtout si c'était pour ménager la personne la plus importante de leur petit groupe.

— Allez chercher les cartes, répéta-t-il.

Il ne leur fallut que quelques instants pour réviser leur itinéraire et décider de leurs futures étapes. En partant du couvent, ils s'étaient dirigés vers l'est, car la piste poussiéreuse qu'ils suivaient traversait plusieurs petits villages où ils comptaient renouveler leurs provisions. La région où ils allaient se risquer à présent n'était qu'une lande déserte et il leur faudrait quelques jours de plus que par la route. Mais les rivières qu'ils longeraient leur fourniraient du poisson et du gibier d'eau en abondance. Et ils chevaucheraient sur un terrain plat, au lieu de peiner dans les montées comme ils l'avaient fait jusque-là dans les montagnes qui entouraient le couvent.

Après avoir envoyé ses hommes achever les préparatifs pour leur voyage de la journée, Rurik jeta un coup d'œil vers les deux femmes, assises sur un tronc d'arbre couché à terre.

Toutes deux avaient beau porter le même habit, qui marquait leur appartenance à une communauté religieuse, il n'arrivait toujours pas à s'imaginer Margriet passant sa vie au couvent.

La flamme qui s'allumait dans ses yeux chaque fois qu'elle était en colère ou confrontée à un défi était loin de la patiente résignation qu'on était en droit d'attendre d'une personne ayant fait vœu d'obéissance. Pas plus que le balancement de ses hanches lorsqu'elle marchait. Et les ondulations de sa chevelure d'ébène, dont il avait vu le flot cascader sur ses épaules, ne s'accordaient guère avec ce qu'il imaginait d'une femme qui s'était volontairement vouée au célibat.

Jetant un furtif regard autour de lui, il constata qu'il était le seul à être aussi troublé par sœur Margriet. Les autres s'adressaient à elle avec respect, évitaient de la regarder dans les yeux ou de la frôler et n'observaient pas ses moindres gestes comme lui. Tous traitaient les deux voyageuses avec la déférence qu'on devait à des nonnes.

Sauf lui.

En dépit de ses efforts pour accepter la situation telle qu'on la lui présentait, il ne voyait en elle qu'une jeune femme vibrante de vie, qui se gaspillait elle-même en se vouant à l'Eglise.

Pourtant, il devait bien se faire une raison. Sa tâche consistait à ramener lady Margriet à son père, rien de plus. Son avenir à lui était déjà tout tracé, et il doutait que les projets de son propre père incluent la fille de Gunnar, même si ce dernier était le premier conseiller d'Erengisl.

Sans compter qu'il devait y avoir aussi des projets pour elle en attente. Oh, pas d'alliance royale, bien entendu. Gunnar était riche et puissant, mais pas à ce point. Il était au service du comte des Orcades et gouvernait à sa place chaque fois qu'Erengisl séjournait sur ses autres terres ou partait en mission pour le roi.

Si Rurik en croyait les informations qu'il avait pu glaner de Magnus et Sven, Erengisl allait avoir besoin de s'absenter de plus en plus souvent pour des raisons hautement politiques. Et c'était pour cela qu'il souhaitait laisser l'un de ses fils à Kirkvaw, tandis que l'autre prendrait en charge les immenses domaines de la province de Viipuri et le siège familial à Näsby.

Tout en regardant Margriet tendre gracieusement la main pour accepter la coupe d'ale que lui offrait l'un des hommes, il songea que leurs pères se ressemblaient beaucoup en fin de compte. Aucun des deux n'était de sang royal, mais tous deux avaient obtenu richesse et pouvoir en servant ceux qui l'étaient. Mais la similitude ne s'arrêtait pas là. Margriet et lui étaient de simples pions dans le jeu de leurs géniteurs respectifs.

Plongé dans ses réflexions, il en oublia presque de surveiller la jeune femme, dont les gestes attirèrent soudain son attention. Reculant vers les arbres pour qu'elle ne s'aperçoive pas qu'il l'observait, il la vit plonger discrètement la main dans une poche de sa tunique et en retirer quelque chose qu'elle porta à sa bouche et mastiqua. Puis elle regarda autour d'elle, et croyant sans doute ne pas être vue, elle versa la plus grande partie de sa bière dans la coupe de sœur Elspeth. Elle prit ensuite un petit carré d'étoffe dont elle enveloppa le morceau de pain et le fromage qu'on lui avait donnés pour son petit déjeuner. Puis elle se leva pour glisser furtivement le paquet dans sa poche.

Intéressant, songea Rurik. Elle n'avait pas touché à la nourriture qu'il lui avait fait servir, mais la cachait pour… pour quoi ? Pour la manger plus tard ? Ou la donner à quelqu'un d'autre ?

Pas à sœur Elspeth en tout cas, qui avalait tranquillement sa part sans laisser une miette de pain ni une goutte d'ale.

Elle ne demanda pas de supplément, et il eut tout lieu de penser qu'elle était rassasiée.

A cet instant, Sven le héla de l'autre bout du camp et Rurik écarta ces questions de son esprit pour se consacrer aux tâches urgentes qui l'attendaient.

En jetant un coup d'œil un peu plus tard, il vit qu'on aidait les nonnes à se mettre en selle et surprit l'expression de joie qui se peignit sur le visage de sœur Margriet quand elle vit qu'on avait ajouté des couvertures pliées sur sa selle. Une façon d'amortir les effets des longues heures de chevauchée qui les attendaient…

Le regard de la jeune femme croisa le sien, et Rurik se surprit une fois de plus à contempler les courbes féminines qu'il devinait sous la robe de bure.

Reconnaissante, elle lui adressa un sourire aimable qui lui coupa littéralement la respiration. Puis elle s'humecta les lèvres et il vit sa bouche délicieuse former les mots :

« Merci beaucoup ! »

Rurik frémit de tout son corps et resta un instant immobile, comme frappé par le marteau de Thor. Bon sang, ce voyage allait être parsemé de dangers auxquels il n'avait pas songé en acceptant cette mission ! Quel genre d'homme était-il pour fantasmer ainsi sur une nonne ?

Il donna le signal du départ, et quelques minutes plus tard, ils quittaient la clairière pour s'enfoncer de nouveau dans les profondeurs de la forêt. Rurik laissa Sven prendre la tête du cortège, préférant rester en arrière pour réfléchir à ses actions inconsidérées.

Désirer une nonne ! Devenait-il fou, par hasard ?

Peut-être avait-il trop aimé les femmes toutes ces années, au point d'en perdre toute mesure ? Car il les avait aimées, oh, oui ! Depuis l'instant où il était arrivé en Ecosse et avait commencé à vivre chez son oncle, il s'était enflammé pour toutes celles qui passaient à sa portée.

Une fois éveillé, son appétit pour elles n'avait fait que croître au fil du temps. Bien que la tradition viking qui consistait à prendre les femmes de gré ou de force ne fût plus qu'un souvenir, il n'avait jamais pris la peine de détromper celles qui, sur les terres des MacLerie, y croyaient encore. Et comme cette réputation continuait à se transmettre de mère en fille, il avait fait son possible pour ne pas la démentir auprès de celles qui ne demandaient qu'à en faire l'expérience.

Les gens disaient qu'il dormait rarement seul. C'était un fait, mais il n'aurait jamais mis dans son lit une femme récalcitrante. Il s'assurait d'abord de son consentement avant de laisser son désir s'exprimer sans la moindre contrainte.

Rurik prit une profonde inspiration, savourant l'air frais et pur de la montagne. Les yeux fixés sur le cortège qui descendait le sentier devant lui, il se remémora ses meilleurs moments et ses plus belles conquêtes féminines.

Mais une vague de tristesse l'envahit lorsqu'il songea à Nara.

Malgré sa réputation de séducteur, il était capable d'être fidèle quand c'était ce qu'une femme attendait de lui. Nara et lui étaient ensemble depuis près de trois ans quand le premier appel de son père lui était parvenu. Peut-être était-ce cela qui l'avait incitée à partir ? Il ne savait pas. Elle était la seule à qui il ait confié la vérité sur son passé familial.

Que ce fût à cause de cela ou non, elle avait quitté Lairig Dubh avant la seconde tentative de Magnus et Sven pour lui remettre le message de son père. Et elle était repartie dans le village lointain où vivait sa famille.

Tout en chevauchant, plongé dans une rêverie inhabituelle chez lui, Rurik vit Margriet s'agiter sur sa selle et tirer quelque chose de sa poche. Déstabilisée par les mouvements du cheval, elle faillit d'abord lâcher le petit paquet qu'elle dissimulait dans sa paume. Puis elle le cala contre son flanc et Rurik la vit porter furtivement des morceaux de nourriture à sa bouche.

Si l'un de ses compagnons de voyage s'était tourné vers

elle en cet instant, il n'aurait pas deviné ce qu'elle était en train de faire.

Mais Rurik le savait, lui.

Il le savait parce que rien de ce qu'elle faisait n'échappait à son regard.

Pas un seul geste.

Ni la délicieuse moue que formait sa bouche quand elle formulait quelques paroles.

Ni sa façon distraite d'effleurer les feuillages du bout des doigts, quand ils passaient entre deux halliers.

Ni le son un peu rauque de sa voix lorsqu'elle chuchotait ses prières avant de manger ou de dormir.

Rien, absolument rien !

Rurik ferma les paupières et implora le pardon divin. Pas les innombrables dieux de ses ancêtres, mais celui qui régnait seul sur la terre et les cieux.

Car il méritait pis que pendre, en vérité.

Lui dont le cœur se languissait encore de la seule femme qu'il ait jamais aimée, tandis que son corps brûlait pour une nonne…

Chapitre 5

Margriet étouffait sous son habit. Pas même un soupçon de brise pour la rafraîchir ! La sueur perlait sur son front et s'écoulait goutte à goutte sous sa guimpe avant de se frayer un chemin le long de son cou, entre ses omoplates et tout le long de son dos. Elle se maudit pour sa stupide imprévoyance. C'était là une conséquence de son déguisement à laquelle elle n'avait même pas songé.

En fait, elle avait espéré que cet habit lui assurerait une protection contre les avances intempestives de ses compagnons de voyage. Et cela avait marché. Les hommes les traitaient avec déférence et respect, Elspeth et elle, et se tenaient à distance. Aucun d'eux ne semblait effleuré par la pensée qu'elles n'étaient peut-être pas de vraies nonnes.

Excepté leur chef. Elle l'avait surpris en train de l'observer aux moments les plus inattendus et elle le soupçonnait de se douter de quelque chose.

Ou peut-être était-ce son propre sentiment de culpabilité qui lui jouait des tours ?

Pourtant, son plan semblait judicieux et sensé. Même la révérende mère avait semblé l'approuver. Mais c'était avant le début du voyage, avant qu'ils ne quittent la vallée enclose de montagnes, avec son abondance de forêts, de ruisseaux… et son ombre bénie.

Mais depuis la veille, ils étaient sortis de la vallée pour s'engager sur des terres plates et dures où rien ne poussait hors des buissons bas et de la végétation rampante.

Oui, son plan était sans faille… au début ! La pensée

qu'elle puisse souffrir de la chaleur ne l'avait même pas effleurée. Elle ne se rappelait pas avoir entendu les nonnes s'en plaindre. Encore une preuve qu'elle n'était pas faite pour la vie religieuse !

Comme s'il avait deviné ses pensées, Rurik se retourna sur sa selle et leurs regards se rencontrèrent. La sueur perla de plus belle sur le visage de Margriet, qui la sentait à présent couler aussi entre ses seins. Et ses cheveux, qu'elle avait dû enfoncer sous sa tunique pour en dissimuler la longueur, n'arrangeaient pas les choses. Au point qu'elle se demanda si elle n'avait pas fait de nouveau un mauvais choix.

Comme toujours.

Elle détourna les yeux avec un soupir et sortit de sa manche un carré d'étoffe dont elle s'épongea le visage. Comment garder ce calme imperturbable qui caractérisait les nonnes, quand les nuages s'éclaircissaient dans le ciel et que le soleil dardait des rayons brûlants, comme pour leur rendre les choses encore plus difficiles ?

Jetant un regard vers Elspeth, elle vit que la jeune fille semblait souffrir encore plus qu'elle. Pourvu qu'elle ait la sagesse de tenir sa langue jusqu'à la fin du voyage et de garder son secret…

— Ma sœur ?

Margriet tourna la tête et découvrit Sven à côté d'elle. Ce jeune Nordique était décidément le plus agréable des hommes. Toujours si empressé et soucieux de leur confort…

— Vous aimeriez peut-être vous désaltérer?

Il lui tendit une outre, qu'elle accepta sans dissimuler sa gratitude.

— Merci beaucoup, Sven.

Elle avala plusieurs gorgées avec délice. L'eau était presque tiède, mais elle rafraîchissait néanmoins. Sven passa ensuite l'outre à Elspeth, qui but à son tour avec avidité.

— Peut-être aimeriez-vous en asperger un peu vos habits et votre visage ? suggéra-t-il à Margriet.

Il s'empourpra, sans doute conscient qu'un homme n'abordait pas de sujets aussi intimes avec une nonne.

— Je… je vous demande pardon, ma sœur, reprit-il après un instant d'hésitation. Mais vous êtes très rouge et j'ai pensé que vous vous sentiez peut-être incommodée.

Margriet essaya de surmonter son embarras.

— Je vous remercie de vous soucier autant de mon bien-être, mais je ne voudrais pas gaspiller nos provisions pour des besoins aussi égoïstes.

Elle soupira.

— Même si ce serait très bienvenu par cette chaleur, ajouta-t-elle avec un soupçon de regret.

Craignant de ne pas avoir mis assez d'onctuosité ecclésiastique dans ces mots, elle se hâta d'ajouter :

— J'offre bien volontiers ces petites incommodités au Seigneur…

Elle leva les yeux au ciel puis les ferma un instant, imitant le geste qu'elle avait vu faire aux nonnes des milliers de fois durant son long séjour au couvent. Puis elle déploya son mouchoir et tenta de trouver un coin d'étoffe encore un peu sec pour s'essuyer le front. Elle ne savait pas quelles étapes avaient été prévues pour leur voyage, mais elle avait des scrupules à gaspiller l'eau pour son propre confort. Seigneur, quelle sotte elle avait été d'endosser cette épaisse robe de bure !

Sven hocha la tête avant de leur offrir un peu plus d'eau. Puis il attendit qu'elles aient absorbé quelques gorgées et éperonna son cheval pour regagner la tête du cortège.

A la place où *il* chevauchait ce jour-là.

Margriet comprit qu'ils parlaient d'elle, quand elle vit Rurik se retourner pour la regarder. Il adressa quelques mots à Sven, qui revint vers elle à bride abattue.

— Nous allons bientôt atteindre une rivière, ma sœur. Vous pouvez utiliser l'eau tant que vous voudrez, ne craignez rien. Elle ne nous fera pas faute.

Prise au piège de ses propres simagrées, Margriet fronça

les sourcils. D'un côté, elle était tellement en nage que se vider le reste de la gourde sur la tête aurait été tout simplement divin. Mais une nonne devait se comporter avec plus de retenue, et la raison l'emporta en elle. Elle tendit son mouchoir à Sven pour qu'il y verse quelques gouttes et se tamponna le front et les joues.

— Grand merci pour votre sollicitude, Sven. Je ne m'attendais pas à cette canicule, et j'avoue que c'est vraiment une épreuve.

Il lui reprit l'outre, tout en continuant à trotter à côté d'elle. Le cortège avançait toujours à la même allure, mais plus lentement que les deux premiers jours de leur voyage. Deux jours qui n'avaient laissé à Margriet qu'un souvenir confus et brumeux… Tout ce dont elle se rappelait, c'était son chagrin d'avoir quitté le couvent et les douloureuses courbatures provoquées par sa longue chevauchée.

Quant à son voyage vers Caithness tant d'années plus tôt, elle ne s'en souvenait plus du tout. Elle n'avait que huit ans à l'époque et pleurait la mort de sa mère. Les points de comparaison lui manquaient donc, mais elle avait tendance à penser que le voyage actuel était le pire qu'elle ait jamais vécu.

Elle attendit un instant que Sven lui adresse de nouveau la parole. Mais il n'en fit rien et elle se replongea dans ses pensées. L'avenir qui l'attendait était fort incertain et elle se demandait quelles répercussions allait avoir la faute qu'elle avait commise. Elle allait sûrement tomber en disgrâce auprès de son père !

Pendant ce temps, Sven était allé se placer à côté d'Elspeth et elle l'entendit écorcher quelques mots en gaélique, la langue natale de la jeune fille.

D'un coup d'œil, elle embrassa le reste de la petite troupe et nota pour la première fois que la plupart des hommes étaient des Ecossais, excepté ceux qui comme elle étaient originaires des Orcades. Rurik, Sven, Magnus et une demi-douzaine d'autres étaient aussi à l'aise avec le langage formel de la cour qu'avec le dialecte du peuple. Quatre autres, comme Elspeth, ne parlaient que le gaélique.

Rurik était le seul à parler couramment les trois.

Elle jeta un regard vers la tête du cortège où il se détachait, grand et musclé, sur le groupe des voyageurs qu'il guidait le long du chemin. Il était avare de paroles et ne donnait que de rares ordres. Et pourtant, il était évident que c'était lui qui commandait. Ecossais et Nordiques écoutaient ses directives avec une tranquille déférence, comme les sœurs avec leur révérende mère.

Elle avait observé aussi qu'il restait généralement à part et gardait ses distances avec les autres, y compris Magnus et Sven. Ces deux-là étaient pourtant ses amis de longue date, songea-t-elle en coulant un regard à Sven, toujours occupé à converser avec Elspeth. Elle le devinait à la familiarité dont ils faisaient preuve entre eux. Ils semblaient aussi partager une connivence avec Rurik, car ils passaient leur temps à comploter Dieu sait quoi en rapprochant leurs têtes.

Mais que savait-elle de Rurik, en fin de compte ?

Comme si elle avait prononcé son nom tout haut, il se retourna au même instant. Gênée, Margriet détourna les yeux et fit mine de s'éponger le visage, incapable de soutenir l'intensité de son regard. Quels que soient les secrets de Rurik, elle aurait le temps de les découvrir pendant le voyage. Sven en savait plus qu'elle à ce sujet. Il avait commencé à lui en toucher quelques mots le premier soir, tandis qu'ils marchaient ensemble autour du camp. Mais Rurik avait interrompu ces confidences !

Ainsi, il y a avait bien un secret à découvrir. Peut-être même plusieurs…

Comme chaque fois qu'elle était confrontée à une tâche, Margriet se mit à réfléchir à la meilleure façon de la mener à bien. Le temps qu'ils atteignent le bord de la rivière, elle savait exactement comment elle allait s'y prendre pour découvrir qui était Rurik et pourquoi il avait accepté la mission de la reconduire chez elle dans le Nord.

*
* *

Le lieu choisi pour leur étape de la nuit se révéla fort plaisant. Margriet observa le paysage autour de sa tente et du grand feu qui brûlait au centre du camp, heureuse de voir les branches se balancer doucement dans la brise. Enfin un peu de fraîcheur après l'accablante chaleur du jour ! Le soulagement était relatif, vu l'épaisseur des étoffes qui l'enveloppaient. Mais c'était tout de même plus agréable que de subir les rayons aveuglants du soleil à son zénith, sans le moindre endroit ombragé pour y échapper.

Assise sur une souche d'arbre, elle dégustait un repas étonnamment bien cuisiné. Autour d'elle, les hommes formaient de petits groupes réunis selon leurs affinités de langue et d'origines, autant qu'elle pouvait en juger. Les Ecossais étaient assis loin du feu et se passaient une outre de bière, tandis que les Nordiques étaient installés plus près du foyer.

Rurik ne mangeait pas mais arpentait le camp, veillant au confort des chevaux et au stockage des provisions. Profitant de l'opportunité, Margriet se leva et s'approcha du feu où elle puisa une portion de nourriture dans la marmite à l'aide d'une longue cuillère. Puis elle porta l'écuelle jusqu'à l'endroit où il se tenait à présent.

Une expression de surprise se peignit sur son visage. Mais il finit par hocher la tête et lui prit le bol des mains.

— Vous n'avez pas à me servir, ma sœur, fit-il en acceptant la cuillère qu'elle lui tendait.

— J'ai si peu à faire, messire ! se récria-t-elle. En dehors de la prière, bien entendu, ajouta-t-elle aussitôt avec une onctuosité appuyée. Et c'est le moins que je puisse faire pour vous remercier.

Rurik hocha la tête et avala quelques bouchées sans prononcer un mot. Sven s'avança vers eux avec une coupe bosselée et une outre de bière, qu'il tendit à son ami.

Ce dernier passa l'écuelle et la cuillère à Margriet.

— Puis-je vous demander de me tenir ceci un instant, ma sœur ?

Elle le regarda verser une rasade d'ale dans la timbale, qu'il lui offrit aussitôt, se contentant lui-même de l'outre qu'il porta directement à sa bouche. Puis il la redonna à Sven et reprit son écuellée de nourriture, qu'il acheva en silence.

Margriet sirota sa bière, tout en préparant les questions qu'elle allait lui poser en premier. Si elle se montrait trop agressive, il risquait de se fermer. Mais trop de délicatesse ne vaudrait rien non plus. Il aurait tôt fait d'esquiver les réponses qui auraient pu l'éclairer sur l'homme et son passé.

— Pourquoi ne vouliez-vous pas m'escorter chez mon père ?

Il s'arrêta de manger, la cuillère à mi-chemin entre son écuelle et sa bouche.

— Je vous demande pardon ?

— Hem… Il est évident pour moi que vous faites cela à contrecœur. Alors pourquoi avez-vous accepté cette mission ?

Le cœur battant, elle porta sa timbale à ses lèvres et se força à avaler une autre gorgée. Il fallait absolument qu'elle reste calme si elle voulait en découvrir un peu plus sur l'homme chargé de l'escorter.

En tout cas, elle l'avait pris par surprise. Cela se voyait aux yeux écarquillés qu'il fixait sur elle, tandis qu'il cessait de mâcher la nourriture qu'il avait dans la bouche. Il essaya de déglutir et Margriet se douta de ce qui allait suivre.

Et qui ne manqua pas de se produire…

Rurik se mit à tousser, le buste penché en avant, et elle dut se précipiter vers lui pour lui assener de vigoureuses tapes dans le dos. Bien entendu, l'écuelle et son contenu avaient déjà atterri à leurs pieds !

Il fallut quelques minutes à Rurik pour retrouver sa respiration normale. Inquiète, Margriet continua à lui taper dans le dos jusqu'à ce qu'il ait retrouvé son souffle. Après ce qui lui parut une éternité, il parut enfin mieux et la congédia d'un geste. Elle recula de quelques pas, et ce fut alors qu'elle remarqua l'étrange silence qui régnait autour d'eux.

Tous les hommes s'étaient figés, la bouche ouverte et le regard fixé sur eux. Personne ne bougea tandis qu'elle replaçait sa guimpe là où elle aurait dû être — sur sa tête — et rajustait les plis de sa robe. Lorsqu'elle eut elle-même retrouvé sa respiration, elle s'éclaircit la gorge et se tourna vers Rurik.

— Allez-vous mieux ?

Il ricana.

— Maintenant que je peux respirer de nouveau … ou que vous avez cessé de me marteler le dos à m'en faire tomber par terre ?

Le sarcasme vibrait dans ces mots et elle rougit, au comble de l'humiliation et de l'embarras. Pire encore, elle sentit un afflux de larmes lui brûler les paupières, l'obligeant à détourner les yeux.

Comment avait-elle pu croire un seul instant qu'elle pourrait circonvenir un homme pareil et lui tirer les vers du nez ? Au lieu de cela, elle s'était comportée d'une façon inconvenante, dont l'incongruité l'horrifiait après coup.

La tête basse, elle tourna les talons, impatiente de se réfugier dans quelque recoin sombre du camp où elle pourrait du moins échapper aux regards.

Mais elle avait à peine fait quelques pas que la voix de Rurik l'arrêta.

— Merci pour votre assistance, ma sœur, déclara-t-il d'une voix assez forte pour être entendue de tous.

Il observa une pause avant d'ajouter :

— Et merci aussi de m'avoir apporté à manger. C'était fort aimable de votre part.

La voyant hésiter, incertaine, il s'avança vers elle et lui tendit la main, foudroyant du regard ceux qui s'obstinaient à la dévisager. Les hommes se détournèrent, penauds. Seule la petite nonne contemplait toujours la scène, mais il lut dans ses yeux plus d'inquiétude que de curiosité.

En fait, il ne s'était pas rendu compte de la dureté de ses paroles jusqu'au moment où il avait vu sœur Margriet rougir de confusion. Mais ce furent les larmes qu'il vit poindre dans ses yeux avant qu'elle ne s'enfuie qui achevèrent de le retourner. Seigneur, quelle brute il faisait ! Après tout, elle n'avait pas pensé à mal en le bourrant de coups de poing.

Comme elle ne faisait pas mine d'accepter sa main, il ramassa le gobelet où elle avait bu et fit signe à Sven de lui apporter l'outre de bière. Puis il remplit la timbale et l'offrit à Margriet.

Elle avala une gorgée, puis une autre. Rurik la regardait, attendant en silence qu'elle reprenne ses esprits. Nonne ou pas, elle ne devait pas être le genre de femme à perdre souvent son sang-froid. Quel butor il faisait, décidément !

Gêné de la voir si pâle, il détourna les yeux et retourna à la tâche que Margriet avait interrompue en lui apportant à manger — vérifier les provisions pour leur voyage du lendemain.

La visible détresse de sœur Margriet pendant les deux premiers jours du voyage l'avait amené à concéder plusieurs modifications dans leurs plans. Pour commencer, ils avaient raccourci les étapes. Puis ils avaient changé de route, en décidant de suivre la rivière plus longtemps vers le nord, puis de longer la côte vers le bourg côtier de Thurso, d'où ils pourraient s'embarquer pour les Orcades. Enfin, même s'ils portaient avec eux le plus gros de leurs provisions, il envoyait des hommes en avant pour marchander de la nourriture fraîche et des articles de première nécessité dans les petits villages qui jouxtaient leur chemin.

Tout cela prenait du temps, mais après tout, on ne lui avait pas assigné de date précise pour sa mission. Tant que la mer et les vents permettaient la traversée, il n'était pas obligé de se hâter.

C'était du moins ce qu'il se répétait depuis qu'il avait rencontré la fille de Gunnar.

Il l'entendit s'avancer derrière lui et se retourna pour lui faire face. Elle semblait tout à fait remise à présent, et la méfiance qu'on lisait d'habitude sur ses traits avait laissé place à une expression plus ouverte. Rurik ne se sentit pas le courage de la rabrouer de nouveau. Cette fois, il devait répondre à sa question !

— J'ai pour devoir de vous ramener à votre père, ma sœur. J'ai accepté cette mission et je l'accomplirai comme on me l'a demandé. Mais une tâche n'arrive pas toujours au moment opportun, d'où mon hésitation au départ.

Avait-elle senti qu'il ne disait pas tout à fait la vérité ? En fait, il n'avait pas voulu cette mission et regrettait de l'avoir acceptée — encore plus depuis qu'il connaissait Margriet. Elle ne souhaitait pas quitter le couvent et ne s'était pas fait faute de le clamer, mais on ne lui avait pas laissé le choix. Son père la rappelait à lui, à son foyer et à ses devoirs familiaux.

Exactement comme Erengisl le rappelait lui-même.

Son explication dut tout de même la satisfaire, car elle leva franchement le visage vers lui, au lieu de se dissimuler sous son voile comme à l'accoutumée. La lueur du soleil couchant illumina ses yeux et fit paraître ses lèvres encore plus pulpeuses et plus douces. Lorsqu'elle reprit la parole, ce fut d'un ton naturel, au lieu du murmure auquel elle s'astreignait depuis leur départ du couvent.

— Vous parlez la langue des Highlands comme si vous y étiez né. Seriez-vous Ecossais, et non Suédois ou Norvégien comme je l'avais cru ?

— Ma mère est écossaise. Elle est originaire de l'ouest du pays.

C'était tout ce qu'elle avait besoin de savoir pour l'instant, décida-t-il. Inutile de lui révéler qui était son père. En dépit de l'offre relayée par Sven et Magnus, il n'y croirait que lorsqu'il aurait entendu la proposition de la bouche de son géniteur. Les allégeances changeaient. Les arrangements aussi. Inutile d'avoir à rougir ensuite si les promesses qu'on lui avait fait miroiter n'étaient pas tenues.

Elle ne posa pas d'autres questions, mais parut réfléchir à ses paroles. Tout en sirotant sa bière, elle le regarda aller et venir, tandis qu'il reprenait son inspection. Lorsqu'il s'éloigna, elle le suivit sans perdre un seul de ses gestes.

Irrité par sa présence, il finit par se tourner vers elle.

— Vous avez besoin de quelque chose, ma sœur ? Je ne peux pas être à mon travail si je fais la conversation avec vous.

— Non, non, répondit-elle en secouant la tête. Faites ce que vous avez à faire, messire.

La guimpe qui avait glissé pendant qu'elle lui donnait des tapes dans le dos était de nouveau en place, cachant une chevelure dont il savait qu'elle se répandrait à flots sur ses épaules si elle était libérée de ses liens.

Et de nouveau, il sentit sourdre le besoin insensé de l'étreindre, de la posséder. Par Freya, voilà qu'il convoitait une nonne ! Chaque fois qu'il essayait de le refréner, le désir jaillissait de nouveau en lui au moindre geste qui lui rappelait la femme sous les robes de la religieuse. Quoi, elle secouait la tête et tout de suite il était perdu ?

Comment pouvait-il avoir aussi peu de contrôle sur lui-même ?

Il crut qu'elle allait retourner vers les autres et achever son repas, mais il n'en fut rien. Au lieu de cela, elle finit de vider sa timbale et lui coula un regard oblique.

— Je voudrais marcher jusqu'à la rivière. Ai-je votre permission, messire ?

On aurait pu se méprendre à cette humble attitude et y voir de la docilité. Mais il n'en était rien. La flamme de colère qui assombrissait les prunelles bleues n'échappa pas à Rurik. Margriet Gunnarsdottir ne demandait jamais la permission à personne, semblaient proclamer ces yeux. Et c'était sans doute vrai !

Cette tentative de l'amadouer était si cousue de fil blanc qu'elle faillit lui arracher un petit rire. Mais il se contint. Après tout, il en avait assez de la sentir autour de lui.

— Sven ! appela-t-il.

Et lorsque son ami se fut approché :

— Veuillez escorter les sœurs jusqu'à la rivière. Il doit y avoir un peu de brise au bord de l'eau. Cela les rafraîchira.

Margriet ne prononça pas un mot et lui adressa pour tout remerciement un signe de tête presque imperceptible. Rurik savait que les alentours étaient sûrs, car ses hommes et lui avaient soigneusement exploré l'endroit avant d'y établir leur camp. Et si elle s'éloignait, il pourrait achever son travail avant la tombée de la nuit.

Du moins le croyait-il.

Mais ce n'était qu'un mensonge de plus s'ajoutant à la longue liste de tous ceux qu'il avait déjà proférés ou pensés. En fait, il y avait des années qu'il vivait dans le mensonge, à se donner l'illusion qu'il était l'homme que son entourage voulait voir en lui.

Et petit à petit, il avait perdu sa véritable identité, ne sachant plus trop qui il était.

Son enfance en Suède, en Norvège et dans les Orcades, son arrivée inopinée chez son oncle en Ecosse, et même son aspect physique — grand, blond et musclé — tout cela avait contribué à donner de lui l'image du guerrier viking de légende. Il retint un sourire en se rappelant l'attrait qu'il exerçait sur certaines femmes. Dès qu'il avait approché de l'âge adulte, leur intérêt pour ses prouesses sexuelles croissantes l'avait aiguillonné lui-même. Il avait découvert qu'il adorait la gent féminine… et qu'elle le lui rendait bien !

A présent, il devait découvrir l'homme qu'il était vraiment avant de se retrouver confronté à son père et aux exigences de la famille et de l'honneur. Quête plutôt ardue, songea-t-il en suivant des yeux la jeune femme qui s'éloignait en balançant les hanches.

Il ne la quitta pas du regard tandis que Sven leur faisait traverser le camp pour les guider vers la rivière. Sœur Elspeth marchait la tête baissée, absorbée dans la prière ou murée dans son habituel silence, il ne savait pas. Bref, avec l'attitude qui convenait selon lui à une nonne. La jeune fille ne parlait qu'à Sven, qui semblait vouloir apprendre le gaélique avec elle.

Rurik secoua la tête et se remit à sa tâche.

Il ne comprenait pas pourquoi Sven se donnait cette peine, puisqu'il ne reviendrait probablement jamais ici, ni dans aucune autre partie de l'Ecosse. Mais les tentatives de Sven amusaient la jeune nonne, qui corrigeait en riant sa prononciation défectueuse.

Bah, quel mal y avait-il à cela, après tout ? Apprendre une nouvelle langue était une agréable façon de passer le temps en voyage.

Quelques minutes s'écoulèrent et Rurik reconquit assez de calme pour achever son inspection. La nuit approchait, mais l'aube les trouverait fin prêts au départ. Il voulait profiter du beau temps tant qu'il le pouvait, car il n'en serait pas de même lorsqu'ils auraient atteint l'extrémité nord du pays, où régnaient les tempêtes et les orages. Plus ils avanceraient, plus les conditions du voyage risquaient de se détériorer et ils seraient sans doute retardés dans leur progression…

Il promena un dernier regard sur le camp et s'apprêtait à aller voir s'il restait du brouet dans la marmite, quand un cri de femme déchira tout à coup le silence du crépuscule.

Dieu bon !

Tirant son épée du fourreau, Rurik se précipita vers la rivière au pas de course en jetant au passage des instructions à ses hommes.

— Prenez vos armes et suivez-moi en bon ordre. Surtout pas de bruit !

Des branches lui giflèrent le visage et les bras, tandis qu'il se frayait un chemin dans l'épaisseur des buissons. Evitant le sentier emprunté par les femmes, il prit un autre passage afin de surprendre un éventuel agresseur en surgissant là où on ne l'attendait pas.

Mais en fait d'agression, la scène qu'il eut bientôt sous les yeux lui rappela plutôt l'une de ces farces que lady Jocelyn faisait représenter à Lairig Dubh.

Plongée jusqu'au cou dans la rivière, l'une des nonnes se débattait dans l'eau, tandis que sa compagne demeurée sur la berge lui tendait désespérément la main. Debout non loin de là, Sven riait à s'en tenir les côtes et n'esquissait pas le moindre geste pour leur venir en aide. Ce fut alors que la seconde nonne plongea à son tour dans un éclaboussement de gouttelettes, à l'instant même où les hommes de Rurik jaillissaient des buissons et se rangeaient sur la rive en ordre de bataille.

Sven les aperçut le premier et se renfrogna en regardant Rurik.

— Que diable font-ils là ?

Alertées par le bruit, les deux femmes dont on n'apercevait plus que les guimpes flottant à la surface de l'eau avisèrent à leur tour cette petite armée. Rurik sut à quel moment précis sœur Margriet comprit qu'elle était la cause de leur présence. La joie qui éclatait sur son visage s'évanouit en un clin d'œil tandis qu'elle tentait de reprendre pied.

— Qu'est-ce qui s'est passé, bon sang ? cria Rurik. Nous l'avons entendue crier.

Sven haussa les épaules d'un geste insouciant. Visiblement, le sort des deux femmes ne lui inspirait pas la moindre inquiétude.

— Sœur Margriet a glissé et elle est tombée dans la rivière, expliqua-t-il. Sœur Elspeth a voulu l'aider et vous voyez ce qui est arrivé. Elle a fait un plongeon à son tour !

Rurik se tourna vers ses hommes.

— Tout va bien, vous pouvez retourner au camp ! leur intima-t-il en s'approchant de la berge. Le courant est très faible ici, et elles ne courent pas de danger.

Le spectacle de ces deux nonnes pataugeant dans l'anse de la rivière n'en restait pas moins totalement incongru. Loin de paraître surprises ou effrayées, elles s'attardèrent quelques minutes de plus avant de nager vers la berge escarpée, qu'elles se mirent en devoir d'escalader. Par deux fois, elles glissèrent et retombèrent à l'eau dans une gerbe d'éclaboussures, sans pouvoir refréner leur fou rire. Puis elles se hissèrent enfin sur la rive, hilares.

Rurik les observait, sidéré. L'incident lui semblait tellement peu… ecclésiastique qu'il avait du mal à en croire ses yeux. Il n'aurait jamais imaginé que deux religieuses puissent tomber à l'eau sans appeler aussitôt à l'aide ! Jamais il n'avait connu nonnes pareilles.

Enfin, pour être exact… il n'avait jamais connu de nonnes du tout avant ces deux-là !

Il secoua la tête, incapable de décider s'il devait ou non se porter à leur secours. Ce fut seulement lorsqu'il les vit peiner dans leurs vêtements alourdis par l'eau qu'il remit son épée au fourreau et se résolut à les aider. La brise nocturne risquait d'être fraîche et elles feraient mieux d'ôter leurs habits mouillés avant d'attraper la mort !

Il tendait la main à Margriet, quand il aperçut ses chaussures et ses bas soigneusement disposés sur la berge, à bonne distance de la rivière.

Leurs regards se rencontrèrent et la lueur amusée qu'il vit scintiller dans ses yeux lui en dit plus long que ne l'auraient fait des paroles.

Ainsi, ce n'était pas un accident !

La jeune femme détourna promptement les yeux. Trop tard… Rurik savait à présent qu'elle avait fait exprès de tomber à l'eau.

Et sa compagne aussi.

Hum… Il allait en toucher deux mots à Sven dès que les deux femmes seraient installées dans leur tente pour la nuit. Et il garderait l'œil sur elles pendant tout le reste du voyage, car quelque chose n'allait pas dans cette histoire.

Les paroles que lui jeta Sven en passant ne firent que le confirmer dans ce soupçon.

— Les pauvres créatures, hein ? fit-t-il en gaélique, en ponctuant sa phrase d'un hochement de tête.

Rurik fronça les sourcils. Apparemment, Sven faisait des progrès dans cette langue. Mais il n'avait pas appris grand-chose sur les femmes.

« Pauvres créatures », je vous demande un peu !

Chapitre 6

C'était une folie, mais elle en valait la peine. Margriet l'avait su dès que l'eau fraîche avait traversé l'épaisseur de ses lourdes robes pour envelopper sa peau brûlante d'une délicieuse caresse. Mais le vrai plaisir déferla en elle lorsqu'elle se fut immergée la tête, guimpe et voile compris. Si elle avait été seule, elle aurait ôté toutes ces couches d'étoffe gênante pour laisser sa chair goûter directement le contact de l'eau.

Oh, elle n'avait pas oublié d'ôter ses chaussures pour ne pas les gâter définitivement ! Mais la vue des flots qui coulaient si près lui avait ôté toute velléité de prudence. Comment résister, quand toute sa journée s'était passée à suer et transpirer sous ses grossiers vêtements ? Sa chemise, plus fine, n'arrivait plus à la protéger contre le tissu rêche qui lui écorchait la peau.

Mais l'eau froide l'avait tout de suite soulagée.

A présent, tout en suivant Rurik vers le camp, elle n'était plus si sûre d'elle. Peut-être avait-elle commis une grave faute, en fin de compte. Son compagnon n'avait pas proféré un mot lorsqu'elle s'était arrêtée pour reprendre ses chaussures, mais son expression s'était nettement renfrognée et elle se serait volontiers écartée de lui si elle avait pu.

Ils atteignirent enfin la petite tente et il s'arrêta pour les laisser pénétrer à l'intérieur.

— Allez vous changer et tendez-moi ensuite vos vêtements mouillés. Je les étendrai sur les buissons pour les faire sécher. La nuit est douce et ils devraient être secs d'ici demain matin.

Margriet s'effaça pour laisser Elspeth entrer la première.

— Merci, messire.

— De rien.

Il s'était exprimé avec une politesse machinale, mais une note menaçante vibrait dans sa voix, comme si Margriet avait cette fois dépassé la mesure.

Et peut-être était-ce le cas ?

Elle leva les yeux vers lui.

— Je ne pensais pas vous créer tant de problèmes pour un si petit incident, s'excusa-t-elle.

Croyant en avoir assez fait, elle se courba pour se glisser sous la tente.

— Vous avez sauté à l'eau, accusa-t-il à voix basse, afin qu'elle fût seule à l'entendre.

Elle se défendit tant bien que mal.

— Je suis tombée, messire.

— Et vous avez attiré sœur Elspeth avec vous !

— Pas du tout. Elle a perdu l'équilibre en essayant de m'aider.

Décidément, il en avait vu davantage qu'elle n'avait cru ! L'eau qui dégouttait de ses cheveux mouillés lui sembla moins rafraîchissante tout à coup.

— C'est du moins ce que vous prétendez, mil... ma sœur.

Margriet se détourna et laissa retomber le pan de toile derrière elle. Elspeth avait déjà retiré sa robe et sa tunique, ainsi que son voile et sa guimpe. Elle les passa à sa compagne, qui les tendit à Rurik par la fente de l'ouverture.

— Un instant, messire, je vais vous donner aussi les miens.

Bien qu'elle n'ait reçu aucune réponse, elle se hâta de délacer et d'ôter ses vêtements. Avec l'aide d'Elspeth, elle n'en eut que pour une minute et donna le tout à Rurik, qui s'en empara sans prononcer une parole. Elle aurait pourtant juré l'avoir entendu égrener sous cape un chapelet de jurons.

Elle cherchait son peigne dans son sac, quand, à sa

grande surprise, deux serviettes furent jetées vers elle par l'ouverture de la tente.

Elspeth et elle passèrent un moment à se peigner et à se natter réciproquement les cheveux. Même humide, une chemise était bien plus agréable à porter que de lourdes robes de religieuse, découvrit Margriet. Epuisée par le voyage et les péripéties de la journée, elle s'étendit ensuite sur les couvertures disposées à même le sol.

Après avoir préparé leurs affaires pour le lendemain, Elspeth rendit au garde leur petite lanterne et se coucha à son tour. Les dernières lueurs du crépuscule s'éteignirent peu à peu et le calme de la nuit enveloppa les deux jeunes femmes. Mais Margriet avait beau être éreintée, elle n'avait pas l'esprit en repos pour autant. Des questions sans réponse ne cessaient de la hanter.

Rurik avait-il deviné qu'elle n'était pas une nonne ? Il était loin d'être sot et elle savait qu'elle avait mal joué son rôle.

Devait-elle continuer à endosser ce déguisement ?

Elle avait bien observé Rurik et ses hommes. Rien dans leur comportement à l'égard d'Elspeth et d'elle-même ne laissait supposer qu'elles puissent courir le moindre danger avec eux durant ce voyage. Jamais ils ne cherchaient à leur manquer de respect. D'accord, ils les prenaient pour des nonnes, ce qui devait les inciter à surveiller leurs gestes et leur langage. Mais Rurik les tenait bien en main, et aucun n'aurait osé désobéir à ses consignes.

En outre, il était hors de question qu'elle débarque chez son père dans cet attirail, à moins de vouloir entrer vraiment au couvent et prononcer ses vœux, ce qui n'était pas le cas. Gunnar ne comprendrait pas de la voir arriver ainsi déguisée. Sans compter qu'elle devait se mettre promptement en quête de Finn afin qu'il puisse demander sa main dans les règles.

Elle retint un soupir à cette pensée. Pourvu que son père n'ait pas déjà formé des projets pour elle ! Car son état serait alors une tâche sur l'honneur paternel.

Dieu, qu'elle se sentait seule et désarmée ! A un moment

ou un autre de leur voyage, elle devrait tout dévoiler à Rurik et lui expliquer son problème. Accepterait-il alors de l'aider ? Il n'avait que le mot « devoir » à la bouche ! Comprendrait-il qu'on puisse engager sa parole par amour ? Elle en doutait.

Et puis il y avait son état… Les herbes l'aidaient un peu le matin et calmaient ses nausées. Encore fallait-il qu'elle ait le temps de les mâcher avant de se lever. Ses seins devenaient douloureux et semblaient plus volumineux, tandis que son ventre s'arrondissait visiblement. La vieille cuisinière l'avait avertie de ces changements qu'elle aurait de plus en plus de mal à cacher dans les semaines à venir.

« Prise ». C'était le mot qu'elle avait souvent entendu chuchoter à propos de filles qui avaient couché avec des hommes avant les fiançailles ou le mariage et s'étaient retrouvées enceintes. C'était aussi ce qu'on dirait d'elle si la vérité venait à se savoir.

Tout ce qu'il lui restait à espérer, c'était que Finn tienne sa parole et demande sa main à son père.

Car il l'aimait, elle le savait dans son cœur. Leur engagement était aussi fort que n'importe quelles fiançailles. Il l'aimait, oui, il le lui avait dit, et c'était parce qu'elle ne doutait pas de ses paroles qu'elle s'était donnée à lui corps et âme cette nuit-là. Finn était un riche marchand, et pour son père, il représenterait un parti acceptable. Il l'épouserait et ils élèveraient leur enfant ensemble.

C'était du moins ce qu'elle voulait croire… Mais le goût amer du doute s'insinuait en elle malgré tous ses efforts et elle sentit son estomac se nouer.

Pourquoi Finn avait-il disparu si promptement ? Pourquoi l'avait-il quittée sans un mot ni le moindre gage d'amour ? A un moment, un messager était arrivé du Sud, et quelque chose avait aussitôt changé dans leur relation. Deux jours plus tard, Finn était parti.

Si seulement elle avait eu quelqu'un avec qui partager ses craintes et ses espoirs ! Mais ce n'était pas aux nonnes du couvent qu'on pouvait confier des histoires d'amour. Même avec la cuisinière, qui avait mis cinq enfants au monde, elle n'avait pu se résoudre à évoquer ses affaires de cœur. Après tout, elle était de noble origine, fille d'un homme d'honneur et…

Et elle aurait dû y réfléchir à deux fois avant de coucher avec un homme en dehors des liens sacrés du mariage !

L'éducation très poussée qu'elle avait reçue dans les langues, les mathématiques et bien d'autres matières que d'aucuns jugeaient superflues pour une femme ne l'avaient pas préparée à l'offensive charmeuse d'un homme beau et jeune, avide de lui faire partager sa passion. Exilée de son foyer depuis si longtemps et sevrée d'affection, Margriet avait été sans force contre ses serments d'amour et ses promesses d'avenir commun.

Finn avait représenté pour elle une ouverture sur l'extérieur. Il répondait à toutes ses questions sur le vaste monde qui s'étendait au-delà des murs du couvent. Grâce à lui, elle se sentait importante et aimée, pour la première fois depuis la mort de sa mère et son exil en Ecosse. Et si elle s'était laissé un peu tourner la tête au point d'oublier qu'elle commettait une folie, elle comprenait pourquoi avec le recul, chaque fois que ces jours magiques lui revenaient à la mémoire.

Margriet se tourna sur le flanc, la main sous sa joue. Le souvenir des caresses passionnées et des baisers qu'ils avaient échangés lui incendiait encore le corps. Comment aurait-elle pu lui résister, quand il lui avait fait des choses dont elle ne savait même pas qu'elles pouvaient exister entre un homme et une femme ? Même à présent que les doutes la submergeaient, son corps réagissait encore à ces images.

Les hommes étaient décidément d'étranges créatures — honorables quand cela servait leurs desseins, forts quand il le fallait et subtils quand la fourberie les servait mieux que la force. Ils ne pensaient pas comme les femmes et n'attendaient pas les mêmes choses de la vie. Il lui suffisait d'observer les gaillards de son escorte pour en être davantage persuadée. En guise d'échantillon masculin, elle n'avait côtoyé au couvent que des vieillards accablés par les infirmités. La vue de ces jeunes guerriers intrépides, musclés et éclatant de santé lui fournissait un objet d'étude autrement plus complet !

Elle ne savait rien de tout cela quand elle avait rencontré Finn. Dans ces conditions, n'était-elle pas pardonnable de ne pas avoir compris sur-le-champ quelle sorte d'homme il était ? Peut-être que le Seigneur lui pardonnerait, même si son père se montrait inflexible…

La douleur qui lui poignait l'estomac s'accrut avec le doute qui s'immisçait en elle. Les souvenirs défilaient avec leur cortège de révélations, de culpabilité et de honte. A tâtons, elle fouilla dans son sac pour en sortir quelques herbes et les porta à sa bouche. Refoulant ses larmes, elle tâcha de calmer la tourmente qui menaçait de la submerger.

Elle n'était pourtant pas du genre à s'apitoyer sur elle-même. Cet accès de faiblesse devait être dû à la fatigue et à l'incertitude de l'avenir. Arrachée au seul foyer dont elle se souvînt et ramenée vers des gens et des lieux qu'elle avait oubliés, il n'était pas étonnant qu'elle se trouve en proie aux doutes et à la crainte.

Elle venait tout juste de se calmer en s'aidant de profondes inspirations quand des cris rompirent le silence de la nuit.

Margriet se dressa sur son séant et tendit la main vers l'ouverture de la tente. Mais la voix du garde étendu dehors interrompit son geste. Sans doute l'avait-il entendue bouger à l'intérieur.

— Ce n'est rien, mes sœurs. Quelques-uns d'entre nous ont eu envie de faire un plongeon dans la rivière, voilà tout.

Il eut un petit rire.

— Il semblerait que votre… euh… accident leur ait donné des idées !

— Merci de veiller aussi bien sur nous, Leathen, le remercia Margriet.

Et d'ajouter pour faire bonne mesure :

— Dieu vous bénisse.

Heureusement, Leathen ne parut pas entendre le gloussement qu'Elspeth étouffa à cet instant sous la couverture. Ainsi, la jeune fille ne dormait pas non plus. Comme si elle avait lu dans les pensées de Margriet, elle chuchota en lui tapotant gentiment la main :

— Ne vous inquiétez pas, lady Margriet. Tout ira bien, vous verrez.

Réconfortée par ce geste, Margriet se laissa retomber sur les couvertures et glissa enfin dans le sommeil.

Ce fut quand la lanterne illumina la tente, projetant l'ombre de Margriet sur la paroi latérale du tissu, que Rurik sut qu'il avait perdu la bataille.

Son corps lui envoyait toutes sortes de messages et d'avertissements tandis qu'il regardait la gracieuse silhouette se dévêtir sous ses yeux. Oh, il n'avait pas besoin d'en voir davantage, tant son imagination débordait déjà d'images lascives. Après l'avoir aidée à monter et descendre de cheval, regardée marcher et vu ses robes mouillées se plaquer contre sa chair, il n'avait pas besoin de la réalité pour savoir à quoi ressemblaient les courbes éminemment féminines de son corps.

Des seins généreux qui rempliraient ses mains.

Des hanches assez larges pour porter des enfants.

Des cuisses musclées mais douces qui sauraient s'ouvrir pour le recevoir.

— Nom de nom ! jura-t-il entre ses dents. Par Thor et par Freya !

Pendant quelques secondes, il défoula ainsi la frustration éveillée non par ce qu'il voyait, mais par ce qu'il s'était laissé aller à imaginer. Furieux, il s'éloigna de la tente et fit signe à Magnus et Sven de le suivre. Puis il prit la direction de la rivière, jetant au petit bonheur sur les buissons les vêtements mouillés des nonnes, sans même regarder où ils atterrissaient. Il n'osait pas s'arrêter une seconde, tant le désir le tenaillait.

Parvenu sur la berge, il fit halte quelques secondes, le temps de jeter ses armes sur le sol et de se dépouiller de ses vêtements. Puis il plongea au plus profond de la rivière. Dieu merci, l'eau froide eut exactement l'effet qu'il en escomptait. Et lorsque Magnus et Sven le rejoignirent, il ne restait plus trace visible de son excitation très profane.

Ils s'enfoncèrent sous l'eau et refirent surface, laissant le flot les rafraîchir pendant plusieurs minutes. Puis Rurik se mit à nager vers l'un des rochers qui surplombaient la rivière et s'y hissa.

— Pourquoi l'avez-vous laissée entrer dans la rivière ? interrogea-t-il, lorsque les deux autres l'eurent suivi. Vous connaissiez donc ses intentions ?

Magnus les dévisagea tour à tour.

— Ses intentions ? Que voulez-vous dire ?

— Oui, admit Sven. Sa chute n'était pas un accident. Elles m'ont demandé si elles pouvaient se rafraîchir les pieds dans l'eau. Que pouvais-je faire ?

— Refuser, peut-être ? suggéra Rurik, sarcastique.

— Il n'y avait pas de danger et c'était une bagatelle. Alors j'ai dit oui.

Il rit doucement.

— Oh, j'ai deviné qu'elles complotaient quelque chose quand je les ai vues rapprocher leurs têtes en ôtant leurs chaussures. Aussi, quand sœur Margriet est tombée, j'ai su que l'autre n'allait pas tarder à en faire autant.

Il s'éloigna sur ces mots et replongea sous la surface. L'eau était froide, mais ils étaient habitués à pire, car ils avaient tous nagé dans la mer qui baignait leur pays natal. En somme, Margriet avait eu une excellente idée, convint Rurik à part lui. Un bon moyen de se rafraîchir après l'éprouvante chaleur du jour. Et encore, il n'était pas emmitouflé des pieds à la tête et pouvait ôter sa cape quand il avait trop chaud. Pas comme les deux femmes … ou plutôt les deux nonnes que la décence obligeait à rester couvertes.

Il jugea bon d'admonester Sven, quand celui-ci revint sur la berge.

— A l'avenir, tâchez de ne pas vous laisser circonvenir, ni persuader par des cajoleries de transgresser mes ordres. Pas même quand la plus jeune vous apprend un nouveau mot en gaélique ou vous adresse un joli sourire.

Sven donna un coup de coude à Magnus avant de se tourner de nouveau vers Rurik.

— Cela vous va bien de me faire la leçon ! railla-t-il. Je pourrais vous en dire autant à propos de l'autre nonne. Vous la dévorez littéralement du regard.

Il eut à peine le temps d'achever que Rurik se jetait sur lui, l'empoignant à la gorge pour lui enfoncer la tête sous l'eau. Sven se débattit avec vigueur et tous deux luttèrent quelques instants, jusqu'à ce qu'aucun des deux ne puisse retenir sa respiration plus longtemps. Haletants, ils remontèrent à la surface. Rurik lâcha son adversaire et s'éloigna de quelques brasses, le temps de recouvrer un semblant de calme.

Sven avait raison, ce qui ne faisait qu'empirer les choses. Et Rurik lui-même avait beau ne pas se voiler la face devant sa propre faiblesse, cela ne l'aidait pas, au contraire.

A présent que les mots avaient été prononcés, il lui fallait bien admettre expressément la vérité, au moins devant ses amis.

Il se tourna vers Sven.

— Bien sûr que je la dévore des yeux, fit-il avec enjouement. Vous avez vu sa silhouette, quand elle est sortie du couvent sans son habit ? Et ses cheveux, hein ? Quant au visage et au corps, ah !

Il adressa un clin d'œil à Magnus.

— Elle nous affirme qu'elle a pris le voile, mais en dehors de cela, elle n'a rien d'une nonne dans ses manières. Sa démarche, ses attitudes, tout en elle est plutôt… profane, vous ne trouvez pas ?

Le problème était là, songea-t-il. Tout avait commencé quand il avait vu la femme en elle sous les vêtements de la religieuse. La façon dont elle l'avait défié, puis sa capitulation même devant les murs du couvent avaient ajouté à l'attrait qu'elle exerçait sur lui.

Tout de même, il n'avait jamais pris une femme contre sa volonté, ni badiné avec de jeunes vierges ou des femmes mariées. Et ce n'était pas maintenant qu'il allait commencer.

En dépit des impulsions contraires que lui dictait son corps…

— Oui, elle est attirante, avouèrent Magnus et Sven, confirmant ainsi ses appréciations.

L'espace d'un instant, tous trois confrontèrent leurs impressions sur sœur Margriet. Puis Rurik jugea qu'il était temps de clore le sujet, aussi bien en lui-même qu'avec ses amis.

— Les vieilles habitudes sont difficiles à déraciner, déclara-t-il en guise de conclusion. Et cela ne va pas sans lutte ! Dès que j'ai eu l'âge d'avoir des poils au… menton, j'ai été fasciné par les femmes. Margriet Gunnarsdottir est aussi une femme et… il y a des instincts en moi qui se moquent bien qu'elle ait ou non prononcé ses vœux, si vous voyez ce que je veux dire… Mais ces vœux existent, ainsi que mon devoir à l'égard de son père et du mien. Entre cette femme et moi, il y a une barrière que je ne franchirai pas.

Magnus et Sven acquiescèrent d'un hochement de tête. Tous trois étaient bien d'accord sur ce point. Le désir était une chose. Mais trahir l'honneur en était une autre.

Sans ajouter un mot, Rurik sortit de l'eau et ramassa ses vêtements avant de reprendre le chemin du camp. Il avait dit tout ce qu'il avait à dire et même davantage. Mais curieusement, sa confession l'avait apaisé, même physiquement.

Il respira à fond l'air plus frais de la nuit, heureux d'avoir retrouvé son sang-froid et prêt à affronter le reste de leur voyage vers le nord, avec tous les défis qui l'attendaient.

Jusqu'au moment où il avisa les habits des nonnes étalés

dans les buissons où il les avait jetés. Il s'arrêta net au milieu du chemin.

Margriet allait dormir nue cette nuit. Quand il l'avait aidée à sortir de l'eau, il avait remarqué sa peau rosie par la fraîcheur du bain. A présent, cette douce teinte de rose qui marquait son visage avait dû s'étendre plus bas, sur son cou, sa poitrine, et même…

Par les seins de Freya, voilà que cela le reprenait !

Il se fraya un chemin à travers les halliers pour regagner le camp, luttant contre l'incoercible impulsion qui faillit lui faire changer de direction vers la tente où elle dormait. Et si il résista en fin de compte et se dirigea vers l'endroit où il avait posé ses affaires, ce ne fut pas grâce à ses propres efforts, mais parce qu'il entendait les pas de Magnus et Sven derrière lui.

Décidément, l'image de Margriet avait trop fortement agi sur ses sens. Cette nuit, il allait avoir besoin de ses amis pour jouer les garde-fous.

Mais, demain, à la lumière du jour, il serait sûrement plus fort.

Réconforté par cette pensée, il enfila ses braies et sa tunique sur sa peau encore humide et drapa une couverture autour de ses épaules. Puis il s'assit contre un arbre, avec son épée et ses deux dagues à portée de la main. Le dos appuyé au tronc, il adressa un signe de tête aux deux hommes de garde postés loin du feu dont les braises rougeoyaient encore, afin d'avoir une vue circulaire sur les alentours.

Lorsque Marcus et Sven eurent regagné leurs paillasses de fortune, le calme descendit sur le camp et l'on n'entendit plus résonner que les bruits de la nuit.

La chance était avec eux, car le temps resta beau pendant les jours suivants, leur permettant de couvrir les kilomètres et de progresser loin vers le nord. Les vents étaient plus frais à présent, et l'incident de la rivière n'eut plus lieu de se reproduire. Rurik ne savait pas si c'était une bonne chose ou non. Il n'avait plus l'occasion de voir le côté enjoué de Margriet, qui continuait à être malade tous les matins. Il avait tout de même l'impression qu'elle allait mieux au fil des jours.

Malgré toutes ses résolutions, il ne pouvait s'empêcher de l'observer sans cesse. Il y mettait seulement un peu plus de discrétion, afin que les autres ne s'aperçoivent pas de son manège.

Ou du moins il essayait.

De bien des façons, Margriet lui rappelait Jocelyn, l'épouse de Connor.

Capable.

Intelligente.

Affable.

Et douées toutes deux de ce genre de sensualité sans apprêt qui attirait les hommes, bien que ni l'une ni l'autre n'en eût convenu. Pas plus qu'elles n'auraient convenu de leur beauté.

Jocelyn jurait ses grands dieux qu'elle était laide. Mais si elle avait pu voir la façon dont son visage s'illuminait quand elle levait les yeux vers Connor, elle aurait été obligée de reconnaître à quel point elle se trompait.

Quant à Margriet, son habit dissimulait en grande partie ses formes. Mais pour l'avoir brièvement entrevue, Rurik se rappelait bien la chevelure d'ébène encadrant le délicieux visage en forme de cœur, avec son teint parfait, ses yeux enchanteurs et ses lèvres si…

Il s'arrêta net, irrité contre lui-même. Allons, voilà qu'il recommençait ! Il avait beau faire, il ne pouvait s'empêcher de ressasser ces images qui l'attiraient vers elle tel un bourdon grisé par du nectar.

— Imbécile ! lâcha-t-il entre ses dents.

Pour la dixième fois, il se retourna sur sa selle pour voir comment les deux cavalières s'en tiraient, et ce fut alors qu'il trouva la solution.

La première fois qu'il avait rencontré Jocelyn, il s'était entiché d'elle sur-le-champ. Bien sûr, il ne savait pas qu'elle était la nouvelle épouse de son chef, le jour où il s'était glissé derrière elle au bord de la rivière et s'était livré à une tentative de séduction.

Mais dès que les bornes de leur relation avaient été clairement établies, Jocelyn et lui étaient devenus amis sans la moindre ambiguïté. Une bonne chose, quand il repensait à la lutte que Connor et Jocelyn avaient dû mener les semaines suivantes pour accéder enfin au bonheur.

Si devenir l'ami de Jocelyn l'avait aidé à surmonter le désir qu'il éprouvait pour elle, pourquoi n'en serait-il pas de même avec Margriet ? Après tout, cela marcherait peut-être !

Les raisons d'essayer étaient encore plus nombreuses qu'avec Jocelyn — les vœux qu'avait prononcés Margriet, son père, celui de Rurik…

Qui sait ? Peut-être tenait-il enfin le moyen de surmonter les réactions de son corps ?

Il leva les yeux vers le ciel, jaugeant la position du soleil. Leur étape s'achevait, et Leathen s'était déjà élancé en avant du cortège, cherchant un lieu propice pour leur halte nocturne.

Ce soir, décida Rurik.

Oui, ce serait le moment idéal pour mettre son plan en action.

Chapitre 7

Kirkvaw, château du comte Erengisl

Thorfinn sortit de la salle des audiences avec son père et regagna son appartement à grandes enjambées.

La colère montait en lui, de plus en plus irrépressible, lui donnant l'impérieux besoin de briser quelque chose.

Parvenu chez lui, il claqua les portes et pointa un doigt furieux vers ses domestiques.

— Dehors ! hurla-t-il sans ménagement.

Il eut à peine la patience d'attendre qu'ils aient décampé pour défouler son ire sur le premier objet qui lui parut propice — la table la plus proche.

Mais même après qu'il l'eut renversée d'un coup de pied, éparpillant tout ce qui était posé dessus, sa frustration ne décrut pas. Il s'en prit alors à la lanterne, puis au pichet d'ale et aux tasses, qu'il envoya s'écraser contre le mur d'un bout à l'autre de la chambre. Une odeur de bière se répandit dans la pièce et la rage de Thorfinn atteignit son paroxysme.

Ce fut le moment que choisit malencontreusement un serviteur pour entrer dans l'appartement. Le malheureux dut s'apercevoir aussitôt de sa faute, car il essaya de s'esquiver. Mais déjà, Thorfinn fondait sur lui. L'agrippant par le devant de sa tunique, il le jeta sur le sol et lui donna un coup de pied.

— Nettoie cela ! ordonna-t-il, furieux du coup d'œil que cet idiot avait osé lui lancer.

Le maudit imbécile aurait mérité un châtiment exemplaire pour ce seul regard. Comment osait-il le dévisager avec cet irrespect ?

Lui, Thorfinn, était l'héritier légitime du comte Erengisl et c'était lui qui aurait dû hériter de tout. Lui qui aurait dû se tenir aux côtés de son père, le seconder et le représenter chaque fois que les circonstances l'exigeaient. Au lieu de cela, voilà qu'on rappelait le bâtard qui allait lui voler une partie de son héritage et la situation qu'il aurait dû occuper en tant que fils *unique*, le seul légitime.

Il arracha sa cape de ses épaules et la jeta sur le sol. Et quand le serviteur eut l'impudence de le regarder de nouveau, il suffit à Thorfinn de lui assener prestement quelques coups pour lui apprendre où était sa place — par terre, aux pieds de son maître.

Quelqu'un frappa à la porte au même instant, détournant son attention du domestique. Il repoussa le misérable et alla ouvrir lui-même.

— Ah, c'est vous ? fit-il en découvrant son homme de confiance sur le seuil. Vous vous êtes fait attendre !

— J'ai fait le plus vite possible, se justifia Sigurd.

Thorfinn prit une profonde inspiration. Sa rage était passée à présent — se servir de ses poings le soulageait toujours. En outre, il avait hâte d'être seul avec Sigurd pour entendre les nouvelles.

— Débarrassez-moi de cet imbécile et faites apporter du vin !

Tandis que Sigurd exécutait ses ordres, il marcha jusqu'à la fenêtre et observa les bateaux dans le port affairé. Son appartement avait vue sur la mer et il pouvait voir les vaisseaux marchands et les esquifs de moindre importance qui se balançaient à la surface de l'eau. Lorsqu'il n'entendit plus aucun bruit derrière lui, il se retourna et tendit la main pour prendre la coupe qu'il avait demandée. Allons, Sigurd avait fait le nécessaire. Un homme capable, décidément. Il ne restait plus qu'à espérer qu'il s'acquitterait aussi bien de la mission qui lui avait été confiée. Pour son propre bien comme pour celui de Thorfinn…

La table avait été redressée et on avait replacé dessus les papiers et les livres. Le serviteur molesté avait disparu, mais il restait encore à nettoyer les gouttes de sang sur le sol et les giclées de bière sur les murs. Tant mieux si les domestiques voyaient ces vestiges, cela les ferait réfléchir. Il suffisait d'un petit châtiment infligé à l'un d'eux pour que tous les autres filent doux.

— Eh bien, voici, messire…

Thorfinn s'assit dans une chaire et écouta avec attention le rapport détaillé de Sigurd.

Après s'être dérobé plusieurs fois à l'appel de son père, Rurik le bâtard s'était mis en route pour Kirkvaw. Dieu savait pourtant que ses atermoiements avaient mis le comte en fureur, se rappela Thorfinn avec un sourire. A présent, Rurik escortait la fille de Gunnar à la maison.

Cette petite catin ! Elle devait être toute chiffonnée par le départ inopiné de son « Finn ».

Le plus beau de tout, c'était que l'entreprise de séduction à laquelle il s'était livré semblait avoir porté ses fruits, s'il fallait en croire certains signes. A l'aide de quelques arguments frappants, l'homme de Sigurd avait tiré les vers du nez à la cuisinière du couvent, qui lui avait révélé l'état de cette petite garce.

Voilà qui servait magnifiquement les plans de Thorfinn, dont le cœur en battait d'anticipation. Rien de mieux pour neutraliser Gunnar que le déshonneur de sa fille. Projets avortés, respect perdu… Oh, oui, cela avait été exactement la chose à faire ! se réjouit-il à part lui.

Et même si Gunnar apprenait qui était derrière tout cela, le premier conseiller du comte Erengisl ne pourrait rien faire contre le coupable, pas même le dénoncer.

Gunnar méritait cette humiliation, de toute façon, car c'était lui qui à force d'insistance avait persuadé le comte de rappeler le bâtard. Lui qui avait suggéré à Erengisl que

Rurik était l'homme de la situation et pourrait diriger les terres du Nord au nom de son père.

Thorfinn grinça des dents. Oui, c'était Gunnar qui lui avait volé les droits que lui conférait sa naissance et l'estime de son père. Eh bien, Gunnar allait payer !

Il serra sa coupe si fort que les bords s'imprimèrent dans sa paume. Puis il but à longues gorgées, dans l'espoir de calmer le tremblement qui s'était emparé de lui. Les images se bousculaient dans son esprit. Celles de la ravissante mais stupide Margriet…

La fille de Gunnar s'était littéralement jetée dans les bras de « Finn ». Elle avait accueilli ses avances et s'était laissé leurrer par ses grands discours sur l'amour et l'avenir. Pauvre idiote ! Elle allait être l'instrument de la chute de son père. Non content de cela, il allait faire tomber le bâtard et en aurait fini avec eux tous.

A présent, tout ce qu'il lui restait à faire, c'était d'attendre leur arrivée et de semer les graines de la discorde en préparant le terrain pour sa propre accession au pouvoir et la reconnaissance officielle de son père.

Il but le reste de son vin et congédia Sigurd d'un geste.

— Continuez à mettre notre plan à exécution, lui recommanda-t-il avant qu'il ne sorte.

Resté seul, il fixa un regard songeur sur le sol et les murs maculés de taches.

Tout cela n'était qu'un début. Plus de sang encore allait couler, et bien d'autres choses allaient devoir être redressées avant qu'il n'en ait fini avec Gunnar, sa catin de fille et le bâtard qu'il avait choisi de soutenir.

Ces trois-là méritaient tout ce qui allait leur arriver. On ne se dressait pas impunément sur son chemin !

Chapitre 8

Margriet regardait Rurik déambuler autour du camp. Tous les autres s'étaient assis près du feu avec leur écuelle de nourriture. Il était le seul à manger en marchant !

D'une façon ou d'une autre, il avait encore réussi à leur procurer un repas chaud — une réconfortante soupe de poisson accompagnée de tranches de pain. C'était savoureux, nourrissant… et totalement inattendu.

En se joignant à leur groupe, elle avait redouté de devoir se nourrir de baies séchées et d'avoine pendant tout le voyage. Ce repas chaud quotidien était donc une bénédiction !

Après six jours de route, ils n'étaient encore qu'à mi-chemin de la côte. Mais le corps de Margriet commençait à s'accoutumer aux longues chevauchées. Oh, elle était toujours courbaturée à la fin de la journée, et pour être franche, elle ne pensait pas que son derrière et ses jambes s'en remettraient jamais. Mais chaque jour qui s'écoulait était un peu moins difficile que le précédent. Même les nausées matinales qui lui soulevaient l'estomac à son réveil semblaient se calmer, ce qui était une bonne chose.

Rurik arrivait de nouveau à sa hauteur. Mais cette fois, il ralentit comme s'il avait l'intention de s'arrêter. Elle attendit, le cœur battant. Au dernier moment, il se contenta de lui jeter un coup d'œil en maugréant quelque chose entre ses dents et passa son chemin.

Mais il se retourna abruptement quelques mètres plus loin et revint sur ses pas pour s'asseoir à côté d'elle. Avec sa large carrure, il occupait à lui seul une bonne partie du tronc d'arbre couché dont Elspeth et elle avaient fait un banc improvisé. Margriet ramena ses jupes contre elle pour lui faire de la place.

— Il y a quelque chose que je voudrais vous dire. Euh … *ma sœur*, ajouta-t-il avec cette légère hésitation dont il n'avait pu se défaire chaque fois qu'il s'adressait à elle.

Il observa une nouvelle pause avant de reprendre la parole. Margriet s'éclaircit la gorge pour l'encourager à parler. Quant à Elspeth, elle s'était écartée aussi loin qu'elle avait pu, comme si elle ne voulait pas être incluse dans la conversation. Margriet étouffa un soupir. Si seulement elle avait pu l'imiter !

— J'ai une faveur à vous demander.

Il semblait gêné et légèrement penaud d'avoir à exprimer cette requête. Pendant quelques instants, il chercha ses mots, les pommettes cramoisies.

Margriet regarda autour d'elle et constata qu'Elspeth n'était pas la seule à s'être mise à distance. Tous les hommes en avaient fait autant, sans doute par souci de discrétion.

Ce qui n'était pas bon signe…

— Ma sœur, plusieurs de nos compagnons ne parlent pas le norvégien, ce qui leur fera faute s'ils décident de rester aux Orcades.

Il évitait encore de la regarder.

— Et est-ce leur intention ?

— Je crois, oui.

Il se jeta soudain à l'eau.

— Pourriez-vous leur apprendre cette langue ? Cela pourrait se faire pendant que nous chevauchons, ou durant notre halte du soir…

Margriet le dévisagea, intriguée. En cet instant, l'expression de ses yeux lui rappelait celle du fils de la cuisinière lorsqu'il avait commis quelque sottise. Cette lueur, qui le faisait paraître plus jeune, éveilla la curiosité de Margriet.

— Quel âge avez-vous ? questionna-t-elle sans réfléchir.

Il fronça les sourcils et elle crut un instant qu'il n'allait pas lui répondre. Puis il tourna la tête vers elle.

— Vingt-six ans.

— Ce n'est pas si vieux, murmura-t-elle, consciente tout à coup de l'incongruité de sa demande.

— Et vous, ma sœur ?

Elle ne s'attendait pas à ce qu'il lui retourne si directement la question.

— Dix-huit ans.

— Ce n'est pas si vieux non plus.

— Mais vous m'imaginiez plus jeune, n'est-ce pas ?

Elle se rappelait encore les mots qu'il avait prononcés devant les murs du couvent pour réclamer « la gamine ».

Il éclata de rire et son visage s'illumina, soudain beaucoup moins dur et sévère qu'à l'accoutumée. Elle ne put s'empêcher de le trouver éminemment séduisant.

— C'est exact, ma sœur. Je croyais que la fille de Gunnar était encore une enfant. On ne m'avait pas précisé votre âge quand j'ai accepté la mission de vous escorter.

Il lui coula un nouveau regard.

— Dans sa lettre, Gunnar parlait de sa « petite ». Et au lieu d'une enfant, j'ai trouvé une femme faite.

Margriet sentit ses joues s'empourprer et baissa la tête. Rurik ne disait plus rien, mais elle sentait sur elle la chaleur insistante de son regard. Quelques instants s'écoulèrent ainsi. Puis il s'éclaircit la gorge pour attirer son attention.

— Vous n'avez pas encore répondu à ma question, ma sœur. Pouvez-vous leur apprendre le norvégien ?

Elle hésita. En fait, elle manquait d'expérience dans cette langue, la plus communément parlée aux Orcades. Mais comment lui présenter les choses ?

— Je... je ne sais pas.

Rurik plissa le front sans répondre. Elle s'attendait à ce qu'il insiste, mais il n'en fut rien. Au lieu de cela, il lui jeta un regard étrange, puis se leva et s'éloigna à grands pas vers l'autre bout du camp.

Cette expression dans ses yeux... Elle en comprit le sens sans qu'il ait eu besoin de dire un mot et bondit sur ses pieds pour courir après lui.

Du désenchantement. C'était cela qu'elle avait lu dans son regard.

Elle l'avait déçu.

Un nœud lui tordit l'estomac et son cœur se mit à cogner contre ses côtes. Sa plus grande appréhension, maintenant que son père l'avait rappelée à lui, c'était de le voir déçu par la femme qu'elle était devenue. Oh, bien sûr, elle savait déjà qu'elle avait gravement failli, mais tout ce qui mettait ses faiblesses un peu plus en lumière aggravait son sentiment de culpabilité.

Elle avait si peu à offrir...

—Rurik ! appela-t-elle. S'il vous plaît, messire, attendez !

Elle pressa le pas pour le rejoindre et lui agrippa le bras.

Il se tourna vers elle, puis baissa les yeux vers la petite main posée sur son avant-bras nu. Elle sentit les muscles puissants se contracter sous son toucher et s'empourpra de confusion.

Oh, Seigneur, ne se rappellerait-elle jamais qu'elle était censée être une nonne ?

Elle le lâcha précipitamment et recula d'un pas.

— Ce n'est pas que je ne veuille pas faire ce que vous me demandez, messire. C'est juste que je ne maîtrise pas assez bien cette langue pour l'enseigner aux autres.

— Mais vous la parlez sans problème avec Sven, objecta-t-il. Vous semblez aussi à l'aise en norvégien qu'en gaélique.

— Il y a des années que je n'ai pas utilisé le dialecte populaire ni le langage de la cour. Je parlais les deux quand on m'a envoyée ici, il y a près de dix ans. Mais au couvent, j'ai appris le gaélique, dont j'usais chaque jour.

Rurik se mit à rire et jeta un coup d'œil sur les hommes en train de manger.

— Nous avons ici un échantillonnage très varié, vous savez. Quelques-uns s'expriment en gaélique, d'autres en norvégien ou dans la langue de la cour. Trois ou quatre parlent deux de ces langues. Mais nous ne sommes que deux à les parler toutes.

Oui, bien sûr — Rurik et elle…

Elle hocha la tête, indécise. Que faire ? Elle avait un peu conversé en norvégien avec Magnus, Sven et un ou deux autres hommes de l'escorte, et elle avait l'impression que cette langue lui revenait chaque jour un peu plus. Bien entendu, son père devait s'attendre à ce qu'elle s'exprime dans un langage correct à son arrivée, surtout quand elle serait introduite à la cour du comte.

Elle avait appris cela lorsqu'elle était enfant. Avoir un père aussi haut placé dans la hiérarchie des Orcades et dont le suzerain possédait des terres aussi bien en Suède qu'en Norvège impliquait qu'elle parle couramment les deux langues.

Elle se souvenait vaguement d'un voyage qu'elle avait fait à la cour de Norvège, peu de temps avant la mort de sa mère, et même d'une visite dans les domaines que possédait le comte au fin fond de la Suède. Les détails lui échappaient, bien entendu. Mais elle se rappelait tout de même la magnificence de la cour. Même une enfant ne pouvait manquer d'être impressionnée par le somptueux palais du roi Magnus et la richesse de ses courtisans.

Rurik la regardait toujours, une expression d'attente dans les yeux, et elle décida de lui donner satisfaction. Après tout, cela l'aiderait elle aussi. Elle aurait de quoi occuper les longues heures sur la route et améliorerait ses propres connaissances, qui avaient souffert du manque de pratique pendant toutes ces années.

Et qui sait ? C'était peut-être l'occasion rêvée d'apprendre ce qui s'était passé là-bas depuis son départ et d'en savoir un peu plus sur la vie de son père.

Elle acquiesça d'un hochement de tête.

— D'accord. Je veux bien vous aider en cela.

Il sourit, et ce fut assez pour que le cœur de Margriet

s'arrête littéralement de battre. A voir l'expression ravie de son visage, elle aurait pu croire qu'elle venait de lui offrir le plus précieux des cadeaux.

— Merci, ma sœur.

Il promena un regard circulaire sur le camp et héla quelques-uns de ses hommes — les Ecossais des Highlands de l'Ouest.

— Leathen, Donald, Fergus, appela-t-il en pointant le doigt vers eux. Sœur Margriet a accepté de vous enseigner le norvégien pendant notre voyage vers le nord.

Elle confirma d'un hochement de tête et leur sourit.

— Je suis ravie de pouvoir vous aider. Rurik m'a dit que vous souhaitiez vous installer aux Orcades ?

— C'est exact, dit Donald. C'est une chance qui nous est offerte de faire notre chemin dans le monde.

— Et vos familles ne vous manqueront-elles pas ? Y a-t-il quelqu'un pour s'occuper d'elles dans les Highlands ?

— J'ai deux frères aînés qui prendront soin de mes parents, répondit Leathen. Ma mère a approuvé l'offre de Rurik. Elle commençait à désespérer de me voir faire un bon mariage à Lairig Dubh.

Ses compagnons s'esclaffèrent et l'un d'eux lui frappa sur l'épaule.

— Ne te monte pas la tête, Leathen. Pas une femme ne voudra de toi !

— Ainsi, vous venez tous de Lairig Dubh ? s'enquit Margriet. Où est-ce donc ? ajouta-t-elle, dans l'espoir d'en apprendre un peu plus sur son guide et protecteur.

— Lairig Dubh est le haut lieu du clan MacLerie. C'est dans l'ouest des Highlands, tout près du lac Lomond.

Margriet se réjouit d'entendre ces précisions. En enseignant le norvégien à ces hommes, elle glanerait non seulement des informations sur son père et sur la situation aux Orcades, mais aussi sur celui qu'on avait chargé de la ramener au pays. Cette pensée stimula son intérêt.

Lorsqu'il s'était présenté aux portes du couvent, Rurik

s'était contenté de mentionner son lien avec le clan MacLerie. Comme il avait le physique d'un homme du Nord, elle avait été intriguée qu'il porte le nom d'un clan écossais.

Qui était-il et pourquoi vivait-il dans l'ouest de l'Ecosse et non dans le nord, où les terres appartenaient traditionnellement à la Norvège ?

Comme s'il avait deviné sa curiosité, il tourna les yeux vers elle.

— Vous pouvez commencer dès demain.

Il congédia les hommes d'un geste.

— A partir de demain, vous chevaucherez à côté de sœur Margriet à tour de rôle, ordonna-t-il avant de les laisser s'éloigner.

— Cela concerne aussi sœur Elspeth, dit Margriet. Elle est originaire d'un village écossais et ne parle pas non plus le norvégien.

Il se croisa les bras sur la poitrine.

— Hum… Je crois que Sven et elle se donnent déjà mutuellement des leçons.

Margriet coula un regard vers les deux jeunes gens. Assis tout près l'un près de l'autre, ils s'entretenaient à voix basse. Elspeth désignait des objets du doigt et Sven répétait leur nom en l'écorchant la plupart du temps, ce qui faisait pouffer son institutrice.

Margriet eut un pincement au cœur. Cette scène lui rappelait tellement ses propres échanges avec Finn quelques mois plus tôt !

Les mots avaient conduit aux caresses, puis à la passion… puis au naufrage.

Elle secoua la tête et regarda Rurik.

— C'est une innocente, Rurik. Ordonnez à votre homme de s'éloigner d'elle.

— Bien sûr qu'elle est innocente ! Comme vous, ma sœur.

Elle tressaillit, décontenancée, et dut se mordre les lèvres pour ne pas se trahir. Il dut remarquer sa surprise, car il expliqua aussitôt :

— Vous êtes toutes deux des nonnes qui avez fait vœu de chasteté, c'est ce que je voulais dire. De saintes filles…

« Sainte » n'était sûrement pas le mot qu'elle se serait appliqué à elle-même. Surtout en cet instant, quand elle réagissait en femme à la virilité de son interlocuteur ! Le son de sa voix lui envoyait des ondes de chaleur dans le ventre et elle avait du mal à saisir le sens de ses paroles. Dressés sous son épaisse tunique, ses seins brûlaient d'être caressés et elle sentait son pouls battre jusqu'au tréfonds de sa féminité.

Sainte innocente ? Elspeth l'était, sans aucun doute.

Mais pas elle.

— Etes-vous sûr que Sven comprend cela ? interrogea-t-elle en pointant le menton vers le jeune couple.

Cette histoire-là pouvait se solder si vite par un désastre !

Elle se retourna vers Rurik, qui ne semblait plus si confiant tout à coup. Lui aussi semblait conscient des risques que comportait leur arrangement. Il devait bien se douter qu'elle essaierait d'en apprendre sur lui un peu plus que ce qu'il voulait qu'elle sache !

Elle le regarda rejoindre ses hommes et échanger calmement quelques mots avec eux, sans doute pour leur demander de limiter leurs rapports avec elle à de purs échanges linguistiques.

De son côté, Margriet allait devoir en faire autant avec Elspeth. Il fallait qu'elle la mette en garde, afin que la jeune fille tienne scrupuleusement sa langue quand on lui poserait des questions sur leur passé au couvent.

Après avoir admonesté les Ecossais, Rurik s'approcha du jeune couple et adressa un signe à Sven. Celui-ci se leva aussitôt et aida Elspeth à faire de même.

— Il se fait tard, ma sœur, expliqua Rurik. Il y a un petit village où je voudrais bien que nous fassions halte demain soir. Cela veut dire que nous devrons nous lever tôt demain matin et allonger un peu notre étape. Une bonne nuit de repos vous aidera à endurer la fatigue.

Puis il tendit la main à Margriet et la guida vers la tente disposée au milieu d'un bouquet d'arbres. Parvenu là, il souleva l'abattant de toile pour les laisser se glisser toutes deux à l'intérieur. Margriet regarda Elspeth se courber pour passer. Mais lorsqu'elle voulut l'imiter, Rurik l'arrêta en lui posant une main sur le bras.

— Mes hommes savent comment ils doivent se conduire envers vous deux, dit-il en norvégien. S'il arrivait que l'un d'eux vous manque de respect, à sœur Elspeth ou à vous, et que je ne m'en aperçoive pas, veuillez me le dire aussitôt. Je veillerai à ce qu'il sache combien il en coûte de transgresser mes ordres.

La note de menace qui vibrait dans sa voix était si terrible que Margriet déglutit, la gorge serrée. Le ciel la préserve d'être jamais l'objet de sa colère !

— Je vous remercie, commença-t-elle en gaélique.

Mais il secoua la tête et lui désigna la tente du regard. Sans doute préférait-il que cet échange reste entre eux. Aussi continua-t-elle en norvégien comme lui :

— Merci de votre sollicitude, Rurik. Personne ne nous a manqué de respect jusqu'ici.

Il aurait voulu qu'elle répète. Sa façon de rouler la langue quand elle prononçait son nom était tout bonnement irrésistible. Si seulement il pouvait l'entendre de nouveau…

Allons, voilà qu'il s'y reprenait ! Il était là, à l'assurer de sa protection, et au même instant, il se rendait coupable du péché qu'il interdisait à ses hommes.

— Rurik ?

Elle l'avait redit !

L'espace d'un instant, il se retrouva la proie de ses fantasmes. Il s'imagina arrachant ce maudit voile pour enfouir les mains dans la cascade des cheveux, la bouche rivée à ces lèvres-fruits si délicieusement pulpeuses sous les siennes. Enfiévré de désir, son corps répondit aussitôt à ces images et il dut se croiser les bras pour s'empêcher d'attirer Margriet contre lui.

Il s'aperçut tout à coup qu'elle lui posait une question. Et lui qui flottait encore dans les brumes du désir !

Il lutta pour se reprendre.

— Euh… Oui, ma sœur ? Pardonnez-moi, je crains d'avoir été distrait.

Il ramena son attention vers leur échange, non sans un fort sentiment de culpabilité.

— Vous disiez donc ?

— C'est à mon tour de vous demander une faveur, messire.

L'espace d'une seconde, les yeux de Rurik se fermèrent malgré lui. Une faveur ? Il l'imagina quémandant de lui des choses… hem… fort peu innocentes.

— De quoi avez-vous besoin, ma sœur ? s'enquit-il en rouvrant les paupières.

Le bas de son corps en frémissait d'anticipation. Oh, il se doutait bien que la requête devait porter sur quelque bagatelle. Mais le désir qui sourdait en lui n'en espérait pas moins autre chose.

« Contrôle-toi, par Odin ! Sinon, tu vas devenir un danger pour elle… et pour toi-même. »

— Eh bien, je voudrais pouvoir bavarder avec vous de temps en temps. J'ai beaucoup de questions à vous poser concernant mon père, lord Erengisl, et la situation actuelle à Kirkvaw et en Norvège. J'ai été absente si longtemps ! Tout ce que j'ai jamais reçu de là-bas, c'était une lettre de mon père à une occasion ou une autre.

Elle s'arrêta pour le regarder au fond des yeux.

— Et ce n'était jamais assez souvent à mon gré.

Rurik cilla. De toute évidence, elle venait de lui révéler là quelque chose de très personnel, dont il ressentait profondément l'amertume. Lui, au moins, avait choisi son exil, tandis que celui de Margriet lui avait été imposé. On ne lui avait pas demandé son avis, comme c'était souvent le cas pour les femmes.

Il secoua la tête.

— Sven et Magnus seraient plus aptes que moi à répondre

à vos questions. Il y a presque treize ans que je n'ai pas mis les pieds à Kirkvaw et je crains de ne pas vous être d'une grande utilité en la matière.

Elle le dévisagea avec stupéfaction. Rurik lui-même était surpris de son propre aveu. Dieu savait qu'il n'avait pas eu l'intention de lui en révéler autant sur lui-même ! Mais il avait senti en elle toute la détresse de l'abandon et n'avait pu s'empêcher de compatir.

— Treize ans ? Vous vivez en Ecosse depuis treize ans ?

— Oui. Un peu plus longtemps que vous, en somme…

— Mais vous étiez plus âgé que moi en arrivant ici ?

Il voyait qu'elle brûlait de l'interroger davantage et ne pensait plus qu'à couper court. D'accord, c'était lui qui avait ouvert les vannes avec sa confession. Mais il ne souhaitait pas aller plus loin. Il y avait des choses qu'il ne voulait même pas s'avouer à lui-même. Encore moins à Margriet…

Il releva le pan de toile qui fermait la tente.

— Oui, beaucoup plus. Et maintenant, vous feriez mieux d'aller vous coucher. L'aube sera là bien trop vite et vous avez besoin de repos.

Il vit qu'il l'avait blessée et l'expression qu'il lut dans ses yeux faillit lui donner des remords. Il s'était exprimé d'un ton très sec, il en était conscient. Pendant quelques secondes, il dut résister à la tentation de se montrer moins sévère. Mais changer d'attitude à présent aurait été trop dangereux.

Malgré tout, il savait ce que c'était que la douleur de l'exil et il tâcha de mettre du baume sur la blessure.

— Nous avons encore beaucoup de route devant nous et vous aurez tout le temps de poser vos questions, assura-t-il, affectant plus d'insouciance qu'il n'en ressentait réellement.

Elle avait encore le regard assombri de souffrance. Mais elle n'en hocha pas moins la tête et se glissa sous la tente sans ajouter un mot. Rurik sentit son cœur se serrer. Il n'avait pas voulu la froisser, Dieu savait, et il aurait préféré la voir sourire plutôt que refouler ses larmes.

Se rendait-elle compte à quel point leurs histoires se

ressemblaient ? Tous deux avaient vécu en exil, loin de leur famille et de leurs amis.

Tous deux avaient été rappelés dans leur pays pour y accomplir leur devoir.

Et ils regimbaient l'un et l'autre devant cet appel.

Il recula, laissant le pan de toile retomber sur l'intimité des deux femmes. Peu importaient leurs ressemblances et son désir fou de la prendre dans ses bras pour la réconforter. Ce qui comptait pour le moment, c'étaient leurs divergences.

Il était un homme et elle une femme.

Il était le fils du comte Erengisl, et elle la fille de Gunnar.

Il était un bâtard à qui on demandait de jouer l'homme honorable et elle était…

Quoi ?

Certainement pas une nonne, il en aurait mis sa main à couper. Bien entendu, il n'avait pas de preuves. Mais sa conviction était trop forte pour être erronée.

Margriet ne portait pas le voile parce qu'elle avait prononcé ses vœux. Il ne savait pas encore pourquoi elle avait jugé bon de se déguiser ainsi, mais il comptait bien découvrir son secret avant la fin du voyage.

Le problème — et le danger — c'était qu'ils avaient tous deux des secrets, qu'ils tenaient l'un et l'autre à protéger.

Tout en déambulant une fois de plus autour du camp, il se demanda ce que Margriet pouvait bien avoir à cacher.

Aux Orcades, les choses avaient bien changé depuis dix ans. La situation était devenue plus précaire avec l'accession de son père Erengisl à la dignité de comte des Orcades. Un titre dont il n'avait pas hérité, mais qu'il avait conquis grâce à son second mariage. Et à présent, le conflit qui opposait le roi à ses fils avait contraint Erengisl à rappeler son bâtard au pays…

Et Margriet, que venait-elle faire dans tout cela ? Etait-ce une simple coïncidence s'ils retournaient tous deux à Kirkvaw en même temps ? Lui avait-on confié la mission de l'escorter seulement parce que c'était la façon la plus commode de la faire revenir du couvent ?

Et à qui son père avait-il l'intention de la marier ? Car les mariages étaient la base de toutes les alliances, entre les familles comme entre les Etats. Ceux qui étaient déjà amis confortaient ainsi leurs liens, et les ennemis y trouvaient l'occasion de se réconcilier.

Gunnar avait-il projeté d'offrir sa fille à un allié ? Ou allait-il sceller grâce à elle un accord entre deux familles ennemies ? Quels que soient ses projets, il n'accepterait certainement pas qu'elle entre au couvent.

Ce qui ne changeait rien au problème de Rurik. Quoi qu'il advienne, cette femme n'était pas pour lui, pas plus qu'il n'était pour elle.

Leurs destins s'étaient croisés pendant ce voyage. Mais ils prendraient ensuite des directions différentes. Il était même probable qu'ils ne se reverraient jamais.

Tout ce qu'il lui restait à faire pour l'instant, c'était la protéger comme il s'y était engagé … tout en essayant d'en apprendre davantage sur elle et ses secrets.

La souffrance qu'il avait lue dans ses yeux lorsqu'il l'avait rabrouée lui rappelait trop de mauvais souvenirs. Cette douleur-là, lui aussi l'avait connue. Et il n'avait pas le moindre désir de la revivre.

La proposition de son père était alléchante, certes. Mais il n'y croirait et ne l'accepterait que lorsqu'il l'aurait entendue de vive voix.

Pour l'instant, il était encore libre de ses propres choix.

Ce qui arriverait ensuite ?

Dieu seul le savait !

Chapitre 9

Le soleil pointait à peine à l'horizon quand retentit le signal invitant tout le monde à se lever.

Décidément, c'était pire que les horaires du couvent ! songea Margriet, qui mâchait ses herbes après avoir avalé un peu d'eau. Puis elle procéda à sa petite routine matinale et réveilla sa compagne. Heureuse Elspeth ! Elle avait dormi comme un loir depuis la seconde où elle avait posé la tête sur l'oreiller.

La nuit avait été moins reposante pour Margriet, qui n'était pas parvenue à trouver le sommeil. Sans doute à cause des courbatures de son dos, supposa-t-elle en s'étirant.

Comme chaque matin, elle enfonça sa natte dans sa tunique et replaça sa guimpe et son voile sur sa tête. Plus les jours passaient, plus elle détestait cet accoutrement. L'étoffe roide qui lui entourait le visage et le cou la démangeait affreusement. Quant au long voile, il pesait sur ses épaules et se prenait sans cesse dans ses cheveux.

Mais après tout, c'était elle qui avait voulu se vêtir ainsi, et il aurait été absurde de s'en plaindre à présent. Faisant contre mauvaise fortune bon cœur, elle sortit de la tente en rampant et se redressa dans l'air frais du matin.

Leur garde aujourd'hui était Donald. Elle le salua en gaélique, puis en norvégien.

— Répétez après moi ! intima-t-elle.

Il s'exécuta avec un sourire, essayant d'imiter son accent. Le résultat fut des plus comiques et ils s'esclaffèrent de concert.

— Ce n'est pas grave, le rassura Margriet. L'essentiel, c'est d'avoir essayé. Vous vous améliorerez avec la pratique, je n'en doute pas.

Elspeth apparut sur ces entrefaites et Donald les escorta jusqu'au ruisseau voisin, où il les laissa procéder à leurs ablutions. Margriet osa seulement relâcher un peu le bandeau de sa guimpe pour se rafraîchir le visage et le cou.

Elle regarda Elspeth faire de même et prit conscience des sacrifices auxquels la pauvre fille consentait par sa faute. Elspeth avait adhéré à son plan avec une joyeuse fébrilité, car il lui donnait l'occasion de quitter le couvent et d'échapper à un avenir peu enthousiasmant. Mais jusqu'ici, la malheureuse n'avait guère connu que les inconvénients de l'entreprise.

Lorsqu'elles seraient enfin chez Gunnar et que tous les malentendus auraient été éclaircis, elle s'arrangerait pour qu'Elspeth n'ait pas à regretter de l'avoir suivie.

Un appel les ramena vers le camp pour un rapide déjeuner, à base de porridge et de bière peu alcoolisée. Puis le cortège reprit la direction du nord.

Ce jour-là, le soleil avait décidé de se cacher derrière les nuages. L'air se rafraîchit et le vent se mit à souffler, tandis qu'ils faisaient route vers la côte. Mais Margriet était loin de s'en plaindre. Le temps lui semblait passer plus vite depuis qu'elle conversait avec les trois Ecossais, à qui elle faisait répéter des bribes de norvégien.

Ils firent halte deux ou trois fois pour se restaurer et se détendre un peu. Mais Rurik les pressait un peu plus que d'habitude, ainsi qu'il l'en avait avertie la veille.

Le soleil était déjà bas sur l'horizon, quand l'éclaireur chargé de repérer un lieu propice pour leur campement revint vers eux à bride abattue.

La nouvelle dont il était porteur courut aussitôt dans tout le cortège.

— Nous allons dormir sous un toit cette nuit ! se répétèrent les cavaliers avec une visible satisfaction.

Oh, Seigneur, sentir un lit sous soi ! Margriet eut un sourire ravi à cette perspective. Même une mince paillasse serait une bénédiction après tant de nuits sur le sol dur !

Elle se pencha vers Elspeth.

— Il faudra que nous fassions attention, si nous faisons halte dans un village, la prévint-elle dans un chuchotement. Surtout ne pas oublier nos prières ! Les gens ne manqueront pas de nous observer.

En fait, elles s'étaient un peu relâchées ces derniers temps et allaient devoir se montrer prudentes si elles ne voulaient pas être démasquées.

Les hommes semblaient aussi excités que Margriet à la seule pensée qu'ils approchaient d'un village. Mais ils n'en resserrèrent pas moins les rangs autour des deux nonnes, soucieux de les protéger contre d'éventuels dangers.

La cavalcade atteignit la petite agglomération au moment où le soleil se couchait.

Construit à la jonction de la rivière et de l'un de ses affluents, le village était constitué de maisons de bois, de quelques échoppes et d'une unique auberge. Rien à voir avec Kirkvaw, toujours si animé, ni même Thurso ou Wick. Margriet ne vit ni église ni couvent, tandis que leur cortège se dirigeait vers le grand bâtiment à deux étages qui se dressait à l'extrémité du bourg.

L'aubergiste, un petit homme presque aussi large que haut, dut subodorer qu'il y avait gros à gagner avec cette petite troupe de voyageurs, car il s'avança aussitôt pour les recevoir. Quelques autres hommes et deux jeunes femmes apparurent aux fenêtres, curieux de voir ce qui se passait. A la vue des guerriers, les femmes écartèrent ostensiblement les pans de leur corselet, exhibition vulgaire dont elles auraient pu se dispenser. Après des jours et des jours de voyage avec deux nonnes pour seule compagnie féminine, les hommes du groupe ne risquaient pas d'ignorer des représentantes du beau sexe, fussent-elles des catins qui se trémoussaient sans vergogne pour dévoiler leurs charmes !

— Halte ! cria Rurik.

Mais personne ne mit pied à terre à ce signal. Donald et Leathen s'emparèrent même des guides de Margriet et d'Elspeth, prêts à les entraîner sur-le-champ s'il y avait le moindre danger.

L'atmosphère demeura tendue tout le temps que Rurik négocia le couvert et le gîte, ainsi que les provisions nécessaires à la poursuite de leur voyage.

Ce fut seulement lorsqu'il hocha la tête et frappa sur l'épaule de l'aubergiste en signe d'accord que ses hommes se laissèrent glisser à terre et lâchèrent la garde de leur épée. Mais la vue des deux gotons qui se précipitaient dans la cour, pieds nus, les cheveux défaits et la poitrine saillant outrageusement du corsage stupéfia Margriet au point qu'elle demeura sur le dos de sa monture.

A en juger par l'expression lubrique des hommes qui se bousculaient pour jouir du spectacle, il était aisé de deviner que la nuit promettait d'être chaude !

— Si vous voulez vous donner la peine, fit une voix non loin d'elle.

Margriet tourna la tête pour voir Sven aider Elspeth à mettre pied à terre. Galant, il attendit qu'elle soit bien assurée sur ses jambes avant de lui lâcher la taille.

— Hé là, vous ne trouvez pas que vous…, commença Margriet.

Mais Rurik s'avança vers elle à cet instant, interrompant la diatribe. Sven s'écarta d'Elspeth, non sans avoir échangé un regard complice avec elle.

Margriet se laissa glisser à terre avec l'aide de Rurik. L'aubergiste s'approcha aussitôt pour la saluer avec componction, les yeux chastement baissés.

— Mon nom est Harald, ma sœur. Soyez la bienvenue céans.

— Nous allons passer la nuit ici, expliqua Rurik. Cette halte vous agréera, je suppose.

Il s'éloigna pour donner ses instructions à ses hommes,

confiant à Harald le soin d'escorter Margriet à l'intérieur. Les femmes avaient déjà disparu et Margriet, aussi intriguée qu'elle fût, n'osa pas demander où elles étaient passées.

L'auberge comprenait deux pièces au rez-de-chaussée — une grande salle où la cheminée gigantesque occupait presque tout un mur, et une pièce plus petite qui devait être la cuisine, à en juger par les arômes qui s'en échappaient. La salle était meublée de tables dépareillées et de bancs, et ce fut là qu'elle fut priée de s'installer avec Elspeth.

Margriet craignait un peu un retour offensif des deux gotons. Aussi fut-elle soulagée de voir une femme plus âgée leur apporter un plateau de viandes et de légumes rôtis, avec une petite jatte de sauce. Il y avait tant de jours qu'on la nourrissait de soupes et de brouets que l'eau lui vint à la bouche à cette vue.

Son plateau déchargé, la tenancière retourna chercher des tranches de pain brun encore toutes chaudes, pareilles à celles qu'on servait au couvent, ainsi qu'une terrine de beurre. Les deux maritornes ne reparurent qu'un peu plus tard pour leur servir de la bière.

Curieuse, Margriet les examina en douce. Vues de près, elles étaient moins jeunes qu'elles ne lui avaient d'abord semblé. Malgré leurs façons aguichantes et leur opulente chair nue généreusement exhibée, il était évident qu'elles n'avaient jamais entendu les sermons de mère Ingrid sur la propreté et l'hygiène. Mais c'était sans doute de peu d'importance pour les hommes du convoi, car chaque fois qu'elles se penchaient pour leur servir de la bière, une flamme de concupiscence s'allumait dans leurs yeux.

Le seul qui parût insensible à leurs charmes était Rurik. Assis à la table voisine, il observait tout sans prononcer un mot et se contentait de refréner l'ardeur de ses hommes par des signes de tête ou des regards comminatoires.

La situation fut sous contrôle jusqu'au moment où le lacet de l'une des filles se rompit sous le poids d'un sein, révélant aux yeux de tous le contenu débordant de son corsage.

Margriet cilla plusieurs fois, en essayant d'ignorer les bruits divers qui s'élevèrent alors de l'assemblée masculine. Jamais elle n'aurait imaginé qu'on puisse se montrer aussi audacieuse et provocante en présence de deux nonnes !

Rurik se levait déjà, quand la voix d'Harald résonna au fond de la salle.

— Rhabille-toi, dévergondée ! Tu manques de respect à ces saintes femmes.

Une moue boudeuse aux lèvres, la fille prit son sein à pleines mains et le rentra dans son corsage, sous le regard exorbité de tous les mâles présents. Mais le nœud du lacet se redéfit aussitôt. Cette fois, la maritorne se passa insolemment la main sur le mamelon et poussa un petit cri, comme surprise de le sentir se gonfler sous ses doigts.

Margriet ne douta pas de la réaction des hommes…

Elle détourna les yeux, plus embarrassée qu'elle ne l'avait jamais été de sa vie. Elspeth semblait aussi confuse qu'elle.

— C'est assez ! tonna Rurik, qui fit signe à l'aubergiste de venir arrêter ce manège.

Mais déjà Harald se précipitait vers la fille, qu'il entraîna vers la porte manu militari. Le battant se referma sur eux, ce qui n'empêcha pas les occupants de la salle d'entendre résonner quelques vocables furieux suivis d'un bruit de gifle retentissant. Il y eut encore quelques minutes de chuchotements irrités.

Puis la fille refit son entrée, son corsage bien fermé cette fois, et se remit à verser de l'ale à qui le lui demandait.

La joue encore rougie par le soufflet d'Harald, elle mettait à présent quelque discrétion à ses avances. Mais Margriet la vit couler ici et là des regards effrontés, dont le message ne fut pas perdu pour les hommes.

— Pour ceux que cela intéresse, mon nom est Ragna, déclara-t-elle à la cantonade.

Et de souligner l'information d'un clin d'œil égrillard.

Elle vint servir Margriet et Elspeth, mais son attention était visiblement ailleurs. La bière qu'elle versait déborda de la coupe et elle se pencha pour essuyer la table, offrant son ample poitrine à la vue de Rurik.

La seconde fille, une rousse aux seins tout aussi débordants, dut craindre qu'il ne jette son dévolu sur sa rivale, car elle se précipita vers lui et fit mine de tamponner une tache afin de lui mettre ses seins sous le nez.

Margriet sentait la colère monter en elle. Les prostituées faisaient partie de la vie, elle ne l'ignorait pas. Mais être confrontée à un racolage aussi éhonté la hérissait, surtout quand il lui était interdit de réagir comme l'aurait fait toute noble dame en ces circonstances.

Les paroles de Rurik lui revinrent à la mémoire. Etait-ce pour cela qu'il avait décidé de faire halte dans ce village ?

Elle tourna la tête vers lui et vit qu'il l'observait. Pendant quelques secondes, il les regarda tour à tour, les maritornes et elle. Puis il fit signe aux deux filles de se pencher plus près.

Margriet faillit s'étouffer avec sa bière. Le goujat ! Comment osait-il se comporter ainsi devant elle ? Ne se rendait-il pas compte que son attitude donnait le mauvais exemple à ses hommes, qui allaient se sentir autorisés à l'imiter ?

Incapable de se contenir davantage, elle allait laisser exploser sa colère, quand les deux femmes se tournèrent vers Elspeth et elle.

— Veuillez m'excuser, mes sœurs, marmonna Ragna, aussitôt imitée par sa compagne. Je ne voulais pas vous faire offense.

Suffoquée par l'indignation, Margriet porta à sa bouche un morceau de pain qu'elle mastiqua quelques secondes sans pouvoir l'avaler. Heureusement, une gorgée d'ale l'aida à faire passer la croûte dure. Mais en se tournant vers Elspeth, elle trouva la jeune fille si rouge qu'elle craignit qu'elle n'ait la fièvre.

Aussitôt, elle glissa son bras sous le sien et se leva, entraînant sa compagne avec elle. Personne ne fit mine de les arrêter. Mais une fois dehors, dans l'air frais du crépuscule, Margriet découvrit Sven à quelques pas derrière elles.

— Nous avions besoin de respirer un peu, Sven.

D'autres paroles moins amènes se formèrent dans son esprit, mais elle les ravala juste à temps. Une nonne ne pensait pas de telles choses, au nom du ciel ! Et elle les exprimait encore moins !

Sans s'arrêter, elle tira Elspeth par la main et s'éloigna de l'auberge. Elle entendait résonner dans l'ombre les pas de Sven, qui les suivait sans doute pour les protéger. Précaution inutile à son avis. Le plus grand danger se trouvait dans la salle qu'elles venaient de quitter !

Après avoir parcouru quelques mètres à vive allure, elle sentit Elspeth ralentir à côté d'elle. De toute évidence, la jeune fille ne souhaitait pas aller plus loin. Margriet la lâcha aussitôt, certaine que Sven ne demanderait pas mieux que de lui tenir compagnie.

Où trouver un endroit où elle puisse être un peu tranquille ? Après un instant de réflexion, elle décida de pousser jusqu'à la rivière qu'ils avaient longée toute la journée jusqu'à ce maudit village.

Tout en elle n'était plus que confusion et malaise. Seigneur, pourquoi avait-elle quitté le couvent ? Elle ferait peut-être mieux d'y retourner et de ne plus jamais en sortir !

Elle n'avait pas la moindre idée du temps qui s'était écoulé ni de la distance qu'elle avait parcourue. Mais le soleil à présent avait complètement disparu et les oiseaux de nuit lançaient leur appel dans les arbres. La lune brillait assez pour guider ses pas et elle avisa bientôt un large rocher où elle s'assit, le temps de laisser la colère se calmer en elle.

Ce qui venait de se passer justifiait a posteriori ses appréhensions. C'était exactement cela qu'elle avait craint, lorsqu'elle avait décidé de se déguiser en nonne pour assurer sa protection.

Elle redoutait de voyager avec des hommes qui perdaient leur sang-froid à la moindre provocation féminine.

Des hommes qui se comportaient comme des animaux et auraient fait des bassesses pour un peu de plaisir…

Furieuse, elle donna un coup de pied dans une pierre qu'elle envoya rouler dans l'eau. Elle était si absorbée par sa colère qu'elle ne *l*'entendit pas approcher.

Enfin presque.

Il s'arrêta à quelques pas derrière elle et se tint là sans prononcer une parole. Sans doute parce qu'il hésitait sur le choix des mots ou ne savait que dire.

Elle se pencha, prit une poignée de cailloux et les lança le plus loin possible dans le ruisseau, prêtant l'oreille à leur petit plouf chaque fois qu'ils ricochaient à la surface.

— J'avais peur que vous ne soyez *tombée* à l'eau, fit-il doucement.

Elle lui sut gré d'entamer la conversation sur le mode humoristique, en évitant les sujets épineux. Un tact à mettre à son actif… Bien évidemment, la remarque n'était drôle que si elle admettait avoir menti sur le fameux incident de la rivière.

Ce qu'elle n'était pas prête à reconnaître — surtout devant un homme qu'elle venait de voir plonger un regard concupiscent dans le décolleté d'une catin !

Elle jeta un dernier caillou dans l'eau, puis se laissa glisser au bas du rocher et se dirigea vers la berge. La rivière semblait peu profonde à première vue, mais la lueur de la lune ne permettait pas d'en juger avec certitude.

Un bruit de pas derrière elle l'avertit que Rurik la suivait.

— Vous avez envie de trébucher de nouveau ? s'enquit sa voix moqueuse.

Il était plus près encore qu'elle n'avait imaginé.

— Pas ce soir. Il fait un peu froid pour cela.

— Oh, vous ne tombez à l'eau que lorsqu'il fait chaud ?

Ses mots l'enveloppaient comme une caresse, l'incitant à baisser sa garde. Les oiseaux de nuit chantaient derrière eux dans les arbres, bien qu'elle ne reconnût pas leurs trilles. Plus ils progressaient vers les terres du Nord, moins les paysages et leur faune lui étaient familiers. Elle était déjà loin, bien loin de ce qui avait été jusqu'ici son foyer.

— Oui, répondit-elle, entrant dans le jeu. C'est alors qu'on risque plus aisément de vaciller.

Mais sa colère ne s'était pas encore apaisée, et elle éprouva le besoin d'extérioriser au moins en partie ce qui bouillonnait en elle.

— Ne savent-ils donc pas que c'est un péché ?

— Vous voulez parler de mes hommes ?

Il observa une pause.

— Mais dites-moi, ma sœur, qu'est-ce que le péché ? Est-ce le fait d'éprouver une tentation… ou d'y céder ?

Bien qu'il se soit exprimé d'un ton grave, elle doutait du sérieux de sa question. Plaisantait-il encore ? Elle se retourna pour l'interroger du regard.

A la lueur du clair de lune, son visage lui parut étrangement grave, et elle eut soudain l'impression de découvrir une partie de lui plus secrète, qu'il n'avait pas l'habitude de montrer aux autres.

Elle tâcha de se remémorer les leçons du couvent — qu'elle n'avait guère mises en pratique ces derniers mois ! — et répéta studieusement les paroles de mère Ingrid.

— Si la tentation vise à entraîner délibérément quelqu'un dans le péché, alors le tentateur pèche autant que celui qui succombe.

Il se pencha plus près pour chuchoter :

— Et si le tentateur ne sait pas lui-même ce qu'il lui arrive ?

Margriet cilla, envahie tout à coup par un flot de souvenirs. Les images de Finn affluaient à sa mémoire, avec ses douces paroles et ses caresses qui l'avaient incitée au péché. En somme, elle ne s'était pas mieux conduite que les hommes de Rurik avec les catins de l'auberge. Elle aussi avait cédé à la tentation, se laissant séduire au point de vouloir qu'il lui fasse ces choses dont elle ne soupçonnait même pas auparavant l'existence. Il lui avait appris à répondre à son appel — l'appel de sa voix, de son toucher, et de l'amour qu'il prétendait avoir pour elle.

Oh, oui, elle avait eu tôt fait de tomber dans la luxure et la fornication ! Qu'on appelle cela l'amour ou la tentation ne changeait rien à la chose. C'était un péché, et elle avait grandement failli.

Les larmes lui montèrent aux yeux et elle cligna des paupières pour les cacher à Rurik. Aussi mortifiant que ce soit pour elle, force lui était d'admettre qu'elle ne valait pas mieux que ces femmes qui faisaient ostensiblement commerce de leurs charmes. Et quand son état deviendrait visible, prouvant son péché aux yeux de tous, elle aussi se ferait traiter de catin…

— Le péché est le péché, répondit-elle.

Mais elle prononça ces mots sans la conviction qu'une vraie religieuse aurait dû y mettre.

Rurik la contempla un instant sans rien dire. Se rendait-elle compte de la tentation qu'elle représentait pour lui ? Chacune de ses paroles, chacun de ses gestes, éveillait en lui un appel. Un appel auquel il n'aurait jamais dû répondre, s'il avait eu un brin de jugeote. Mais il y répondait, c'était un fait, et son désir pour elle croissait de jour en jour.

Devenir son ami ? Le plan avait vite fait long feu. Depuis des années, il aimait trop les femmes et tout ce qu'elles lui offraient pour pouvoir aujourd'hui contrôler si aisément ses pulsions.

Il ne savait pas ce qui était le plus dangereux en elle, le plus tentateur — ses yeux étincelants, ses courbes féminines et l'arc suave de ses lèvres, ou la détresse qu'il sentait chez elle en cet instant.

Lorsqu'elle releva la tête, il vit briller des larmes dans ses yeux et la dévisagea, perplexe.

Qu'est-ce que la fille de Gunnar pouvait bien connaître du péché ? Depuis qu'elle avait l'âge de raison, sa vie s'était écoulée entre les murs protecteurs d'un couvent, à l'abri de toutes les vicissitudes de la vie.

Pourtant, c'était bel et bien de la souffrance qu'il avait entendue vibrer dans sa voix, une souffrance qui s'apparentait à la sienne.

Sa propre peine remontait du tréfonds de lui-même. Le rejet de son père, le déshonneur que sa naissance avait jeté sur sa mère, n'avaient jamais cessé de le tourmenter. C'était ce genre de souffrance qu'il lisait maintenant dans le regard de Margriet. Une souffrance qui lui donnait envie de la prendre dans ses bras pour la consoler.

L'espace d'un instant, il oublia qui elle était, ce qu'il était lui-même et toutes les bonnes raisons qu'il avait de ne pas la toucher.

Il se pencha vers elle pour goûter à ses lèvres, exactement comme il brûlait de le faire depuis le premier jour où il avait entraperçu sa beauté et où le désir s'était éveillé en lui à sa vue.

Il glissa un doigt sous son menton, qu'il souleva pour accéder à cette bouche si pulpeuse, si follement attirante.

— La tentation est la tentation, Rurik, répéta-t-elle dans un chuchotement.

Il sentait vibrer ces mots contre ses lèvres, tant elles étaient près des siennes à présent. Margriet glissa sa main entre eux et la posa contre son torse, l'empêchant d'abolir les derniers centimètres qui les séparaient encore.

Dieu savait pourtant à quel point il désirait la savourer toute, surtout en cet instant où il sentait son souffle sur son visage et ce léger parfum qui n'appartenait qu'à elle. Sa virilité se gonfla de sève et il se rapprocha, le corps palpitant de désir.

Elle tressaillit quand il s'empara enfin de ces lèvres dont l'image le poursuivait jusque dans ses rêves. Si elle avait reculé à cet instant, Rurik aurait arrêté sur-le-champ. Mais lorsqu'il la sentit se presser contre lui, il força le barrage de ses dents et glissa la langue dans sa bouche jusqu'à ce qu'elle s'ouvre à lui. Puis il lui lâcha le menton et laissa ses mains descendre sur ses épaules, ne sachant trop qui il essayait de soutenir ainsi — elle ou lui-même.

Tout ce qu'il savait, c'était qu'elle était aussi savoureuse et adorable qu'il l'avait imaginé.

La tête penchée, il couvrit entièrement sa bouche de la sienne et enfonça la langue dans sa chaleur humide. Il la sentit frémir contre lui, mais il n'avait pas la moindre envie de cesser. A présent, il jouait avec la langue de Margriet qu'il enlaçait de la sienne en un sensuel et voluptueux ballet. La jeune femme s'alanguit contre lui et il prit cela comme une permission tacite. La permission d'approfondir encore le baiser…

Usant de toute la persuasion qu'il avait apprise dans ses joutes d'amour avec les femmes, il fit mine d'abandonner sa bouche, juste le temps de reprendre son souffle et de la laisser respirer. Puis il la reprit encore et encore…

— Margriet…

Lentement, pour ne pas l'effaroucher, il glissa une main sous son voile et l'enfonça dans ses cheveux qu'il se mit à dénatter à l'aveuglette. Mais elle recula brusquement, échappant à son étreinte.

Il rencontra son regard brûlant de désir et lui sourit, encore enivré par son parfum et sa saveur.

Margriet secoua la tête et détourna les yeux.

— Je ne peux pas.

Ces mots prononcés presque trop bas pour être entendus résonnèrent aux oreilles de Rurik, le rappelant brusquement à la réalité.

Qu'était-il en train de faire, au nom du ciel ? C'était inconvenant, pire encore — sacrilège.

Comme pour confirmer cette pensée, la voix de Sven retentit au même instant derrière eux, brisant le silence de la nuit. Margriet se figea, la main toujours posée sur la poitrine de Rurik.

— Sœur Margriet, êtes-vous là ? héla le jeune homme en sortant de l'ombre des arbres.

Rurik recula si brusquement que Margriet vacilla, privée de l'appui de sa poitrine. Il voulut la soutenir, mais sa main heurta dans le noir le bras de la jeune femme, qui perdit l'équilibre et roula vers la berge escarpée.

Sven poussa un cri auquel fit écho celui de Rurik.

Puis il y eut le hurlement de Margriet, à l'instant où l'eau glacée l'aspirait dans ses profondeurs…

Chapitre 10

Il voulut l'empoigner mais ne parvint à saisir que l'ourlet de sa robe, qui se déchira entre ses doigts. Une fugitive vision de jambes nues s'imprima sur sa rétine, puis il vit Margriet s'enfoncer dans l'eau en battant désespérément des bras.

Sans hésiter, Rurik déboucla son baudrier et plongea après elle. Le courant était beaucoup plus fort qu'on n'aurait pu le croire depuis la rive. Très vite, il les entraîna tous deux loin de l'endroit où Sven contemplait la scène, bouche bée de stupeur.

Après avoir lutté un instant, Rurik parvint enfin à saisir Margriet et trouva un endroit assez peu profond pour y enfoncer les pieds, les empêchant tous deux de dériver plus loin. L'obscurité ne lui facilitait pas la tâche, non plus que les ruades de Margriet, qui se débattait à la fois contre l'eau, contre ses lourdes robes et contre son étreinte.

— Restez tranquille, bon sang, ou je vais finir par vous lâcher ! Il faut tenir bon jusqu'à ce que mes hommes arrivent.

Elle tenta d'écarter son voile, qui s'était plaqué sur son visage.

— C'est votre faute ! lança-t-elle d'un ton accusateur. Vous m'avez poussée, je l'ai bien senti.

— C'est faux, vous avez glissé, rectifia-t-il en jurant entre ses dents.

L'aide attendue arriva en cet instant, coupant court à la discussion. Rurik tendit la jeune femme à Magnus et Sven, qui la hissèrent hors de l'eau. Puis il s'extirpa tout seul de la rivière et s'assura d'un regard que Margriet était bien saine et sauve sur la berge. Debout sur le talus, elle ressemblait à un chien mouillé qui vient d'essuyer une tempête. Elle voulut foudroyer Rurik du regard, mais comment se donner l'air terrible quand on claque des dents et qu'on est secouée de frissons ?

Donald se précipita vers elle avec sollicitude.

— Que vous est-il arrivé, ma sœur ?

— J'ai glissé.

Ce que confirma aussitôt la voix de Rurik :

— Elle a glissé !

Les deux répliques avaient fusé en même temps avec une véhémence suspecte, mais personne ne s'avisa de contester leurs paroles.

Rurik dévisagea tour à tour chacun de ses hommes. De toute évidence, certains avaient des doutes sur ce qui s'était réellement passé après qu'il eut quitté l'auberge pour emboiter le pas aux deux nonnes.

Mieux valait détourner sur-le-champ leur attention.

— Où est sœur Elspeth, Sven ? s'enquit-il d'une voix brève.

— Elle est en sécurité à l'auberge. Harald a fait préparer la chambre du haut pour les nonnes selon vos instructions. Il a promis aussi d'y faire monter deux repas dès que sœur Margriet serait de retour.

Ils reprirent le chemin de l'auberge. Rurik observait Margriet. Quand il la vit s'entraver pour la troisième fois dans sa robe mouillée, il s'arrêta, la souleva avec aisance et continua à marcher en la portant dans ses bras. Ce bain forcé avait eu au moins un mérite — il avait calmé pour un temps ses ardeurs. Et chaque velléité de réveil était aussitôt douchée par l'eau glacée qui s'écoulait des vêtements de Margriet et le réfrigérait à chacun de ses pas.

Lorsqu'ils arrivèrent à l'auberge, les hommes avaient fini de manger et la plupart s'apprêtaient à se coucher. Les tables furent repoussées contre les murs, avec les bancs retournés posés dessus, et les hommes s'étendirent sur le sol constellé de taches en étalant sur eux des couvertures. Rurik les compta rapidement et s'aperçut que deux d'entre eux manquaient à l'appel. Inutile de demander à Sven où ils étaient. Il espéra seulement que les nonnes n'avaient rien remarqué.

Emboitant le pas à Harald, Rurik porta Margriet jusqu'en haut de l'escalier, puis dans le petit corridor menant à la chambre qu'elle devait partager avec sœur Elspeth. La jeune nonne attendait à l'intérieur, pendant que Heinrek montait la garde dans le couloir.

Lorsqu'il eut déposé Margriet à terre, Elspeth congédia tout le monde d'un geste.

— Laissez-nous à présent. Je vais m'occuper d'elle.

Rurik obtempéra sur-le-champ, heureux de pouvoir quitter promptement la chambre. Mais sa mauvaise humeur reprit le dessus lorsqu'il avisa l'expression goguenarde de Sven et de Magnus. Pas besoin d'être grand clerc pour deviner ce que ces deux-là étaient en train de penser !

L'espace d'un instant, Rurik eut la tentation de leur envoyer son poing dans la figure. Mais il se reprit in extremis.

Sans prononcer un mot, il reboucla son baudrier et l'assujettit sur ses hanches. Puis il se croisa les bras sur la poitrine dans une attitude de défi et attendit les questions… qui ne vinrent pas.

Rurik écarta ses amis et s'engagea dans l'escalier.

— Elle a glissé, leur jeta-t-il pour toute explication en passant devant eux.

Seul le silence lui répondit. Il se croyait quitte, quand il entendit s'élever derrière lui la voix de Sven :

— Glissé, vraiment ? Hélas ! Pauvres femmes que nous sommes !

Le diable l'emporte ! Rurik fit celui qui n'avait pas entendu et descendit dans la cuisine pour voir où en était le repas de Margriet.

« Pauvres femmes », je vous demande un peu !

Il trouva Thora, l'épouse de Harald, occupée à disposer

du pain, du fromage, de la viande et du bouillon sur le plateau destiné aux nonnes. Comme il s'y attendait, les deux maritornes n'étaient pas visibles. Mais dès que les bruits domestiques cessaient un instant dans la cuisine, on entendait des gémissements suggestifs filtrer à travers les lattes du plafond. Inutile de demander ce qui se passait dans les mansardes !

— Hem… Sœur Margriet va avoir besoin d'une aiguille et de fil pour réparer ses vêtements, déclara-t-il au bout d'un moment.

— Je vais m'en charger, proposa Thora. C'est bien le moins que je lui doive après la façon éhontée dont Ragna et Morag les ont obligées à s'enfuir de la salle. Ah, si j'avais été là !

Elle lança un regard sévère à Harald, qui baissa la tête d'un air penaud.

Rurik remonta sur les talons de Thora et attendit dans le couloir pendant qu'elle déposait son plateau dans la chambre. Il entendit les femmes échanger quelques mots à l'intérieur, mais ne put discerner leurs paroles.

Thora ressortit bientôt, portant à bout de bras la robe mouillée qui gouttait encore. Un autre habit de nonne, sec celui-ci, était coincé sous son bras.

— J'ai promis aux sœurs de laver et réparer leurs vêtements, en guise de pénitence pour le spectacle qu'on leur a infligé ici, fit-elle d'un ton sévère.

Elle se signa avant d'ajouter :

— Et vous, quelle sera votre pénitence pour avoir laissé faire, hein ?

Elle s'éloigna sans attendre la réponse, laissant Rurik grommeler entre ses dents. La brave femme ne savait pas quel prix il avait déjà payé pour ce qui était arrivé ! Un châtiment exemplaire, car l'événement lui avait dévoilé une vérité qu'il aurait bien du mal désormais à écarter de son esprit.

Il se consumait pour une femme qu'il lui était interdit de posséder !

— Prenez votre couverture et allez dormir en bas avec les autres, intima-t-il à Heinrek. C'est moi qui vais monter la garde ici cette nuit.

Il s'approcha de la porte, déterminé. Oui, il dormirait ici, afin de s'assurer qu'il ne se produisait aucun incident fâcheux pendant la nuit. Ou plus exactement *un autre* incident fâcheux, puisqu'il en était déjà survenu un, hélas.

Après avoir toqué au panneau de chêne, il attendit la réponse. Ce fut sœur Elspeth qui vint lui ouvrir.

— Avez-vous besoin d'autre chose, ma sœur ?

— Non, messire, merci.

— Comment va sœur Margriet ?

Il revécut en un éclair l'épisode de la berge et songea à ce qui avait failli se passer entre eux cette nuit-là.

— Elle va très bien, messire.

— Alors à demain matin.

Il attendit un instant, et comme la jeune fille ne disait plus rien, il recula et prit son poste dans le couloir.

Pendant la demi-heure suivante, il entendit remuer les occupantes de la chambre, mais pas un mot ne filtra à travers la porte. Puis le silence se fit. Sans doute étaient-elles couchées à présent.

Rurik s'assit sur le sol, le dos appuyé au mur, et commença sa longue veille dans l'obscurité.

Il ne sut pas exactement combien de temps s'était écoulé, quand il entendit un son étouffé dans la chambre. L'une des femmes — Margriet, sans aucun doute — s'était mise à pleurer doucement. Rurik serra les dents. Cela lui serrait le cœur de l'entendre, mais il accepta sa propre souffrance comme une pénitence supplémentaire pour ce qui était arrivé.

Lorsque le bruit cessa enfin, laissant le silence envelopper de nouveau la chambre, il se releva et marcha jusqu'à la porte.

Après avoir prêté l'oreille un instant, il souleva doucement le loquet et entrouvrit la porte. La pièce n'était éclairée que par la faible lueur d'une veilleuse, mais c'était assez pour qu'il puisse distinguer l'intérieur.

Deux formes étaient couchées côte à côte dans le lit, et aucune ne bougea tandis qu'il s'avançait silencieusement jusqu'au bord de la couche. Sœur Elspeth dormait en chien de fusil, les couvertures tirées si haut qu'on n'apercevait que le sommet de sa tête.

Mais Margriet était étendue avec plus d'abandon, exposant à sa vue la chemise qu'elle portait en guise de vêtement de nuit. L'une de ses jambes dépassait de la couverture, et l'autre était complètement en dehors. Ses cheveux avaient séché et formaient autour de sa tête une auréole sombre et soyeuse où la lumière accrochait de mouvants reflets. En s'approchant, il remarqua les traces de larmes qui brillaient sur ses joues.

Rurik hésita, partagé entre le désir de la regarder simplement dormir et celui de lui demander pardon pour ce qu'il avait fait. Un soupir lui échappa malgré lui et il se figea, craignant d'avoir réveillé les dormeuses.

L'espace d'un instant, il resta absolument immobile, tandis que Margriet marmonnait quelques mots et se laissait rouler sur le flanc, le visage tourné vers lui. Puis elle glissa une main sous sa joue et sombra de nouveau dans le sommeil.

Le silence se rétablit dans la chambre, à peine troublé par le léger ronflement de sœur Elspeth. Rurik alla ajouter un peu de tourbe dans le foyer, afin de maintenir une agréable tiédeur dans la pièce. Il vérifia ensuite les étroites fenêtres pour s'assurer que les volets étaient bien clos contre le vent. Puis il quitta la chambre après avoir jeté un dernier regard à Margriet et reprit sa place dans le corridor pour le restant de la nuit.

Margriet s'éveilla en entendant frapper à la porte, mais elle hésita à répondre. A en juger par le rai de lumière qui filtrait entre les volets, le soleil était levé depuis déjà un certain temps. Que faisaient donc les hommes de l'escorte ? Il n'était pas dans leurs habitudes de se montrer aussi paresseux !

Etonnée, elle repoussa les couvertures et marcha vers la porte. Quelqu'un toqua de nouveau à l'huis.

— Sœur Margriet ! appela doucement la voix de Thora.

Margriet rassembla ses cheveux et les enfonça dans sa chemise. Puis elle prit l'une des couvertures et la drapa autour d'elle avant d'ouvrir. La femme de l'aubergiste se tenait sur le seuil, les bras chargés d'un plateau. Margriet s'écarta pour la laisser entrer et en profita pour jeter un coup d'œil dans le couloir. Mais elle n'y vit pas trace de Rurik.

Après avoir déposé son plateau, Thora disposa les deux robes de nonne sur un banc et se tourna vers Margriet.

— *Il* vous demande de vous préparer. *Il* donnera le signal du départ dans une heure.

Elle avait prononcé le *il* avec un dédain appuyé, qui en disait long sur ce qu'elle pensait de Rurik.

Margriet souleva l'une des robes et examina d'un regard appréciateur les coutures régulières qui rassemblaient les morceaux d'étoffe déchirée.

— Merci d'avoir réparé cela.

Elle jeta un coup d'œil vers la cheminée.

— Et aussi d'avoir rajouté de la tourbe pendant la nuit. J'avais bien senti le froid, mais je n'ai pas eu le courage de me lever, ajouta-t-elle en resserrant la couverture sur ses épaules.

Thora lui jeta un regard surpris et secoua la tête.

— Ce n'est pas moi, ma sœur. *Il* nous a interdit l'accès de l'escalier et il a monté la garde près de votre porte pour être sûr que vous ne seriez pas dérangée.

Margriet tourna les yeux vers l'huis entrouvert. Etait-ce Rurik qui avait attisé le feu pour qu'elles n'aient pas froid pendant la nuit ?

Thora s'approcha d'elle, interrompant ses réflexions.

— Hem… M'autorisez-vous à vous poser une question, ma sœur ?

Et comme Margriet acquiesçait :

— Pourquoi deux saintes filles…

Elle s'interrompit pour se signer.

— … voyagent-elles avec un homme pareil ?

Margriet exhala un soupir.

— Mon père me rappelle à la maison et messire Rurik a été chargé de m'escorter.

Thora haussa les sourcils.

— Oh, il est costaud, c'est sûr, et vous n'avez pas à vous inquiéter pour votre sécurité tant qu'il veillera sur vous, concéda-t-elle.

Ce qui ne l'empêcha pas de secouer la tête d'un air de doute.

— Tout de même… Je n'ai jamais entendu parler de saintes filles…

Nouvelle pause, nouveau signe de croix.

— … voyageant avec une troupe d'hommes. C'est un peu incongru, non ?

Réveillée par le bruit de leur échange, Elspeth remua dans le lit et Margriet préféra couper court à la conversation.

— Le fait que mon père l'ait choisi pour cela plaide en sa faveur, allégua-t-elle. C'est certainement un homme de confiance.

Cette déclaration suscita la franche incrédulité de son interlocutrice, dont la bouche s'abaissa en une moue éloquente.

Margriet écarta les bras.

— On ne m'a pas laissé le choix, de toute façon. Et je n'ai pas eu le temps d'écrire à mon père à ce sujet.

Thora cilla de nouveau, comme si elle n'avait jamais entendu cela de sa vie. Une nonne, voyager avec des hommes, vraiment !

En fait, Margriet non plus n'avait jamais entendu cela !

— Rurik est mon cousin, mentit-elle en désespoir de cause. Du côté de ma mère…

Cette fois, Thora hocha la tête d'un geste un peu plus amène.

— Ah, vous êtes parents ?

Elle se dirigea vers la porte, mais se retourna sur le seuil pour ajouter :

— Prenez votre temps. Je vais *lui* dire que vous serez prête dans un moment.

Elspeth repoussa ses couvertures au même instant. Mais elle interrompit son geste en s'apercevant qu'elles n'étaient pas seules.

— Merci, Thora, murmura Margriet.

Elle regarda la femme s'éloigner et abaissa la clenche pour fermer la porte.

— Vous pouvez vous lever, dit-elle à Elspeth.

La jeune fille ne se le fit pas dire deux fois. Elle bondit vers le plateau, manifestement affamée.

Pour la première fois, Margriet se rendit compte que son estomac ne faisait pas des siennes comme les autres matins. Elle renifla la nourriture pour en avoir le cœur net. La viande froide et le pain tout frais fleuraient agréablement bon à ses narines.

Qui sait ? Peut-être avait-elle surmonté la période difficile, comme l'avait prédit la cuisinière ?

Elspeth parut avoir lu dans ses pensées.

— Vous n'avez pas mauvaise mine ce matin, lady Margriet. Comment vous sentez-vous ? Vous avez peut-être faim ?

Elle se jeta sur la nourriture sans attendre la réponse. Mais Margriet hésitait encore.

La veille au soir, elle n'avait pris qu'un peu de pain trempé dans du bouillon chaud et s'était abstenue de goûter au gibier rôti. A cette heure matinale, elle aurait dû avoir l'estomac tout retourné. Or elle se sentait un appétit d'ogresse !

Craignant que les nausées ne surviennent plus tard, elle fourra ses herbes dans la poche de sa tunique tout en s'habillant. Mieux valait ne pas être prise au dépourvu !

Il ne leur fallut même pas une heure pour se restaurer

et s'habiller. Une fois prêtes, les deux jeunes femmes descendirent à la salle commune, où elles savaient que les hommes avaient dormi. Le petit déjeuner battait son plein et toutes les tables étaient occupées. Craignant de revoir les deux gourgandines, Margriet préféra ne pas s'arrêter. Leur vue aurait suffi à lui gâcher sa journée !

Beaucoup plus froid que la veille, le vent leur souffleta le visage lorsqu'elles sortirent dans la cour. Margriet s'assura que sa guimpe et son voile étaient bien attachés.

Sven les accueillit en gaélique, ce qui amena un sourire sur le visage d'Elspeth. A son tour, elle essaya de le saluer en norvégien, et Margriet vit le visage de Sven s'adoucir à cette tentative, qui le touchait visiblement.

Cette petite scène n'était pas faite pour la rassurer. Décidément, tout cela n'était pas bon ! songea-t-elle. Non pas qu'elle s'inquiétât pour son secret. Elspeth était capable de tenir sa langue à ce sujet, du moins l'espérait-elle. Mais encourager une relation entre cette roturière et ce jeune noble, c'était allumer un feu qui pouvait tout détruire sur son passage.

Mais d'un autre côté, que faire ? Dresser des obstacles entre eux n'aurait sans doute fait qu'attiser la flamme !

Après tout, tant que Sven respectait les barrières entre « sœur » Elspeth et lui, il n'y avait pas de mal à les laisser parler ensemble. Mais elle se promit de garder l'œil sur eux et d'avertir Rurik si les choses allaient trop loin.

Rurik… Elle le découvrit un peu plus loin, occupé à resserrer les sangles de sa selle. Le dos tourné, il penchait la tête vers l'animal et elle l'entendit grommeler une portée de jurons où dominait le nom de quelque dieu païen. Puis il se retourna et l'aperçut.

Seigneur, quelle mine affreuse il avait ! Elle le crut d'abord malade, tant il semblait sombre et accablé. L'espace d'un instant, elle faillit courir vers lui et lui tâter le front pour voir s'il n'avait pas la fièvre. Dieu merci, Elspeth émit une petite toux qui la rappela soudain au sens de la réalité. Ce n'était pas le moment de se donner en spectacle, surtout quand sa sollicitude risquait fort d'être mal prise. L'homme semblait d'une humeur massacrante !

— Bonjour, mes sœurs, marmonna-t-il.

— Bonjour, messire, répondit Elspeth en passant près de lui.

Elle emboita le pas à Sven, qui la conduisit vers sa monture et attendit qu'elle soit prête à se mettre en selle pour lui prêter l'assistance de son bras.

— Bonjour, Rurik, fit à son tour Margriet.

Elle s'en voulut tout de suite. Jamais elle n'aurait dû l'appeler ainsi par son nom, elle le savait. Mais la tentation avait été trop forte.

Ses lèvres vibrèrent en prononçant les deux syllabes, comme elles avaient vibré la veille sous son baiser. Mais Rurik à présent se tenait à distance, et ce fut Heinrek qui l'aida à se hisser sur son cheval.

Perchée sur sa selle, elle regarda les autres hommes sortir en trébuchant de l'auberge et cligner des yeux dans la lumière. Plusieurs d'entre eux avaient le teint terreux et semblaient avoir à peine dormi. Elle comprit pourquoi quand elle en vit certains détourner la tête pour ne pas rencontrer son regard.

Manifestement, ils avaient abondamment usé des bontés des deux catins.

Ne sachant trop comment réagir en semblable occurrence, Margriet se remémora les sermons des prêtres sur la fornication. Mais elle n'y trouva pas la réponse adéquate et rougit jusqu'aux oreilles quand l'un des hommes lui adressa un salut en passant près d'elle. Elle savait exactement ce qu'ils avaient fait — quelque chose dont une « sainte innocente », pour reprendre l'expression de Rurik, n'était même pas censée avoir l'idée.

Mais Margriet n'était pas une sainte innocente, loin s'en fallait ! Elle connaissait le plaisir qui naît des caresses d'un homme, la joie d'unir son corps à celui d'un autre et l'émerveillement de se donner à celui qu'on aimait.

Même si les deux maritornes ne se donnaient pas de façon désintéressée, elle ne doutait pas qu'elles n'y aient pris du plaisir. Aussi se sentait-elle toute gênée à présent d'affronter le regard de ces hommes en sachant ce qu'ils avaient fait dans le secret de la nuit.

Mieux valait les éviter pour l'instant, décida-t-elle. Et elle baissa la tête en faisant mine de s'absorber dans ses prières. Peut-être penseraient-ils qu'elle priait pour le salut de leur âme ?

Mais elle fut interrompue par Rurik, qui s'approcha d'elle sous prétexte de resserrer les sangles de ses étriers et de sa selle.

— Allons, en route ! ordonna-t-il au reste de la troupe, qui se mit en branle sous la direction de Magnus.

— Il faut que je vous parle, ma sœur. Juste une minute, se hâta-t-il de préciser.

Margriet fronça les sourcils. Quelque chose n'allait pas, c'était évident. Cette fois, il n'avait pas trébuché sur « ma sœur ».

Elle fut tentée un instant de refuser l'entretien. Mais il s'empara de ses rênes, lui ôtant toute possibilité de s'esquiver.

— Je vous ai causé du tort et je voudrais vous demander pardon. Surtout pour mon attitude d'hier soir.

Cette fois, il leva les yeux vers elle. Elle y lut tant de contrition qu'elle sentit son cœur se serrer.

— Rurik, vous ne…

Mais il l'interrompit d'un geste.

— Je vous en prie, laissez-moi continuer. Il y a des choses que je voudrais vraiment vous dire.

Elle hésita, puis finit par acquiescer d'un hochement de tête.

— Depuis treize ans, j'ai passé mon temps à chercher le plaisir partout où il se trouvait, poursuivit-il. Et je n'ai jamais rencontré une seule femme que j'aie désirée sans pouvoir l'obtenir.

Il eut un sourire empreint de tristesse.

— Jusqu'à ce que votre route croise la mienne, ma sœur…

Margriet ne répondit pas, incapable de savoir si elle devait se sentir touchée ou insultée par cet aveu. Elle n'était pas une vulgaire fille comme celles de l'auberge pour être ainsi désirée et convoitée. Mais une partie d'elle se sentait indéniablement flattée.

— Hier soir, je n'aurais jamais dû vous laisser un seul instant dans le même lieu que ces filles. Vous n'auriez jamais dû avoir à supporter leur manège ou même leur simple présence.

— Ce n'est pas la première fois que je rencontre ce genre de femme, Rurik.

Dieu savait pourquoi, elle éprouvait le besoin de le soulager en partie de sa culpabilité. Après tout, elle n'était pas l'innocente qu'il imaginait…

Il leva la main pour l'empêcher d'en dire davantage.

— Non, ma sœur, c'est entièrement de ma faute. De même que…

Cette fois, ce fut elle qui l'interrompit.

— S'il vous plaît, Rurik, ne parlez pas de cela ! Il ne s'est rien passé entre nous. Rien du tout.

Il se sentit plus insulté que réconforté par cette assertion. Mais il n'essaya pas de discuter davantage et hocha la tête avant de se mettre en selle.

— Allons ! dit-il en secouant les rênes de Margriet. Nous avons déjà pris assez de retard.

Et tous deux s'élancèrent pour rattraper le reste de la cavalcade, qui les avait devancés de quelques centaines de mètres sur la route.

Bien entendu, elle mentait, il l'avait lu dans ses yeux. Quelque chose d'important s'était passé entre eux la veille et le nier ne changeait rien à la chose, ni au souvenir qui était resté imprimé en lui. Ils avaient évoqué la tentation que les deux catins avaient représentée pour les hommes à l'auberge. Mais il existait une autre tentation, bien plus dangereuse — celle qu'ils exerçaient l'un sur l'autre.

Et leur baiser était simplement le signe que cette tentation allait croissant.

Il ne lui restait plus qu'à prier pour que ce voyage s'achève vite, car il ne savait plus s'il pourrait conserver encore longtemps sa maîtrise de soi.

Mais à la mi-journée, il sut que les choses n'allaient pas être aussi faciles.

Le soleil n'avait pas encore atteint son zénith que la catastrophe s'abattit sur eux, n'épargnant que trois personnes.

Sven, sœur Margriet et lui-même.

Chapitre 11

— Croyez-vous que ce soit la peste ?

Il avait hésité à prononcer le terrible mot. Mais il fallait qu'il sache ce qu'ils allaient devoir combattre.

Elle secoua la tête.

— Non. Ils n'ont pas de bubons, ni aucun autre symptôme qui pourrait laisser supposer qu'ils ont la peste. Je pense plutôt qu'ils ont mangé quelque chose d'avarié.

Sœur Margriet — c'était ainsi qu'il s'obligeait à penser à elle désormais — se tourna vers les malades qui gisaient sur des couvertures, à l'ombre du seul bouquet d'arbres qu'il y ait aux environs. Après avoir quitté le village, ils s'étaient engagés sur ces terres plates typiques de la région, surtout quand on approchait de la côte. Rien d'autre que des tourbières et des landes sur des kilomètres et des kilomètres…

Sven parut perplexe.

— De la nourriture avariée ? Mais nous avons tous mangé à l'auberge hier soir et ce matin. Pourquoi serions-nous trois à avoir été épargnés ?

Il rencontra le regard de Margriet.

— A moins que nous ne soyons en sursis ?

Elle eut une moue dubitative.

— Je ne crois pas. Si c'était contagieux, nous serions déjà malades ou ressentirions les premiers symptômes.

Elle se campa devant eux, les mains sur les hanches, les défiant de lui opposer le moindre argument.

— J'ai déjà vu cela au couvent, affirma-t-elle en agitant l'index devant eux. La communauté avait reçu en cadeau du bœuf avarié. Tous ceux qui en ont mangé ont été affreusement malades pendant deux jours. Il me semble que c'est la même chose à présent.

Rurik la dévisagea, surpris. En fait, il était stupéfait de la force de caractère dont elle faisait preuve depuis le début de cette épreuve.

L'un après l'autre, ses hommes et sœur Elspeth avaient été pris de malaises. D'abord des maux d'estomac, puis le reste. Rurik avait arrêté le cortège et avait construit un abri rudimentaire à quelque distance de la route, pendant que sœur Margriet et Sven s'occupaient des malades. En fait, Sven semblait surtout prendre soin d'*une* malade. Mais Margriet avait eu tôt fait de l'arracher à Elspeth pour lui rappeler ses devoirs envers les autres.

— Hum... Ils ont peut-être attrapé vos problèmes d'estomac, hasarda Sven. Il est vrai que vous semblez aller mieux de ce côté-là.

Sœur Margriet avala de travers et Rurik se précipita pour lui taper dans le dos.

— Non, répondit-elle enfin. Ce n'est pas du tout la même chose.

Rurik n'avait aucune expérience des malades, aussi préféra-t-il s'en remettre à elle en cette circonstance.

— Qu'allons-nous faire ? Ils ne peuvent pas continuer dans cet état, je suppose?

Il grimaça au bruit des diverses éructations et gargouillis incongrus qui se faisaient écho autour d'eux.

Margaret prit un ton doctoral.

— Il faut d'abord qu'ils évacuent ce qu'ils ont pu absorber d'avarié. Le plus important, c'est de les faire boire abondamment.

Sven fit la grimace à son tour.

— Mais ils rejettent tout au fur et à mesure, dit-il en pointant le doigt sur plusieurs hommes qui vomissaient.

— J'ai quelque chose qui peut les aider à calmer les

spasmes de leur estomac, pendant que le reste… hem… passe à travers leur corps.

Margriet fouilla dans la poche de sa tunique et en sortit un petit paquet.

— Qu'est-ce que c'est ? s'enquit Rurik.

La vue des malades le rendait presque aussi nauséeux que s'il avait été affecté lui-même.

— Hem… Eh bien, je ne supporte pas très bien les voyages, commença-t-elle.

Sven et Rurik hochèrent la tête en échangeant un regard. Sans doute trouvaient-ils que c'était un euphémisme.

— Alors la cuisinière du couvent m'a donné ceci.

Elle ouvrit le paquet, qui contenait des herbes pilées.

— Si vous pouvez m'amener un récipient d'eau et faire du feu, je concocterai une potion que je leur donnerai à boire. Cela peut les aider.

Le plan parut raisonnable à Rurik, qui prit aussitôt la marmite et s'en fut puiser de l'eau dans le ruisseau le plus proche.

Lorsqu'il revint, Sven avait allumé un grand feu et la décoction ne tarda pas à bouillir.

Pendant les heures qui suivirent, Margriet alla d'un malade à l'autre, les pressant de boire un peu de tisane, quitte à user pour cela de cajoleries ou de menaces.

Impuissant à l'aider, Rurik lui laissa prendre le contrôle de tout et leur donner des ordres, à Sven et à lui, comme l'aurait fait la dame d'un manoir à son époux et à ses gens.

Des ordres qu'ils s'empressaient d'exécuter du mieux qu'ils pouvaient…

Margriet se sentait visiblement à l'aise dans ce rôle et se comportait en capitaine sur le champ de bataille. Mais si ses méthodes étaient autoritaires, elles étaient aussi efficaces. Elle ne ménageait rien — ni le temps, ni les paroles, ni les remèdes — pour sauver leur petit groupe de voyageurs.

Le second jour, elle ordonna à Rurik de retourner au village pour y chercher des provisions. Ses instructions furent claires et concises, depuis la quantité de farine dont elle avait besoin jusqu'à la taille des poulets qu'elle lui demanda de ramener.

Le troisième jour, sœur Elspeth et la plupart des hommes étaient assez remis pour avaler sans dégoût le bouillon que Margriet leur avait concocté et ne plus courir aussi souvent vers les buissons afin d'y soulager leur estomac et le reste.

Mais le lendemain, Rurik éprouva la plus belle peur de sa vie quand il chercha sœur Margriet pour lui demander des instructions et la trouva inconsciente près du ruisseau où elle était allée laver le linge des malades.

Sans hésiter une seconde ni même se laisser le temps de penser, il la souleva dans ses bras et la hissa sur son cheval, parcourant à bride abattue le trajet de deux heures qui les séparait du village.

Elle était encore inconsciente quand il la porta jusqu'à l'auberge.

— Thora ! cria-t-il. Venez m'aider !

Guidé par la tenancière, il déposa son précieux fardeau sur le lit de la chambre du haut.

— Je vais m'en occuper, vous pouvez aller, lui dit Thora d'un ton sévère.

— Pas question, déclara fermement Rurik, qui s'installa d'autorité au chevet de la jeune femme.

Pendant quelques instants, il essaya de se leurrer lui-même. Après tout, sa mission consistait à ramener Margriet à son père, et il était normal qu'il s'inquiète de sa santé. Il fallait qu'elle survive à ce voyage, c'était pour lui une question d'honneur.

Mais son cœur ne lui tenait pas le même langage.

Non, il ne pouvait plus se mentir ainsi.

Force lui était de reconnaître que les dieux s'étaient mis en tête de lui jouer un fort mauvais tour, comme ils l'avaient fait avec tant d'autres mortels avant lui.

Car en dépit de tous les interdits du monde, il était bel et bien en train de tomber amoureux d'une nonne.

*
* *

Margriet essaya d'ouvrir les yeux, mais son épuisement était tel qu'elle ne put y parvenir. Elle se sentait scandaleusement paresseuse à prolonger ainsi le bref répit qu'elle s'était accordé près du ruisseau. Ce qui était bizarre, c'était la sensation qu'elle éprouvait d'avoir un lit sous elle, au lieu de la terre moussue où elle était couchée.

Il y avait encore tant de choses à faire auprès des malades ! Elle devait dire à Rurik où elle avait mis le reste des herbes et… et…

Des chuchotements résonnaient autour d'elle, très doux. Elle voulait se réveiller, mais son corps replongeait malgré elle dans le sommeil. Elle sentait le temps passer, mais elle était incapable de réagir.

Puis elle entendit *sa* voix prononcer son nom et s'arracha à sa léthargie pour lui répondre.

— Rurik ? murmura-t-elle.

Elle avait la gorge sèche et du mal à articuler. Un peu d'eau vint alors humecter ses lèvres, calmant en partie cette sensation. Puis quelqu'un lui souleva la tête et porta une timbale à sa bouche, la pressant de boire. Elle obéit et avala plusieurs gorgées avec lenteur, jusqu'à ce qu'on lui retire le gobelet. Elle laissa alors retomber la tête en arrière, savourant la fraîcheur de l'ale coupée d'eau sur sa langue.

— Merci beaucoup.

Le breuvage dut lui redonner des forces, car elle parvint à ouvrir les yeux et promena un regard sur la pièce autour d'elle. Tout était plongé dans la pénombre, les volets étaient tirés, et elle crut entendre la pluie tambouriner contre les vantaux. Une chandelle brûlait en charbonnant, sur la table à côté du lit.

Un lit ? Des volets ?

Mais où était-elle ?

Clignant des yeux dans la faible lumière, elle crut

reconnaître la chambre de l'auberge où elle avait dormi quelques jours plus tôt.

Mais c'était impossible, voyons ! Elle s'était endormie sur la berge du cours d'eau qui coulait vers le nord, à l'est de ce village.

Comment avait-elle pu se retrouver ici ?

— Ah, vous voilà réveillée, ma sœur ?

— T… Thora ?

Elle essaya de s'asseoir, mais la tête lui tournait et elle se laissa retomber en arrière.

— Oui, ma sœur. Vous êtes revenue à l'auberge. *Il* vous a apportée ici hier matin et nous a houspillés jusqu'à ce que vous soyez confortablement installée.

— Je n'ai houspillé personne, rectifia une voix profonde, qui s'éleva dans le coin le plus obscur de la pièce. J'étais inquiet pour sœur Margriet, voilà tout.

Margriet tourna la tête et le vit sortir de l'ombre, plus imposant que jamais et particulièrement acerbe, à en juger par le ton mordant de sa voix.

Malgré tout, elle fut soulagée de le voir là.

— Que s'est-il passé ? Je me souviens d'être allée laver du linge dans le ruisseau et d'avoir fermé les yeux un instant…

Rurik s'avança vers elle et esquissa un geste, comme pour lui prendre la main. Puis il jeta un regard vers Thora et s'arrêta en laissant retomber sa main.

— Je vous ai trouvée là-bas quelques moments plus tard. Vous étiez inconsciente et je ne suis pas arrivé à vous réveiller. Alors je…

— Il vous a apportée ici, comme je vous l'ai dit, acheva Thora, qui s'approcha du lit pour border les couvertures. Ça va aller mieux à présent. Vous avez juste besoin d'un peu de repos.

Margriet ne pouvait la contredire sur ce point. Elle se sentait littéralement moulue et chaque parcelle de son corps était douloureuse, au point qu'elle avait du mal à imputer cela à la seule fatigue.

— J'ai eu de la fièvre ?

— Non, répondirent en chœur Thora et Rurik.

Et la première d'ajouter en secouant la tête.

— Ah, misère ! Pauvres femmes que nous sommes !

Elle claqua de la langue en faisant le tour du lit, lissant un pli ici et là. Rurik dut s'écarter pour la laisser passer, ce qui était visiblement le but de la manœuvre.

— *Il* vous a surchargée de tâches. Soigner tous ces hommes malades, cuisiner et nettoyer leurs affaires… C'était trop, beaucoup trop !

Il régnait entre ces deux-là une animosité presque palpable. Margriet les dévisagea tour à tour et lut la même expression furibonde sur leur visage. Elle en aurait ri si elle n'avait eu si mal.

— Ooooh…, gémit-elle.

Ce cri de douleur n'était pas prémédité, mais il eut le mérite de faire cesser les hostilités.

Au moins pour un instant.

— Là, là, ma sœur ! s'écria Thora.

Elle porta de nouveau la timbale aux lèvres de la malade.

— Buvez. Une petite gorgée de plus vous fera du bien.

Rurik s'interposa.

— Thora, je veux m'entretenir seul à seule avec sœur Margriet, grogna-t-il.

Mais Thora ne se laissa pas impressionner.

— Quand elle ira mieux… et qu'elle sera convenablement habillée.

— Tout de suite ! rugit-il d'une voix à faire trembler le plafond.

Thora n'était pas sotte et comprit qu'il valait mieux ne pas insister. Elle rassembla ses bols prestement, retroussa sa jupe et se hâta vers la porte. Mais elle n'était pas femme à capituler complètement.

— Je reviens dans un instant ! lança-t-elle avec défi.

Margriet regarda Rurik refermer la porte et tirer le verrou.

Puis il se tourna vers elle, le visage soudain adouci, et alla s'asseoir sur un tabouret à son chevet.

— J'ai à vous demander pardon encore une fois, ma sœur. Je ne m'étais pas rendu compte à quel point vous aviez outrepassé vos forces. Quand je m'en suis aperçu, il était trop tard. Vous avez travaillé si dur…

— Rurik, non, pria-t-elle en essayant de nouveau de s'asseoir.

Cette fois, il lui glissa un bras autour du buste pour l'aider à se redresser. Puis il poussa un oreiller derrière son dos pour la maintenir droite.

Au bout de quelques instants, Margriet sentit son vertige s'apaiser et son estomac cessa de faire des siennes.

— N'importe qui en aurait fait autant, assura-t-elle avec embarras.

— Pas au point de se rendre malade !

Décidément, la conversation prenait un tour un peu trop personnel. Gênée, Margriet changea de sujet.

— Est-ce que sœur Elspeth va mieux ?

— Elle va bien, et les hommes aussi. Grâce à vos bons soins…

— Mais Sven et vous ? Aucun de vous deux n'est tombé malade ?

— Non. Thora dit que ce sont ceux qui ont mangé du gibier qui ont été affectés. Sven, vous et moi avons été les seuls à nous en abstenir.

Ainsi, elle ne s'était pas trompée. Il ne s'agissait pas d'une maladie contagieuse. Seule la nourriture avariée était en cause.

— Ils sont tous rétablis ? insista-t-elle, par besoin d'être rassurée. Nous n'avons pas à déplorer de perte ?

— Non, ma sœur, ils se portent tous bien à présent. Mais ils sont vraiment passés par de mauvais moments.

Il eut un sourire qui la toucha plus qu'elle ne l'aurait voulu.

— Ils ne l'admettront jamais devant vous, mais certains ont pensé que c'était un juste châtiment pour leurs péchés.

Il lui adressa un clin d'œil, le regard brillant de malice, et elle ne put s'empêcher de lui rendre son sourire. Puis elle comprit soudain à quelle sorte de péchés il faisait allusion et détourna promptement les yeux.

— Ainsi, je suis là depuis hier ? s'enquit-elle en pianotant du bout des doigts sur la couverture.

— Oui. Vous avez dormi une journée entière, une nuit et encore une journée. Il fait nuit à présent et la lune doit être levée.

Il marcha vers l'un des deux fenestrons et entrouvrit les volets.

— Mais avec ce temps, c'est difficile à dire.

Margriet hocha la tête en écoutant la pluie tambouriner sur le toit et s'égoutter des arbres. Une odeur rafraîchissante de verdure mouillée pénétra dans la pièce avec la brise. Elle inspira profondément, apaisée par le calme de cette nuit pluvieuse.

— Je suis désolée d'avoir retardé votre voyage, s'excusa-t-elle.

Il referma les volets et reprit un ton léger pour observer :

— Comme vous êtes la raison de ce voyage, il aurait été peu judicieux de continuer sans vous !

— Combien de temps allons-nous rester ici ?

— Jusqu'à ce que vous vous sentiez assez forte pour reprendre la route.

— Je serai prête dès demain, Rurik.

Il eut un petit rire qui la toucha de nouveau au cœur. Ses prunelles vertes étincelèrent et il parut tout à coup plus jeune, allégé du poids de ses soucis.

— Ne vous pressez pas, ma sœur. Je refuse de mettre votre santé en danger pour gagner un jour ou deux.

Margriet sourit. Elle se sentait beaucoup mieux à présent. Non seulement parce qu'elle était assise, mais parce que Rurik consentait enfin à un véritable échange avec elle.

— Pourtant…

Les mots moururent sur ses lèvres lorsqu'il tendit le

bras vers elle et s'empara de sa main. Elle sentit ses doigts se refermer sur les siens. Puis il les porta à ses lèvres et y déposa un baiser presque respectueux.

Le souffle coupé, elle vit de petites étoiles danser devant ses yeux. C'était un contact si intime, si chaleureux…

Un contact interdit !

Elle voulut appeler à la rescousse ses sentiments pour Finn, l'homme qui avait engendré son enfant. Car elle l'aimait, n'est-ce pas. Elle savait qu'elle l'aimait ! Mais quand Rurik la regardait de cette façon, elle était incapable de penser à autre chose. Tous les mots, toutes les promesses qu'elle avait pu échanger dans le passé avec un autre lui semblaient fausses en cet instant.

Son regard tomba par hasard sur l'habit de nonne disposé sur un siège voisin, et cette vision rompit brusquement le charme.

— Il ne peut rien se passer entre nous, Rurik, murmura-t-elle en lui retirant sa main à contrecœur.

Il recula le buste.

— A cause de vos vœux ? Votre père a peut-être fait d'autres choix pour vous. Croyez-vous que votre volonté pèsera lourd dans la balance ?

Elle changea de position pour le regarder en face.

— Je crains que non. Mais si ces vœux devaient être remis en question…

Elle ne pensait pas à des vœux religieux, bien entendu, mais à son engagement envers Finn.

— Croyez-vous que mon père me permettrait de vous épouser ?

Elle lut la réponse sur le visage de Rurik avant même qu'il n'ait le temps de parler. Mais elle avait besoin de savoir. Après tout, il connaissait mieux qu'elle les intentions de Gunnar.

— Son choix se porterait-il sur vous ? insista-t-elle.

Rurik n'aurait pas demandé mieux que de lui dire oui,

en lui affirmant que Gunnar serait fier d'unir ainsi leurs deux familles.

Mais une telle union était impossible. Erengisl avait acquis un pouvoir quasi royal en épousant la fille du vieux comte des Orcades. Il possédait tout, terres et richesses incluses. Gunnar, bien qu'il fût lié à Erengisl par une loyauté indéfectible, ne tenait pas la même place parmi les puissantes familles de Norvège et de Suède.

Et même si c'eût été un grand honneur pour lui de marier sa fille à l'un des fils d'Erengisl, ce dernier avait d'autres projets et n'autoriserait jamais cette union. Car s'il avait rappelé Rurik près de lui pour lui redonner sa place à son côté, c'était dans le dessein de lui faire épouser une femme de la cour royale du Danemark.

C'était ainsi. La fille de Gunnar n'était pas assez haut placée pour le fils d'Erengisl.

— Non, il ne se porterait pas sur moi, déclara-t-il calmement, sans lui préciser pourquoi.

Tant pis si elle se faisait des idées fausses sur les raisons de ce refus. Cela n'avait pas la moindre importance après tout. Il suffisait qu'elle sache que c'était impossible.

Mais elle ne semblait pas convaincue, car elle insista encore.

— Ainsi, si mes vœux devaient être dissous demain, il n'y aurait pas de mariage possible entre nous ?

Il soutint son regard, et prononça les mots terribles qui devaient les séparer, non seulement pendant le reste du voyage, mais pendant toute la durée de leur vie.

— Aucune union n'est possible entre nous, Margriet.

— Alors tout est clair.

C'était un point final, du moins pour elle. Rurik aurait bien voulu que ce soit aussi facile. Oublier son désir et les sentiments qu'il éprouvait pour elle, ne plus se soucier de sa sécurité ni de son avenir, même si on la forçait à épouser un homme qu'elle n'avait jamais rencontré de sa vie… Oui, il ne demandait pas mieux.

Mais son cœur lui disait le contraire.

Il se leva et marcha jusqu'à la fenêtre, dont il ouvrit de nouveau les volets. Puis il resta là un instant à écouter le vent et la pluie.

Au nom du ciel, pourquoi avait-il fallu que cela lui arrive maintenant et de cette façon ?

Son amour pour Nara n'était pas né ainsi. Il avait grandi lentement, jour après jour. La simple attraction physique du début s'était transformée peu à peu en un sentiment plus profond, moins tumultueux.

Oh, il y avait eu de la passion entre eux, et assez de désir pour remplir leurs nuits et parfois leurs journées.

Mais ce qu'il ressentait à présent était totalement différent. Etait-ce seulement de la concupiscence et non de l'amour ?

Il jeta un regard à Margriet par-dessus son épaule. Elle n'avait rien fait pour le séduire, Dieu savait. S'il l'appréciait tant, c'était à cause de la femme qu'il devinait en elle, sous le costume de la religieuse.

Elle se montrait bonne envers ses hommes, et pas seulement quand ils étaient malades. Elle prenait le temps de leur parler, de leur enseigner sa langue natale.

Elle était intelligente. Il n'avait qu'à se rappeler la façon dont elle avait pris les choses en main quand la maladie s'était abattue sur eux. Elle avait un sens de l'organisation que bien des hommes auraient pu lui envier.

Oui, Margriet Gunnarsdottir avait du caractère. Elle l'avait défié plus d'une fois depuis qu'ils se connaissaient et ne se contentait jamais d'obéir aveuglément à ses instructions.

Enfin, elle avait du courage.

Assez pour défendre un couvent contre une troupe de guerriers, avec pour seul appui un berger vieillissant et quelques flèches en guise d'armes.

Assez aussi pour regarder en face ce qui leur arrivait et affronter la vérité, alors qu'il aurait préféré l'ignorer.

Il aspira longuement l'odeur de la pluie et referma les volets.

Puis il se tourna vers elle et acquiesça d'un hochement de tête.

— Oui, tout est clair entre nous, ma sœur.

Il vit une larme tomber du coin de sa paupière et rouler sur sa joue. Oh, Seigneur, comme il aurait voulu pouvoir se précipiter vers elle et la prendre dans ses bras !

Mais le courage de Margriet exigeait qu'il se montre à la hauteur. Il lui devait au moins cela. Sans ajouter un mot, il la salua et sortit de la pièce.

La tempête qui faisait rage dehors l'attirait. Au pied de l'escalier, Sven le héla, mais Rurik passa devant lui sans répondre à son appel.

Margriet n'avait plus besoin de lui. A présent qu'elle était réveillée, sœur Elspeth allait rester à son chevet. Et dès que tous les voyageurs auraient repris assez de forces, ils reprendraient la route du nord.

Ouvrant la porte de l'auberge, il sortit dans le vent et affronta la pluie qui tombait en véritables cataractes.

Peut-être l'orage aurait-il le pouvoir de le laver de ses péchés ? Si seulement la tempête pouvait emporter dans son tourbillon le désir fou qu'il éprouvait pour Margaret et le guérir de la douleur qui le submergeait à la seule pensée qu'elle ne ferait jamais partie de sa vie…

Perdu dans ses pensées, il marcha aussi longtemps qu'il put, dans les hurlements du vent et le déluge, espérant y noyer enfin son chagrin.

Mais lorsqu'il se retrouva beaucoup plus tard sous la fenêtre de Margriet, tandis que les nuages en déroute fuyaient au-dessus de sa tête, il sut qu'il lui faudrait bien plus que cela pour vaincre sa douleur et oublier.

Appuyé contre le mur de l'auberge, il se laissa glisser sur le sol où il s'assit en silence.

Et lorsque les premières touches de l'aube teintèrent le ciel, il était encore là.

*
* *

Margriet s'extirpa du lit et chancela jusqu'à la fenêtre, juste à temps pour voir Rurik s'éloigner dans la tempête. La faible lueur qui filtrait par la porte de l'auberge éclaira sa silhouette, jusqu'à ce que quelqu'un referme le vantail contre la pluie.

Elle aurait dû se sentir soulagée, à présent qu'elle n'avait plus à redouter ses attentions.

Mais ce n'était pas le cas.

Elle aurait dû être ravie d'avoir éliminé l'un des problèmes qui risquaient de la suivre jusque dans le Nord et de gêner sa réconciliation avec son père, ainsi qu'avec Finn lorsqu'elle l'aurait retrouvé.

Mais c'était tout le contraire.

Elle aurait dû avoir l'impression que tout était plus clair, maintenant que la question d'un éventuel engagement entre eux était définitivement réglée.

Là encore, il n'en était rien.

Le bruit de la pluie qui tombait dehors couvrit ses sanglots et des larmes ruisselèrent sur ses joues. Agrippée au rebord de la fenêtre, elle le regarda disparaître dans la tourmente.

Il fallut l'arrivée d'Elspeth pour l'arracher à sa contemplation. Avec l'aide de la jeune fille, elle regagna son lit, où elle réfléchit à ce qui venait de se passer.

Pourquoi les paroles de Rurik lui faisaient-elles si mal ? Certainement, elle n'éprouvait pas de désir pour lui. Sa mésaventure passée lui avait servi de leçon.

Et elle ne pouvait pas non plus l'épouser, car elle portait l'enfant d'un autre. Même sans cela, son père ne consentirait jamais à ce qu'elle épouse un homme d'une condition inférieure à la sienne.

Et elle ne l'aimait pas, parce que…

Eh bien, elle avait d'innombrables raisons de ne pas pouvoir, de ne pas vouloir l'aimer.

Mais bizarrement, elle avait beau y réfléchir, en cet instant précis, elle n'arrivait plus à en trouver une seule. Et la peine qu'elle ressentait dans son cœur lui disait que peut-être…

La voix d'Elspeth la tira brusquement de ses réflexions.

— Lady Margriet ?

Margriet s'essuya les yeux et regarda la jeune fille.

— Est-ce que vous vous sentez bien ?

Elle hocha la tête pour toute réponse.

— Et le bébé ?

Margriet réitéra son geste.

— Je me suis fait tant de souci pour vous quand Sven m'a appris que vous n'alliez pas bien du tout.

— Sven vous l'a dit ? En gaélique ?

Un léger sourire incurva les lèvres d'Elspeth.

— Il apprend très vite, vous savez. En fait, c'est l'autre qui a annoncé la nouvelle. Sven n'a fait que répéter.

— Vous voulez parler de Rurik ?

— Oui, bien sûr.

Elspeth ôta sa guimpe et souleva sa tunique, qu'elle retira en la faisant passer par-dessus sa tête.

— La plupart d'entre nous venaient juste de se réveiller quand il vous a trouvée près du ruisseau. Il a crié votre nom avec tant d'effroi que j'en ai eu la chair de poule.

Elle frissonna de nouveau à ce souvenir.

— J'ai vraiment pensé que vous étiez morte.

Margriet haussa les épaules.

— Mon père lui a fait jurer de me ramener saine et sauve, Elspeth. Alors il s'inquiète de ma santé, c'est normal. N'allez pas vous imaginer que cela lui importe personnellement.

Elspeth écarquilla les yeux. Puis elle fit non de la tête en délaçant sa robe.

— Non, milady. Il a hurlé comme s'il avait eu mal lui-même. On aurait dit un loup qui a perdu sa compagne.

Elle jeta un regard à Margriet et hocha de nouveau la tête.

— Leathen et Donald n'en revenaient pas. D'après eux, ce Rurik passe son temps à butiner d'une femme à l'autre, faisant son miel de chacune.

Elspeth rougit, comme si elle se rendait compte brusquement de ce qu'elle était en train de dire.

— Ils vous font des confidences pareilles ?

— Oh, non, milady !

Elle secoua la tête de nouveau et vint s'asseoir sur le lit.

— Je les ai entendus bavarder entre eux, quand ils me croyaient endormie. Ils pensent que nous sommes des nonnes et ne parleraient jamais de choses aussi peu convenables devant nous.

— Vous devez me le dire, s'ils vous manquent de respect. Il faut que nous jouions notre rôle, Elspeth.

Et comme la jeune fille se renfrognait.

— Nous devons garder notre déguisement jusqu'à notre arrivée chez mon père.

Margriet sentait le sommeil la gagner de nouveau, et le retour de Thora avec le repas promis se faisait attendre. Bavarder en attendant avait le mérite de la tenir éveillée. Et la pensée d'en apprendre un peu plus sur Rurik piquait sa curiosité.

— Avez-vous entendu autre chose à son sujet ? Au sujet de Rurik, je veux dire.

— Donald et Leathen ont raconté aux autres comment Rurik avait essayé de séduire la femme de son chef, la première fois qu'il l'a vue.

Margriet faillit s'étrangler, choquée qu'il se fût rendu coupable d'une telle félonie. Puis elle se rappela les paroles de Rurik.

« Depuis treize ans, j'ai passé mon temps à chercher le plaisir partout où il se trouvait. Et je n'ai jamais rencontré une seule femme que j'aie désirée sans pouvoir l'obtenir. Jusqu'à ce que votre route croise la mienne. »

— Et son seigneur ne l'a pas tué pour une telle offense ?

Elle avait du mal à croire cette histoire. Il devait y avoir autre chose.

— Je ne peux pas imaginer un seul instant que mon père m'aurait confiée à un homme qui…

Elle essaya de prononcer les mots sans y parvenir.

— … culbute toutes les femmes qui veulent bien lui ouvrir leurs cuisses ? acheva Elspeth à sa place.

Bien qu'elle n'ait fait que répéter les mots vulgaires qu'elle avait sans doute entendus, elle se surprit elle-même et porta une main à sa bouche.

— Oh, mon Dieu ! Pardonnez-moi, milady, je n'aurais jamais dû vous répéter ces choses.

Margriet ne savait décidément plus où elle en était. Comprendrait-elle jamais les hommes ?

Quelques instants plus tôt, elle aurait juré que Rurik éprouvait des sentiments profonds pour elle. Et qu'il était même sur le point de lui avouer son amour, quand elle l'avait arrêté.

Maintenant, elle se demandait si ce n'était pas seulement une stratégie destinée à faire tomber ses défenses.

Elspeth dut se douter qu'elle en avait trop dit, car elle ne prononça plus un mot et commença à se préparer pour la nuit. Margriet essaya de l'imiter. Mais les questions et les craintes se bousculaient dans sa tête et elle resta longtemps dans le noir à ruminer ses pensées sans pouvoir dormir.

Quand elle s'endormit enfin, ce fut d'un sommeil agité, et des cauchemars la réveillèrent en sursaut à plusieurs reprises. Une ou deux fois, Elspeth dut la secouer pour l'arracher à la terreur à laquelle elle était en proie. Lorsque l'aube se leva enfin, Margriet eut l'impression d'avoir à peine fermé l'œil.

Quelques instants plus tard, Thora pénétra dans la chambre avec le plateau matinal.

— *Il* a décidé de repousser le départ d'un jour, annonça-t-elle. De nouveaux orages s'annoncent et vous ne pourriez pas faire route dans ces conditions.

Margriet se restaura avec appétit et eut l'impression que ses forces revenaient au galop. Profitant d'une éclaircie, elle décida de faire une courte promenade.

— Morag et Ragna ne sont pas là, la rassura Thora. Elles sont allées dans une autre ville rendre visite à des parents à elles et ne reviendront pas avant plusieurs jours. Vous pouvez être tranquille.

Soulagée par cette précision, Margriet entraîna Elspeth, et toutes deux quittèrent la chambre, bien décidées à visiter le village jusqu'à ce que la pluie les oblige à rentrer.

Chapitre 12

— Non, ma sœur, nous n'avons pas d'église.

— Pas d'église ? Mais alors, qui veille au salut de vos âmes ?

Margriet avait espéré sortir discrètement de l'auberge, mais Thora ne l'entendait pas de cette oreille. La brave dame tenait à lui poser toutes sortes de questions sur le couvent où elle avait vécu et les raisons qui avaient pu inciter son père à la faire revenir à la maison.

Impatiente de s'esquiver, elle marcha vers la porte sans attendre la réponse à sa question.

— Un prêtre fait le voyage deux fois par an, au printemps et en automne. Il vient bénir les tombes et baptiser les nouveau-nés.

Margriet souleva le loquet et poussa le vantail.

— Et la messe ? s'enquit-elle. Vous devez y assister plus souvent que cela, je suppose ?

Thora se tut, les joues brusquement empourprées. Visiblement, elle avait honte d'avouer qu'il n'en était rien.

A cet instant, Harald l'appela de la cuisine.

— Excusez-moi, mes sœurs, il faut que j'y aille, s'excusa-t-elle.

Restée seule avec Elspeth, Margriet s'esquiva en hâte et sortit dans la cour, respirant avec délice l'odeur du vent qui leur promettait de nouvelles pluies. Mais pour l'instant, Donald, Elspeth et elle profitèrent de l'accalmie pour parcourir les vieilles rues du village, plus étendu qu'elles ne s'y attendaient. Leur cortège était arrivé par le sud en suivant le bord de la rivière, mais le village n'était pas limité par le cours d'eau et s'était élargi jusqu'à l'autre rive. Un petit pont de bois reliait les deux parties entre elles.

Ils venaient juste de traverser le pont, quand des cris s'élevèrent du terrain qui jouxtait l'atelier du forgeron.

— Vous entendez ? Je me demande bien ce qui se passe.

Donald voulut les ramener vers l'auberge, mais Margriet insista pour aller voir ce qui se passait. Curieuse, elle suivit la petite foule de villageois qui se dirigeait vers le bruit. Parvenue à la limite du pré, elle s'arrêta net, stupéfaite du spectacle qui s'offrait à sa vue.

Dévêtus jusqu'à la taille, Sven, Magnus et Rurik s'affrontaient dans un combat acharné. Jamais elle n'avait assisté à ce genre de pugilat et ne se rappelait même pas avoir vu des hommes se battre à l'épée. Aussi resta-t-elle là à observer les trois hommes qui tournaient l'un autour de l'autre, l'arme au clair. Chaque fois que leurs lames se heurtaient, le bruit du métal entrechoqué la faisait tressaillir.

Non contents de manier leurs rapières, ils échangeaient des poussées et des coups de pied, dans leurs efforts respectifs pour prendre le dessus.

Elspeth agrippa la main de Margriet.

— Oh, mon Dieu ! s'exclama-t-elle en voyant trébucher Sven.

Elle avait crié si fort que le jeune homme la salua de son épée après avoir retrouvé son équilibre. Rurik profita de ce bref moment d'inattention pour se précipiter vers lui, ferraillant avec une telle énergie qu'il fit reculer Sven jusqu'au bout du pré avant que celui-ci ne reprenne l'avantage.

Les trois combattants riaient à gorge déployée en se stimulant l'un l'autre par des bordées d'insultes, encouragés par les villageois qui appréciaient manifestement le spectacle et s'amusaient presque autant que les protagonistes.

Margriet essaya de ne pas regarder la poitrine nue de Rurik, avec sa toison de poils dorés qui se perdait sous la ceinture de ses braies. Il portait des bracelets d'or gravés de runes, qui soulignaient ses biceps puissants, et sa peau luisait de sueur malgré la fraîcheur du vent.

Magnus trébucha deux fois avant de mordre la poussière, propulsé par un coup de poing de Rurik. Reconnaissant sa défaite, il se releva pour s'incliner devant les deux autres.

Au moment de quitter le pré, il aperçut les deux nonnes et se dirigea vers elles en écartant ses cheveux trempés de sueur de son visage.

— Si je ne sortais pas d'une maladie, je suis sûr que j'aurais gagné, se vanta-t-il en riant.

Margriet feignit de le croire.

— Bien sûr, Magnus. Je n'en doute pas.

Mais en réalité, son attention était accaparée par Sven et Rurik. Ils avaient tant précipité le rythme que leur affrontement pouvait se terminer d'un instant à l'autre. Et elle ne voulait pas en manquer l'issue.

— Qui a l'avantage à présent ? s'enquit-elle.

Magnus rit de nouveau.

— Rurik. Mais il joue avec Sven comme un chat avec une souris. Il peut finir le combat quand il veut. Regardez, il est en train d'épuiser Sven.

Margriet observa plus attentivement encore le jeu des adversaires et s'aperçut qu'il avait raison. Rurik dominait le combat. Elle voyait les muscles de ses cuisses se contracter chaque fois qu'il changeait de position, et même de loin, elle en mesurait la puissance. L'étoffe de ses braies collait à sa peau, soulignant le galbe de ses jambes et sa virilité impressionnante.

Mais Elspeth n'avait pas compris les paroles de Magnus, qui s'était exprimé en norvégien. Elle tira Margriet par la manche.

— Qu'est-ce qu'il a dit ?

Margriet traduisit et vit la jeune fille blêmir d'effroi.

— Voyons, Elspeth, ce n'est…

Elle n'eut pas le temps d'achever. Des cris s'élevèrent de la foule, tandis que Rurik assenait deux coups décisifs à son adversaire. Le premier arracha à Sven son épée, et le second le fit tomber à la renverse sur le sol. Margriet elle-même poussa une exclamation en voyant Rurik poser la pointe de son épée sur la gorge du vaincu.

Elspeth poussa un hurlement à glacer le sang.

— Arrêtez !

Et elle écarta Margriet pour se ruer vers les deux hommes.

— Arrêtez ! répéta-t-elle en norvégien.

Elle bouscula Rurik, l'obligeant à écarter son épée.

Figés de surprise, Margriet et les autres spectateurs la regardèrent aider Sven à se relever.

— Allons-y, dit Magnus.

Margriet et lui se frayèrent un chemin dans la foule pour rejoindre Rurik.

— Hem… Belle victoire, fit Magnus, embarrassé.

Tous trois regardèrent Elspeth et Sven reprendre ensemble le chemin de l'auberge. Puis Rurik secoua la tête et haussa les épaules.

Margriet se sentait dans ses petits souliers. Le danger n'avait pas résidé dans le combat en lui-même. C'était à présent qu'un vrai dilemme se posait à elle. Devait-elle tenter d'expliquer l'attitude d'Elspeth, ou s'abstenir de commentaires ? Peut-être l'incident serait-il vite oublié dans l'excitation générale, tout le monde commentant à la fois les meilleurs coups du pugilat.

Finalement, elle décida que la discrétion était de mise et examina ses deux compagnons. Tous deux étaient couverts de poussière et de petites blessures.

— Mais vous êtes couverts de plaies, tous les deux ! Il faut vite soigner cela.

Ils la regardèrent comme si elle avait perdu l'esprit. Margriet pointa du doigt l'avant-bras de Magnus.

— Il va falloir recoudre ceci, déclara-t-elle.

Elle baissa les yeux vers la poitrine de Rurik, spectacle auquel elle eut du mal à s'arracher.

— Et cela aussi, dit-elle en désignant son épaule.

— Nonne ou pas, c'est un vrai commandant, commenta plaisamment Magnus, qui se tourna vers son ami. Vous ne trouvez pas ?

Margriet retint sa respiration en attendant la réponse de Rurik — les premiers mots qu'elle l'entendrait prononcer depuis leur conversation de la veille.

— Oh, oui, renchérit-il. Et encore, vous avez manqué le pire. Remerciez le ciel d'avoir été malade !

Il adressa un clin d'œil à Margriet, qui sentit son cœur s'alléger.

« Allons, tout ira bien », songea-t-elle en suivant les deux hommes, qui avaient repris la direction de l'auberge. Rurik et elle avaient accepté de regarder leur situation en face, et tout se passerait le mieux du monde désormais.

Rurik et Magnus la quittèrent au bout d'un instant pour aller se laver dans la rivière. Margriet continua son chemin en ralentissant le pas pour retrouver sa respiration. La vision de Rurik dans le pré, véritable guerrier de légende qui ne faisait plus qu'un avec son arme, dansait encore devant ses yeux. Un spectacle qui lui avait littéralement coupé le souffle !

Elle s'attarda, laissant la foule la dépasser, et entendit deux des hommes de Rurik commenter le combat.

— C'est Rurik tout craché ! disait Leathen à l'un de ses compagnons nordiques. Il apprécie deux choses par-dessus tout et il les fait mieux qu'aucun homme de ma connaissance.

— Quoi donc ? demanda l'autre.

Ceux qui les entouraient s'esclaffèrent.

— Allez, Leathen, dis-le !

L'interpellé obéit avec un rire.

— Il aime se battre, et il aime…

Cette fois, la compagnie salua la réponse d'un tel brouhaha que Margriet n'entendit jamais le dernier mot. Mais c'était inutile, car elle savait déjà.

Elle le savait encore plus maintenant qu'elle avait senti la chaleur de son toucher, l'invite séductrice de son baiser, sa formidable énergie physique et son art consommé du combat. C'était un guerrier, bâti pour combattre les hommes et… faire l'amour aux femmes.

Le reste de la journée fut plus détendu, à présent que le combat en avait diverti certains et avait permis aux autres de défouler leur trop-plein d'énergie. Rurik en particulier semblait plus décontracté, même si Margriet avait dû lui recoudre deux plaies pour les empêcher de saigner.

— Bah, ce ne sont que des égratignures, elles guériront bien toutes seules, avait-il prétendu.

Mais Margriet n'avait rien voulu entendre. Armée d'une aiguille et d'un solide morceau de fil, elle avait refermé les estafilades avant de les bander. Puis elle avait accompli le même travail sur Magnus, qui s'était tenu tranquille le temps de recevoir ses soins. Elle était ensuite passée à Sven, lorsqu'il s'était finalement arraché à la compagnie d'Elspeth, toujours sous le coup de l'émotion.

Margriet avait tenté de la calmer d'un regard comminatoire.

— Assez ! avait-elle chuchoté. Vous vous êtes suffisamment donnée en spectacle !

Mais rien n'y fit. Elspeth était toujours persuadée que Rurik avait vraiment voulu tuer Sven. Et elle mettait leur déguisement en danger en donnant libre cours à ses inquiétudes déplacées pour le jeune homme.

Margriet fronça les sourcils. Décidément, il fallait qu'elle parle à Elspeth. Après le repas du soir…

Les hommes passèrent la journée à préparer leur prochain départ, malgré les averses qui se succédèrent jusqu'au soir. Au crépuscule, les provisions destinées à les nourrir jusqu'à ce qu'ils atteignent la côte étaient emballées et tout était prêt pour le lendemain matin.

Thora avait réussi à persuader Elspeth et Margriet de descendre dîner dans la grande salle, avec la promesse qu'elles n'y feraient pas de mauvaises rencontres.

— D'accord, avait consenti Margriet. Si vous m'assurez qu'il ne se passera rien d'inconvenant...

Décision qu'elle n'eut pas lieu de regretter. Quelques villageois s'étaient rassemblés ce soir-là à l'auberge et elle vit que les guerriers appréciaient leur compagnie, après tant de jours passés sur la route.

Elle remarqua aussi qu'aucun des hommes de Rurik n'abusait de la bière ce soir-là. Certains devaient encore ressentir le contrecoup de leur intoxication. D'autres savaient que l'aube serait vite là et qu'ils auraient besoin d'avoir la tête claire et l'estomac bien en place pour la longue chevauchée qui les attendait.

Après avoir mangé tout leur content, les commensaux entamèrent une conversation générale, une coupe d'ale entre les mains. Et il ne fallut pas longtemps pour que le combat du matin revienne sur le tapis.

Que Margriet ait subtilement influé en ce sens en posant quelques innocentes questions était sans importance en fin de compte. Un simple péché véniel...

— Parlez-moi de Lairig Dubh et du clan qui y habite, demanda-t-elle en adressant un signe à Leathen.

A en juger par ses commentaires précédents, celui-ci avait la langue bien pendue et semblait en savoir long sur Rurik.

— Volontiers, ma sœur. Connor MacLerie et son épouse ont fait de ce lieu leur foyer. Lairig Dubh se dresse sur une colline surplombant une rivière, à l'extrémité ouest de l'Ecosse. Connor est comte de Douran et chef du clan MacLerie.

Il observa une pause, le temps de lever sa coupe pour saluer le nom de son suzerain.

— A MacLerie !

Les autres Ecossais se joignirent à lui, dans un vacarme à faire trembler les fenêtres.

— A MacLerie !

Margriet observa que Rurik s'était joint à eux. C'était le moment d'en profiter. Elle mourait d'envie d'en apprendre davantage sur la femme de MacLerie et la prétendue tentative de séduction dont avait parlé Leathen.

— Vous avez aussi vécu là-bas, Rurik ?

— Oui, ma sœur, ainsi que dans d'autres endroits appartenant aux MacLerie. Mon oncle est l'un des aînés du clan et le conseiller de Connor.

Il la regarda droit dans les yeux, comme s'il l'encourageait à poser d'autres questions.

Ce qu'elle fit aussitôt.

— Votre oncle est donc un MacLerie ?

— Sa femme est apparentée à la sœur du chef. Je lui ai prêté serment de loyauté, ainsi qu'au seigneur du lieu, dès que j'ai été en âge de tenir une épée. Jamais je n'aurais pu trouver meilleurs maîtres à servir.

Cette fois, il fut le seul à porter un toast.

— A MacLerie !

Margriet commençait à comprendre.

— Et l'épouse du seigneur ? De quel clan est-elle originaire ?

La voix de Rurik s'adoucit aussitôt et Margriet y sentit vibrer une sincère note d'affection.

— Jocelyn est une MacCallum. Mais Lairig Dubh est devenu son foyer et le clan MacLerie sa famille. C'est une femme remarquable et l'épouse idéale pour Connor, acheva-t-il en reposant sa coupe.

Il se pencha vers elle, tandis que les bavardages reprenaient autour d'eux.

— Avant de la rencontrer, Connor était surnommé la Bête des Highlands, lui dit-il à voix basse. Elle a prouvé aux gens qu'ils se trompaient à son sujet et a presque failli y laisser la vie.

Margriet déglutit.

— Vous l'aimez beaucoup, à ce qu'il semble.

— Beaucoup, en effet. C'est une excellente amie et la digne épouse de mon suzerain.

Il vida sa coupe et la retourna sur la table, montrant par là qu'il ne souhaitait plus qu'on la remplisse. Margriet s'attendait à ce qu'il se lève et quitte la salle, mais il n'en fut rien.

— Et maintenant, vous retournez auprès de votre père à Kirkvaw ?

Elle retint son souffle, anxieuse de savoir s'il allait lui répondre ou non. Il lui avait déjà appris que sa mère était écossaise. A présent, elle voulait en savoir davantage sur son père.

— Oui, ma sœur. J'obéis à l'appel de mon père, un peu comme le fils prodigue dans le texte sacré.

Il se croisa les mains derrière la nuque, geste qui lui arracha une grimace. Les points de Margriet s'étaient sans doute rappelés à son bon souvenir.

Elle s'inquiéta aussitôt.

— Est-ce que cela saigne encore ?

— Non. Cela tire un peu, voilà tout. Ce ne sont que des écorchures, je vous l'ai déjà dit. En fait de blessures, l'ai connu bien pire.

Leathen et les autres entendirent cette dernière phrase. Ils régalèrent Margriet du récit des hauts faits de Rurik, insistant sur son courage et la force surhumaine qu'il déployait dans les combats. A les entendre, c'était un véritable héros, et elle se demanda s'ils n'embellissaient pas un peu la vérité. Rurik riait de leurs propos, sans les corriger ni ajouter le moindre commentaire à leurs histoires. Simplement, il hochait la tête à certains moments, comme pour confirmer la véracité de tel ou tel épisode.

— Est-ce que la guerre ressemble au combat d'aujourd'hui ? s'enquit-elle.

Jamais elle n'avait assisté à une véritable bataille, et tout ce qu'elle en savait, elle l'avait lu dans les livres ou entendu conter. Pour la première fois, elle avait près d'elle quelqu'un qui avait été dans le feu des combats et y avait survécu pour pouvoir en parler.

Rurik secoua la tête.

— Non, ma sœur.

« Ma sœur »... Comme il le disait aisément désormais ! Il semblait qu'il n'ait plus le moindre doute sur son statut.

— Aujourd'hui, c'était un simple exercice, longtemps repoussé à cause de notre voyage.

Il se retourna et dévisagea chacun de ses hommes avant de poursuivre :

— Un entraînement auquel nous allons nous livrer chaque jour à partir de demain. Il n'est pas question que nous arrivions dans le Nord comme des mauviettes qui ne savent même plus tenir correctement une épée. Chacun son enseignement. Vous leur apprenez le norvégien, et moi je leur rappelle les règles du combat.

Ce défi fut accueilli par des vivats enthousiastes. Margriet se retint de hausser les épaules. De toute évidence, les hommes ne savaient pas rester un seul jour sans ferrailler et s'entretuer. Encore une chose qu'elle ne comprendrait jamais !

Cette fois, Rurik se leva et lui tendit la main pour l'aider à faire de même. Puis il fit un pas de côté, empêchant ainsi Sven de se précipiter vers Elspeth pour accomplir le même office auprès d'elle.

Très bien ! Il avait parfaitement compris le problème, nota Margriet avec satisfaction.

— Passez devant, ma sœur, intima-t-il à Elspeth, lui ôtant ainsi toute possibilité de s'entretenir avec Sven.

Il les accompagna jusqu'à leur chambre et s'arrêta à la porte, hésitant visiblement à entrer. En fin de compte, il s'effaça pour les laisser passer et resta sur le seuil.

— Sœur Elspeth, je crois que sœur Margriet a un conseil à vous donner. Un très bon conseil, que je vous engage à méditer.

Il les quitta sur ces mots en refermant la porte derrière lui.

Margriet se tourna vers Elspeth, qui bouillait visiblement de colère.

— Elspeth, vous devez comprendre...

La jeune fille darda sur elle un regard furieux.

— Que tout cela n'est qu'un mensonge ? Je ne le sais que trop. Un mensonge à votre profit !

— Et au vôtre, ne l'oubliez pas. Je vous ai promis une place dans la maisonnée de mon père, et un excellent parti si vous souhaitez vous marier.

Pour toute réponse, Elspeth arracha sa guimpe et la jeta contre le mur. Jamais Margriet ne l'avait vue réagir ainsi. Elle s'était montrée jusque-là si docile ! Et la voilà qui se campait à présent devant elle, les mains sur les hanches et le menton pointé en avant. De toute évidence, elle n'avait plus la moindre envie de se plier à ce qu'elle avait jugé jusque-là acceptable.

— Un bon parti ? Ne vous donnez pas cette peine. J'ai déjà trouvé ce qu'il me fallait.

Margriet faillit s'étrangler.

— Elspeth, c'est impossible ! Vous ne pouvez pas songer sérieusement à l'épouser.

— Pourquoi non ? Il m'a assuré qu'il m'aimait.

Margriet ne savait pas ce qui était le plus douloureux pour elle en cet instant — savoir que sa jeune servante allait être à son tour la victime des vaines promesses d'un homme, ou le souvenir de ce qui l'avait elle-même détruite.

Du moins pouvait-elle faire quelque chose pour épargner cette désillusion à Elspeth.

Elle retira sa propre coiffe et prit plusieurs inspirations pour se calmer. Puis elle posa son voile plié sur une chaise et se mit à déboutonner sa tunique.

— Vous a-t-il déjà touchée ? questionna-t-elle.

Elle ne savait que trop le danger de ces approches, hélas !

Elspeth exhala un soupir.

— Il m'a embrassé la main.

Margriet secoua la tête.

— Vous êtes une fille du peuple, Elspeth, et il est noble. Pouvez-vous imaginer un seul instant que ses parents consentiraient à une telle union ?

Elle préférait être franche, sachant que la passion flambait déjà très haut entre ces deux-là. Oh, elle ne voulait pas blesser la jeune fille, bien entendu. Mais une simple servante élevée dans un couvent de campagne était plutôt destinée à épouser un fermier que le fils d'un aristocrate qui occupait un haut rang à la cour.

— Nous devons continuer à assumer notre déguisement jusqu'à ce que nous arrivions chez mon père. Ensuite, si vous le voulez encore et s'il est toujours épris de vous, même après avoir appris la vérité sur votre condition, il y aura peut-être un moyen d'arranger cela.

— Mais, milady…

Margriet prit un air sévère.

— Plus un mot à ce sujet ! ordonna-t-elle fermement. Vous savez pourquoi je dois porter cet habit de nonne.

Elle désigna la porte à travers laquelle filtrait encore le brouhaha des conversations et des rires.

— Pour nous protéger contre eux, mais aussi pour préserver mon secret.

Elle plaça une main sur son ventre arrondi.

— Moi aussi, on m'a tenu de beaux discours, Elspeth. Et on m'a fait des promesses, Dieu sait. Voyez comme elles ont été tenues ! Je vous conseille d'y réfléchir, avant de vous donner à un homme au risque de vous perdre.

Les joues sillonnées de larmes, Elspeth baissa les yeux vers l'abdomen de sa compagne, preuve palpable de son péché.

Margriet attendait, la gorge serrée. La jeune fille allait-elle accepter cet accord ?

La seule réponse qu'elle obtint fut un bref hochement de tête. Puis Elspeth se détourna afin de se préparer pour la nuit. Mais elle revint vers Margriet au moment où celle-ci soulevait les couvertures pour se glisser dans le lit.

— J'avais oublié, milady, dit-elle en lui tendant une coupe. Thora a laissé cela pour vous. Elle dit que cela vous aidera à reconstituer vos forces en prévision du voyage.

— Mais c'est vous qui avez été malade, Elspeth. Vous devriez boire cela vous-même.

La fille secoua la tête. Et voyant Margriet hésiter :

— Si j'étais vous, je la prendrais. C'est sans doute bon aussi pour le bébé.

Margriet renifla le breuvage, qui dégageait un plaisant arôme. Pas comme les potions médicinales que les nonnes confectionnaient au couvent ! Celle-ci sentait le miel, le clou de girofle, et quelque chose d'autre qu'elle ne parvenait pas à identifier. Elle prit une petite gorgée, qui lui emplit la bouche d'une saveur délicieuse. Si délicieuse en vérité qu'elle vida la coupe en moins de temps qu'il n'en fallait pour le dire.

Demain, elle demanderait à Thora sa recette, car en dehors de son utilité, ce reconstituant était fort savoureux. On ne pouvait en dire autant de toutes les médecines !

— Merci, Elspeth, murmura-t-elle en grimpant dans le lit, bien décidée à profiter de sa dernière nuit sur cette moelleuse couche.

Ils allaient devoir chevaucher cinq jours pleins avant d'atteindre un village ou un bourg qui puisse leur offrir de telles commodités. Ce qui voulait dire cinq ou six nuits à dormir à la dure, sur le sol de plus en plus froid. Elle frissonna à cette seule pensée.

Le silence s'installa bientôt dans la salle commune, où les hommes avaient dû s'étendre sur leurs paillasses. Une chaude torpeur envahit Margriet, qui se sentait glisser vers le sommeil plus vite que d'habitude. Généralement, elle avait plutôt du mal à s'endormir, l'esprit tenaillé par les soucis et les pensées importunes.

Mais ce soir, il ne lui fallut que quelques instants pour sombrer dans les brumes de l'inconscience.

Chapitre 13

Château du comte Erengisl, Kirkvaw

— C'est moi, milord.

L'interruption tombait mal pour Thorfinn. Mais ce Sigurd ne savait jamais choisir le bon moment ! Le succès de sa mission était pourtant indéniable, voilà pourquoi il était toujours en vie et gardait son emploi.

Impatient d'entendre les nouvelles de Caithness, Thorfinn lui cria d'entrer. Sigurd s'exécuta aussitôt, et s'il fut surpris par ce qu'il découvrit dans la chambre, il n'en montra rien.

Un homme bien élevé, s'il en était.

La fille qui s'était relevée soudainement gardait les yeux fixés au sol. Sigurd avait manifestement compris ce qu'elle était en train de faire lorsqu'il était entré.

Elle voulut quitter la pièce, croyant sans doute que la présence de Sigurd allait mettre fin à ses services. Mal lui en prit ! Thorfinn lui abattit sa canne sur le dos en guise d'avertissement et elle s'immobilisa aussitôt, silencieuse.

— Messire…

Le fidèle serviteur s'inclina et attendit que son maître lui donne l'autorisation de parler. Mais la permission ne vint pas tout de suite. Thorfinn fit signe à la servante de s'approcher de lui et commença à la caresser. Il détestait être interrompu lorsqu'il prenait son plaisir, à moins que ce ne soit pour lui annoncer une bonne nouvelle, bien sûr.

La servante produisit quelques sons qui pouvaient laisser supposer qu'elle aimait ce qu'il lui faisait, mais il savait que c'était pure comédie. De nouveau, il la frappa de sa canne, cette fois sur le postérieur. Là où les marques de ses précédentes attentions étaient encore visibles. Le plaisir et la douleur constituaient un mélange si enivrant quand il était judicieusement dosé !

Il sentit qu'elle réprimait un cri et il attendit un instant, dans l'espoir de l'entendre pleurer et supplier. Infliger de la souffrance l'excitait et le fait d'employer une novice ajoutait à son plaisir. C'était pourquoi il l'avait choisie ce matin-là, plutôt qu'une femme déjà rompue à ses habitudes très variées.

Mais la fille ne pipa mot. Désappointé, Thorfinn rencontra le regard de Sigurd.

Allons, il était temps d'en venir aux choses sérieuses.

— Eh bien, Sigurd, vous avez du neuf ? Si vous en finissez vite et si les nouvelles sont bonnes, vous pourrez profiter aussi de la jouvencelle. Ce n'était pas mal la dernière fois, hein ?

Le visage de Sigurd ne trahit pas le moindre sentiment et il se mit en devoir de délivrer son rapport, tandis que Thorfinn pinçait et palpait la peau de la jeune fille à moitié nue.

— Leur voyage a été retardé de quatre jours de plus, commença Sigurd. Une subite maladie les a forcés de s'arrêter.

Thorfinn éclata de rire, aussi heureux de l'information que du désir qu'il sentait monter dans son bas-ventre.

— Aucun d'eux n'en est mort ?

— Non, milord. Ce n'est pas ce que vous vouliez, n'est-ce pas ?

Sigurd observa une pause et désigna la fille d'un geste.

— Je préférerais vous parler de cela en privé.

Thorfinn haussa les épaules.

— Ce n'est pas à vous de décider à ma place, Sigurd. Quant à elle…

Il pencha le buste vers la fille.

— Si elle ne veut pas qu'on lui coupe son habile petite

langue, elle ne s'en servira que pour me complaire et ne pipera mot à personne de ce qu'elle entend ici. Hein ?

La servante sembla comprendre la leçon car elle baissa les yeux avec un air docile.

De sa main libre, Thorfinn fit signe à Sigurd de continuer.

— Qu'est-ce qui les a rendus malades ?

— De la viande avariée, milord.

Thorfinn rit à gorge déployée. Décidément, ce Sigurd était plein de ressource !

— Excellent ! C'était votre idée ?

— Pas exactement. Mais je transmettrai vos félicitations à qui de droit.

Sigurd s'apprêtait à poursuivre, mais Thorfinn l'arrêta d'un geste.

— Laisse-nous mais ne t'éloigne pas, ordonna-t-il à la fille. Je n'en ai pas fini avec toi.

Il la regarda s'éloigner puis il se leva, acceptant la coupe que lui tendait Sigurd.

— Ainsi, mon père va ronger son frein quatre jours de plus, commenta-t-il après avoir avalé plusieurs gorgées. Magnifique ! Autre chose, Sigurd ?

Il acheva le vin d'une lampée, impatient de retourner à ses plaisirs.

— Ce sera peut-être encore plus long, milord. Un autre genre de diversion se profile à l'horizon.

— Une diversion ? Voilà qui est intéressant. Quelle sorte de diversion ?

Sigurd coula un regard vers le recoin où la fille se tenait dans la pénombre.

— Une diversion du genre… féminin, milord.

Thorfinn sourit. Les femmes pouvaient être des armes, des objets de plaisir, ou des pions dont on pouvait user à sa guise. C'était selon.

La fille de Gunnar lui avait fourni quelques nuits de plaisir, sans beaucoup de piment il est vrai. Mais à présent, si son plan réussissait, elle allait être un atout majeur dans son jeu.

— Très bien, Sigurd. Tout retard est une bonne chose.

Thorfinn reposa sa coupe sur la table et raccompagna son factotum jusqu'au seuil. L'homme gardait encore une information dans sa manche, qu'il attendait le dernier moment pour lui révéler. Cela se voyait à son regard.

— Il y a autre chose ?

— Margriet Gunnarsdottir… C'est une nonne, milord.

— Quoi ?

Thorfinn s'attendait à tout sauf à cela. Ce fut vraiment un choc pour lui.

— Une nonne ? Gunnar ne nous a jamais dit qu'elle avait prononcé ses vœux !

Il repensa à sa rencontre avec Margriet, quelques mois plus tôt. Jamais la péronnelle n'avait fait mention de cela ! Mais il ne fallait pas s'en étonner. Une femme capable de quitter subrepticement son couvent pour prendre du plaisir avec un étranger n'était sans doute pas du genre à faire une telle confidence.

Oh, cela ne l'aurait pas empêché de lui prendre sa virginité ! Nonne ou pas, elle était faite comme les autres femmes et avait tout ce qu'il fallait pour lui donner du plaisir.

Les différences d'une femme à l'autre étaient sans importance aussi longtemps qu'elles n'interféraient pas dans ses plans et n'altéraient pas son plaisir. En fait, savoir qu'il avait dépucelé une nonne avait quelque chose de terriblement excitant, même maintenant. Dommage qu'il ne l'ait pas su à l'époque !

— Gunnar n'est pas au courant, répondit Sigurd.

Thorfinn ricana d'aise. Mais c'était parfait ! Sa bonne humeur était complètement revenue à présent et il ne regrettait plus d'avoir été dérangé. Une humiliation de plus pour Gunnar !

Sigurd méritait une récompense pour lui avoir appris cela.

— Allez vous reposer, avec mes félicitations. A moins que vous n'ayez changé d'avis et ne préfériez rester. Je ne l'ai pas encore déflorée, alors, si le cœur vous en dit… ajouta-t-il avec une générosité très inhabituelle chez lui.

Il désigna la fille qui revenait vers eux, sur un signe de sa part.

— Merci, milord, mais j'ai beaucoup à faire, prétexta Sigurd, qui sortit sur ces mots.

Thorfinn haussa les épaules. L'homme était décidément trop difficile ! Il referma soigneusement la porte et se tourna vers la servante, qui se tenait agenouillée au milieu de la pièce. Si elle croyait qu'il avait changé d'avis sous l'effet des bonnes nouvelles apportées par Sigurd, elle se trompait du tout au tout !

Il se dirigea vers le coffre de bois qui contenait ses instruments de discipline et y choisit un fouet dont les lanières de cuir promettaient de lui procurer tout le plaisir auquel il aspirait.

La fille leva les yeux lorsqu'il le fit claquer au-dessus de sa tête. Et pour la première fois, il lut de la terreur dans ses yeux.

Il y avait tant de façons d'éprouver du plaisir, songea-t-il en la cinglant à l'épaule. Il suffisait d'avoir un peu d'imagination…

Chapitre 14

— Margriet ? Il faut vous réveiller ! Vous m'entendez ?

Oh, oui, elle l'entendait, comme elle avait entendu ses précédents appels. Elle tenta d'émerger de l'obscure léthargie dans laquelle elle était plongée, mais fut de nouveau incapable d'articuler la moindre réponse.

— Margriet ! cria-t-il plus fort.

Il parlait trop haut, cela lui donnait la migraine. Ou peut-être avait-elle déjà mal à la tête et sa voix ne faisait-elle qu'empirer la douleur ?

Lentement, elle finit par soulever les paupières et les vit tous penchés au-dessus d'elle — Rurik, Thora, Harald et Donald.

Donald ?

Elle promena un regard autour d'elle pour découvrir la personne qui manquait.

Elspeth.

Elle se souleva sur les coudes, examinant la chambre pour y trouver trace de la jeune fille.

— Où est… Elspeth ?

Le silence qui accueillit ses paroles était éloquent en lui-même. De toute évidence, quelque chose n'allait pas.

Rurik fit sortir les autres de la pièce et attendit qu'ils soient tous redescendus pour se tourner vers elle.

— Pourquoi demandez-vous Elspeth ?

Margriet se laissa retomber en arrière en tirant la couverture jusqu'à son cou. Puis elle redressa le foulard dont

Thora lui avait enveloppé la tête. Depuis l'incident avec les maritornes, la tenancière tenait à ménager sa pudeur.

— Hier soir, elle était dans tous ses états, répondit-elle enfin.

Elle avisa le rayon de lumière qui filtrait par la fenêtre et comprit que le soleil était levé depuis longtemps.

— Quelle heure est-il ?

— Presque midi.

Margriet secoua la tête d'un geste navré.

— Oh, mon Dieu ! Mais vous aviez dit que nous partirions à l'aube…

Rurik s'assit sur le bord du lit et elle s'écarta pour lui faire de la place.

— Elspeth a disparu.

Elle le dévisagea, incrédule. C'était impossible, voyons ! Elles avaient partagé le même lit, et si Elspeth s'était levée, elle l'aurait su. Elle ne dormait jamais profondément et le moindre bruit la réveillait.

A moins que quelque chose ne l'en ait empêchée ?

Son regard tomba sur la coupe posée près d'elle sur la table de nuit.

— Quand l'avez-vous vue pour la dernière fois, ma sœur ?

— Hier soir. Après votre départ, je l'ai chapitrée à propos de Sven et…

Elle s'interrompit, frappée d'une idée soudaine.

— Avez-vous interrogé Sven ?

L'expression sévère de Rurik lui fournit la réponse avant même qu'il n'ait formulé les paroles.

— Sven a disparu aussi.

Elle se redressa dans un sursaut.

— Rurik ! Nous devons absolument les retrouver. Il n'y a pas un instant à perdre !

Elle empoigna les couvertures, impatiente d'être à pied d'œuvre.

— S'il vous plaît, pouvez-vous vous écarter pour que je me lève ?

Mais il ignora la requête et ne bougea pas d'un pouce.

— Et vous n'avez rien entendu ? insista-t-il. Personne n'est entré dans la chambre ?

Margriet s'adossa au bois de lit et réfléchit.

— Elle pleurait quand j'ai achevé de lui parler. Puis elle m'a donné une décoction que Thora avait envoyée pour moi. Un reconstituant.

— Une potion somnifère, je le crains, pour que vous ne remarquiez pas son départ. Thora ne doit même pas être au courant.

Il se leva et désigna la robe pliée sur le dossier d'une chaise.

— Habillez-vous et descendez. Il faut que nous décidions ce que nous allons faire à présent.

Elle ne savait pas ce qui la surprenait le plus — qu'il ne la soupçonne pas un seul instant de complicité dans cette histoire, ou qu'il veuille la consulter sur les décisions à prendre.

— Nous ?

Il hocha la tête.

— Depuis notre première rencontre, j'ai appris qu'il valait mieux agir avec vous que contre vous, ma sœur. Et pour être franc, vous avez amplement fait vos preuves quand tout le monde ou presque est tombé malade. Sans vos connaissances et vos efforts acharnés, je n'aurais jamais pu gérer cette situation. Vous avez la tête sur les épaules, c'est un fait.

Pour la première fois depuis longtemps, Margriet en resta sans voix et fixa sur lui un regard écarquillé. Oh, il était arrivé aux bonnes sœurs de la complimenter, bien sûr. Mais l'approbation de Rurik lui réchauffa le cœur.

— Habillez-vous maintenant et rejoignez-moi en bas. Je vais demander à Thora de vous préparer un petit repas, et je la regarderai faire pour être sûr qu'elle n'ajoute rien à la nourriture.

Il se leva et se dirigea vers la porte. Mais elle le rappela avant qu'il ne sorte.

— Rurik !

Il s'arrêta, la main sur le loquet.

— Est-ce qu'il… euh…

Elle se tut, incapable de formuler sa pensée. Mais Rurik avait déjà compris.

— Sven est un homme d'honneur, affirma-t-il. Jamais il n'abuserait d'une sainte innocente.

Il avait ce ton qu'emploient les hommes lorsqu'ils sont certains d'une chose — un ton qui la dissuada de hasarder la moindre remarque sur Sven et sur l'idée qu'il se faisait de l'honneur. La confiance de Rurik en son ami était peut-être justifiée. Mais il y avait un léger hic, dont il ne se doutait même pas.

Elspeth n'était pas une « sainte innocente », pas plus qu'elle ne l'était elle-même ! Mais cela, Margriet ne pouvait le lui dire.

En somme, Elspeth était en sécurité avec Sven tant qu'il croyait qu'elle était une nonne. Après…

Margriet secoua la tête, incapable d'arrêter sa pensée sur ce qui pourrait bien se passer ensuite.

Rurik attendit un instant, pour le cas où elle aurait eu d'autres inquiétudes à formuler. Voyant qu'elle ne disait plus rien, il inclina la tête et sortit en refermant la porte derrière lui.

Restée seule, Margriet ne perdit pas de temps pour suivre ses instructions, et quelques minutes plus tard elle pénétrait dans la salle commune où l'attendait Rurik.

Elle le trouva en train d'interroger Harald et Thora, qui niaient vigoureusement toute responsabilité dans l'affaire.

— Moi, droguer sœur Margriet ? se récria Thora. Jamais de la vie !

— Et nous n'avons pas aidé Sven et sœur Elspeth à prendre la poudre d'escampette, bougonna son mari. Nous ne savions même pas qu'ils étaient partis, c'est vous dire !

Rurik fronça les sourcils.

— Je brûlerai cet endroit jusqu'aux fondations si je découvre que vous m'avez menti, Harald.

Margriet faillit lui demander si c'était là sa méthode favorite pour résoudre un problème. Mais elle tint sa langue in extremis.

Rurik l'entendit approcher et se tourna vers elle.

— Thora jure ses grands dieux qu'elle ne vous a envoyé aucune potion hier soir, ma sœur.

Margriet hocha la tête.

— Il semblerait qu'Elspeth ait tout prémédité.

— Je ne peux pas croire qu'elle se soit enfuie avec lui ! s'exclama Thora, qui sanglotait dans son mouchoir. Une nonne, pensez un peu ! Une sainte fille, une innocente entraînée dans la débauche…

Rurik arrêta le flot d'un regard comminatoire.

— Nous ne savons rien du tout, messire, conclut Harald, qui se hâta d'entraîner sa moitié vers la cuisine.

Lorsqu'ils eurent disparu, Rurik tira un banc et invita Margriet à s'asseoir. En dehors de Leathen et de Donald, il ne restait plus qu'eux deux dans la pièce.

— Où sont les autres ? questionna-t-elle.

— J'ai envoyé deux de mes hommes dans des directions opposées, au cas où ils découvriraient des traces de leur passage.

Il observa une pause et les regarda tour à tour.

— Je voulais que cette conversation reste entre nous quatre. Cette histoire requiert la plus grande discrétion.

Margriet haussa les sourcils.

— Pourquoi Sven l'aurait-il enlevée, Rurik ?

La réponse fusa du tac au tac.

— Pourquoi l'aurait-elle suivi, ma sœur ?

Elle hésita, partagée entre le désir d'être franche et la prudence qui lui conseillait de se taire.

Elle se décida finalement pour une demi-mesure. Après tout, il y avait une part de la vérité qu'elle pouvait partager avec lui.

— Elle… elle croit l'aimer.

Le regard de Rurik vacilla un instant. Mais les deux autres manifestèrent une franche incrédulité.

— Sven est incapable de la déshonorer ainsi, ma sœur, la rassura Donald. Jamais il ne ferait une chose pareille. Une religieuse, pensez donc !

— Je le connais depuis son enfance, renchérit Rurik. Il respecte l'Eglise et tous ceux qui lui appartiennent.

Leathen ne dit rien, mais il secoua vigoureusement la tête en signe de dénégation.

— Et… si elle n'était pas vraiment une nonne ? La respecterait-il de la même façon ?

L'espace d'un instant, on n'entendit plus que les craquements du feu qui flambait dans l'âtre. Les trois hommes la dévisageaient, stupéfaits de la révélation.

Margriet regrettait déjà ses paroles. Oh, Seigneur, pourquoi avait-elle laissé échapper cela ?

— Si elle n'était pas une nonne ? fit enfin Leathen.

Il répéta ces mots comme si elle s'était exprimée en grec et non en gaélique.

Rurik se tourna vers ses deux compagnons.

— Sortez à présent. Et surtout, pas un mot de tout cela aux autres. Surtout ceux qui viennent des Orcades.

Donald et Leathen se levèrent promptement et quittèrent la pièce, encore abasourdis par ce qu'ils venaient d'entendre. Le silence parut s'épaissir encore lorsque Rurik et Margriet se retrouvèrent seuls dans la salle.

— J'attends vos explications, ma sœur. Que signifie cela ? Vous prétendez que sœur Elspeth n'est pas une vraie nonne ?

Il se renversa en arrière sur son siège, l'une de ses chevilles posées sur le genou opposé. Il avait l'air si dangereux en cet instant qu'elle en frissonna de crainte. Elle aurait préféré affronter un Rurik en colère comme celui qu'elle avait vu se dresser aux portes du couvent plutôt que cet homme mortellement calme qui la dévisageait en silence.

Que lui dire, au nom du ciel ? Elle ouvrit la bouche pour parler, mais aucun son ne franchit ses lèvres.

Avec une sollicitude inattendue, Rurik tendit le bras vers le pichet d'ale et remplit une coupe qu'il lui tendit.

— Pardonnez-moi, ma sœur. J'avais oublié que vous n'aviez pas pris votre petit déjeuner. Voulez-vous que j'appelle Thora ? Elle vous apportera un peu de pain et de fromage.

Margriet lampa sa bière en quelques gorgées. Mais elle se sentait incapable d'avaler quoi que ce soit de solide, tant elle avait la gorge serrée. Pas sous ce regard étincelant qui la fixait de l'autre côté de la table ! Le danger était là, palpable. Rurik serrait et desserrait les poings et elle voyait les muscles de sa mâchoire se contracter spasmodiquement. En vérité, elle avait l'impression qu'un prédateur allait fondre sur elle !

— Non, je n'ai pas faim. L'ale suffira, merci.

Il souleva le pichet et remplit de nouveau sa coupe.

— Assez ? s'enquit-il de cette voix tranquille qui jouait sur les nerfs de Margriet.

Elle prit une autre gorgée et hocha la tête, tout en cherchant les mots adéquats pour sa réponse.

— Maintenant, expliquez-moi comment il se fait qu'elle ne soit pas une nonne.

Il s'était mis à balancer le pied en cadence et un muscle tressaillait toujours dans sa joue. Mais il avait ouvert les poings et ses mains reposaient devant lui sur la table.

Ce petit jeu rendait Margriet de plus en plus fébrile.

— Eh bien… nous craignions pour sa sécurité, commença-t-elle.

— Nous ?

— Mère Ingrid et moi. Quand vous avez surgi avec vos hommes devant le couvent en criant et en épouvantant tout le monde avec vos…

Elle allait continuer sur sa lancée, quand elle vit les sourcils de Rurik s'abaisser d'une manière qui ne prédisait rien de bon.

— Hem… Veuillez m'excuser, marmonna-t-elle avant de reprendre. Quand Elspeth a offert de m'accompagner dans mon voyage, la révérende mère et moi avons pensé que l'habit religieux la protègerait contre « les instincts luxurieux des hommes », pour reprendre les paroles de mère Ingrid.

L'espace d'une seconde, elle eut l'impression qu'il refoulait un sourire. Mais elle avait dû se tromper, car l'expression de son visage était tout sauf amusée.

— Ainsi, au lieu de vous fier à mon sens de l'honneur et à celui de mes hommes, ainsi qu'à la sagesse de votre père qui m'avait choisi pour vous escorter, vous avez décidé qu'un simple vêtement protégerait cette jeune fille ?

— Ce n'est pas un simple vêtement, Rurik, c'est un habit de nonne. Les hommes se comportent différemment avec une religieuse.

Rurik la regarda, perplexe. Les pensées se bousculaient dans son esprit. Et dire qu'il avait pensé qu'elle avait la tête sur les épaules ! En cet instant, il se demandait comment il avait jamais pu s'imaginer cela. Au lieu de lui confier la vérité en lui avouant qu'Elspeth était simplement sa compagne de voyage, cette femme avait conçu un plan absurde pour protéger une vertu qui n'était même pas menacée.

Décidément, il n'y comprenait plus rien.

Ou plutôt si, il comprenait. Margriet, après tout, était bien une femme.

— Reprenons tout depuis le début, ma sœur. Qui est Elspeth ?

Il serra les dents pour retenir le chapelet de jurons qui lui était monté aux lèvres. Il craignait de ne plus pouvoir s'arrêter s'il commençait. Or, il y avait urgence — il fallait qu'ils retrouvent Sven et la fille.

— Elspeth est la fille d'un fermier qui vit près du couvent.

— Une fille du peuple, alors ?

— Oui.

— Est-elle fiancée ?

— Pas que je sache.

— A-t-elle prononcé des vœux quelconques au couvent ?

— Non.

— Et elle a l'intention de rester avec vous aux Orcades ?

Margriet exhala un soupir et hocha la tête.

— Je lui ai promis une place dans la maison de mon père si elle le souhaite, et la possibilité de faire un bon mariage.

Il se leva, incapable de rester plus longtemps immobile. Bon sang, pourquoi lui avait-elle caché cela ? S'il l'avait su plus tôt, il aurait pu leur éviter bien des tracas.

— Vous a-t-elle parlé de Sven ? Que vous êtes-vous dit hier soir ?

Il vit les joues de Margriet s'empourprer, signe que la fille lui avait bien confié quelque chose.

Quelque chose qu'elle s'était imaginé pouvoir gérer toute seule. Et au lieu de cela, elle s'était retrouvée droguée et endormie, pendant que les deux autres s'éclipsaient discrètement au beau milieu de la nuit.

— Elle m'a affirmé qu'il l'aimait.

— Il lui a vraiment dit cela ?

— Comme tous les hommes…

Irrité par ce commentaire, il abattit son poing sur la table, ce qui fit assez de bruit pour attirer Thora hors de sa cuisine. Margriet se hâta de la congédier d'un geste avant qu'il ne s'en charge d'une façon plus musclée.

— Que lui avez-vous répondu hier soir ? reprit-il quand ils furent de nouveau seuls.

— Elle m'a assuré que Sven l'aimait, mais ne m'a pas dit qu'il lui avait fait une déclaration en règle, crut bon de préciser Margriet.

Rurik faillit exploser derechef. Cette histoire allait le rendre fou !

— Et qu'avez-vous répondu ?

— Rurik, vous les avez vus comme moi après le combat. Nous savons tous deux qu'elle n'appartient pas à la même classe sociale que lui et que sa place serait plutôt celle d'une servante dans sa maison, ou à la rigueur une maîtresse. Cet habit de nonne, c'était la seule chose qui puisse protéger sa vertu des entreprises de Sven.

Rurik aurait aimé la contredire, mais force lui était d'admettre qu'elle avait raison sur ce point. Tant que Sven prendrait Elspeth pour une nonne, il ne la déshonorerait pas. Mais s'il découvrait qu'elle n'était qu'une fille du commun, alors…

— Vous comprenez, n'est-ce pas ? insista-t-elle.

De toute évidence, elle était persuadée d'avoir eu raison.

— Mais croyait-il encore qu'elle était une nonne quand il l'a enlevée ? rétorqua-t-il du tac au tac.

Cette fois, il la réduisit au silence. Mais curieusement, il n'en tira pas la satisfaction escomptée. Et quand il vit des larmes briller dans ses yeux, il se fit l'effet d'être une vraie brute.

— C'est entièrement de ma faute, chuchota-t-elle. J'ai fait croire à Elspeth que cela marcherait et que grâce à son déguisement elle arriverait saine et sauve chez mon père. J'ai ajouté qu'alors elle pourrait dire la vérité à Sven et voir ses réactions. Et maintenant… maintenant…

Elle s'arrêta, étranglée par les larmes. Rurik était au comble de l'embarras. Il n'aurait pas été plus gêné si elle s'était mise nue devant lui. Ou plutôt non, ce n'était pas l'image appropriée, surtout au moment où il était en train de blâmer un autre homme d'avoir fait exactement la même chose que lui.

Convoiter une nonne.

Tomber amoureux d'une femme qu'il ne pourrait jamais avoir, pour de multiples raisons.

Et lorsque les larmes de Margriet commencèrent à couler, il fit ce qu'il avait vu Connor faire tant de fois pour consoler Jocelyn — il se rapprocha d'elle, lui passa un bras autour des épaules et l'attira contre lui.

Seigneur, que c'était bon de la tenir ainsi et de la réconforter !

Quelques minutes s'écoulèrent avant qu'il ne la sente

s'apaiser contre lui. Réticent à la lâcher et sachant pourtant qu'il le fallait, il s'écarta et attendit qu'elle recouvre son sang-froid.

— Avez-vous une idée de l'endroit où ils ont pu aller ? questionna-t-il d'un ton calme. Elspeth a-t-elle de la famille quelque part ?

Elle se tamponna les yeux et secoua la tête.

— Pas que je sache.

Elle eut un reniflement avant d'ajouter :

— Croyez-vous qu'il va lui proposer le mariage ? Sa famille à lui le permettrait-elle ?

— Il n'est pas impossible que Sven le lui propose. Mais ses parents ne l'autoriseront jamais à épouser une fille tellement au-dessous de lui, surtout s'il n'y a pas d'avantages matériels à la clé.

Une fille au-dessous de Sven, comme Margriet était au-dessous de lui.

Dans le cas de Sven, la richesse ou les relations auraient pu changer les choses. Mais Elspeth ne possédait ni l'une ni les autres.

— Est-ce que nous ne devrions pas nous lancer à leur poursuite ? suggéra Margriet. Peut-être réussirons-nous à les rattraper à temps…

Elle s'arrêta, et son regard désolé contredit ses paroles. Malgré ce qu'elle aurait voulu croire, il était évident que la vérité lui sautait aux yeux.

Rurik secoua la tête.

— Je ne peux pas les suivre si vous n'êtes pas en sécurité. Et l'endroit le plus sûr pour vous, c'est encore ici.

Il jeta un regard sur le bâtiment vétuste.

— Quand nous en saurons un peu plus sur la direction qu'ils ont prise, et je soupçonne qu'ils nous ont simplement devancés vers le nord, nous pourrons nous aussi nous remettre en route.

Il se leva et jeta un coup d'œil par le fenestron. Ses

hommes étaient en train de se rassembler et il avait quelques mots à leur dire.

— Je vais leur parler. Il faut que je leur donne une version plausible de cette histoire.

— Est-ce que… est-ce qu'ils savent quelque chose ? Sven en a peut-être touché un mot à Magnus ou à l'un des autres.

Elle se leva à son tour, les mains crispées sur sa tunique de bure.

— J'ai déjà parlé avec Magnus, qui était sous le choc. Il avait bien vu le numéro d'Elspeth hier matin — en fait, ils l'avaient tous remarqué. Mais ils pensaient qu'elle avait été fragilisée par la maladie et touchée outre mesure par la gentillesse de Sven à son égard. Aucun d'eux ne s'attendait à cela.

Il ouvrit la porte et la suivit dans la cour de l'auberge. Les chevaux y attendaient le départ, avec leurs fontes pleines de victuailles. Des sacs avaient été déchargés et empilés dans un coin pour alléger les montures de ceux qui allaient tenter de rattraper le couple. Ces chevaux-là allaient devoir ensuite se reposer avant de reprendre la route, calcula Rurik. Encore une journée de perdue, peut-être même plusieurs si Sven ne s'était pas enfui vers les îles mais dans la direction opposée.

Margriet attendit devant la porte de l'auberge, pendant que Rurik s'entretenait avec les deux groupes — les Ecossais et les Nordiques.

— Sven et sœur Elspeth sont partis sans dire un mot à quiconque, leur expliqua-t-il simplement. Nous ignorons pourquoi. Aussi je vous demande de ne pas vous livrer à des spéculations là-dessus tant que nous ne les avons pas retrouvés.

Il entraîna ensuite Leathen et Donald à part, afin de s'assurer qu'ils ne révéleraient pas aux autres ce qu'ils avaient appris sur Elspeth.

— C'est entendu, promirent-ils tous deux.

Rurik se sentait un peu coupable de ne pas partager l'information avec Magnus, mais quelque chose l'en empêchait, Dieu seul savait pourquoi. Tout cela était si incroyable ! Il en arrivait à se demander si la disparition de Sven n'était pas due à tout autre chose que de simples raisons sentimentales.

Après tout, ils ne cessaient de se heurter à des obstacles depuis qu'il avait reçu la lettre de son père le rappelant aux Orcades. Chaque fois qu'il mettait un arrangement sur pied, quelque chose venait déranger ses plans. Puis, quand ils commençaient enfin à rattraper leur retard, la maladie avait frappé. Et à présent, ceci. C'était tout de même étrange.

Un sentiment de malaise s'empara de lui, mais il ne voyait vraiment pas le but de tout cela.

La journée s'écoula lentement, et quand le repas de midi fut servi, personne n'avait le moindre appétit. Un peu plus tard dans la journée, Rurik permit à Donald et Leathen d'escorter Margriet pour une promenade au bord de la rivière. Avec une recommandation spéciale cependant !

— Faites attention. Elle est particulièrement maladroite dès qu'il y a de l'eau à proximité !

Le regard indigné dont le gratifia la principale intéressée lui arracha un sourire. Tant mieux ! Tant qu'elle était en colère contre lui, elle songeait moins à Elspeth.

Le soleil commençait à se coucher quand trois des quatre groupes envoyés à la recherche des fugitifs regagnèrent l'auberge. Aucun d'eux n'avait trouvé la moindre trace du couple. Ce qui allait dans le sens des déductions de Rurik — Sven avait décidé de rentrer chez lui aux Orcades et les avait simplement devancés sur la route.

L'arrivée de l'avant-dernier homme vint confirmer cette hypothèse. Le problème, c'était que les fuyards avaient à présent un jour d'avance. Et la distance qui les séparait d'eux allait continuer à s'accroître.

Il était facile en effet à deux personnes de hâter l'allure, bien plus facile qu'à la petite troupe que commandait Rurik. Tout ce qu'il lui restait à espérer, c'était que l'homme lancé à leurs trousses pourrait les suivre d'assez près et garder l'œil sur eux jusqu'à ce qu'ils arrivent à les rattraper, probablement du côté de Thurso.

Tout en passant l'auberge en revue pour voir s'ils n'oubliaient rien, Rurik eut tout à coup l'impression qu'on voulait l'acculer dans un piège. Qui ? Il n'en savait encore rien, pas plus qu'il ne savait pourquoi. Mais ses années de combat, pendant lesquelles il avait été constamment sur le qui-vive, lui avaient appris à ne pas négliger un tel sentiment. Chaque fois qu'il avait écouté son intuition, sa vie et celle de tous ceux qu'on lui avait confiés s'en étaient trouvées bien. Ce n'était pas aujourd'hui qu'il allait écarter de tels pressentiments.

La semaine qui suivit s'écoula avec une désespérante lenteur. Le temps s'était complètement gâté et les intempéries ne cessaient de les retarder. Le vent et la pluie ne leur laissant guère de répit, ils ne pouvaient chevaucher que quelques heures par jour au lieu de toute la journée comme avant.

Margriet enseignait toujours le norvégien et le gaélique aux hommes, mais il semblait qu'elle n'y prît pas le même plaisir qu'auparavant. Elle était une autre personne, à présent qu'elle se sentait coupable de la disparition d'Elspeth.

Sans compter que sa santé posait des problèmes, bien que les nausées des premiers jours n'aient pas reparu. Vers midi, elle était déjà épuisée et n'arrivait plus à se tenir droite sur sa selle.

Or il fallait continuer à tout prix, ils n'avaient pas le choix. C'était du moins le raisonnement de Rurik, qui prit la jeune femme avec lui sur son étalon. D'abord il la fit asseoir en croupe. Mais un jour où le sommeil l'avait surprise, elle faillit tomber de cheval. Depuis ce jour, Rurik la faisait monter devant lui.

— Ce n'est pas convenable, avait-elle protesté la première fois qu'elle s'était réveillée dans ses bras, enveloppée dans le tartan de laine qu'il avait apporté de chez les MacLerie.

Mais elle se sentait si confortable dans ce nid douillet,

bien à l'abri de l'humidité et du froid, qu'elle avait vite renoncé à protester.

Lorsqu'ils eurent passé le dernier village et ne furent plus qu'à quelques kilomètres de Thurso, Rurik envoya des éclaireurs chargés de prendre contact avec un vieil ami de son père qui leur avait promis le gîte et le couvert.

Les terres de l'homme étaient situées au sud de la ville, ce qui convenait à Rurik. Il pourrait y laisser la moitié de ses hommes pour veiller sur Margriet et envoyer l'autre moitié à Thurso, à la recherche de Sven et Elspeth.

Rurik avait négocié avec le propriétaire pour avoir l'usage de la maison en l'absence de ses habitants. A leur arrivée, il trouva tout ce qu'il avait demandé — un garde-manger bien rempli, des chevaux frais et des lits propres. Il y avait même une grange, assez vaste pour abriter la plupart de ses hommes.

Il ne fallut que deux jours à Magnus pour réserver des places sur un bateau prêt à appareiller pour le nord… et découvrir l'endroit où se cachait Sven.

Rurik n'avait plus qu'à attendre la tombée de la nuit pour agir. La vérité allait enfin éclater.

Chapitre 15

Ses prières achevées, Margriet s'étendit dans l'immense lit. S'il y avait un confort auquel elle se serait facilement habituée, c'était bien celui-là — un douillet matelas de plumes sur un sommier en cordes tressées pour la préserver de la dureté du sol. Rien de comparable avec la paillasse sur laquelle elle dormait au couvent, ni même avec le lit qu'elle avait partagé avec Elspeth à l'auberge. Celui-ci était pourvu d'une profusion d'oreillers et de couvertures, et même de fourrures pour lui tenir chaud.

Et elle avait délicieusement chaud, en effet.

Le temps était en train de changer et le fond de l'air se faisait plus frais aux approches de l'automne. Elle redoutait ce voyage vers le nord à présent, dans un navire ballotté sur la mer.

Tout en faisant sa petite promenade du soir autour de la maison, elle s'était demandé ce qu'elle redoutait le plus en fin de compte — la traversée en elle-même, ou la destination. Et maintenant, aussi lasse qu'elle fût, elle ne parvenait pas à trouver le sommeil.

Bien que Rurik ait essayé de le lui cacher, elle savait qu'il avait retrouvé la trace de Sven et Elspeth et qu'il allait les affronter ce soir même. Mais ce qu'elle n'arrivait pas à imaginer, c'était l'issue de cette entrevue. Elle avait beau retourner les choses dans sa tête, elle ne voyait pas comment le moindre bien pouvait sortir de cette histoire.

Si Elspeth avait révélé son secret à Sven — plaise au ciel qu'elle ne lui ait révélé que le sien ! — Margriet doutait qu'elle soit encore vierge. Or Rurik ne pouvait exiger que Sven l'épouse. Ils étaient socialement trop inégaux pour que l'honneur de la jeune fille entre en ligne de compte dans cette affaire.

Margriet exhala un lourd soupir. Tout ce qu'elle pouvait faire, c'était attendre et prier, à la fois pour la sauvegarde de tous ceux qui étaient impliqués dans cette histoire et pour son propre pardon.

Car elle avait joué un rôle non négligeable dans tout ceci. Si elle n'avait pas regimbé en apprenant que son père la rappelait à la maison — ou plutôt si elle n'avait eu aucune raison de craindre la colère de son père — rien de tout cela ne serait arrivé à Elspeth. Elle aurait vécu en sécurité entre les murs du couvent jusqu'à ce que ses parents arrangent un mariage pour elle avec quelque brave garçon de leur entourage.

Au lieu de cela, la malheureuse risquait de souffrir, pour la seule raison que Margriet l'avait entraînée dans cette aventure.

L'oreille aux aguets, elle resta un long moment à la lisière du sommeil, dans l'espoir que Rurik viendrait lui apporter les nouvelles à son retour. La lune était déjà haute dans le ciel nocturne et ses rayons baignaient la chambre, à travers les fenêtres percées très haut dans le mur. Enfin, un bruit la tira de son demi-sommeil et elle ouvrit les yeux pour trouver Rurik penché sur elle.

Margriet repoussa ses cheveux de son visage et tira les couvertures jusqu'à son menton.

— Eh bien, les avez-vous trouvés ? Comment… comment va Elspeth ?

Mais la réaction de Rurik ne fut pas celle qu'elle attendait. Au lieu de répondre à ses questions, il pivota sur les talons et sortit de la pièce sans mot dire.

Stupéfaite, Margriet sauta du lit et enfila sa robe à tâtons avant de se précipiter derrière lui. La maison n'était pas très grande, mais elle eut l'impression d'avoir parcouru des kilomètres quand elle le retrouva enfin dans le cellier, occupé à se verser de l'ale d'une outre en peau de chèvre.

— Rurik ? Racontez-moi ce qui s'est passé, pour l'amour du ciel !

C'était sans doute la mauvaise chose à dire, car il se retourna brusquement et marcha droit vers elle, la forçant à battre en retraite contre le mur. Il resta là un instant, la dominant de toute sa taille.

Soudain, il leva la main et lui arracha sa guimpe et son voile.

— Qu'est-ce que…, balbutia-t-elle.

Il recula d'un pas, écrasant la coiffe dans son poing crispé…

D'un geste instinctif, elle porta la main à ses cheveux pour les rentrer dans sa tunique. Mais elle fut arrêtée par le rire de Rurik. Un son affreux et totalement dénué d'humour, où dominaient la souffrance et la colère.

Il but d'un trait et emplit de nouveau sa coupe, qu'il vida en trois lampées. Puis il la jeta sur le sol et s'essuya la bouche avec la manche de sa chemise.

— Savez-vous que j'ai envié Sven d'être parti avec sa bien-aimée ? Je l'ai trouvé courageux de revendiquer ainsi la femme qu'il aime, sans souci de leur situation ni de tout ce qui pouvait s'ensuivre. Eh, oui, j'en étais là ! Cela vous étonne ?

Margriet secoua la tête à ces mots. Pourquoi cette confession, au nom du ciel ? Ils avaient combattu leur attirance réciproque et l'avaient surmontée, non ? Ils avaient su rester à leur place, même quand leur cœur avait essayé de leur chuchoter autre chose.

Et à présent, il approuvait Sven d'avoir tout oublié pour céder à la passion ?

Elle déglutit convulsivement.

— Vous… vous les avez retrouvés ?

— Oui, et j'ai eu un entretien avec eux ce soir même, en ville. Ils sont mariés à présent, et au diable les conséquences !

Plaquée contre le mur, Margriet se rapprocha subrepticement du seuil pour retourner dans la cuisine. Rurik était trop imprévisible ce soir — blessé sans qu'elle sache pourquoi et rempli de colère.

Mais les paroles qu'il prononça ensuite vinrent éclairer sa lanterne.

— Dites-moi, Margriet, qu'ai-je donc fait pour vous amener à croire qu'avec moi le mensonge valait mieux que la vérité ?

La douleur qu'elle lut dans ses yeux la désarçonna complètement.

— Je… je n'ai jamais voulu…

— M'avez-vous cru si en dessous de vous que vous m'auriez fait trop d'honneur en vous montrant franche avec moi ?

— Je ne…

— Il ne vous est donc pas venu à l'idée que si votre père m'a choisi pour vous escorter, c'est qu'il m'en avait jugé digne ?

Il ajouta avec amertume :

— A moins qu'un bâtard ne soit pas assez bon pour entendre la vérité ?

Il lui tendit sa coiffe, mais la retira de nouveau quand elle voulut la prendre et la déchira en morceaux qu'il jeta sur le sol.

— Elspeth m'a tout dit. Vous n'êtes pas plus nonne qu'elle. Votre habit n'est qu'un déguisement, une imposture.

Seigneur, comment lui expliquer ?

— Oh, Rurik, essayez de comprendre, je vous en prie ! Je craignais que…

Elle s'arrêta, incapable de lui avouer qu'elle s'était méfiée de lui au point de craindre pour sa vie s'il l'escortait dans leur long périple vers le nord.

Crainte bien vaine, elle le savait à présent. Pendant le voyage, il lui avait prouvé tant et plus qu'il faisait passer sa sécurité avant tout le reste. Chacune de ses paroles, chacun de ses actes lui avaient montré à quel point elle était précieuse à ses yeux.

— J'ai juré de vous protéger, Margriet. Et en échange, vous n'avez pas cessé de vous moquer de moi. Elspeth et vous avez dû bien rire quand je me suis excusé pour vous avoir embrassée près de la rivière, n'est-ce pas ? Ou quand j'ai cru que vous étiez morte et que j'ai eu l'impression que mon cœur allait se briser dans ma poitrine… Quel imbécile j'ai été !

Margriet le regarda, navrée. Comment se justifier à ses yeux ? Il rugissait comme un lion blessé et rien de ce qu'elle pouvait dire n'y changerait rien.

Le pire, c'était qu'il avait raison. Elle aurait dû lui faire confiance, au moins en lui avouant qu'elle n'avait pas prononcé ses vœux. Mais quand elle avait commencé à comprendre qu'elle pouvait se fier à lui, c'était à elle-même qu'elle ne faisait plus confiance.

Et la dangereuse attirance qu'ils éprouvaient l'un pour l'autre s'était mise à croître irrésistiblement, empêchant tout aveu …

— Vous vous êtes bien moquée de moi, hein ?

Le dos contre le mur, elle continua à battre en retraite vers la cuisine. Si seulement l'un des hommes pouvait entrer en cet instant ! Cela aurait peut-être empêché Rurik de faire quelque chose qu'il regretterait ensuite.

Pourtant, elle n'avait pas vraiment peur de lui, non. Pas même quand il lui saisit brusquement la main et l'attira contre lui.

— Comme vous avez dû rire le jour où je vous ai avoué mon amour en croyant que rien n'était possible entre nous…, reprit-il d'une voix rauque.

Il s'empara de ses lèvres et fouilla sa bouche avec une force et une intensité qu'elle n'aurait jamais crues possibles. Un bras passé autour de sa taille, il dénoua ses cheveux de l'autre main sans cesser de l'embrasser, lui prenant tout et exigeant davantage encore…

Lorsqu'il souleva sa robe pour la lui ôter, ne laissant entre eux que l'épaisseur de sa fine chemise, elle eut littéralement l'impression que son corps ne lui appartenait plus.

— Est-ce cela que vous craigniez de moi, Margriet ? Osez donc le dire à présent !

Elle gémit sans répondre. Si les caresses et les baisers de Finn avaient été de l'amour, alors ceci était de la possession à l'état pur. Elle avait l'impression de ne plus faire qu'un avec lui.

Rurik prit l'un de ses seins dans sa main en coupe, déchaînant en elle un véritable incendie. Elle sentait chaque parcelle de son corps, jusqu'aux recoins les plus secrets, vibrer et demander plus, toujours plus. Sa tête avait beau lui crier d'arrêter cela, d'empêcher Rurik d'aller trop loin, son cœur, lui, se délectait de cet instant.

Etre désirée avec tant de ferveur, de passion et d'amour, c'était une merveille qu'elle se sentait incapable de repousser.

D'un geste doux mais ferme, il la coucha par terre sur sa robe de bure et s'écarta juste le temps de retirer sa propre chemise en la faisant passer par-dessus sa tête. Puis il s'étendit sur elle pour la recouvrir toute, la réchauffant et l'enveloppant de son désir. De nouveau, ses lèvres capturèrent les siennes et il plongea plus profondément dans sa bouche, la langue enlacée à la sienne dans une danse voluptueuse et sensuelle.

— Ou craigniez-vous… ceci ?

— Rurik…, gémit-elle. Ce n'est pas bien. Nous ne pouvons pas…

Mais ses protestations se perdirent dans un halètement de plaisir, tandis qu'il lui caressait les seins et penchait la tête vers elle pour les embrasser. Le linon de la chemise ne faisait pas obstacle aux sensations, car elle sentait la barbe piquante de son menton et la légère morsure de ses incisives, tandis qu'il taquinait ses mamelons délicieusement sensibles. Elle écarta les bras et le laissa poursuivre la caresse, d'abord à travers l'étoffe, puis directement sur sa peau brûlante, quand il eut déchiré le vêtement de ses mains impatientes.

— Je ne voulais pas vous poursuivre de mes assiduités parce que je croyais que vous étiez une nonne, Margriet.

Il empoigna le bord de sa chemise et la releva sur ses jambes.

— Je vous ai laissée tranquille, parce que vous me l'aviez demandé. Mais c'est fini à présent.

Une jambe prise entre les siennes, elle retint son souffle tandis qu'il lui effleurait le ventre d'une longue caresse.

Prise d'un sursaut, elle essaya de reprendre le contrôle de la situation. Mais le moyen de lutter contre cette main puissante qui gagnait la bataille centimètre après centimètre ? Elle lui agrippa le poignet, en vain. Une fois de plus, il couvrit sa bouche de la sienne tandis qu'il enfonçait les doigts dans la fente humide à la jonction de ses cuisses. Elle s'abandonna avec un gémissement, cédant au plaisir exquis de se laisser toucher et caresser par lui au plus profond de son intimité.

— A présent qu'il n'y a plus cet absurde mensonge entre nous…

Il s'interrompit pour l'embrasser encore, tandis que ses doigts continuaient leur exploration.

— … et que nous ne sommes plus rien d'autre qu'un homme et une femme, souhaitez-vous que je m'arrête, Margriet ?

Comment l'aurait-elle pu, quand son corps la trahissait et demandait encore davantage ? La main qu'elle avait posée sur son poignet ne le repoussait plus mais le guidait, au contraire, l'incitant à la caresser plus fort, plus profondément. Elle sentait sa virilité pousser contre sa hanche, enflammant tous ses sens d'une telle ardeur qu'elle en fut bientôt au point de le supplier de la satisfaire enfin.

Lorsqu'il se mit en position, le membre pressé contre sa peau nue, elle ouvrit spontanément les jambes pour l'accueillir.

Couché sur elle, il demanda une dernière fois avant de la pénétrer :

— Vous n'aurez pas de regrets, Margriet ? Vous en êtes certaine ?

Aussi perdue qu'elle fût dans le tourbillon de la passion et du plaisir, elle eut tout à coup conscience du poids de son corps sur elle et se souvint de l'autre secret qu'elle lui avait caché, celui qu'elle portait en elle.

Pareille à une douche froide, la réalité la submergea soudain et elle lui empoigna les épaules pour le regarder droit dans les yeux.

— Je ne peux pas faire cela, Rurik. Ce ne serait pas bien, voyez-vous.

Il s'immobilisa et secoua la tête à ces mots.

— Je ne vais pas vous déshonorer, Margriet, n'ayez crainte. J'ai bien l'intention de vous offrir tout ce que je peux vous donner.

Mais elle le repoussa des deux mains et il roula sur le côté, la respiration encore haletante.

Margriet réfléchit un instant, mais sa décision fut vite prise. Elle lui avait peut-être menti pendant le voyage, mais elle ne pouvait plus le tromper davantage. Il ne méritait pas cela.

— Je ne peux pas accepter, Rurik. Car il y a autre chose que je vous ai caché.

Elle lui prit la main et la fit glisser sur son ventre, dont la rotondité ne laissait pas le moindre doute sur son état. Jusqu'ici, les épaisseurs de son costume de nonne avaient réussi à cacher son embonpoint naissant.

Mais à présent qu'elle était nue devant lui, sans la moindre étoffe pour voiler ses formes, aucun malentendu n'était plus possible.

Elle sut exactement à quel moment il comprit ce qu'il était en train de toucher, car il retira sa main d'un geste brusque.

Puis il la dévisagea d'un regard horrifié et lointain à la

fois, comme si elle était devenue tout à coup une parfaite étrangère.

Et c'était bien ce qu'elle devait être pour lui désormais. Une étrangère, rien de plus.

Il s'assit sur les talons et recula, visiblement impatient de s'éloigner d'elle.

Margriet sentit sa gorge se serrer. Le moment qu'elle avait redouté depuis le début avait fini par arriver. Il savait maintenant.

— Peu importe, hélas, que vous m'aimiez ou que je vous aime, articula-t-elle enfin. Car je n'ai plus d'honneur, et cela par ma faute.

Dieu merci, il n'y avait personne d'autre qu'eux dans la maison. Rurik avait donné des instructions à cet effet, ne voulant pas qu'une tierce personne puisse entendre la conversation qu'il allait avoir avec « sœur » Margriet.

Confronté à Sven et à sa nouvelle épouse, il était resté littéralement assommé lorsque la jeune Elspeth lui avait révélé que Margriet n'avait jamais prononcé ses vœux.

Mais le choc en lui avait vite laissé place à un certain soulagement masculin. Depuis le premier jour de leur rencontre, il s'était tant consumé de désir pour elle — un désir contre nature aussi longtemps qu'il l'avait prise pour une nonne…

Et d'un seul coup, l'interdit était tombé.

Mais la réflexion vint vite doucher son enthousiasme. En somme, rien n'était vraiment changé entre eux, avait-il songé en regagnant le domaine à bride abattue. Il ne se rappelait que trop bien les paroles de Margriet cette nuit-là à l'auberge, quand il avait voulu lui révéler la profondeur de ses sentiments pour elle.

« Ainsi, même si mes vœux pouvaient être dissous demain, il n'y aurait pas d'union possible entre nous ? »

La réponse qu'il lui avait faite alors tenait encore, malgré ce qu'il venait d'apprendre.

Ou peut-être pas ?

D'un regard lucide, il avait examiné la situation sous toutes ses faces. Si Sven avait pris le risque de s'aliéner son père par amour pour Elspeth, s'il était prêt à perdre sa part de la fortune familiale et à risquer sa position pour l'épouser, c'était aussi parce qu'il était un cadet. Son héritage serait modeste de toute façon et il lui faudrait servir un suzerain ou un autre jusqu'à la fin de ses jours. Bien sûr, avec ses capacités et son expérience, il ne serait jamais en peine pour gagner sa subsistance.

Mais sa position à lui était bien différente. Telle était la conclusion à laquelle il était parvenu en pénétrant dans la clairière, où il avait distraitement salué les deux hommes qui gardaient l'entrée du domaine.

Jusqu'ici, il n'avait jamais rien possédé qu'il n'eût gagné à la sueur de son front. Et maintenant que tout ce dont il avait pu rêver — nom, famille, honneur, opulence — était enfin à sa portée, il aurait fallu qu'il y renonce ?

Non, c'était trop lui demander. Il ne pouvait tout simplement pas.

Aussi connaissait-il déjà la réponse lorsqu'il avait pénétré dans la chambre de Margriet.

Du moins le croyait-il…

Mais la vue de la robe de nonne posée sur une chaise avait réveillé la colère qui sommeillait en lui. C'était avec ces oripeaux qu'elle l'avait trompé !

Aussi bouillait-il littéralement de fureur quand la jeune femme avait ouvert les yeux pour le regarder.

Comment avait-elle pu se défier de lui à ce point ?

Hors de lui, il avait préféré quitter la pièce que de faire quelque chose qu'il aurait regretté après coup. Il lui parlerait plus tard, quand sa colère se serait un peu apaisée.

C'était alors qu'elle l'avait suivi.

Pas seulement suivi — elle s'était littéralement jetée dans la gueule du loup.

Ce qui avait commencé comme une simple façon de lui démontrer à quel point elle avait eu tort de ne pas lui confier son honneur avait dégénéré au premier baiser. Au lieu de se débattre ou de crier, Margriet s'était instantanément alanguie sous son toucher.

Au début, il entendait seulement la railler pour ses mensonges. Il voulait lui démontrer qu'il était parfaitement capable de la conduire jusqu'à l'extrême bord de la volupté, sans dépasser la limite qu'il s'était fixée.

Et il y serait parvenu si elle ne s'était mise à gémir de volupté sous ses caresses — si son corps tout entier ne s'était offert, dans l'impatience de se fondre avec le sien.

Puis au dernier moment, alors qu'il venait de décider qu'il était prêt à tout lui offrir et à se battre pour qu'ils aient un avenir ensemble, c'étaient ses mensonges à elle et non sa propre conscience qui l'avait arrêté.

Car il y avait eu pire que ce déguisement de nonne. Une tromperie plus terrible encore.

Elle portait l'enfant d'un autre en elle.

Immobile sur son cheval, il prêta l'oreille aux sons de la nuit, en essayant de reprendre pied dans le maelström de ses pensées.

Quel genre de femme était-elle donc pour agir ainsi, au nom du ciel ?

Le hululement des hiboux ne lui apporta pas la réponse dont il avait besoin, pas plus que le cri des autres prédateurs qui chassaient dans la nuit.

Sans doute ne saurait-il jamais.

Elle avait voulu que quelque chose les sépare à jamais et elle était parvenue à ses fins.

A présent, il n'avait plus qu'un objectif — accomplir son devoir en la ramenant à son père. Il savait que Gunnar allait avoir fort à faire pour résoudre le problème de cette fille élevée au couvent et qui lui revenait enceinte. Sa diplomatie et son art consommé de la négociation allaient être mis à rude épreuve !

L'attention de Rurik fut à cet instant attirée par une lueur vacillante qui se déplaçait dans la grande salle de la demeure. Il la revit ensuite à une fenêtre du premier et compris que Margriet avait regagné sa chambre.

Un sentiment de culpabilité l'envahit à la pensée qu'il l'avait abandonnée nue sur le sol du cellier, à l'endroit même où elle était couchée lorsqu'elle lui avait révélé son dernier secret.

Il s'était enfui, ce dont il n'était pas très fier, déchiré entre deux impulsions contradictoires — la reprendre dans ses bras ou la secouer jusqu'à ce que mort s'ensuive pour s'être ainsi jouée de lui.

Maintenant qu'il s'était en partie calmé, il était à peu près sûr qu'il ne lui aurait pas fait de mal, n'ayant jamais levé la main sur une femme. Mais sur le coup, la découverte de sa perfidie, ainsi révélée au pire moment, lui avait littéralement fait perdre l'esprit et il avait craint de se porter à quelque extrémité.

Aussi avait-il préféré quitter la maison.

Avec un soupir, il rassembla ses rênes et se dirigea vers les gardes, auxquels il donna ses ordres pour le lendemain matin. Il ne voulait pas passer la nuit ici, dans la même maison qu'elle. Il dormirait quelque part entre le domaine et la ville et enverrait un de ses hommes veiller sur Margriet à sa place.

Demain, le navire prendrait la mer avec la marée et les emmènerait tous vers leur destin.

Il se maudit à voix basse d'avoir pu penser un seul instant que celui de Margriet et le sien auraient pu se rejoindre.

Chapitre 16

Le soleil brillait par intermittence entre les nuages, et le vent les poussait vers le nord. Pour une fois, ils voyageaient dans des conditions favorables, et le navire voguait sans à-coups sur les vagues. Dans une heure ou deux, ils longeraient l'île de Hoy, comme l'appelaient les Ecossais, puis ils accosteraient près d'Orphir et feraient le reste du trajet à dos de cheval.

Bientôt, elle serait de retour dans la maison de son père. Elle savait qu'un messager avait été envoyé en avant pour annoncer leur arrivée.

Rurik s'était arrangé pour leur réserver un passage sur un bateau privé, si bien que leurs hommes étaient les seuls passagers à bord, avec bien entendu les matelots qui pilotaient le navire.

Mais même ainsi, elle avait l'impression d'être entourée d'étrangers.

Ce matin-là, un Donald morose lui avait jeté un paquet de vêtements en évitant son regard.

— Préparez-vous, avait-il ordonné sèchement.

Puis il n'avait plus échangé un seul mot avec elle tandis qu'ils chevauchaient vers Thurso, ni ensuite lorsqu'ils avaient pris la route du port.

Après ce qui s'était passé la veille, même ses retrouvailles avec Elspeth n'eurent pas la chaleur escomptée.

La jeune fille lui expliqua qu'après leur départ de l'auberge Sven et elle avaient gagné tout droit la ville la plus proche, afin d'y trouver un prêtre qui consente à les unir.

— Et maintenant, c'est chose faite. Les parents de Sven seront mis devant le fait accompli, et que pourront-ils faire ? Sven est certain qu'ils nous feront bon accueil.

Elspeth semblait si radieuse, avec son aura d'amoureuse comblée, que Margriet n'eut pas le cœur d'émettre le moindre doute à ce sujet. .

A quoi bon ? Quelques mois plus tôt, à l'époque où elle se croyait amoureuse, elle non plus n'aurait pas écouté la voix de la raison. Alors inutile de gaspiller sa salive dans une discussion stérile !

Cela ne l'empêchait pas d'apprécier la compagnie d'Elspeth, et elle était reconnaissante à Rurik d'emmener les deux nouveaux mariés avec eux. Mais ses essais de conversation avec une jeune femme visiblement si heureuse moururent d'eux-mêmes quand elle le vit monter enfin à bord.

Il était arrivé après tout le monde, et en dehors d'un bref échange avec le capitaine, puis avec Sven, il n'adressa la parole à personne. Dès que le navire avait quitté le port, il était allé se camper à la proue, tout seul, le visage tourné vers le nord.

Et maintenant, après trois heures de traversée, il se tenait encore là, dans la même position. Margriet, elle, s'était installée à la poupe, enveloppée par la brise marine qui la rafraîchissait et calmait sa nervosité.

Dût-elle vivre cent ans de plus, elle n'oublierait jamais le regard qu'elle avait lu dans les yeux de Rurik quand il avait appris qu'elle était enceinte.

Le regard d'un homme qui se sentait trahi.

Et pire encore, elle savait que cette faute-là allait désormais peser sur ses épaules, ajoutant à son fardeau déjà si lourd.

Peu importaient les raisons pour lesquelles elle avait agi ainsi. L'enfer était pavé de bonnes intentions, disait souvent mère Ingrid. Tout ce qui comptait, c'était qu'elle avait amené Rurik à lui offrir tout ce qu'il possédait … et l'avait rejeté.

Aucun homme ne pouvait recevoir un coup pareil à son amour-propre et pardonner ensuite. Même avec ce sens inné de l'honneur dont elle le savait pourvu, il ne pouvait passer par-dessus une telle offense.

Son cœur se serra douloureusement à cette pensée. Elle n'avait plus qu'une idée à présent — lui dire toute la vérité et l'assurer qu'il n'était en rien responsable de qui s'était passé entre eux. Mais comment lui dire cela, quand la distance qui les séparait croissait d'instant en instant, plus profonde que l'océan sur lequel ils voguaient ?

Les falaises rouges de Hoy se dressaient déjà sur l'horizon et elle comprit qu'elle n'avait plus beaucoup de temps. Bientôt, le bateau mettrait le cap vers l'est, louvoyant entre les îles pour gagner Orphir.

Ignorant les hommes dont le visage fermé exprimait la réprobation, elle se tourna vers l'endroit où se tenait Rurik. Elle fit quelques pas vers lui en retenant ses cheveux, dont les nattes laissaient échapper des mèches folles qui volaient au vent.

Comme elle se frayait un chemin vers lui, la désapprobation des hommes se fit explicite et des sarcasmes fusèrent ici et là, dont elle perçut des bribes.

— Tiens, elle n'a pas remis sa robe de nonne !

— Les petites demoiselles craignaient pour leur vertu, c'est cela ?

— Bien entendu, nous ne sommes pas dignes de leur confiance ! De vraies bêtes, n'est-ce pas ?

Visiblement, ils les prenaient, Elspeth et elle, pour deux nigaudes qui avaient cru bon de se déguiser pour protéger leur vertu. Margriet remercia mentalement Rurik de ne pas leur en avoir révélé davantage. Après tout, il aurait pu leur dire toute la vérité, et la nouvelle de son déshonneur se serait répandue partout dès qu'elle aurait posé le pied à terre. Même à présent, il continuait à la protéger !

Elle n'avait parcouru que quelques mètres, luttant contre la houle qui faisait tanguer le navire, quand Sven devina ses intentions et lui bloqua le passage.

— Si j'étais vous, milady, je ne l'approcherais pas.

Il baissa la voix pour que les autres n'entendent pas.

— Il ne veut parler à personne.

— Je m'en doute, Sven. Mais ce n'est pas cela qui va m'arrêter.

Il secoua la tête.

— Ma sœur… euh… milady, je ne peux pas vous garantir que…

Elle n'entendit pas le reste de la phrase, mais l'expression de Sven était assez éloquente en elle-même.

Margriet posa une main sur son bras.

— Il ne me fera pas de mal, Sven, n'ayez crainte.

— Aussi n'est-ce pas pour vous que je m'inquiète.

Elle le dévisagea, perplexe.

— Que savez-vous exactement ? Que vous a-t-il dit ?

— Vous le connaissez suffisamment pour savoir qu'il ne dira rien à quiconque, riposta-t-il dans un chuchotement furieux. Mais il suffit de le regarder pour voir quels ravages vous avez produits avec vos mensonges !

Margriet cilla. Le courroux de Sven la surprenait d'autant plus qu'il s'était montré affable pendant tout le voyage, jouant même le rôle de boute-en-train parmi les hommes. Qu'il soit capable d'émotions profondes ne l'étonnait pas, après la façon chevaleresque dont il avait enlevé et épousé Elspeth. Mais tout de même…

— Ce sont précisément ces ravages que je voudrais réparer, Sven. Laissez-moi passer, s'il vous plaît.

Il hésita. Puis il fit une sèche inclination de tête et s'écarta de mauvaise grâce.

Le cœur de Margriet se mit à battre la chamade, tandis qu'elle parcourait la courte distance qui la séparait de la proue.

Enfin, elle s'arrêta à quelques pas de lui et chercha désespérément par où elle allait bien pouvoir commencer.

— Sven ! cria Rurik d'une voix retentissante.

Le jeune homme écarta Margriet et se pencha vers Rurik pour entendre ce qu'il avait à lui dire. Tous deux échangèrent force chuchotements pendant quelques minutes. Puis Sven tourna les talons et s'éloigna avec un geste excédé.

— Je ne suis pas votre valet, Rurik. Si vous voulez qu'elle s'en aille, chassez-la vous-même !

Mais Rurik ne la regardait toujours pas et ne faisait même pas mine de lui adresser la parole.

Comprenant qu'il ne le ferait pas, elle hasarda un pas de plus, puis un autre, jusqu'à ce qu'elle soit assez près pour tendre la main et lui toucher le dos… si elle osait.

— Rurik, je…

Il ne se retourna pas, mais sa voix s'éleva, farouche.

— Allez-vous-en, lady Margriet !

— Pas question !

— Si vous avez le moindre grain de bon sens…

— Apparemment, je n'ai même pas celui que Dieu accorde à un bovidé, si j'en crois Donald. Il a une opinion très arrêtée sur les femmes et n'en a pas fait mystère avec moi.

— S'il vous plaît, Margriet. Eloignez-vous !

— Non, répondit-elle fermement.

Cette fois, elle posa une main entre ses omoplates, décidée à aller jusqu'au bout.

— Il faut que je vous dise la vérité, Rurik.

Il chassa sa main d'un haussement d'épaules, comme il aurait fait avec un insecte importun.

— La vérité ? Je l'ai sentie hier soir sous mes doigts. Qu'y a-t-il d'autre à dire ?

Elle vit sa main se crisper sur le bastingage.

— Si vous vouliez bien m'écouter, je vous dirais que j'ai été une jeune fille naïve qui a cru aveuglément les premiers mots d'amour qu'elle ait entendus depuis bien des années.

Elle adressa ces paroles à son dos, car il se tenait obstinément détourné.

— Je vous dirais que j'ai péché gravement et n'ai pas trouvé d'autre façon de m'en tirer que le mensonge.

Elle sentit les larmes lui monter aux yeux, tandis qu'elle luttait pour trouver ses mots.

— Et je vous dirais aussi que si j'avais rencontré d'abord un homme comme vous, j'aurais su faire la différence entre l'amour et le désir, le jour où j'y aurais été confrontée.

Le navire avait viré de bord et le vent lui cinglait le visage à présent, mais ce n'était pas de là que venaient ses larmes. Si elle pleurait, c'était parce qu'elle comprenait à quel point elle avait été stupide de succomber à des promesses attractives et à de belles paroles.

Elle avait donné son corps et son honneur à un homme pour la seule raison qu'il avait su lui dire ce qu'il fallait au bon moment. Et à présent, elle devait payer le prix de sa faute.

Mais surtout, elle avait profondément blessé quelqu'un qui n'avait rien à voir dans tout cela.

— Pardonnez-moi de ne pas vous avoir fait confiance, Rurik. Car si je m'étais fiée à vous…

Elle songea un instant à ce que ce voyage aurait pu être, puis aux conséquences de sa méfiance et de son manque de franchise.

Elle avait entraîné Rurik dans quelque chose qui avait échappé à leur contrôle.

— Je… je vous en prie.

Les sanglots montaient du plus profond d'elle à présent, l'empêchant d'en dire davantage. Elle pressa son poing contre sa bouche pour étouffer son désespoir, tout en s'accrochant au bastingage pour ne pas tomber.

Lorsqu'elle sentit qu'elle pouvait de nouveau articuler quelques mots, ce fut pour demander :

— Qu'allez-vous faire à présent ?

Il se tourna enfin vers elle pour lui faire face, mais sans rencontrer son regard. Les yeux fixés sur la mer, il répondit d'un ton morne :

— Accomplir mon devoir envers Gunnar, puis retourner auprès de mon père.

Oui, bien sûr… Margriet avait oublié qu'ils avaient été tous deux rappelés par leurs géniteurs respectifs. « Le fils prodigue », avait dit Rurik en parlant de lui-même.

— Et vous, Margriet, qu'allez-vous faire ?

Ce qu'elle allait faire ? Elle n'y avait même pas songé depuis que tout s'était écroulé autour d'elle, et encore moins depuis qu'elle était tombée amoureuse de lui.

En fait, il n'y avait qu'une chose à faire.

— Je vais dire la vérité à mon père et m'en remettre à lui. Qui sait ? Peut-être trouvera-t-il que Finn est un parti convenable pour moi.

Rurik fronça les sourcils.

— Finn ?

Son regard tomba sur le ventre de Margriet et il hocha la tête.

— Ah oui, l'homme…

Mais le pli demeurait entre ses sourcils. Ils se tinrent un instant l'un devant l'autre à se regarder. Margriet savait que c'était peut-être la dernière fois qu'elle pouvait s'entretenir en privé avec lui.

— J'espère que vous trouverez dans votre cœur assez de mansuétude pour me pardonner, Rurik. Peut-être pas maintenant, quand le souvenir de ce que j'ai fait et de la façon dont je vous ai trompé est encore si frais. Mais peut-être plus tard, quand il se sera un peu effacé de votre mémoire.

Elle attendit un instant sa réponse. Voyant qu'il ne disait rien, elle fit demi-tour et retourna à l'arrière du bateau, où Elspeth l'observait. Incapable d'affronter quiconque en cet instant, elle baissa la tête et rabattit son capuchon sur son visage. Si elle avait éprouvé la moindre joie à l'idée de retourner chez elle après si longtemps, ce bonheur était complètement obscurci par la souffrance qui lui déchirait le cœur.

Mais après tout, c'était son châtiment pour tous les péchés qu'elle avait commis, et elle pria pour avoir la force de l'accepter ainsi.

*
* *

Rurik voulut s'empêcher de se retourner, mais ce fut en vain, comme chaque fois que Margriet et les injonctions de la raison se livraient bataille en lui.

Après tout, il était de son devoir de veiller à sa sécurité et à son confort. C'est du moins ce qu'il se raconta en la suivant du regard pour s'assurer qu'elle avait repris sa place auprès d'Elspeth. Puis il se tourna de nouveau vers la proue, fouetté par les embruns et le vent marin. Les paroles de Margriet l'avaient affecté plus qu'il ne voulait l'admettre. Mais ce qui le préoccupait le plus, c'était ce nom.

Finn.

Bien que ce fût un prénom assez répandu en Norvège et aux Orcades, il ne connaissait qu'une personne nommée ainsi. Pas le diminutif, mais le nom entier.

Thorfinn.

Son demi-frère refusait de répondre quand on l'appelait simplement « Finn », trouvant sans doute le vocable trop familier pour lui.

Son demi-frère, qui était aussi le fils légitime et l'héritier de son père. L'enfant de la première épouse d'Erengisl, celle qui avait causé la disgrâce de la mère de Rurik et l'avait fait exiler en Ecosse.

Il ne pouvait pas y avoir le moindre rapport, il le savait. Thorfinn ne quittait jamais le château de son père, fier de l'honneur et de la légitimité que lui conférait sa naissance. Non, il n'y avait pas de rapport, se répéta-t-il, malgré l'étrange pressentiment qui s'était emparé de lui.

Le regard errant du nord à l'est, il regarda les terres de son pays natal défiler devant lui. Les falaises abruptes et le sol montueux de Hoy, les douces collines de l'île principale et les îlots dans le lointain.

Le lieu de leur destination était Orphir, résidence des comtes d'Orkney, où son père possédait un manoir, tout comme Gunnar. Ils avaient pensé qu'après tant d'années de séparation, la discrétion était de mise pour les retrouvailles du père et de la fille. Margriet aurait ainsi le temps de s'acclimater avant de s'immerger de nouveau dans la vie de la cour.

Gunnar ne savait pas encore à quel point cette décision était judicieuse. Et Margriet n'était même pas au courant.

Le vent étant favorable et la mer très calme, leur voyage fut rapide et ils arrivèrent à Orphir juste avant le coucher du soleil.

Lorsqu'ils eurent jeté l'ancre dans le port, Rurik envoya ses hommes chez son père. S'il en croyait les missives reçues à Thurso, le comte Erengisl résidait à Kirkvaw après avoir quitté ses terres suédoises pour ce séjour dans les Orcades. Rurik aussi pourrait y prendre quelques jours de repos avant de se jeter dans le tourbillon de présentations, préparatifs et obligations diverses qui risquaient d'être désormais son lot.

Margriet et lui échangèrent peu de paroles, tandis qu'il la conduisait à la maison de son père. Mais il ne put s'empêcher d'observer qu'elle semblait de plus en plus nerveuse au fur et à mesure qu'ils approchaient. Quoi de plus normal ? Elle n'avait pas revu son père depuis son enfance, et peut-être ne se souvenait-elle même pas de lui.

Bien que sa dernière rencontre avec Gunnar remontât déjà à plusieurs années, Rurik n'avait pas oublié cet homme qui s'était montré si bon pour lui à l'époque difficile où sa mère était tombée en disgrâce. Peu de gens l'avaient alors soutenu dans cette sordide histoire, qui s'était terminée par son exil en Ecosse et le remariage d'Erengisl avec la fille du vieux comte des Orcades, union qu'il avait acceptée pour complaire au roi. A ses yeux, les sentiments personnels n'entraient plus en ligne de compte, dès lors qu'il s'agissait de plaire au souverain.

— C'est un homme de bien, Margriet. Vous pouvez avoir confiance en son jugement, lui chuchota-t-il, tandis qu'un serviteur accourait vers eux pour tenir leurs chevaux.

Rurik aida la jeune femme à mettre pied à terre. Sans doute était-ce la dernière fois qu'il lui rendait ce service.

Les mains de Margriet étaient agitées d'un tremblement

et elle semblait pâlir un peu plus à chaque pas. Parvenue près de la porte, elle s'arrêta et leva les yeux vers lui. Il lut la panique dans ses yeux et craignit qu'elle ne s'évanouisse pour de bon.

— Je ne peux pas, Rurik.

Elle recula d'un pas comme si elle allait s'enfuir. Rurik lui saisit les mains pour la retenir.

Puis il lui répéta les premiers mots qu'elle lui avait dits lorsqu'elle lui avait révélé son identité devant les murs du couvent.

— Vous n'êtes pas n'importe qui. Vous êtes Margriet Gunnarsdottir. N'oubliez jamais cela.

Elle prit une profonde inspiration et acquiesça d'un hochement de tête.

L'un des battants s'ouvrit à cet instant et un homme d'âge mûr apparut sur le seuil. Margriet laissa tomber son capuchon sur ses épaules pour s'avancer vers ce père dont elle avait tout oublié.

Gunnar ne put retenir une exclamation à sa vue et elle sentit de nouveau les larmes déborder de ses yeux.

— Margriet, mon Dieu ! Je ne m'attendais pas à ce que vous ressembliez autant à votre mère. Vous êtes devenue une beauté comme elle. Je n'arrive pas à en croire mes yeux !

Il lui ouvrit les bras, et Margriet, après une courte hésitation, se laissa étreindre et embrasser.

C'était un bon début, songea Rurik en les suivant dans la maison. Il regarda Gunnar s'affairer et héler ses serviteurs, visiblement soucieux du confort de sa fille. La chaleur de cet accueil, après une si longue séparation, le surprit et l'émut. De toute évidence, Margriet serait bien traitée. Et on pouvait faire confiance à Gunnar — sans doute prendrait-il la nouvelle de sa grossesse avec sagesse.

Rurik se tint à l'écart pendant que Gunnar présentait sa fille à la maisonnée. Margriet s'en tirait fort bien pour quelqu'un qui avait failli se trouver mal quelques instants plus tôt. D'abord, elle jeta vers lui de fréquents coups d'œil, puis de moins en moins, tandis que Gunnar la réintroduisait dans ce lieu et cette famille qu'elle avait quittés depuis plus de dix ans.

Le maître de maison se souvint alors de lui et s'avança, les mains tendues.

— Je ne vous ai pas encore dit à quel point c'est bon de vous revoir, Rurik.

— C'est bon aussi de vous revoir, Gunnar.

— Margriet a tellement grandi que je ne l'aurais pas reconnue. Mais vous aussi vous avez changé. Quel bel homme vous êtes à présent ! Si grand et si fort !

Gunnar n'était pas petit lui-même, mais Rurik, qui avait beaucoup grandi depuis leur dernière rencontre treize ans plus tôt, le dominait à présent de toute la tête.

Rurik serra chaleureusement la main qu'il lui offrait.

— Merci de me l'avoir ramenée saine et sauve, reprit Gunnar.

— Je suis honoré que vous m'ayez confié cette mission, Gunnar. Vous avez toujours été un véritable ami pour ma mère et pour moi.

Gunnar jeta un coup d'œil vers Margriet, qui bavardait avec son ancienne nourrice. Il sourit, heureux de voir que ces retrouvailles se passaient aussi bien.

— Votre père a-t-il été informé de votre arrivée ?

— J'irai le voir demain matin. Je n'étais pas certain que nous arriverions avant la nuit. Comment va-t-il ?

— Bien. Mais il ne tient pas en place, comme toujours, répondit Gunnar en lui assenant une tape amicale sur l'épaule.

C'était celle que Margriet avait recousue récemment et Rurik réprima une grimace.

— Votre retard a mis sa patience à rude épreuve, car il avait espéré que vous arriveriez avant l'été.

Gunnar baissa la voix pour ajouter :

— Vous savez où en sont les choses entre le roi et ses fils. Votre père a accepté de participer aux négociations avant la fin de l'année.

— C'est ce que disait sa lettre.

— Il voudrait que vous soyez installé avant qu'il ne quitte la Norvège.

Rurik hocha la tête. Il comprenait mieux l'impatience de son père à présent.

— Les retards n'étaient pas intentionnels, assura-t-il avec un brin de mauvaise foi.

Car si les obstacles rencontrés sur la route n'étaient pas de son fait, ses premiers atermoiements l'étaient bel et bien…

— Allons, Rurik, il y a longtemps que je vous connais. Pour vous faire revenir, il fallait vous appâter avec autre chose que de simples mots.

Gunnar eut un petit rire.

— C'est pourquoi j'ai conseillé au comte de vous envoyer l'épée et les bracelets. Entre nous, ce cadeau n'a-t-il pas un peu influé sur votre décision ?

Ce fut au tour de Rurik de s'esclaffer. Il aurait dû reconnaître la marque de Gunnar dans tout cela, depuis le premier message jusqu'au dernier.

— Oh, si, Gunnar. J'ai commencé à prendre la proposition de mon père au sérieux quand l'épée est arrivée. C'était la première fois que je la voyais hors de son château de Hultaby.

— Je lui ai assuré que vous réagiriez ainsi.

— C'est donc votre main qui est derrière cette réconciliation ?

Margriet revint vers eux, mettant fin à leur échange. Mais Rurik comptait bien reprendre cette conversation avant de rencontrer Erengisl.

— Vous connaissiez donc mon père ? s'étonna Margriet. Je l'ignorais.

— Je l'ai connu quand j'étais un jeune garçon et vivais encore avec mon père, expliqua-t-il.

Il la regarda avec appréhension. Comment allait-elle réagir en découvrant qui il était ? Mal, probablement…

— Et nous allons travailler ensemble pour votre père, à présent que vous êtes de retour, compléta Gunnar.

Il fallut un instant à Margriet pour comprendre la portée de cette phrase.

— Vous connaissez… son père ? demanda-t-elle à Gunnar, sans quitter Rurik des yeux.

— J'ai l'honneur de travailler pour lui, Margriet. Vous savez que je suis au service du comte Erengisl. Et maintenant, je servirai aussi son fils Rurik.

Rurik vit le visage de Margriet s'empourprer et ses lèvres se gonfler de colère. Visiblement, elle venait de comprendre qu'il l'avait trompée sur sa condition.

S'il l'avait fait, c'était en partie pour la ménager, afin qu'elle n'aille pas s'imaginer qu'elle n'était pas assez bonne pour lui. Mais c'était aussi pour se protéger lui-même. A voir l'expression de Margriet en cet instant, il était évident que c'était là une raison qu'elle n'était pas prête à comprendre.

Dans la bataille, il avait appris que parfois la chose la plus prudente à faire était de battre en retraite et de reprendre le combat un autre jour.

Ce fut la tactique qu'il adopta.

— Si vous voulez m'excuser à présent, dit-il en s'inclinant devant Gunnar.

Margriet fut réduite au silence, mais il savait que ce n'était que partie remise. Et il se doutait bien qu'il aurait des explications à lui fournir le moment venu !

Chapitre 17

Rurik emprunta le long couloir menant à la salle des réceptions où l'attendait son père. Il aurait préféré une entrevue moins formelle et surtout moins publique, mais il n'avait pu retarder plus longtemps le moment des retrouvailles. On lui avait dépêché des messagers à Orphir, le priant de se rendre tout de suite à Kirkvaw où son père requérait sa présence.

Quand le comte des Orcades envoyait un tel message, personne ne s'avisait d'ignorer l'injonction, pas même son fils.

Aussi s'avançait-il, encadré par Sven et Magnus et suivi de ses Ecossais, vers l'homme qui l'avait rejeté quelque treize ans plus tôt.

Tout en marchant, il examinait les alentours. Erigé quelques années plus tôt, le château se distinguait par son style élégant mais sobre. Il différait en cela des autres résidences d'Erengisl, dont le luxueux décor témoignait de la richesse et du pouvoir du maître des lieux. Cette demeure-ci, au contraire, était parfaitement adaptée à la ville et au contexte insulaire.

Ils atteignirent enfin la porte de la grande salle et s'arrêtèrent, conformément à la coutume, jusqu'à ce qu'on les introduise auprès de lord Erengisl.

Rurik retint son souffle, conscient qu'il pouvait trébucher sur une pierre d'achoppement dès ces premiers instants. Se redressant de toute sa taille, il attendit le moment d'être appelé.

Enfin, le chambellan lui adressa un signe de tête et Rurik

entendit s'élever la voix sonore du héraut, qui résonna d'un bout à l'autre de la salle.

— Rurik, fils d'Erengisl, veuillez entrer.

Rurik s'avança, le visage éclairé d'un involontaire sourire, vers ce père qui s'apprêtait à l'accueillir. Il attendait cet instant depuis tant d'années, il l'avait tant désiré au fond de son cœur qu'il craignait à présent de le voir s'enfuir trop vite. Il entendit plusieurs personnes chuchoter sur son passage, mais il n'avait d'yeux que pour l'estrade où était dressé le grand fauteuil seigneurial.

Puis il vit l'homme installé sur le siège.

Son père avait bien vieilli, semblait-il, et n'avait rien perdu de sa vigueur d'antan. Une autorité silencieuse émanait de sa personne et il resta immobile tandis que Rurik gravissait les degrés de l'estrade et s'arrêtait à quelques pas de la chaire.

Après avoir croisé le regard vert et profond de son père, il posa un genou à terre et inclina la tête avec respect. Puis il resta ainsi jusqu'à ce qu'Erengisl se lève et s'approche de lui, le bras tendu.

Rurik prit la main que lui offrait son père et se releva. Quelques secondes s'écoulèrent et il eut l'impression que tout le monde dans la salle retenait son souffle. Puis Erengisl l'attira vers lui dans une étreinte à lui couper la respiration et l'assistance laissa échapper une salve de vivats enthousiastes pour saluer la réconciliation.

Lorsque son père l'eut enfin relâché, Rurik fit signe à ses amis d'approcher et les présenta un à un.

— Bienvenus à ma cour, leur dit Erengisl avec chaleur. Ma maisonnée est heureuse de vous accueillir.

Il fit monter Rurik sur l'estrade et lui désigna un jeune homme qui se leva à son approche. Rurik reconnut aussitôt son demi-frère Thorfinn.

Bien qu'il eût les cheveux châtains comme sa mère Magnilda, la première épouse d'Erengisl, Thorfinn avait la haute stature de son père. Plus jeune que Rurik d'un an, il portait dans ses veines l'un des sangs les plus nobles du pays. Mais au moment de sa naissance, la mère de Rurik était restée la favorite d'Erengisl, qui n'avait pas eu le cœur de se séparer d'elle.

Peut-être cela expliquait-il le peu d'empressement que mit Thorfinn à accueillir le nouveau venu après tant d'années de séparation.

— Mon frère…

Il avait prononcé ces mots d'un ton affable, mais Rurik ne fut pas dupe. Si Thorfinn se montrait aimable, c'était parce qu'il se savait observé.

— Bienvenu à la maison, ajouta-t-il en lui tendant la main.

Comme ces paroles avaient dû lui coûter !

Les choses s'étaient mal terminées entre les deux frères lorsque Erengisl s'était remarié avec Agnes, son actuelle épouse, sur la requête du roi. C'était alors qu'il avait écarté la mère de Rurik, avec laquelle il entretenait une liaison depuis de nombreuses années. Elle avait été l'épouse de son cœur avant et même pendant son union avec Magnilda. Mais pour les hommes de sa caste, le mariage n'était pas basé sur l'amour ni même sur la capacité d'engendrer des héritiers. Il était uniquement une façon d'accroître sa fortune et son pouvoir.

A la fin, Erengisl avait été contraint d'abandonner Moireach et le fils qu'elle lui avait donné, sous peine de déplaire à son souverain. Thorfinn, alors âgé de quatorze ans, avait accueilli avec joie cette décision et avait juré qu'il ne partagerait jamais l'héritage de son père avec le fils de la catin écossaise.

En le voyant à présent à son côté, Rurik se demanda quel était le prix de sa complaisance.

Il n'en accepta pas moins la main tendue, qu'il serra dans la sienne. L'expression satisfaite de son père n'échappa pas à son regard. Apparemment, Erengisl tenait à ce que la réconciliation se fasse aussi entre ses deux fils.

Thorfinn se pencha vers son demi-frère et baissa la voix

jusqu'au murmure, afin que personne d'autre ne saisisse le sens de ses paroles.

— Ainsi, le fils de la catin a fini par revenir !

Rurik jugea plus sage de faire celui qui n'avait pas entendu, bien qu'il eût le plus grand mal à se contenir. Mais à quoi bon répondre à l'insulte par l'insulte ?

— Je vous remercie de votre bon accueil, mon frère, ironisa-t-il.

— Venez, dit Erengisl. Je veux vous présenter mes conseillers.

Rurik suivit son père dans la salle voisine, une vaste pièce qui servait apparemment de salle de réunion. Une douzaine d'hommes leur emboitèrent le pas et prirent place autour de la longue table placée devant le foyer. Lorsque les serviteurs eurent servi le vin et l'ale, Erengisl présenta un par un les membres du conseil.

Seul Gunnar n'était pas là.

— Il nous rejoindra demain, assura Erengisl. Venez donc vous asseoir près de moi, Rurik. Il faut que nous discutions de la situation du roi Magnus.

Rurik s'installa sur le siège désigné par son père et vit que des parchemins étaient déjà disposés sur la table devant lui.

Erengisl le vit hausser les sourcils.

— C'est d'habitude la place de Thorfinn, expliqua-t-il. Mais n'ayez crainte, il ne se formalisera pas si vous occupez sa chaise pendant que je vous explique les subtilités des négociations en cours.

La lueur mauvaise que Rurik vit briller dans les yeux de son frère démentait ces paroles. De toute évidence, le jeune homme comptait lui faire payer cher cet outrage. Mais une fois de plus, il dissimula ses véritables sentiments sous une amabilité de commande.

— Bien sûr que non, père. Je suis heureux d'aider de toutes les façons possibles.

Rurik le dévisagea sans mot dire. Il connaissait ce genre d'homme. Le genre à cacher ses motivations et ses objectifs sous une façade polie et à attaquer dans l'obscurité, plutôt qu'à la lumière du jour. Impossible de savoir d'où viendrait le coup, mais on pouvait être certain qu'il y en aurait un.

Décidément, il faudrait qu'il parle à Gunnar de Thorfinn, dès que le conseiller arriverait à Kirkvaw.

Les discussions se poursuivirent la plus grande partie de la journée, interrompues seulement par un en-cas de nourriture et de vin.

Quand elles s'achevèrent enfin, la nuit était tombée et Erengisl invita son fils à dîner en privé avec lui. Ils allaient enfin pouvoir s'entretenir d'homme à homme, de père à fils. Après la réception publique et la réunion, Rurik attendait avec impatience cette occasion de parler un peu avec son père.

L'un après l'autre, leurs compagnons se retirèrent et ils se retrouvèrent seuls.

— Vous êtes différent de ce à quoi je m'attendais, Rurik, dit Erengisl en lui tendant une coupe de vin. La dernière image que j'avais gardée de vous, c'était celle d'un garçon brandissant furieusement le poing, tandis que Gunnar vous entraînait hors de la grande salle. Vous vous souvenez ?

Oh, oui, Rurik se rappelait bien cet épisode ! Sa mère venait d'être écartée après qu'on lui eut promis le mariage, et bien entendu, il avait pris son parti. Il ne se rappelait pas qu'elle le lui ait demandé. Mais à cet âge ombrageux où le moindre regard de travers est pris pour une offense et un défi à l'honneur, il n'avait pas hésité à se ranger de son côté, non sans virulence.

— Je m'en souviens très bien, déclara-t-il. Ma mère venait d'être renvoyée alors que vous lui aviez juré de l'épouser après la mort de votre première femme.

Il avala quelques gorgées de vin avant d'ajouter :

— Cela en valait-il la peine ?

Erengisl parut embarrassé.

— Votre mère a très bien compris, Rurik. Elle était assez intelligente et généreuse pour cela.

— Ce n'est pas cela que je vous demande. Je veux savoir

si ce que vous avez gagné en échange valait la peine de la renvoyer.

Le regard du comte s'assombrit et il parut tout à coup plus âgé. Sans doute réfléchissait-il à la question. Peut-être songeait-il aussi à la mère de Rurik, cette femme qu'il avait passionnément aimée et qui avait quitté l'île depuis plus de treize ans.

— Le roi a exigé ce mariage, expliqua-t-il enfin. Agnes n'aurait jamais donné son consentement si Moireach avait continué à vivre dans l'une de mes résidences. Je n'avais pas le choix.

Sa voix manquait de la conviction dont il avait fait preuve dans les discussions de l'après-midi. Bien sûr, il ne répondrait pas à la question. Mais Rurik soupçonnait que la réponse aurait été « non ».

Erengisl exhala un soupir.

— Si vous ressentez toujours les choses ainsi, pourquoi avez-vous accepté de revenir, Rurik ? Ce que j'attends de vous, c'est précisément ce que l'on m'a demandé autrefois — vous marier pour sceller une alliance politique.

Rurik vida sa coupe en réfléchissant à la question. Tout de même, il y avait une différence de taille entre sa situation et celle de son père autrefois.

— Moi, je ne suis lié à personne et personne n'a de droits sur moi. Je peux accepter votre offre d'un cœur léger.

Dès qu'il eut prononcé ces paroles, il sut qu'elles étaient un mensonge. En fait, le père et le fils étaient bien confrontés au même problème ! La seule différence, c'était qu'il ne pouvait revendiquer Margriet ni l'enfant qu'elle portait.

Erengisl dut sentir qu'il valait mieux abandonner le sujet, car il conclut par une requête :

— Agnes m'a accompagné ici. Je vous demanderai de lui montrer tout le respect qui lui est dû en tant que comtesse des Orcades… et mon épouse. Après tout, c'est une de ses parentes que je compte vous faire épouser.

Rurik acquiesça d'un hochement de tête. Il n'avait jamais

rencontré cette femme, sa mère et lui ayant été bannis avant qu'elle ne fasse son entrée dans la demeure d'Erengisl. Mais ce que son père lui demandait là n'était rien d'autre qu'un acte de courtoisie.

— Vous avez donc grandi en force et en sagesse depuis que je ne vous ai vu ? s'enquit le comte avec un sourire.

— Seize ans, c'est un âge difficile, répondit seulement Rurik.

Il songea de nouveau à son frère.

— Parlez-moi de Thorfinn. Quel est son rôle auprès de vous ?

— Oh, il n'est jamais satisfait !

— Ce n'est pas forcément une mauvaise chose, si cela l'incite à se dépasser.

— Le problème, c'est qu'il ne gagne rien par lui-même. Il attend tout de moi.

Rurik secoua la tête.

— Père, je ne voudrais pas être un instrument de discorde entre vous.

Il avait longuement réfléchi à cela en soupesant l'offre d'Erengisl.

— Il y a déjà bien assez d'animosité entre nous sans en rajouter.

— Décidément, vous avez mûri, Rurik, fit le comte d'un ton approbateur.

Il se leva de sa chaire.

— J'ai assez de terres pour les partager entre mes deux fils, comme j'ai partagé autrefois avec mon frère. Gunnar m'a conseillé de vous mettre à la tête de mes domaines de Suède, tandis que Thorfinn prendrait en charge les Orcades et mes terres de Norvège.

Surpris, Rurik haussa les sourcils.

— Je croyais que vous n'aviez ici qu'un pouvoir nominal, celui que vous confère votre union avec Agnes.

— Ha ! ha ! commenta Erengisl. Je vois que vous avez étudié la question.

Il semblait satisfait que Rurik ait déjà une certaine connaissance de la situation.

— Ce que vous dites est exact, poursuivit-il. A moins qu'Agnes ne me donne un fils, je n'ai pas de droit héréditaire sur ces terres. Mais elles sont actuellement en ma possession, grâce à mon mariage et à la confiance que veut bien me témoigner le vieux comte. Comme elles sont en territoire norvégien et que je sers ici les intérêts de Magnus et d'Eric, je ne vois pas comment on pourrait me les enlever, du moins de mon vivant.

Rurik comprenait les intentions de son père à présent. Mais il ne savait pas jusqu'à quel point Thorfinn se jugeait lésé par cet arrangement.

Se levant à son tour, il remercia son père pour le repas et s'excusa. Il avait tant écouté, observé et appris en une seule journée que la tête lui tournait. En parcourant les corridors, il remarqua que les serviteurs s'inclinaient sur son passage, tandis que pages et gardes semblaient attendre qu'il leur adresse la parole.

Quelle différence avec la situation qui était la sienne treize ans plus tôt ! Ce qui l'ennuyait le plus, c'était que toutes les aubaines qui tombaient sur sa tête lui donnaient soudain l'envie d'en obtenir davantage. Non pas qu'il fût cupide, au contraire. Mais il avait l'impression que ses rêves les plus fous étaient en train de se réaliser et que tout ce qu'il demanderait lui serait accordé.

Dans l'immédiat, il avait amplement matière à réflexion. En particulier, il lui fallait choisir ses propres conseillers, et il comptait sur l'aide de Gunnar pour cela. S'il souhaitait avoir Sven et Magnus près de lui, il n'était pas aussi sûr de lui pour les trois Ecossais de Lairig Dubh. Son père avait peut-être d'autres candidats à lui proposer, des hommes à qui il souhaitait accorder un honneur ou une petite récompense.

Il enfila enfin le dernier couloir, celui qui menait à son appartement. Il allait lui falloir un certain temps pour entrer dans ses nouvelles fonctions, mais il était prêt à s'y consacrer.

Les pièces qu'on lui avait octroyées étaient spacieuses et confortables, et leurs fenêtres avaient vue sur le port. Une servante avait préparé le lit, allumé un grand feu dans l'âtre et disposé sur la table un pichet d'ale, du pain et du fromage.

Le genre d'attentions auquel il se sentait tout disposé à s'habituer…

— Lady Margriet ? Votre père vous attend et vous demande de bien vouloir vous hâter.

Brynja, la jeune domestique désormais assignée à son service, pénétra dans la chambre de Margriet.

Se hâter ? En fait, Margriet était déjà prête et se tenait assise dans les nouveaux atours que Gunnar avait fait préparer pour elle.

Elle se leva avec un soupir, marcha jusqu'à la porte et aperçut son père par la fenêtre du corridor. Il s'était montré la patience même avec elle, allant jusqu'à lui donner des conseillers pour faciliter son retour dans le monde.

A présent, ils s'apprêtaient à partir pour Kirkvaw, car le comte Erengisl avait ordonné à Gunnar et à ses autres vassaux de se retrouver là-bas pour assister à la présentation de son fils.

Son fils, Rurik.

Margriet serra les poings. Tout ce qu'elle savait, c'était qu'elle ne pourrait pas se retrouver en face de lui sans commettre quelque acte irrationnel. Rurik l'avait trompée sur sa condition réelle, et la découverte de ce mensonge l'avait mise dans tous ses états.

Il fallait absolument qu'elle se calme. Elle ne devait pas lui manifester son ressentiment, surtout en public. A présent qu'elle avait repris sa place auprès de son père et allait renouer avec la famille d'Erengisl, elle ne voulait pas susciter de scandale par ses actions.

Enfin, ses actions présentes. Car elle n'avait pas encore osé révéler son péché à son père.

Ce qui n'allait pas tarder, songea-t-elle en traversant la grande salle pour le rejoindre. Déjà, les couturières et les servantes avaient bien failli découvrir son état quand elles avaient pris ses mesures pour de nouvelles robes et tuniques. Plusieurs de ces vêtements lui bridaient la poitrine, et ses seins étaient devenus si sensibles … Sans compter qu'ils semblaient plus volumineux de jour en jour.

En outre, elle commençait à avoir une démarche disgracieuse, un peu à la façon des canards. L'un des jeunes pages s'était même amusé à l'imiter, comme elle passait près de lui. Et impossible d'y remédier ! Ses hanches se mouvaient ainsi, et elle avait beau redresser le dos, rien n'y faisait.

Pourtant, elle attendait encore pour se confesser à son père, dans l'espoir de retrouver d'abord Finn et de le mettre au courant avant que Gunnar n'apprenne son état. Elle était même allée faire un tour au marché voisin, espérant le trouver parmi les marchands. Mais elle n'avait pas vu trace de lui.

Une peur insidieuse commençait à l'envahir. Et si Finn ne vivait pas ici comme il le lui avait affirmé ? Et s'il n'était pas du tout celui qu'il avait prétendu être, quand ils s'étaient rencontrés à Caithness ?

Son père l'accueillit à la porte et lui désigna les chevaux et les véhicules qui attendaient dans la cour.

— J'avais oublié que les jeunes femmes mettent toujours un temps infini pour se préparer et se pomponner !

Elle ne put réprimer un geste agacé.

— Pardonnez-moi de vous avoir retardé, père. Si vous le souhaitez, vous pouvez partir seul à cheval pour gagner du temps. Je vous retrouverai là-bas.

Gunnar lui tapota la main, conscient de sa nervosité.

— Et me priver du plaisir de vous voir présentée à lord Erengisl et à sa cour ? Vous n'y pensez pas !

Margriet sentit les larmes lui monter aux yeux. Son père s'était montré si gentil et généreux avec elle depuis son retour ! Et tout ce qu'elle allait lui donner en échange, c'était la honte et le déshonneur.

Bien qu'elle passât son temps à chercher Finn, elle craignait d'être reconnue par lui à l'improviste avant qu'elle n'ait eu le temps de tout avouer à son père. Car Gunnar aurait alors à supporter le plus gros du choc en public, devant ceux qu'il respectait et servait.

Et il ne méritait pas cela. Elle savait à présent que s'il l'avait envoyée autrefois au couvent, c'était pour la protéger pendant les années tumultueuses qui avaient suivi la mort du vieux comte, décédé sans héritiers. Et c'était ainsi qu'elle allait le remercier de sa sollicitude et de sa tendresse !

Son père lui avait également expliqué le rôle qu'il avait joué dans le retour de Rurik. C'était lui qui avait pressé lord Erengisl de rappeler son fils, afin de le préparer à prendre en charge les terres paternelles en Suède. Bien que Rurik se considérât en exil, son père n'avait cessé de garder un œil sur lui depuis qu'il l'avait envoyé en Ecosse plus d'une décade plus tôt.

Sur les conseils pressants de Gunnar, il avait été rappelé pour se préparer aux responsabilités qui allaient lui incomber.

Margriet comprenait à présent. Quand Rurik lui avait assuré qu'il ne ferait pas un parti acceptable pour elle, il avait voulu dire qu'elle lui était socialement inférieure, et non le contraire comme elle l'avait alors imaginé. Car les servantes lui avaient appris qu'Erengisl avait un mariage en vue pour son fils — une union arrangée avec une proche parente de son épouse, qui lui assurerait une alliance solide avec la maison royale du Danemark.

Erengisl visait haut pour son fils illégitime. Peut-être pour compenser toutes ces années où Rurik avait été en disgrâce ?

— C'est seulement que je suis un peu perturbée par ce long voyage et nos retrouvailles. Pardonnez-moi, mon père.

Il l'aida à monter dans le chariot et lui tapota la main.

— Une fois à Kirkvaw, vous pourrez vous reposer et prendre le temps de vous habituer à nos façons.

Puis il enfourcha son cheval qu'il mit au pas, afin de rester à côté du chariot.

— Mais pour le moment, lord Erengisl m'a convoqué et nous ne pouvons atermoyer plus longtemps.

— Je comprends, père.

Le trajet jusqu'à la ville allait leur prendre la plus grande partie de la journée. Margriet avait assez de temps devant elle pour réfléchir à tout ce qui s'était passé entre Rurik et elle. Une chose en particulier l'intriguait.

Au moment où il s'apprêtait à lui faire l'amour, il savait déjà qu'elle n'était que la fille de Gunnar. Alors pourquoi lui avait-il offert tout ce qu'il possédait ? Etait-ce seulement pour la séduire, où avait-il vraiment l'intention de renoncer pour elle à tout ce que son père avait projeté de lui donner ?

Margriet ne savait que penser. Et le fait que depuis son arrivée son père n'ait cessé de lui parler de Rurik n'était pas fait pour l'aider. Oh, bien sûr, il s'était poliment enquis d'elle, de son éducation, de la vie qu'elle avait menée au couvent et de tous les détails de son voyage. Mais il en revenait toujours à *lui*.

Lui... Margriet faillit éclater de rire à la pensée qu'elle désignait maintenant Rurik par un pronom, comme le faisait Thora quand elle était en colère.

Apparemment, Rurik était devenu tout ce que son père et Gunnar avaient espéré de lui, et plus encore. Même maintenant, sur la route entre Orphir et Kirkvaw, Gunnar ne pouvait s'empêcher de chanter ses louanges.

Margriet finit par poser la question qui la préoccupait depuis son retour.

— Rurik vient juste de revenir aux Orcades. Alors comment se fait-il que vous le connaissiez si bien, père ? Ce n'est certainement pas avant son exil qu'il a fait montre de tant de sagesse et de jugement !

Gunnar gloussa de rire et secoua la tête.

— Quand il est parti, je sentais déjà quel genre d'homme il allait devenir. Mais il m'a fallu bien des efforts pour en convaincre son père. Le comte a observé de loin son évolution. Au fil des ans, Rurik est devenu un guerrier émérite, un bon conseiller et…

— Un grand séducteur de femmes ?

Gunnar s'esclaffa de nouveau, comme font les hommes chaque fois qu'ils évaluent en ce domaine les talents d'un autre — avec un mélange d'appréciation et d'envie. Si Rurik avait été là, il lui aurait probablement claqué l'épaule avec un clin d'œil complice d'homme à homme.

Margriet avait appris cela en voyageant avec son escorte masculine.

— Cela aussi, semblerait-il.

Cette fois, Margriet le dévisagea avec stupéfaction.

— Et vous lui avez fait confiance pour aller me chercher au couvent, alors que vous n'ignoriez pas sa réputation avec les femmes ?

— Et vous, Margriet, où l'avez-vous apprise ? Sûrement pas auprès des nonnes ?

Elle haussa les épaules.

— Les hommes sont de grands bavards, mon père, vous devez bien le savoir.

Ce fut au tour de son père de tourner vers elle un regard incrédule.

— Je ne peux pas croire que Rurik soit allé vous raconter une chose pareille.

— Oh, non, mon père, il ne m'en a pas parlé. Mais ses compagnons ne se sont pas montrés aussi discrets.

— Rurik a peut-être eu sa part de… d'aventures, Margriet. Mais c'est un homme d'honneur. Je savais que je pouvais me fier à lui pour la sécurité de votre personne.

Paroles malheureuses s'il en fut ! Margriet ne put s'empêcher de revoir sa « personne » allongée sur le sol du cellier, ses membres nus entrelacés à ceux de Rurik dans la fiévreuse étreinte de la passion.

Sa respiration se fit plus courte et une onde brûlante la parcourut au souvenir de sa bouche touchant — non, possédant la sienne, de la caresse de ses mains partout sur son corps, jusque dans…

— Margriet ? Vous ne vous sentez pas bien, fillette ?

La voix de son père brisa cette rêverie ô combien intime et elle porta une main à ses joues cramoisies.

— C'est seulement que… j'ai un peu trop chaud.

Au nom du ciel, il fallait vite qu'elle pense à autre chose ! Elle devait absolument écarter de son esprit cette image du corps nu de Rurik, tout en muscles et en virile puissance.

Dieu merci, quelqu'un appela Gunnar au même instant, détournant opportunément son attention. Margriet laissa revenir ses pensées vers cette fameuse nuit, et une évidence la frappa soudain.

Si elle avait été subjuguée par Rurik au point de tout oublier et de se laisser totalement emporter par la passion, telle une embarcation sur des flots déchaînés, Rurik, lui, n'avait jamais complètement perdu son sang-froid. Bien qu'il fût plein de colère envers elle, son toucher vibrait de désir et de volupté. Et quand elle lui avait demandé de s'arrêter, il avait obtempéré aussitôt.

C'était pour cela qu'elle n'avait jamais eu peur de lui, même à cet instant-là. Car il était indéniable qu'il s'était montré digne de confiance tout au long de ce voyage.

Quand il s'était inquiété de ses malaises.

Quand il l'avait soignée à l'auberge.

Quand il n'avait pas renouvelé leur baiser ravageur, bien qu'elle le désire autant que lui.

Tout cela lui avait surabondamment prouvé qu'il était un homme de confiance. Une qualité dont elle ne lui avait pas été suffisamment reconnaissante…

Occupé à d'autres choses, son père l'abandonna à ses pensées pendant tout le reste du trajet. Elle ne sortit de sa rêverie que lorsqu'ils approchèrent enfin de sa ville natale, qu'elle trouva incroyablement changée depuis la dernière fois qu'elle l'avait vue.

Même si ses souvenirs étaient ceux d'une enfant, elle pouvait voir à quel point la cité avait grandi. Kirkvaw était maintenant le lieu central des Orcades, et même le comte Erengisl y avait fait construire un palais, non loin de la cathédrale St-Magnus qui dominait la ville. C'était d'ailleurs là que Margriet allait habiter, les devoirs de son père nécessitant sa présence constante auprès du comte.

La taille du palais stupéfia la jeune femme. Non seulement Erengisl avait fait faire une grande salle, ainsi que le voulait la coutume des pays nordiques, mais il y avait ajouté trois tours !

Lorsqu'ils eurent franchi le grand portail, Margriet constata que le donjon lui-même comprenait trois étages, la grande salle au plafond voûté étant située tout en haut. La richesse du propriétaire devait sauter aux yeux de tous les visiteurs.

Margriet avait dû laisser échapper une exclamation involontaire, car son père fit entendre un petit rire.

— Apparemment, vous ne vous souveniez pas du palais ?

Et comme elle secouait la tête :

— Impressionnant, n'est-ce pas ? Et ce n'est pas la plus vaste de ses demeures, car Hultaby, sa résidence suédoise, est encore plus grandiose.

Le chariot s'arrêta et une petite armée de serviteurs se précipita pour décharger leurs bagages et aider Margriet à descendre.

La jeune femme brossa du revers de la main sa tunique salie par la poussière des routes, puis se laissa conduire à l'appartement de son père, une immense chambre divisée en compartiments séparés par des rideaux — un coin pour recevoir les invités, un bureau rempli de livres et de dossiers et deux petites alcôves.

— Celle-ci sera la vôtre, milady, précisa une servante.

Fourbue comme elle était, Margriet fut tentée de se mettre au lit pour ne plus en bouger jusqu'au lendemain. Mais elle préféra attendre les instructions de son père, qui s'était rendu auprès du comte dès leur arrivée.

Il revint enfin, le visage animé.

— Venez, Margriet.

Il lui tendit la main pour l'aider à se lever, tandis que Brynja s'affairait autour d'elle pour défroisser sa robe et arranger ses cheveux.

— Lord Erengisl ne veut pas attendre jusqu'à demain. Il souhaite vous voir tout de suite.

Margriet ouvrit de grands yeux.

— Mais, père, je suis dans un état épouvantable après ce long trajet, et cette entrevue est si importante ! Ne peut-on me laisser le temps de me préparer ?

Tout au fond d'elle, Margriet redoutait cet instant. Si elle en croyait son père, le comte avait un sixième sens pour détecter la vérité et ne pas se laisser tromper par les apparences. Erengisl, lui, ne serait pas aveuglé par l'amour paternel comme Gunnar, et elle craignait qu'il ne devine son état avant qu'elle n'ait eu le temps de se confesser à son père.

La voyant si inquiète, Gunnar la prit dans ses bras et l'étreignit.

— Ne craignez rien, Margriet. Il vous trouvera parfaite ainsi, vous verrez.

Voyant qu'il ne servirait à rien de discuter, elle laissa Brynja ajuster tant bien que mal sa toilette. Puis elle suivit son père de la tour où ils étaient logés jusqu'à celle, plus vaste, où vivait le comte. Le père et la fille attendirent sur le seuil qu'un serviteur les annonce.

Après avoir vécu tant d'années dans un austère couvent, Margriet fut sidérée en découvrant le luxe des appartements du comte. Les planchers étaient recouverts de tapis coûteux et les murs disparaissaient derrière de superbes tapisseries qui servaient à la fois à décorer et à conserver la chaleur de la pièce. Les étagères regorgeaient de trésors variés, tels que des vases ciselés, des coupes et des timbales en or et en argent.

Une voix sonore résonna tout à coup sous les lambris, la tirant de sa contemplation.

— Allons, Gunnar, venez donc nous présenter votre fille !

Chapitre 18

L'attention de Margriet se tourna vers les deux sièges disposés en face des larges fenêtres vitrées. Assis côte à côte, le comte et la comtesse la regardèrent s'avancer à côté de son père. Margriet traversa la pièce en s'efforçant de contrôler sa démarche. Heureusement, l'assistance était réduite à quelques personnes.

Parvenue devant les maîtres du lieu, elle plongea dans une profonde révérence et attendit qu'on lui donne la permission de se relever.

Le comte frappa dans ses mains.

— Allons, du vin pour tout le monde ! ordonna-t-il, tandis que Gunnar aidait sa fille à se redresser.

A présent qu'elle les voyait de près, Margriet fut surprise par l'évidente différence d'âge entre les deux époux.

— Bienvenue à notre cour, Margriet Gunnarsdottir, dit le comte. Je sais que votre cher père attendait votre retour depuis bien longtemps et je suis heureux que le moment soit enfin venu.

Une lueur pétilla dans son regard vert sombre, tandis qu'il prenait un gobelet d'argent des mains d'une servante et le tendait à Margriet. Puis il offrit également une timbale à la comtesse, et Margriet en profita pour le détailler plus à loisir.

La couleur et la forme de ses yeux rappelaient tout à fait ceux de son fils Rurik. Le même nez, le même angle des mâchoires… Seule la nuance de la chevelure différait. Celle d'Erengisl était couleur d'acajou, alors que Rurik avait les cheveux d'un blond très clair.

— Lady Margriet, permettez-moi de vous présenter à mon épouse, Agnes de Strathern.

Margriet s'inclina devant la comtesse et fut surprise de la voir se lever et lui prendre la main.

— Bienvenue, Margriet. Je suis ravie de vous accueillir dans ma maison. J'espère que votre long voyage, si mouvementé, ne vous a pas trop éprouvée.

L'étonnement de Margriet ne fit que croître à ces mots. Elle n'aurait jamais pensé que la comtesse puisse être au courant des détails de son périple.

— Je vais très bien, milady, assura-t-elle.

Agnes parut lire dans ses pensées.

— C'est le fils aîné de mon époux qui nous a conté cela. Il a évoqué les obstacles auxquels vous avez été confrontés sur la route depuis votre départ de Caithness. Il nous a fait un grand éloge de votre bon sens et des capacités dont vous avez fait preuve en soignant ses hommes quand la maladie s'est abattue sur votre escorte. Votre père doit être fier de vous, je n'en doute pas.

Décidément, la comtesse savait beaucoup de choses, songea Margriet, confuse.

— Oh, *il*… il vous a donc raconté ?

— Mais oui ! D'ailleurs le voici.

Lady Agnes fit signe à quelqu'un qui se tenait derrière elle… un homme que Margriet n'était pas certaine d'être préparée à revoir si tôt.

— Venez donc, Rurik ! Je disais justement à lady Margriet que vous nous aviez raconté tout ce qu'elle avait fait quand presque tout votre monde est tombé malade sur la route.

Margriet cilla, stupéfaite. Elle avait déjà vu Rurik habillé en soldat. Elle l'avait vu dans des vêtements secs à la lumière du jour, elle l'avait vu trempé après leur plongeon dans la rivière, et même, Dieu lui pardonne, elle l'avait vu nu. Mais elle n'était certes pas préparée à le voir tel qu'il était à présent, somptueusement vêtu d'une tunique sans manches de la plus riche étoffe, le haut des bras cerclés de bracelets d'or et un médaillon aux armes du comte attaché à son cou.

Il s'avança vers elle de sa démarche habituelle, avec une souplesse de félin prêt à fondre à tout moment sur sa proie. Puis il s'arrêta, les lèvres incurvées en un sourire ravageur, et elle vit scintiller dans ses prunelles le reflet des multiples bougies qui éclairaient la salle.

D'un geste aussi élégant que s'il avait fait cela toute sa vie, il s'inclina d'abord devant la comtesse, puis se tourna vers elle.

— Je suis ravi de vous retrouver ici. Vous avez l'air en pleine forme, Margriet.

Elle eut l'impression d'avoir littéralement perdu sa langue. Si elle l'avait trouvé attirant en guerrier, quand il l'avait sommée de se présenter devant les murs du couvent, puis en protecteur quand il s'était jeté à l'eau pour voler à son secours, que dire à présent ?

Sous sa nouvelle apparence de fils d'aristocrate, il lui parut encore plus séduisant que pendant le voyage. Sa tunique avait été taillée pour lui coller littéralement à la peau, mettant ainsi en valeur son torse aux muscles puissants — un torse dont la vue et le toucher ne lui étaient pas inconnus, hélas !

— Lord Rurik ! intervint Gunnar. Heureux de vous revoir. Comment allez-vous ?

Margriet sirota quelques gorgées de vin pour se donner le temps de se remettre, tout en écoutant son père questionner Rurik sur son arrivée au palais et l'accueil qui lui avait été réservé.

— Mon père m'a déjà confié de nombreuses tâches, Gunnar, et j'avoue que j'attendais avec impatience votre arrivée.

Et se tournant vers Margriet :

— Je crains d'avoir grand besoin des sages conseils de votre père pendant les semaines à venir, Margriet.

Il ne l'appelait plus « milady », observa-t-elle non sans amertume. Sans doute pour marquer leur différence de condition. Bien qu'il fût un bâtard par sa naissance, il était à présent très au-dessus d'elle dans l'échelle sociale — elle, la fille d'un simple conseiller et propriétaire foncier. A présent que son père l'avait publiquement reconnu comme son héritier, Rurik était devenu un seigneur pour tous ses vassaux. Il fallait lui donner du « milord » à présent !

— Oh, il est très impatient de vous servir, lord Rurik. Il a été incapable de parler d'autre chose pendant tout notre voyage d'Orphir à ici.

Elle avait essayé — vraiment essayé, le ciel lui en était témoin, de ne pas laisser percer le moindre sarcasme dans sa voix. Mais quand elle le vit hausser un sourcil, elle comprit qu'elle avait échoué.

— Hem..., firent en chœur Gunnar et la comtesse, qui trouvèrent aussitôt des excuses pour se tourner vers d'autres interlocuteurs.

Demeuré seul avec elle, Rurik rompit le silence le premier.

— Il faut que nous parlions, Margriet.

— Si vous le souhaitez, lord Rurik, répondit-elle avec froideur.

— Margriet, il faut que je vous explique...

Il s'interrompit en voyant quelques courtisans se rapprocher d'eux avec une visible curiosité. Les commérages allaient bon train à leur sujet, depuis qu'on avait appris qu'ils avaient voyagé ensemble depuis Caithness.

— Quand vous voudrez, lord Rurik, fit-elle avec un empressement teinté d'ironie.

Elle savait qu'il se sentait mal à l'aise. Tant mieux ! Il l'avait bien mérité pour lui avoir menti ainsi, le diable l'emporte !

Rurik serra les dents.

— Pas ici, marmonna-t-il. Ce n'est pas le moment.

Elle vit Erengisl s'avancer vers eux et hocha la tête.

— Rurik nous a raconté comment vous aviez sauvé ses hommes grâce à votre savoir, Margriet.

Elle protesta d'un gracieux haussement d'épaules.

— Il devrait plutôt remercier les sœurs du couvent, milord. Ce sont elles qui m'ont appris l'art de soigner.

— Elles vous ont aussi enseigné leur modestie, à ce que je vois.

Le compliment avait été proféré avec beaucoup de naturel et Margriet sourit.

— Vous me faites beaucoup d'honneur, milord.

Le comte lui posa d'autres questions sur sa vie au couvent, et Rurik en profita pour s'échapper. Pendant tout le reste de la soirée, ils firent plusieurs tentatives pour se rapprocher l'un de l'autre, mais sans jamais retrouver l'opportunité de se parler en privé.

Aussi saisit-elle l'occasion par les cheveux, quand elle le vit quitter la salle après avoir pris congé du comte et de son épouse.

— Puis-je regagner notre appartement, mon père ? Je me sens un peu fatiguée.

Gunnar ayant acquiescé, elle demanda à la comtesse la permission de se retirer, qui lui fut aimablement accordée. Puis elle sortit en hâte et dévala l'escalier jusqu'au premier, juste à temps pour voir Rurik disparaître dans l'autre tour où il devait avoir son appartement.

Sans hésiter, elle lui emboita le pas silencieusement, et elle s'apprêtait à gravir les marches de la tour, quand il surgit brusquement devant elle.

Il lui saisit le bras et la poussa dans l'ombre de l'escalier.

— Pourquoi me suivez-vous ?

— Vous avez dit que nous devions parler, lord Rurik. Je ne fais qu'obéir à votre injonction.

Il secoua la tête, comme s'il n'était pas certain que ce soit une bonne chose.

— Venez ! intima-t-il.

Il jeta un coup d'œil par-dessus la tête de Margriet et porta un doigt à ses lèvres pour lui recommander de se taire. Un bruit de pas résonna non loin de là puis mourut sur les dalles et ce fut enfin le silence.

Rurik lui prit alors la main et la conduisit jusqu'au second étage, où il la fit pénétrer dans son appartement. Il referma la porte et se tourna vers elle.

Margriet le regarda bien en face.

— Eh bien, Rurik, fils du comte Erengisl, il semblerait que vous ayez eu vos secrets, vous aussi !

Le regard de Rurik s'abaissa vers son ventre. Comprenant l'allusion, elle posa la main sur son abdomen, comme pour en souligner la rondeur de plus en plus marquée. Mais au lieu de réagir à son défi par la colère, il exhala un soupir et marcha jusqu'à la fenêtre. Pendant un instant, il regarda dehors sans mot dire. Lorsqu'il parla enfin, l'ardeur qui vibrait dans sa voix fit tressaillir Margriet.

— Avez-vous jamais voulu quelque chose au point d'en être littéralement affamée, Margriet ? Une vraie faim qui vous tenaille le ventre…

Il observa une pause, mais elle savait qu'il n'attendait pas de réponse.

— Au point d'être prête à renoncer à tout et à payer n'importe quel prix pour l'obtenir…, continua-t-il d'une voix sourde.

Comment aurait-il pu savoir qu'elle connaissait bien cette sensation ? Elle aussi avait été affamée. Affamée d'amour… Et elle en payait aujourd'hui les conséquences !

Oui, les paroles de Rurik réveillaient en elle le souvenir de ses dernières années au couvent — elle avait tant voulu appartenir enfin à quelqu'un et se sentir désirée, nécessaire… Aimée.

— J'ai vécu ici autrefois, reprit-il. Et aussi dans les divers châteaux que possède le comte en Suède et en Norvège. Les questions d'argent n'étaient pas un problème quand j'étais enfant. Bâtard ou non, lord Erengisl pourvoyait aux besoins de ma mère et aux miens. Tout ce que nous demandions nous était accordé. Il nous donnait sans compter…

Il plongea un instant dans ses yeux, puis son regard se fit de nouveau lointain.

— Mais ce que j'aurais voulu plus que tout, c'était qu'il me reconnaisse et me donne son nom.

« Et son amour », compléta-t-elle à part elle. En fin de compte, c'était la même chose qu'ils avaient tous deux si avidement désirée.

— Quand mon père nous a bannis, reprit-il, j'ai tout perdu. Et même si les MacLerie m'ont accueilli avec chaleur, le regret du passé ne m'a jamais quitté.

— Et maintenant, vous avez enfin l'occasion d'obtenir tout ce que vous avez tellement désiré ?

Bien entendu, elle connaissait déjà la réponse.

Le regard morne, il fit un pas vers elle. Elle comprenait le déchirant dilemme auquel il était confronté.

— Je n'en savais rien, mais il a gardé l'œil sur moi pendant tout ce temps. Il m'observait, attendant de voir si j'étais le genre d'homme dont il pourrait faire son successeur. Le fait qu'il m'ait rappelé, même si c'était sur le conseil insistant de votre père, signifie tout de même qu'il croyait un peu en moi. Et la réponse est affirmative en fin de compte. Il a fini par me trouver digne de son attente.

— Vous l'avez toujours été, Rurik !

Un sourire triste adoucit ses traits, révélant une vulnérabilité qu'elle n'y avait jamais vue jusque-là.

— Vos paroles sont très douces à entendre, Margriet, mais elles ne peuvent changer mon passé, mes débuts dans le monde. D'une certaine façon, vous avez été pour moi la dernière mise à l'épreuve.

Elle fronça les sourcils.

— Comment cela ? Me croyez-vous de mèche avec votre père, par hasard ? Vous vous imaginez peut-être qu'on m'avait chargée de vous tenter pour vous détourner de votre devoir ?

Elle se sentait offensée par cette supposition. Puis elle comprit qu'il ne l'accusait pas de l'avoir tenté intentionnellement.

— Non, bien entendu. Vous incarnez la tentation en

dépit de vous-même, milady, et je crois que c'est la fatalité qui vous a envoyée vers moi. Elle m'a donné là une dernière occasion de refuser mon destin. L'ultime épreuve en quelque sorte.

Margriet sentit son cœur se briser à ces mots. Elle s'était trompée en fin de compte. Rurik et elle ne se ressemblaient pas. L'amour était tout pour elle. Pour lui, il ne signifiait rien.

Allons, mieux valait qu'elle s'en aille avant de se ridiculiser en mendiant son amour. Quelle que soit sa réponse, il ne pouvait lui offrir ce qu'elle recherchait si désespérément.

Tout ce qui comptait pour lui, c'était sa bonne fortune et son avenir ici, auprès de son père. Il ne pouvait y avoir la moindre compatibilité entre leurs deux approches, leurs deux visions de la vie.

Elle saisit le loquet et rouvrit la porte d'une main tremblante.

— Je pensais que nous nous ressemblions, Rurik. Mais à présent je vois à quel point nous sommes différents en fin de compte.

Elle appuya son front au panneau de bois avant d'ajouter dans un chuchotement :

— Vous avez l'amour à portée de main et vous êtes prêt à le sacrifier à vos autres aspirations. Tandis que moi, c'est à l'amour que je croyais éprouver que j'ai tout sacrifié. Je ne sais pas lequel de nous deux est le plus fou.

Elle entendit la voix de Rurik derrière elle.

— Margriet, je suis désolé. Je ne peux pas… je ne peux pas…

Elle leva la main pour l'interrompre. Qu'importait la raison qu'il s'apprêtait à lui fournir ? Seule comptait sa réponse à la question tacite qu'elle lui avait posée.

Cette réponse, elle l'avait à présent.

Le reste de sa vie serait solitaire, elle le savait désormais. Finn n'avait été qu'un mirage qui s'était dissipé, la laissant seule avec sa faiblesse et les conséquences de son acte.

— Vous devriez parler à votre père sans tarder, reprit-il. Avant qu'il n'apprenne la vérité par quelqu'un d'autre. Gunnar est un homme honorable. Il vous aidera, j'en suis certain.

Margriet serra les dents. Le moment était mal choisi pour lui donner des conseils, surtout sur la façon dont elle allait devoir mener sa vie.

Sans lui.

Aveuglée par les larmes, elle se rua hors de la pièce, dévala l'escalier et s'engouffra dans la grande salle… où elle se heurta de plein fouet à quelqu'un qui arrivait en sens inverse. L'homme l'empoigna par les épaules, juste à temps pour l'empêcher de tomber.

— Je… je vous demande pardon.

Elle retrouva tant bien que mal son équilibre et recula d'un pas.

— Je me suis précipitée sans regarder et…

Elle s'interrompit, les yeux baissés, redoutant d'avoir à affronter des questions indiscrètes.

— Merci de votre aide, messire.

— Tout le plaisir était pour moi, *ma chérie*.

Elle sursauta. Bien entendu, il avait dû la prendre pour une catin, à la voir sortir ainsi de la chambre de Rurik !

Mais… Il y avait autre chose. Cette voix lui était étrangement familière.

Elle s'éloigna, trop confuse pour oser regarder son interlocuteur. Lequel des hommes de Rurik avait ce son de voix ? Pas Donald, ni Leathen. Sven et Magnus avaient bien le même accent, mais ce n'était certainement pas eux.

Elle était déjà à l'autre bout de la grande salle, quand la vérité se fit jour en elle. Elle se retourna pour jeter un coup d'œil vers l'homme, resté immobile à l'endroit où elle l'avait laissé. La distance était grande d'une extrémité de la pièce à l'autre et les chandelles ne jetaient qu'une faible lueur, mais elle put tout de même distinguer son visage.

Il n'avait plus de barbe et ses cheveux étaient plus longs, mais elle n'eut aucun mal à le reconnaître.

— Oh, mon Dieu…, murmura-t-elle.

Elle aurait dû courir vers lui, mais pour quelque obscure raison, elle battit en retraite. « Seigneur, faites qu'il n'ait pas aperçu mon visage ! »

Le cœur battant à se rompre, elle se mit à courir vers l'appartement de son père, non sans jeter de furtifs regards derrière elle pour s'assurer qu'il ne l'avait pas suivie. Enfin en sécurité, elle se réfugia dans son lit sans même se déshabiller et tira les couvertures au-dessus de sa tête. Une nausée lui tordait l'estomac et elle crut un instant qu'elle allait être malade. Etendue sans bouger, elle essaya de retrouver son calme.

Finn était ici !

Il ne lui avait pas menti, en fin de compte. Il était bien à Kirkvaw et attendait son arrivée.

L'avait-il reconnue ?

Elle aurait dû être réconfortée de le savoir là, mais elle pensait surtout à son père. A présent, Gunnar allait savoir. Et son destin à elle serait scellé.

Oui, c'était le moment de vérité. Et bien qu'elle eût prié le ciel tant et plus, elle n'avait pas la moindre idée de ce qui allait se passer.

Thorfinn avait été vraiment stupéfait de la voir jaillir ainsi des appartements de son frère. Oh, il avait l'œil sur elle depuis son arrivée, mais il n'avait pas l'intention de la clouer tout de suite au pilori.

Pas encore.

Il voulait laisser à Rurik le temps de savourer un peu sa nouvelle vie avant de l'arracher à son petit paradis et de le renvoyer d'où il venait.

Aussi se contenta-t-il de la regarder s'enfuir d'une démarche vacillante. Visiblement, elle n'était pas tout à fait sûre de l'avoir reconnu. Et cela le vexait.

D'accord, il avait un peu changé son apparence en rasant la barbe qu'il portait quand il l'avait séduite et en laissant pousser ses cheveux à la longueur qu'il préférait.

Mais tout de même, il aurait pensé qu'elle le reconnaîtrait au premier coup d'œil. Il avait été son premier amant, après tout. Ne lui avait-elle pas juré un indéfectible amour quand il l'avait pénétrée pour la première fois, ruinant ainsi en un instant de folie sa vertu et son honneur ?

Elle était une catin comme les innombrables autres qu'il avait eues. D'ailleurs, il la soupçonnait de s'être aussi donnée à Rurik. L'un de ses espions lui avait rapporté qu'un « incident » était survenu entre eux près de Thurso. Bien entendu, son frère avait dû prendre ce que cette gourgandine lui offrait, qui ne l'aurait fait à sa place ?

Le fait que Rurik l'ait prise à même le sol en la laissant sur place après avoir fini prouvait seulement qu'ils étaient dignes l'un de l'autre.

En tout cas, il veillerait à ce qu'elle ne soit plus bonne pour personne quand il en aurait lui-même terminé avec elle. A moins qu'il ne la livre à ses hommes, il n'avait pas encore décidé.

Le bâtard qu'elle portait dans son ventre — il avait bien senti la rotondité quand elle s'était heurtée à lui — n'y changerait rien. De toute façon, le fœtus ne survivrait pas à ce qu'il avait l'intention de faire à la mère, ce qui était le cadet de ses soucis. Il n'avait aucune intention d'imiter son père, qui avait semé sa sève à tout-va et laissé sa prostituée mettre au monde un bâtard. Pas question de réitérer ce genre d'erreur !

Il entendit approcher un bruit de pas. Tiens, Rurik… Comme c'était touchant ! A peine sa catin l'avait-elle quitté qu'il se précipitait derrière elle pour quémander une autre petite séance de bête à deux dos !

— Hello, mon frère ! héla-t-il, bien que le seul fait de

prononcer le mot lui brûlât la bouche. N'est-ce pas la fille de Gunnar que je viens de voir ?

Voyant Rurik hésiter, il insista.

— Sigurd m'a dit tantôt que c'était elle. Il me l'a désignée quand elle est arrivée.

— C'est bien elle, répondit enfin Rurik.

Thorfinn haussa les sourcils d'un air interrogateur, mimique qui obtint aussitôt sa réponse.

— C'est moi qui lui avais demandé de monter me voir. Nous avions à parler.

Thorfinn prit son ton le plus innocent.

— Avec la fille de Gunnar ? Oh, oui, vous aviez beaucoup à vous dire, j'imagine.

Il observa une pause, juste assez longue pour être significative.

— Vous venez juste d'arriver ici tous les deux, et vous êtes l'un et l'autre étrangers à ce palais. Ce sont des similitudes qui rapprochent, forcément.

Rurik se contenta de hocher la tête.

— Si vous voulez bien m'excuser..., fit-il brièvement.

Puis il tourna les talons et reprit la direction de son appartement. De toute évidence, il avait renoncé à suivre sa catin pour le moment.

Thorfinn se frotta les mains. Quel heureux hasard qu'il ait surpris cette petite scène ! Quand on le questionnerait là-dessus, il pourrait dire sans mentir qu'il avait vu Margriet Gunnarsdottir sortir de la chambre de Rurik en plein milieu de la nuit.

Et Rurik, en homme d'honneur qu'il était, serait obligé de corroborer ses paroles... pour son plus grand dam et celui de la demoiselle !

Thorfinn se mit à rire sous cape en imaginant le scandale. C'était incroyable comme les gens faisaient parfois leur propre malheur !

Ce pauvre Rurik avait un problème de taille — il avait grand besoin d'apprendre enfin que la bouche d'une femme n'était bonne qu'à un seul usage… et ce n'était pas la parole !

C'était là une leçon que les diverses maîtresses de Thorfinn avaient parfaitement comprise.

Une leçon que Margriet apprendrait aussi, le moment venu.

Chapitre 19

Cinq jours s'étaient déjà écoulés depuis que Margriet était venue dans son appartement, et il ne l'avait pas revue depuis. Il avait voulu la suivre pour réfuter ses assertions, mais sa rencontre avec Thorfinn l'en avait dissuadé.

En vérité, il se sentait déchiré entre deux impulsions contradictoires — la supplier d'accepter l'amour qu'il éprouvait pour elle ou admettre qu'en fin de compte il ne pouvait rien y avoir entre eux.

Quant à Margriet, sa disparition était sans doute en elle-même une réponse. Une façon de lui signifier qu'ils n'avaient plus rien à se dire.

Pendant ces quelques jours, il avait effectué un petit voyage avec son père et Thorfinn dans leurs terres près de Birsay et en avait appris davantage sur leurs intérêts dans divers négoces. Leurs bateaux représentaient à peu près la moitié de la flotte de pêche de Kirkvaw, et le contenu de leurs greniers constituait plus du tiers des grains exportés vers l'Ecosse et la Norvège. Ses revenus des Orcades à eux seuls faisaient d'Erengisl un homme très riche.

Le comte l'avait également présenté à l'une des cousines d'Agnes, qui était aussi une parente du roi du Danemark. Lady Ingeborg avait toutes les qualités — non seulement elle était charmante, modeste, vertueuse et fort riche, mais un sang royal coulait dans ses veines.

Bref, elle possédait tout ce dont Margriet était dépourvue...

En fait, elle était même trop parfaite, et Rurik se surprenait à espérer d'elle un froncement de sourcils, un refus ou au moins une tentative de réfuter l'un de ses propos. Tout plutôt que cette courtoisie sans la moindre faille !

Après plusieurs heures en sa compagnie, il savait qu'elle ne ferait jamais rien d'inconvenant comme se déguiser en nonne ou se laisser tomber exprès dans la rivière parce qu'elle avait trop chaud. Ou oser lui tenir tête quand il était fou furieux !

Les négociations terminées, elle deviendrait pourtant sa femme et la mère de ses enfants. Lady Ingeborg serait l'épouse parfaite pour le fils d'Erengisl.

Rurik se sentait accablé à cette seule pensée. Il voyait sa vie avec elle se dérouler devant lui comme un long tapis de morosité et d'ennui.

Les jours suivants, il fut invité chez quelques-uns des principaux négociants de la ville, qui tentèrent de l'impressionner par leur richesse et leur générosité. Les cadeaux pleuvaient sur lui — chevaux, vaisselle d'argent, et même quelques serviteurs.

Mais le présent le plus surprenant lui fut offert un soir où il resta dormir chez le marchand qui gérait pour Erengisl les deux marchés de la ville et était en charge de l'importation du bétail sur les îles.

Rurik s'attendait à recevoir quelques bœufs ou de la viande de porc. Mais quelle ne fut pas sa surprise en ouvrant la porte de sa chambre d'y découvrir la fille de son hôte, vêtue en tout et pour tout de quelques bijoux et des rubans entrelacés à sa chevelure !

Il crut d'abord qu'elle n'avait pas toute sa tête, ou bien qu'elle avait bu. Mais en jetant un regard dans le corridor, il vit que le marchand et sa femme se tenaient là à l'observer, attendant qu'il accepte le cadeau.

— Nous avons pensé, milord…

— Hem… je vous remercie beaucoup, avait-il poliment décliné. Mais vos bons vœux et votre chaleureux accueil me suffisent.

Cet épisode fut en tout cas une leçon pour lui. Il avait

appris que certains étaient prêts à tout pour se concilier la faveur d'Erengisl et de ses fils. Même d'offrir leur fille pour le divertir au lit !

Il n'avait jamais eu la moindre difficulté à trouver une femme quand il en avait envie. Mais avec son récent changement de statut, certaines se jetaient littéralement à sa tête. Il en trouvait qui attendaient dans le couloir menant à sa chambre, à sa porte, et une fois même dans son lit, après qu'une dame entreprenante eut soudoyé un serviteur pour la laisser entrer.

La femme fut priée de sortir sur-le-champ et le domestique congédié.

Même celles qu'il avait d'abord trouvées attrayantes n'arrivaient pas à éveiller vraiment son désir. Chaque fois qu'il essayait de les embrasser ou de les caresser, il ne pouvait s'empêcher de les comparer à Margriet et à la façon dont elle réagissait à ses baisers.

Le désir s'enfuyait alors et il dormait seul en fin de compte.

L'épisode le plus bizarre survint un jour où son frère l'avait invité à déjeuner dans son appartement. Au lieu d'y trouver Thorfinn, il fut accueilli par une jeune servante d'une quinzaine d'années à peine, qui commença à le déshabiller pendant qu'il attendait le retour de son frère.

— Mais je ne vous ai pas demandé…

Elle voulut lui ôter sa tunique et ses braies, et sur son refus, essaya de le caresser à travers l'étoffe. Finalement, il l'écarta purement et simplement.

Mais à sa grande stupéfaction, elle tomba à genoux devant lui.

— S'il vous plaît, milord, laissez-moi vous donner du plaisir ! Ou alors tuez-moi, car j'ai trop peur de ce que mon maître me fera si je désobéis à ses ordres.

Cette supplique choqua profondément Rurik. Il n'avait jamais forcé ni molesté une femme, même dans les joutes amoureuses les plus ardentes, et ce n'était pas aujourd'hui qu'il allait commencer !

Sa surprise s'accrut encore lorsqu'il saisit la fille par le bras et l'entendit crier de douleur. Il releva alors sa tunique et s'aperçut que son corps était zébré de meurtrissures, visiblement provoquées par les lanières d'un fouet.

Ce spectacle lui retourna littéralement l'estomac et il amena sur-le-champ la malheureuse chez Gunnar, avec ordre de la garder en sécurité tant qu'il n'aurait pas mené son enquête.

Thorfinn, à ce qu'il semblait, prenait plaisir à humilier ses serviteurs et tous ceux qui dépendaient de lui. Avait-il espéré que Rurik apprécierait les attentions de cette pauvre fille ? Qui l'avait fouettée et pourquoi ?

Il avait bien l'intention de le découvrir et d'avoir ensuite un entretien avec Thorfinn à ce sujet. Il était bien certain que son père ne tolérerait pas de telles cruautés à l'encontre des serviteurs.

Mais avant qu'il n'ait eu le temps de parler à son frère, il reçut une invitation du comte qui le priait à dîner dans ses appartements. Lorsqu'il arriva, Thorfinn était déjà dans la place. Assis près du comte, il se plaignait de ne pas avoir encore rencontré la fille de Gunnar.

— Invitez-la donc à dîner avec nous, mon père ! Je brûle de faire sa connaissance.

Gunnar fit son possible pour décliner l'invitation.

— Ma fille n'a pas été bien tous ces derniers jours et elle préfère garder la chambre. Peut-être pouvons-nous remettre cette présentation à plus tard ?

Mais Thorfinn insista tant et si bien qu'il obtint l'autorisation de son père. Un valet partit aussitôt chercher la jeune fille.

Quelque chose n'allait pas dans tout cela. Rurik le sentait, mais il n'arrivait pas à en trouver la raison. Que mijotait Thorfinn, au nom du ciel ?

Un instant plus tard, Margriet fit son entrée.

— Avancez donc, milady, l'encouragea Erengisl. Il est grand temps que vous fassiez la connaissance de mon second fils.

Rurik ne l'avait jamais vue si hésitante. Il l'observa depuis son siège, tandis que Gunnar l'escortait vers le comte. La comtesse Agnes contourna la table pour venir la prendre par la main.

— Vous n'êtes pas encore familiarisée avec nos habitudes, lui dit-elle. C'est normal, après toutes ces années au couvent. Le soir, voyez-vous, nous aimons dîner en bonne compagnie. Je suis ravie de vous voir tout à fait remise et de pouvoir vous accueillir parmi nous.

Margriet sourit, faisant contre mauvaise fortune bon cœur.

— Merci de votre gentillesse, milady. Je ne manquerai pas de me faire à cette charmante coutume.

— A présent, venez que je vous présente au fils cadet de mon époux.

Pendant quelques secondes, Rurik eut l'impression d'assister à une scène au ralenti. Margriet attendait, pendant que la comtesse appelait Thorfinn pour le lui présenter. Puis elle vit le jeune homme s'avancer vers elle et son visage perdit subitement toute couleur. Sa tête se mit à dodeliner d'avant en arrière, et au moment où Thorfinn lui tendait la main, elle s'évanouit tout à fait et s'écroula aux pieds de Gunnar.

Un véritable chaos régna dans la pièce, où tout le monde s'agitait et criait. Gunnar se pencha pour relever sa fille, mais Rurik fut plus prompt que lui. Soulevant la jeune femme dans ses bras, il la porta sur le divan désigné par la comtesse.

Lady Agnes fit reculer l'assistance et tamponna le visage de Margriet avec un linge mouillé.

Après quelques minutes, elle rouvrit les yeux et chuchota un nom.

— Finn ?

Lady Agnes fronça les sourcils.

— Je ne comprends pas. Vous voulez dire « Thorfinn » sans doute ?

Margriet se redressa à grand-peine et chercha du regard

le visage dont la vue l'avait si violemment commotionnée. Elle finit par le découvrir à l'autre bout de la pièce.

— Finn, répéta-t-elle plus fort.

Lord Erengisl hocha la tête.

— Il y a bien longtemps que je n'ai entendu ce diminutif. Sa mère l'appelait ainsi quand il était enfant.

Il croisa le regard de Margriet.

— Mais il préfère « Thorfinn » à présent.

— Est-ce de moi que vous parlez ?

L'intéressé s'avança vers elle. Il souriait à présent, et elle ne douta plus que tout allait s'arranger. Mais les premiers mots de Thorfinn ne furent pas ceux qu'elle attendait.

— Ma chère Peggy ! Est-ce bien vous ? Je n'en crois pas mes yeux !

Il secoua la tête et vint la dévisager de tout près.

— Gunnar ? Je croyais vous avoir entendu dire que c'était votre fille.

Margriet avait blêmi.

— Pourquoi faites-vous semblant de ne pas me connaître ? interrogea-t-elle d'une voix blanche.

L'effroi grandit en elle, lorsqu'elle comprit qu'il jouait sciemment la comédie.

— Oh, mais je vous connais, bien entendu ! Je vous connais même *très bien*, ajouta-t-il avec une feinte surprise. Seulement je ne savais pas que vous étiez la fille de Gunnar !

Ce que Margriet redoutait arriva. Son père tomba aussitôt dans le piège et intervint, avec la maladresse d'un homme qui ne comprenait réellement pas ce qui se passait.

— Voyons, lord Thorfinn, cessez ! Vous offensez ma fille sans la moindre raison en la prenant ainsi pour quelqu'un d'autre.

Finn eut un rire suggestif et secoua la tête.

— Mais je ne la prends pas pour quelqu'un d'autre. Elle s'appelait bel et bien Peggy quand elle a couché avec moi. Du moins est-ce le nom qu'elle m'a donné… Allons, Peggy, vous n'avez sûrement pas oublié ?

Margriet n'eut même pas le temps de penser. Mue par une impulsion, elle se leva d'un bond, courut vers l'impudent et le gifla de toutes ses forces.

Mal lui en prit ! Le poing de Thorfinn la frappa en retour, l'envoyant rouler sur le sol.

La réaction de Rurik ne se fit pas attendre. Bondissant sur ses pieds, il se rua vers son frère et le saisit à la gorge.

— Ne levez plus jamais la main sur elle ! Vous m'entendez ?

Il resserra son étreinte jusqu'à ce que l'autre se mette à suffoquer, le visage cramoisi.

Effrayé, Erengisl se précipita vers eux et libéra Thorfinn de la poigne de son frère.

— Je… je ne comprends rien à cette histoire, père, haleta Thorfinn. Je l'ai rencontrée sur les terres de lord Kenneth, quand je suis allé lui apporter votre offre de commerce, ainsi qu'à votre cousin, lord Alexander.

Il recula prudemment, mettant ainsi leur père entre Rurik et lui.

— Vous savez comment sont les paysannes, toujours prêtes à s'offrir pour quelques pièces ou un colifichet. Eh bien, c'est ce qu'elle a fait, et je l'ai payée dès que j'ai eu fini.

La crudité du propos choqua lady Agnes, qui poussa une exclamation et supplia son mari du regard.

Erengisl se tourna vers Gunnar et le vit agenouillé près de sa fille, le visage blafard.

— Veuillez sortir tous, ordonna-t-il aux courtisans. Laissez-nous seuls.

Ils obtempérèrent aussitôt et il ne resta bientôt plus dans la pièce que les six protagonistes du drame. Sage précaution, mais Rurik savait qu'il était déjà trop tard. La nouvelle devait se répandre dans le palais comme une traînée de poudre. Il ne voyait pas comment l'arrêter, mais il était tout de même prêt à essayer.

— Père, une sérieuse atteinte vient d'être portée à l'honneur de Gunnar. Nous devrions attendre que Margriet soit capable de répondre à nos questions avant de laisser Thorfinn continuer à ternir sa réputation.

Thorfinn eut alors la plus inattendue des réactions — il se mit à rire à gorge déployée, au point d'en avoir les yeux pleins de larmes. Erengisl lui-même en fut choqué et le pria de cesser.

— Vraiment, il n'est guère opportun de se moquer ainsi de la suggestion de Rurik. La situation est trop grave. Si ce que vous avancez est vrai, la réputation de lady Margriet est définitivement ruinée, ainsi que celle de son père.

— Mais père, comment ne pas rire ? L'homme qui a couché tant et plus avec cette catin pendant leur voyage vers le nord est celui-là même qui vient à présent défendre son honneur !

Il ricana.

— Voulez-vous savoir ? Il l'a même prise par terre, dans la maison du vieil Einar près de Thurso…

Rurik ne sut jamais comment il avait franchi la distance qui les séparait. Mais il sauta à la gorge de Thorfinn et il fallut trois gardes de son père pour lui ôter le misérable des mains et l'empêcher ensuite de recommencer.

Erengisl dut entraîner Thorfinn de force avec de furieuses réprimandes, ce qui contribua enfin à calmer Rurik. Mais la vue du visage tuméfié de Margriet fit naître en lui de nouvelles inquiétudes.

— Père, faites venir un médecin, je vous en prie. Il ne faut pas la laisser ainsi, elle vient d'être malade…

Il n'osa pas révéler le reste en cet instant, même s'il se doutait bien que la vérité n'allait pas tarder à éclater.

Erengisl poussa Thorfinn sur un siège et ordonna à un garde de se placer devant lui. Puis il se dirigea vers Gunnar et se pencha pour lui parler à l'oreille. Rurik n'entendit pas ce qu'il lui disait, mais il vit le père de Margriet acquiescer d'un hochement de tête.

Le comte se tourna ensuite vers l'un des gardes et lui fit signe d'approcher.

— Allez chercher un médecin, ordonna-t-il.

Lady Agnes, la seule à avoir gardé son calme pendant toute cette scène, resta à côté de Margriet jusqu'à ce que le praticien arrive.

— Milord, avec votre permission et celle de son père, je vais devoir examiner la jeune fille, déclara le docteur.

— Faites, répondit Erengisl, qui fit signe à ses gardes.

Deux d'entre eux soulevèrent Margriet et la portèrent dans l'une des alcôves, afin de lui procurer un minimum d'intimité. Le serviteur qui s'était joint à eux ressortit quelques instants plus tard en courant, sans doute pour aller quérir ce dont le médecin pouvait avoir besoin.

Ce fut seulement alors que Rurik eut le loisir de réfléchir à cette débâcle. Une évidence s'imposa bientôt à lui — Thorfinn avait tout minutieusement orchestré. Il avait parfaitement reconnu Margriet dès qu'elle était arrivée au palais et la surprise qu'il avait exprimée ce soir était jouée.

Malheureusement, ses autres affirmations frôlaient dangereusement la vérité. L'épisode de Thurso en particulier...

De toute évidence, quelqu'un lui avait fourni des informations sur tout ce qui s'était passé pendant leur voyage vers le nord.

Il entendit Margriet remuer derrière le rideau et la voix du médecin qui lui posait des questions. Au moins, elle était revenue à elle. Il ne restait plus qu'à attendre la suite des manigances de Thorfinn. Si seulement il pouvait mettre Margriet en garde !

Après quelques instants, le praticien appela lady Agnes, qui disparut derrière le rideau. Elle resta quelques minutes dans l'alcôve, dont elle ressortit en adressant un signe à Gunnar.

— Entrez, lui dit-elle. Margriet voudrait vous parler.

Rurik savait exactement ce qu'elle avait à dire à son père et il plaignit son vieil ami pour le choc qu'il n'allait pas manquer de recevoir.

Tout ce qu'il lui restait à espérer, c'était qu'il ne s'était pas trompé en pensant que Gunnar aiderait sa fille et ne passerait pas son courroux sur elle lorsqu'il saurait enfin la vérité.

Margriet se tamponnait le visage avec un linge mouillé, pour soulager la douleur de l'hématome. Mais rien ne viendrait adoucir la peine qu'elle allait maintenant causer à son père.

Gunnar s'effaça pour laisser sortir lady Agnes. Puis il vint s'asseoir à son chevet.

— Père, chuchota-t-elle. Je vous demande pardon de vous avoir fait honte ainsi.

Il tendit la main pour lui caresser la joue et repoussa les cheveux qui lui tombaient dans les yeux. Même en ces circonstances, il se montrait encore gentil.

— Alors c'est vrai, Margriet ? Vous avez couché avec lui comme il le prétend ?

Sa voix tremblait légèrement et elle sentit des larmes brûlantes lui monter aux paupières.

L'espace d'un instant, elle fut tentée d'esquiver la réponse. Mais Gunnar méritait mieux que cela.

— Cela ne s'est pas passé comme il l'a dit, père. Mais il est vrai que je lui ai donné ma vertu.

Une expression accablée altéra les traits de Gunnar, qui se passa la main dans les cheveux. Margriet sentit son cœur se briser à cette vue.

— Je me croyais amoureuse, père. Une pauvre excuse, mais c'est la seule que j'aie. Il m'a promis le mariage, et je l'ai cru.

— Mais vous étiez au couvent ! Comment a-t-il pu vous prendre votre vertu ?

Elle essaya de lui expliquer, mais les mots avaient trop de mal à franchir ses lèvres. Elle avait la gorge affreusement serrée et son cœur pesait une tonne dans sa poitrine. Elle avait déçu son père et détruit son honneur.

Après un instant, elle réussit tout de même à lui présenter un récit cohérent des faits.

— J'étais dehors avec quelques-unes des sœurs, en train de cueillir des herbes médicinales dans la forêt, quand je l'ai vu passer à cheval.

Elle déglutit à ce souvenir.

— Il y avait dix ans que je vivais chez les nonnes et je n'avais jamais adressé la parole à un homme plus jeune qu'Iain, notre vieux berger. Je ne savais rien de rien, j'étais si naïve !

Elle observa une courte pause, le temps de reprendre sa respiration.

— Au début, j'ai eu seulement envie de parler à cet étranger pour lui demander comment était le monde à l'extérieur du couvent. C'est vrai, père, je vous assure.

Elle prit la main de Gunnar entre les siennes et y déposa un baiser.

— J'ai mal agi envers vous, père. J'ai abandonné la seule chose précieuse que je possédais et j'ai ruiné votre vie par ma faute.

Les yeux de Gunnar s'emplirent de larmes. Il la prit dans ses bras et l'étreignit.

— Ah, ma fille, vous avez mal fait, il est vrai. Mais ne désespérez pas. Nous allons trouver un moyen de nous en sortir...

Les larmes de Margriet coulèrent de nouveau. Ces mots signifiaient tant pour elle en cet instant ! Mais elle craignit que son père ne se montre pas aussi magnanime quand il saurait toute la vérité. Car une fille à la réputation ruinée pouvait encore entrer au couvent ou épouser quelqu'un de peu regardant sur le sujet, qui accepterait de fermer les yeux moyennant quelque compensation.

Mais l'enfant qu'elle portait changeait la donne, hélas. Oh, oui, cela changeait tout ! Elle n'osait même pas imaginer jusqu'à quel point.

Et maintenant, il fallait qu'elle passe à l'aveu. Gunnar s'apprêtait déjà à se lever, mais elle le retint.

— J'ai bien peur que ce ne soit pas quelque chose qu'on puisse régler si aisément, père.

Elle le laissa s'écarter, puis s'empara de sa main et la posa sur son ventre.

Elle sut à quel instant précis il comprit, car elle vit se peindre sur son visage la même expression d'horreur qu'elle avait vue sur celui de Rurik, lorsqu'il avait lui aussi découvert la vérité.

Mais cet air-là ne fut rien comparé à la terrible déception qu'elle lut dans ses yeux quand son regard rencontra enfin le sien.

Gunnar la dévisagea comme si elle avait commis un meurtre.

Pendant tant d'années, elle s'était languie de l'amour de son père…

Et voilà qu'elle se l'était aliéné à jamais par ses mauvaises actions !

Il se dégagea brusquement avant qu'elle n'ait eu le temps d'ajouter un seul mot. Puis il sortit de l'alcôve dont il écarta brutalement le rideau, exposant Margriet aux regards curieux de tous ceux qui se tenaient là.

— Cette jeune femme dit qu'elle porte votre enfant, lord Thorfinn. Que répondez-vous à cela ?

Chapitre 20

Un silence de mort s'abattit sur la salle. Puis Thorfinn éclata de rire et Rurik eut le plus grand mal à s'empêcher de se précipiter sur lui pour le prendre de nouveau à la gorge. Peut-être aurait-il même cédé à la tentation si les gardes ne l'avaient maintenu.

Le visage fermé, il jeta un coup d'œil vers Margriet et lut la désolation dans son regard. De toute évidence, Gunnar lui avait porté un coup terrible en l'appelant « cette jeune femme » au lieu de « ma fille ».

Ce que Rurik ne comprenait pas, c'étaient les raisons qui avaient poussé Thorfinn à détruire Gunnar et sa fille. Il avait beau chercher, il n'en voyait aucune.

Pourtant, tout cela était visiblement le résultat de subtiles manigances. Le voyage de Thorfinn chez ce cousin de son père en Ecosse était cousu de fil blanc. Il avait sauté sur l'occasion pour pouvoir retrouver la fille de Gunnar et accomplir son sinistre dessein.

L'hypocrisie avait toujours été l'arme de Thorfinn. Quand il était enfant, il était capable de passer brusquement de la méchanceté la plus vile à une douceur d'agneau, dès qu'il savait que son père était dans les parages. Rurik s'en souvenait bien et ne doutait pas qu'il n'ait usé de belles paroles et de promesses pour séduire Margriet.

C'était ce qu'elle avait essayé de lui dire, mais il n'avait pas voulu l'écouter. Et à présent, il était trop tard.

Thorfinn haussa les épaules.

— C'est peut-être moi. Mais cela peut être aussi n'importe lequel des hommes avec qui elle a couché avant et après moi. Comment puis-je savoir ?

Tout le monde était tellement suspendu à ses lèvres qu'on ne remarqua pas que Margriet avait quitté l'alcôve. Rurik la vit tout à coup s'avancer vers Thorfinn d'une démarche encore incertaine.

— Vous mentez ! Lord Erengisl... Père... Il faut me croire. J'étais pure avant de faire l'amour avec Thorfinn. Personne ne m'avait jamais touchée, je vous le jure, insista-t-elle d'une voix brisée.

Thorfinn haussa les sourcils.

— Pure, Margriet ? Vous voulez dire... comme une nonne ? Car c'est bien ce que vous avez prétendu être pendant votre voyage, n'est-ce pas ? Tout cela pour dissimuler votre secret aussi longtemps que possible. Un petit ventre rond, cela se remarque moins sous une robe de bure, je me trompe ?

Rurik serra les dents. Le pire, c'était qu'il y avait toujours un peu de vrai dans ce qu'affirmait son frère. Seulement, il détournait ces parcelles de vérité et en faisait tout autre chose.

Une chose était sûre en tout cas — Rurik en avait assez de ses manigances.

— Père, laissez-moi vous expliquer, dit-il.

Et comme les gardes ne le lâchaient pas assez vite, il se libéra d'un geste brusque et les écarta de son chemin. Mais au lieu de se ruer vers son frère ainsi que tout le monde s'y attendait, il alla se camper devant Erengisl et lui parla face à face.

— Lady Margriet a seulement voulu se protéger pendant notre long périple, ainsi que sa jeune servante. Elle était entourée d'étrangers et a pensé que l'habit de religieuse serait un rempart efficace contre les dangers du voyage. Même la révérende mère du couvent a approuvé cette initiative.

Erengisl se tourna vers Margriet.

— La révérende mère connaissait-elle les raisons de votre déguisement ?

Margriet hésita visiblement.

— Eh bien… Elle savait que j'avais besoin de protection, milord.

Rurik ferma les yeux. Il n'ignorait pas que Thorfinn s'emparerait de la moindre faille pour l'utiliser à ses fins et il pria pour que Margriet n'esquive pas la vérité, afin qu'il ne puisse pas ensuite s'en servir contre elle.

Margriet parut avoir lu dans ses pensées.

— Mais elle ne savait pas que j'attendais un enfant, admit-elle.

— Et vous affirmez que cet enfant est de Thorfinn ? questionna Erengisl avec calme.

Rurik ne la quitta pas du regard tandis qu'elle formulait sa réponse.

— Oui, milord, j'en suis certaine. Il est le père du bébé que je porte.

Elle vacilla sur ces mots, comme si elle venait d'épuiser ses dernières forces. Gunnar fit un geste vers elle, puis se ravisa et laissa retomber son bras.

C'était plus que Rurik n'en pouvait supporter. Non, il ne pouvait la laisser lutter seule plus longtemps !

Voyant que son père lui-même l'abandonnait, il s'avança à son côté et lui passa un bras autour de la taille pour la soutenir.

— Thorfinn, vous niez que cet enfant soit de vous ? reprit Erengisl.

Thorfinn tourna la tête vers son frère. Rassuré de voir que Rurik était occupé avec Margriet, il trouva enfin le courage de quitter son siège.

— C'est possible, père. Mais cela peut aussi être n'importe quel autre voyageur, pour peu qu'il ait eu quelques piécettes dans son escarcelle.

Il jeta un regard mauvais du côté de Rurik, qui soutenait toujours Margriet.

— Je vois que vous ne me croyez pas, mon père. Demandez donc à mon frère ! Demandez-lui s'il savait qu'elle était enceinte. Et s'il n'est pas vrai qu'ils se sont tous les deux comportés comme de véritables chiens en chaleur pendant le voyage. Il a passé son temps à la renifler jusqu'à ce qu'elle lui ouvre ses cuisses !

Et d'ajouter avec dédain :

— Pour ce que j'en sais, c'est peut-être bien son bâtard à lui et non le mien qu'elle porte dans son ventre !

Et comme Rurik ne répondait pas :

— Avez-vous couché avec elle ? Hein ? Avouez que l'enfant est peut-être de vous ?

Oh, il était très doué pour ce genre d'insinuation, songea Rurik. Mais il en aurait fallu davantage pour l'inciter à mentir.

— Non, répondit-il haut et fort. L'enfant ne peut pas être de moi.

Thorfinn avait dû passer des heures à tisser sa toile et à préparer ses mensonges, afin d'être prêt à la première opportunité.

Mais ce qui inquiétait Rurik en cet instant, c'était l'état de Margriet. Il la sentait mollir contre lui et sentait bien qu'elle était à bout.

— Vous avez tissé toute une histoire, Thorfinn, et avec maestria, je dois dire. Vous énoncez des choses que vous ne pouvez pas prouver, dans le seul but de détruire cette jeune femme. Pourquoi jouez-vous ce jeu, dites-moi ?

Il pensait ainsi le contraindre à avouer la vérité. Mais ce fut lui qui se retrouva pris au piège.

— Mais bien au contraire, mon frère ! se récria Thorfinn. Si cette jeune femme veut bien de moi, je suis tout prêt à l'épouser pour laver la tache qui éclabousse son honneur. Je sais quel ami est Gunnar pour notre père. Je prendrai volontiers sa fille pour épouse s'il le désire.

— Oh, mon Dieu…, murmura Margriet.

Rurik la sentit frissonner contre lui. A travers le peu qu'elle lui en avait dit, il était certain qu'elle avait aimé Thorfinn, ou plutôt celui qu'il avait prétendu être quand il l'avait séduite. Mais à présent qu'elle voyait l'homme réel derrière le masque, elle serait sans doute morte plutôt que de consentir.

Thorfinn prit un ton pleurnichard.

— Vous avez tellement l'air de croire que je mens à son sujet ! Et vous m'accusez de Dieu sait quoi.

Il défia son frère du regard.

— Peut-être aimeriez-vous l'épouser vous-même pour la sauver du déshonneur, même si vous prétendez que l'enfant n'est pas de vous ? Dites oui et je vous la laisse !

Rurik se raidit, sentant le piège. Un moment d'inattention de sa part, un détail sous-estimé, et l'abîme s'ouvrirait à ses pieds. Il était bel et bien pris, même s'il lisait clairement dans le jeu de son frère à présent.

Ce que Thorfinn cherchait, c'était à le détruire, lui, en même temps que Margriet et Gunnar.

Mais même ainsi, il ne pouvait répondre sur-le-champ à la question posée, car c'était un choix déchirant qu'on lui demandait là, entre la femme qu'il aimait et tout ce qu'il avait désiré jusque-là dans la vie.

Un nom, une famille, la restitution de ce dont il avait été privé pendant de si nombreuses années — tout cela était en balance avec son amour pour Margriet.

Bref, il était en train de vivre le pire moment de son existence, et il eut littéralement l'impression que le temps avait suspendu son vol. Au fond de son cœur, il savait qu'il devait protéger Margriet, et sa décision fut bientôt prise. Mais ce qui lui avait paru une courte hésitation avait duré trop longtemps aux yeux de la jeune femme.

Lorsqu'il tourna la tête vers elle, il lut le désespoir et la résignation sur son visage.

Doucement, elle s'écarta de lui.

— Margriet, attendez !

Elle semblait si affreusement triste… De toute évidence, elle se sentait trahie.

— Je comprends, Rurik, ne vous inquiétez pas. Je comprends vraiment.

— Père, intervint Thorfinn, cette scène déplaisante n'a que trop duré. Nous pourrions peut-être en reparler demain matin ?

Sa voix sonnait juste, à présent qu'il avait gagné. Il attendit que son père acquiesce, puis se tourna vers sa belle-mère.

— Lady Agnes, puis-je vous confier ma fiancée jusque-là ?

— Mais bien entendu !

Rurik regarda la comtesse et le médecin emmener Margriet. Un étrange frisson le secoua à cette vue. Il avait l'intuition que le pire était encore à venir.

Les paroles de Thorfinn vinrent confirmer cette prémonition.

— Gunnar, je n'ai pas l'intention de me charger d'un bâtard, alors que je ne sais même pas s'il est de moi. Aussi le mariage n'aura-t-il lieu qu'après l'accouchement. Si le rejeton survit, vous en ferez ce que vous voudrez. C'est votre problème, pas le mien.

Outré, Rurik tourna les talons et quitta la pièce sans un regard en arrière.

Le brouillard qui enveloppait le château d'une couche impénétrable semblait refléter l'humeur de ses habitants. Surtout la sienne.

Rurik avait arpenté toute la nuit le chemin de ronde et avait vu les volutes de brume monter lentement aux approches de l'aube.

Dans cette purée de poix, il lui fut difficile de dire à quel moment le soleil se leva. Mais dès que l'heure lui parut décente, il se rendit tout droit chez Gunnar, espérant le convaincre de ne pas accepter les explications de Thorfinn ni ses offres de mariage.

Mais il trouva son appartement vide.

— Ils sont partis avant l'aube, milord, le renseigna un serviteur. Pour Orphir.

Rurik ne perdit pas un instant et alla trouver son père,

à qui il tenta de faire partager ses soupçons sur Thorfinn. En vain. Il n'avait pas la moindre preuve pour étayer ses accusations.

Et il devait compter avec une réalité incontournable — Margriet avait bel et bien donné sa virginité à Thorfinn et attendait un enfant de lui.

Il était certain qu'il devait exister quelque part une preuve pour confondre Thorfinn. Mais il ne savait pas où, c'était là le problème. Le pire, c'était qu'il n'avait même pas voix au chapitre. Comment, dans ces conditions, rompre ces fiançailles ? Aimer la femme promise à son frère ne constituait pas une raison légale au regard de l'Eglise. Il avait admis devant tout le monde que l'enfant de Margriet ne pouvait pas être de lui, et ne pouvait donc agir en se réclamant de ce droit.

Et puis il y avait ses propres fiançailles, qui devaient se finaliser d'ici quelques jours. Bientôt, il se retrouverait pieds et poings liés.

Le mauvais temps s'accordant avec sa méchante humeur, il rassembla douze des gardes et les affronta l'un après l'autre jusqu'à ce qu'il ait fait mordre la poussière au dernier. Cet intermède eut le mérite de lui éclaircir les idées, comme il lui arrivait souvent dans les combats.

Brusquement, il devina lequel de ses hommes avait pu fournir à Thorfinn les informations dont il s'était ensuite servi pour le piéger.

Mais oui, bien entendu ! Comment n'avait-il pas compris plus tôt ? A présent, Dieu merci, il avait les moyens de prouver ses dires. Et peut-être aussi de couper court à tout projet de mariage entre Thorfinn et Margriet.

Il en était là de ses réflexions, quand un serviteur vint lui annoncer qu'on avait découvert un corps dans la prairie en contrebas du château.

***

Quand ses hommes pénétrèrent dans son appartement quelques instants plus tard, ils étaient tous anormalement silencieux. Bien entendu, ils savaient ce qui s'était passé la veille au soir. Tous les habitants du château le savaient, et la nouvelle de la disgrâce de Gunnar s'était déjà répandue en ville.

Certains le déploraient, d'autres s'en réjouissaient, mais il n'était personne qui ignorât l'événement. Gunnar était depuis longtemps dans les faveurs de son maître, et depuis tant d'années, il s'était forcément fait des ennemis pour lui avoir dispensé tel ou tel conseil. Bref, Thorfinn n'était pas le seul à vouloir sa chute.

Rurik se campa devant eux et les dévisagea tour à tour.

— Vous savez ce qui s'est passé hier soir. Si je vous ai convoqués tous ici, c'est pour savoir qui a aidé Thorfinn à perpétrer cette attaque contre l'honneur de Gunnar.

Sven haussa les sourcils.

— Que voulez-vous dire, Rurik ? Vous croyez donc que l'un de nous a joué les espions pour le compte de Thorfinn ?

Rurik sentait croître leur indignation, mais il n'en acquiesça pas moins d'un hochement de tête.

— Oui. L'un d'entre vous a aidé Thorfinn depuis le début. Les nombreux obstacles qui nous ont retardés, la rencontre « fortuite » de Thorfinn et de Margriet près du couvent, la viande avariée qui nous a tous rendus malades... Cela fait beaucoup, vous ne trouvez pas ? Quelqu'un m'a même suivi à mon retour de Thurso et a rapporté à Thorfinn tout ce qui s'était passé ce soir-là entre Margriet et moi chez le vieil Einar.

Un chuchotement de colère s'éleva du groupe, mais personne n'avoua quoi que ce soit.

Rurik s'approcha alors du paquet informe qui gisait sur le sol et commença à dénouer les cordes qui le fermaient. Puis il déroula la toile avec précaution sans quitter ses compagnons des yeux, espérant que l'un d'eux allait se trahir.

— On a trouvé le corps de cette jeune fille ce matin dans la prairie.

Tous grimacèrent devant le spectacle qui s'offrait à leur vue. Rurik les regarda tour à tour.

— Ceci est l'œuvre de mon frère ou de Sigurd, son âme damnée. Thorfinn m'avait envoyé cette pauvre fille avec ordre de me donner du plaisir, mais j'ai refusé. Je ne fais pas appel à des gamines pour ce genre de chose. Elle m'a supplié alors de la tuer, tant elle craignait d'affronter l'ire de mon frère, et je l'ai mise à l'abri chez Gunnar. Thorfinn a dû l'y trouver lorsqu'il est allé là-bas discuter les clauses du contrat de mariage.

Il s'agenouilla et enroula de nouveau la toile autour du corps couvert de blessures et de traces de flagellation. Ce que les hommes venaient de voir ne s'effacerait jamais de leur mémoire, il le savait. Et lui non plus n'oublierait pas, car cette mort était un échec pour lui. Il avait tenté en vain de protéger cette malheureuse.

Il désigna le corps d'un geste.

— Voilà le destin qui attend Margriet Gunnarsdottir, si nous ne faisons rien.

Une voix s'éleva tout à coup parmi eux.

— Non, c'est impossible ! Il n'aurait jamais fait cela, je ne peux pas le croire.

Rurik tressaillit. C'était l'explosion qu'il attendait.

— Comment pouvez-vous croire ses mensonges, Magnus ? Vous avez vu la fille. Elle porte sur tout le corps les marques de ses coups de fouet. Il a laissé son sceau sur elle, pour être certain que je n'aurais pas le moindre doute sur la personne qui a fait cela.

— Rurik, je…

Rurik arrêta Magnus d'un geste.

— Sortez tous, intima-t-il aux autres. J'ai deux mots à lui dire.

Il attendit qu'ils aient disparu pour reprendre :

— Je me moque bien que vous ayez choisi mon frère

au lieu de moi, Magnus. Mais je n'ai pas l'intention de le laisser faire encore plus de mal à Margriet.

Magnus secoua la tête, fort de ses certitudes.

— Mais il ne fera rien de la sorte, Rurik ! Pourquoi le ferait-il, je vous le demande ? Il est aux anges d'avoir obtenu une si belle dot — car votre père va doubler la somme allouée par Gunnar, afin que Thorfinn fasse tout de même un mariage avantageux. Le saviez-vous ?

Voilà qui ne rassurait pas Rurik, au contraire. Plus ce mariage rapporterait d'argent à Thorfinn, plus il aurait la tentation de s'assurer que cette union ne durerait pas longtemps.

Ce qui signifiait que Margriet était encore plus en danger qu'il ne l'avait pensé.

Il regarda son interlocuteur dans les yeux.

— Vous êtes décidé à ne pas lever le petit doigt contre lui, même si c'est pour sauver Margriet ?

Magnus haussa les épaules.

— Vous ne pouvez pas comprendre, Rurik. Thorfinn et moi sommes liés depuis des années. Il y a tant d'affinités entre nous ! Nous avons eu tous les deux à souffrir du retour d'un…

Il s'arrêta, peu soucieux d'achever son explication. Ce fut Rurik qui finit à sa place.

— D'un bâtard qui vous a pris la place à laquelle vous pensiez avoir droit.

On en revenait toujours là. Un bâtard, aussi méritant et courageux qu'il fût, restait toujours un inférieur aux yeux des fils légitimes.

— En l'état actuel des choses, je ne peux rien faire pour la protéger, Magnus. Tout ce que je vous demande, c'est de m'informer si à un moment ou à un autre quelque chose vient confirmer mes craintes. Si tel est le cas, envoyez-moi seulement un petit mot pour que je sache qu'elle est en danger. Alors je ferai mon possible pour la sauver.

Au lieu de répondre, Magnus jeta un regard silencieux au

corps qui gisait entre eux sur le parquet. Puis il tourna les talons et quitta la chambre sans un mot. Rurik espérait que le message était tout de même passé et qu'il avait su toucher le cœur de celui qu'il avait pris si longtemps pour son ami.

Les jours suivants, Thorfinn adopta une tactique habile. Il se fit très discret, n'assistant même pas aux repas et aux réunions. Gunnar avait repris sa place aux côtés d'Erengisl, mais il ne montrait plus à l'accomplissement de ses diverses tâches l'énergie et la conviction qui avaient fait de lui un collaborateur si précieux pour le comte. L'épée du déshonneur suspendue au-dessus de sa tête ne serait pas levée avant que le mariage de Margriet ne soit accompli, ce qui ne pourrait avoir lieu avant plusieurs mois.

Thorfinn était parvenu à ses fins en réduisant au silence son opposant le plus crédible. Sa position en était renforcée et Rurik savait qu'il n'allait pas tarder à tirer parti de son avantage.

Ceux qui tout récemment encore faisaient antichambre chez Rurik pour quémander ses faveurs frappaient à présent chez son frère, avec leurs présents et leurs offres de service.

Ces hommes n'étaient pas tombés sur la tête. Ils savaient que le mariage de Rurik allait promptement entraîner son départ des îles et n'ignoraient pas qui allait contrôler la situation aux Orcades après Erengisl.

Trois semaines s'étaient déjà écoulées depuis que la honte de Margriet avait été publiquement dévoilée.

Un jour, en rentrant dans sa chambre, Rurik trouva un morceau de parchemin déposé sur son lit.

Le message était de l'écriture de Magnus et ne contenait qu'un seul mot :

« Maintenant. »

Chapitre 21

Le soleil s'était levé dans un ciel sans nuages, pour la première fois depuis de nombreux jours, et Margriet en avait profité pour demander la permission d'aller marcher sur la plage.

Non pas qu'elle fût exactement prisonnière, mais elle n'avait pas la liberté d'aller et venir comme elle voulait. Son futur époux ne cessait d'envoyer des instructions à ceux qui s'occupaient d'elle et ne leur laissait pas ignorer quel serait le prix à payer pour la moindre erreur s'il lui arrivait quoi que ce soit.

Elle jeta sa cape sur ses épaules et se dirigea vers les ruines de l'ancienne église qui s'élevait à l'extrémité du domaine paternel. Le vent soufflait en rafales, mais il ne faisait pas très froid et elle appréciait le souffle revigorant du surcroît.

Il ne restait plus que quelques pierres du vieux bâtiment circulaire érigé là deux siècles plus tôt en l'honneur de saint Nicolas. Elle s'assit sur un gros bloc de granite, heureuse de s'exposer aux rayons du soleil.

Sa servante Brynja avait été remplacée par Aslief, une femme plus âgée qui n'aimait pas marcher et se plaignait dès qu'elles étaient à cinq cents mètres de la maison. Margriet essaya d'ignorer ses récriminations le plus longtemps possible, car la promenade était l'un des derniers plaisirs qu'il lui restait, à présent que sa vie s'était si brutalement brisée.

Oh, elle ne minimisait pas sa part de responsabilité dans ses propres déboires. Elle se demandait seulement si c'était là son châtiment, ou si les choses allaient encore empirer. Maintenant que Thorfinn lui avait montré son vrai visage, elle avait tendance à penser que la punition ne faisait que commencer !

Finalement, quand les geignements de sa compagne se firent pénibles au point de lui gâcher cette belle journée, Margriet se leva et reprit la direction de la maison. Quelques bateaux croisaient au long de la côte et elle s'arrêta un instant pour les observer. Par association d'idées, la vue d'un navire la faisait toujours penser à Rurik.

Elle ne pouvait certes pas le blâmer pour la façon dont les choses avaient tourné. Il avait été franc avec elle en lui parlant de ses rêves et de son désir pour tout ce que son père lui offrait. Il ne s'était pas abaissé à mentir, au contraire. Et il s'était montré conséquent en faisant passer ce qu'il avait toujours voulu avant l'amour.

Repoussant ses cheveux de son visage, elle regarda le plus grand des vaisseaux longer les quais, tandis qu'un plus petit manœuvrait pour venir s'amarrer dans le port. Elle avait l'impression qu'une éternité s'était déjà écoulée depuis qu'elle avait débarqué là pour retourner chez son père, avec l'espoir d'y rencontrer compassion et vérité.

Oh, elle avait bien trouvé la vérité, mais ce n'était pas celle qu'elle avait espérée.

En fait, elle ne comptait tout simplement pas.

Elle n'était rien pour son père, qui l'avait laissée en exil pendant dix ans et l'avait abandonnée dès qu'elle avait porté atteinte à son honneur.

Elle n'était rien pour son fiancé, qui ne la voulait que pour l'incroyable dot qu'Erengisl s'apprêtait à lui verser pour redorer son blason entaché par ce mariage.

Enfin, elle n'était rien pour l'homme dont elle s'était si follement éprise.

C'était cela qui faisait le plus mal, même si Rurik ne lui avait jamais caché le choix qu'il comptait faire, même si elle avait trahi sa confiance et l'avait blessé dans son orgueil à plusieurs reprises.

Elle exhala un lourd soupir, ce qui fournit à Aslief un nouveau prétexte pour se plaindre.

— Que faisons-nous là encore à flâner ? Vous seriez bien mieux à la maison, et moi aussi…

Margriet se résigna et reprit le chemin qui menait à la demeure de son père. Une interminable journée en perspective, qui serait suivie d'une autre et d'une autre encore, sans que rien ne puisse changer quoi que ce soit à sa situation…

De retour à la maison, elle constata que des visiteurs étaient arrivés en son absence. Thorfinn et ses hommes étaient attablés dans la grande salle devant des timbales d'ale. Etonnée de voir Magnus dans le groupe, elle voulut aller vers lui pour le saluer. Mais à peine eut-elle franchi le seuil que tous se levèrent comme un seul homme. Puis ils quittèrent la salle, entraînant les domestiques avec eux.

Resté seul avec elle, Thorfinn se leva et vint à sa rencontre.

— Bonjour, Margriet. Vous semblez surprise. Serait-ce que vous ne m'attendiez pas ?

Un sourire cruel étirait ses lèvres.

Margriet comprit alors que son châtiment ne faisait que commencer.

Rurik chevauchait comme s'il avait le diable aux trousses, sauf que le diable en l'occurrence l'avait déjà devancé. Le message avait été apporté pendant qu'il était occupé dehors à traiter une affaire pour Erengisl. Thorfinn et ses séides avaient donc deux bonnes heures d'avance sur lui.

Sven, Donald et Leathen galopaient près de lui, silencieux. L'image du corps violenté de la jeune servante semblait encore flotter devant leurs yeux.

Ce serait aussi le destin de Margriet s'ils n'arrivaient pas à temps.

Pas un n'exprima la moindre plainte ni ne ralentit l'allure

un seul instant, malgré la vitesse folle qui les tenait penchés sur leurs montures.

Le soleil était déjà à son zénith lorsqu'ils atteignirent enfin les montagnes derrière lesquelles s'étendait le domaine de Gunnar.

La demeure de Margriet.

Rurik leva la main. Tous trois mirent pied à terre et achevèrent le chemin à pied, laissant leurs chevaux entravés dans la prairie. Ils parcoururent les derniers mètres en rampant pour ne pas être vus. La maison était entourée de plus de gardes qu'ils ne l'escomptaient et ils étaient sérieusement en sous-nombre.

Ils planifiaient en hâte leur attaque, quand un hurlement déchira l'air. Oh, ils le reconnurent tout de suite… Ce cri-là, ils l'avaient déjà entendu en ce soir tragique où Margriet était tombée dans la rivière.

Il y avait tant de terreur dans la voix de Margriet qu'ils ne songèrent plus à prendre les gardes par surprise. Il était trop tard pour cela à présent.

Poussant son cri de guerre, Rurik les entraîna en avant, épées et dagues au clair.

— Je ne vous laisserai pas assassiner mon bébé, Thorfinn, n'y comptez pas !

Margriet essuya le sang qui ruisselait sur son visage et se plaça le dos au mur. Dans cette position, elle pouvait au moins le voir venir.

Il avait renvoyé tout le monde, excepté son sbire Sigurd, et avait commencé à la frapper. Mais elle s'était défendue bec et ongles. Pas assez efficacement toutefois pour éviter un direct dans le nez et un violent coup de poing entre les omoplates.

Il en aurait fini beaucoup plus vite avec une épée ou un poignard. Mais il semblait prendre du plaisir à infliger la souffrance avec ses mains… et ses pieds ! Elle avait déjà évité deux coups dirigés vers le bébé dans son ventre avant de se réfugier derrière la longue table.

— Ah, mais je ne vous demande pas de vous laisser faire, Margriet ! J'aime le défi, et cela me plaît de devoir vous attraper avant de pouvoir le déloger à coups de pied de votre ventre.

Elle le dévisagea, hébétée.

— Mais pourquoi, au nom du ciel ?

Non, c'était impossible, il n'allait pas faire cela. Elle n'arrivait pas encore à croire qu'il puisse être cruel à ce point. Mais quand il eut brutalement repoussé la table qui la protégeait et que plus rien ne la sépara de lui, elle lut dans ses yeux qu'il allait bel et bien mettre sa menace à exécution.

Elle avait ramassé l'un des pieds de la chaise qu'il avait jetée après elle tandis qu'elle s'enfuyait en courant et espéra qu'il serait assez solide pour lui permettre de se défendre. Elle le brandit à l'approche de Thorfinn. Mais il attrapa le morceau de chêne au vol et le lui arracha d'une simple torsion.

— Pourquoi ? Parce que je n'ai nul besoin de ce bâtard. Et maintenant que votre dot est dans mes coffres, je n'ai plus besoin de vous non plus.

Margriet regarda autour d'elle, éperdue. Où s'enfuir ? Elle n'avait plus d'issue. Il l'agrippa par les cheveux pour l'attirer vers lui, et il levait déjà le poing quand Magnus se précipita dans la pièce.

— Magnus, aidez-moi ! cria-t-elle en se tournant vers lui. Pour l'amour du ciel !

Mais il avait visiblement l'esprit ailleurs, et ce fut d'une voix haletante qu'il jeta :

— Il est là, mon seigneur !

Mon seigneur ? Margriet n'en croyait pas ses oreilles. Il appelait Thorfinn « mon seigneur » à présent ? Elle se débattit dans les bras de son tortionnaire, luttant pour lui échapper. Mais il avait plus de force qu'elle et elle ne put se libérer de son étreinte.

Thorfinn tourna la tête vers Sigurd.

— Allez *accueillir* mon frère, lui intima-t-il. J'ai quelque chose à finir ici.

Le sbire s'inclina avant de quitter la salle.

Margriet avait parfaitement compris l'ordre. Cette brute allait tuer Rurik !

Elle essaya d'argumenter avec l'énergie du désespoir.

— Soyez lucide, Thorfinn. Vous n'allez pas vous en tirer comme cela. Les serviteurs sont au courant. L'un d'entre eux informera mon père. Ou le vôtre.

Pour toute réponse, Thorfinn l'arracha du mur où elle s'appuyait et la jeta violemment sur le sol. Elle essaya de ramper vers la porte, mais il l'en empêcha en lui barrant le chemin à coups de pied.

— C'est là que vous vous trompez ! assura-t-il enfin. Je ne suis pas aussi stupide.

Il eut un sourire torve.

— N'avez-vous pas entendu parler de ces bandits qui ont été récemment repérés près de la côte ? Ils ont attaqué plusieurs cottages des environs. J'en ai averti votre père en lui conseillant de doubler sa garde, mais il ne m'a pas écouté, l'imprudent ! Comme il va le regretter en apprenant que ces brigands ont assailli sa maison et assassiné sa fille !

Il prit son élan pour lui assener le coup final. Margriet sut que tout était fini pour elle. Elle se préparait à mourir quand Magnus surgit brusquement de l'ombre.

Thorfinn ne vit pas venir l'attaque et s'écroula aux pieds de Margriet en se recroquevillant de douleur.

Magnus tendit la main vers la jeune femme.

— Vite, milady, suivez-moi ! Je vais vous faire sortir d'ici !

Mais elle était incapable de tenir debout et il lui fallut deux longues minutes pour se relever. Magnus commençait tout juste à la guider vers la porte, quand Thorfinn bondit soudain derrière eux.

— Oh, non, Magnus, vous ne ferez pas cela, je ne crois pas, déclara-t-il d'un ton glacial.

Et il lui enfonça sa dague dans le dos sans autre forme de procès.

Horrifiée, Margriet vit Magnus tomber à genoux devant elle, le sang coulant à flots de sa blessure.

— Pardonnez-moi… milady…

Rassemblant ses dernières forces, il attendit en vacillant que Thorfinn s'approche de lui et l'agrippe par les épaules pour l'écarter du passage.

Puis il leva le bras et lui plongea son poignard dans le cœur.

— Dites… dites à Rurik que c'est lui que j'ai choisi…

Les deux hommes s'écroulèrent ensemble et Margriet demeura prostrée sur le sol. Des sons de bataille lui parvinrent du dehors, mais elle était incapable de bouger. Roulée en boule sur le parquet, elle se sentait glisser dans l'inconscience, quand s'éleva non loin de là un hurlement à glacer le sang.

Le cri de guerre de Rurik.

Il était là, Dieu soit loué. Elle sourit malgré sa souffrance et ferma les yeux.

Rurik était là. Elle était en sécurité à présent.

Après avoir forcé l'entrée de la pièce, Rurik se précipita vers Margriet, qu'il trouva inconsciente sur le sol.

— Allez chercher Gunnar à Kirkvaw ! ordonna-t-il à l'un de ses hommes. Dites-lui qu'il n'y a pas un instant à perdre.

Son cœur s'arrêta de battre lorsqu'il vit les deux hommes inertes et tout le sang alentour.

Mais sa peur fut de courte durée — Margriet marmonna un vague son quand il la souleva dans ses bras pour l'emporter loin de cette horreur.

Dieu merci, elle était vivante !

Gunnar arriva à la fin de la journée, reprit les choses en main dans sa maison et s'assura que Margriet recevait les soins appropriés à son état. Rurik découvrit plus tard que c'était sa promenade sur la plage qui l'avait sauvée en ce jour tragique. C'était grâce à ce répit qu'il avait pu arriver à temps avec ses hommes.

Et la réaction de Magnus, sa décision de se retourner contre Thorfinn au moment ultime, avait aussi contribué à l'heureuse issue de cette affaire.

Le prétexte inventé par Thorfinn pour dissimuler son forfait le couvrit au-delà de la mort, car Erengisl promit à tous les propriétaires de la côte de leur envoyer des soldats supplémentaires pour lutter contre les maraudeurs. Si le comte soupçonna ou devina la cause réelle de cette demande, il n'en pipa jamais mot.

Rurik n'appréciait guère le fait que Thorfinn soit à présent considéré comme un héros qui avait défendu sa fiancée contre une attaque de brigands au péril de sa vie.

Mais après tout, quelle importance ? Thorfinn était mort et ne serait plus jamais une menace pour Margriet.

Rurik n'invoquait jamais l'avenir et évitait d'accabler Margriet de questions ou de déclarations importunes, mais il savait exactement ce qu'il avait à faire.

Lorsque les documents relatifs à son mariage arrivèrent un mois plus tard afin qu'il y appose sa signature, il se rendit tout droit chez son père.

— Je savais que ce serait ainsi. Je me demandais seulement à quel moment cela arriverait.

— Moi aussi, père.

Rurik marcha jusqu'à la fenêtre et jeta un long regard sur le port en contrebas. Il y avait moins de bateaux à présent que l'hiver approchait. Bientôt, la mer deviendrait complètement inhospitalière pour les voyageurs.

Son père s'approcha de lui, une coupe à la main.

— J'aimerais que vous trinquiez en mon honneur, Rurik.

— Bien volontiers, père. Mais puis-je d'abord savoir pourquoi ?

Il attendit la réponse, mais Erengisl observa une pause et le scruta un instant avant d'expliquer :

— Agnes est enceinte. Notre enfant va naître au printemps prochain.

Un sourire éclaira le visage de Rurik, qui leva sa coupe. Erengisl parut soulagé.

— Je ne savais pas trop comment vous prendriez la nouvelle.

Rurik eut un rire amusé. Ils avaient fait bien du chemin ces derniers temps pour que ce soit son père qui s'inquiète de ses réactions et non le contraire !

Mais du chemin, il leur en restait encore à faire…

— Je suis très heureux pour vous deux. Agnes doit être ravie, je suppose ?

— Oh, oui. C'est son premier et elle s'inquiète déjà de tous les détails de l'accouchement.

— Il lui reste encore bien des mois pour se préparer… Une excellente nouvelle, vraiment. Peut-être se sentirait-il moins coupable à présent…

Erengisl prit le pichet de vin et remplit de nouveau leurs coupes. Puis il se rassit et reprit la parole.

— Quand partez-vous ?

Rurik haussa un sourcil, surpris.

— Comment diable avez-vous su ?

— Je ne l'ai pas su, Rurik. Je l'ai deviné.

Le comte avala de longues gorgées puis reposa sa coupe vide.

— Vous traîniez les pieds pour ce mariage, c'était évident. Chaque clause du contrat déclenchait chez vous des argumentations à n'en plus finir. Vous n'avez pas fait bâtir la maison dont vous aviez parlé à Birsay. Et les membres de votre conseil n'ont toujours pas été nommés. Cela fait bien des signes… De toute évidence, vous n'étiez pas convaincu que votre place était ici.

— Je n'appartiens pas à ce pays, père. En dépit de votre

offre et du bon accueil que vous m'avez réservé, ma vie n'est pas ici.

— A-t-elle accepté de vous épouser ?

Rurik ne répondit pas sur-le-champ, surpris par la sagacité de son père. Avec quelle promptitude Erengisl avait su discerner ce qu'il avait mis lui-même si longtemps à démêler !

En fait, il n'avait pas fait grand-chose depuis cinq mois, sinon regretter d'avoir manqué l'occasion de revendiquer la femme qu'il aimait. Oh, il avait vite compris son erreur, mais c'était seulement ces derniers jours qu'il avait entrevu la solution.

— Je ne lui ai pas encore posé la question, avoua-t-il. Elle ne veut pas me voir.

— Vous lui en voulez ?

Erengisl ne le quittait pas des yeux, dans l'attente de la réponse.

— Non. C'est ma faute si elle s'est retrouvée entre les griffes de Thorfinn. Mais je ferai ce qu'il faut pour qu'elle me pardonne ma stupidité.

— Les erreurs de votre père vous ont servi de leçon, on dirait.

Rurik regarda l'homme qu'il n'avait jamais cru pouvoir appeler de nouveau « père ». Et il se souvint de la question qu'il lui avait posée le jour de son arrivée. Une question à propos du passé.

— Ha ! ha ! Vous admettez donc que vous avez commis une erreur ?

Erengisl se mit à rire.

— Vous m'avez demandé si ce que j'avais obtenu avait valu la peine de *la* perdre. Eh bien, entendez ma réponse à présent ! Rien ne remplace jamais l'amour qu'on a abandonné ou perdu.

Rurik hocha la tête.

— M'en voulez-vous de bouleverser ainsi tous vos plans ?

— Non, Rurik. Je ne suis pas si vieux et j'ai encore un certain nombre d'années devant moi pour mettre au point d'autres arrangements. Et maintenant qu'un héritier est en route, j'aurai d'autres fils à qui donner mes terres et ma fortune.

Erengisl se fit soudain plus grave.

— Quand partez-vous ?

— J'ai quelques préparatifs à faire, ainsi qu'une demande en mariage à présenter. Ensuite, j'espère être de retour à Lairig Dubh avant le début de l'hiver.

Il ne désirait rien tant que de passer les longues et froides nuits d'hiver dans son cottage avec Margriet blottie dans ses bras.

— Si du moins elle veut de moi…

Erengisl se leva et lui tendit la main. Rurik la serra, puis étreignit son père.

— Si jamais vous décidez de revenir, il y aura toujours une place pour vous ici, Rurik.

Rurik sentit sa gorge se serrer à ces mots et ne put qu'acquiescer d'un hochement de tête avant de s'éloigner.

Il atteignait la porte, quand son père ajouta :

— D'homme à homme, Rurik, j'apprécierais infiniment que vous ne répétiez pas à votre mère ce que je vous ai dit. A savoir qu'elle avait raison…

— Mère ? Elle est donc ici ?

— Non. Mais pour tout vous dire, Margriet non plus n'est plus là. Elle est repartie en Ecosse il y a deux semaines. Gunnar m'a dit qu'elle était retournée au couvent à Caithness.

— Et mère ? s'enquit Rurik.

Il se frappa le front d'un geste brusque.

— Ne venez pas me dire que c'est elle qui a pris soin de Margriet pendant toutes ces années !

Erengisl s'éclaircit la gorge.

— Eh bien, si. On la connaît au couvent sous le nom de mère Ingrid.

Chapitre 22

Couvent de la Sainte-Vierge, Caithness, Ecosse

— Si elle n'est pas sortie d'ici une heure, je brûlerai ce couvent jusqu'aux fondations et j'irai la chercher de force ! Entendez-vous ?

La menace sonnait creux. Mais que pouvait-il faire d'autre ? Il était là depuis déjà trois jours et ni sa mère ni Margriet n'avaient accepté de s'entretenir avec lui. Il avait plaidé sa cause, prié, promis, tout essayé, même de corrompre la sœur tourière et le jardinier. Et malgré cela, elle ne voulait toujours pas entendre parler de sa proposition de mariage ! Il était à court de temps, d'arguments, de solutions.

Il entendit Sven maugréer derrière lui, ce qui lui rappela qu'Elspeth aussi s'était réfugiée à l'intérieur du couvent avec Margriet. Et Sven n'appréciait pas cela, mais alors pas du tout !

En désespoir de cause, Rurik se campa devant les portes et hurla de nouveau le nom de Margriet à tous les échos.

Après quelques minutes, un léger bruit attira son attention et il entendit quelqu'un chuchoter en haut du rempart. Il reconnut aussitôt la voix familière.

Rurik prit une profonde inspiration.

— Margriet, pour l'amour de Dieu ! Je fais mon possible pour respecter la sainteté du lieu, mais vous ne me rendez pas les choses faciles, reconnaissez-le.

Il y eut là-haut un court silence, puis :

— J'ai besoin de réfléchir. Laissez-moi encore un peu de temps.

Rurik déglutit.

— L'accord de fiançailles a déjà été paraphé par votre père et par le mien. Que voulez-vous de plus ?

— Je n'ai pas donné mon consentement, Rurik. Pas encore…

— Ouvrez au moins les portes, pour que nous puissions en discuter tous les deux seul à seule !

— Jurez-vous de ne pas m'obliger à quitter le couvent ? Je veux votre parole ! Sans cela, je refuse.

Sven intervint d'un ton furibond.

— Bon sang, Rurik, promettez tout ce qu'elle veut, mais faites ouvrir ces damnées portes à la fin ! Je veux récupérer ma femme.

Bien que leur union ait été célébrée en hâte après une absence notoire de fiançailles, Sven s'était vite accoutumé aux plaisirs du mariage. Et à présent, séparé d'Elspeth depuis trois semaines, il tournait en rond tel un lion en cage.

Comprenant qu'il n'avait pas le choix, Rurik céda. Le front appuyé à la massive porte de chêne, il prononça les mots qu'elle attendait.

— D'accord, Margriet, je le jure. Et maintenant, s'il vous plaît, ouvrez !

Il entendit le craquement de la barre qu'on soulevait et recula pour laisser les battants s'écarter.

Puis il attendit, le temps que Margriet descende l'escalier de la tour. Lorsqu'elle apparut enfin, il s'avança vers elle séance tenante et fit ce qu'il rêvait de faire depuis tant de mois — il l'attira contre lui et l'embrassa follement, encore et encore.

Ils en étaient au troisième baiser quand Sven les dépassa en trombe pour aller quérir sa femme, visiblement impatient de partager avec elle le même genre de retrouvailles.

— Rurik ? appela tout à coup une autre voix féminine, grave et posée.

Mais l'interpellé n'avait pas la moindre envie d'interrompre ce qu'il était en train de faire, surtout pour cette personne-là.

Il releva la tête quelques secondes, juste assez pour laisser Margriet reprendre son souffle, puis il l'enlaça plus étroitement encore et se remit à l'embrasser de plus belle, d'un baiser à lui couper la respiration.

— Rurik !

Au quatrième appel, Rurik releva la tête. Même s'il ne l'avait pas revue depuis des années, il connaissait assez sa mère pour savoir qu'elle insisterait jusqu'à ce qu'il consente enfin à lui répondre.

— La coutume veut que l'on obtienne le consentement de la fiancée avant d'aller plus loin.

Discuter sur ce point n'aurait servi à rien, il le savait. Elle avait raison, cent fois raison.

— Oui, mère, soupira-t-il.

A regret, il lâcha Margriet et l'enveloppa d'un long regard. C'était la femme qu'il aimait, celle qui valait la peine qu'il abandonne tout ce qu'il avait désiré jusqu'ici. Car l'amour qu'il éprouvait pour elle lui avait déjà apporté bien plus qu'il n'avait perdu.

Maintenant le temps du bonheur était venu… si seulement elle consentait à l'épouser !

— Margriet, voulez-vous me faire l'honneur de devenir ma femme ? interrogea-t-il avec toute la gravité requise.

Cette demande, c'était certainement la chose la plus sérieuse qu'il ait faite de sa vie et il voulait qu'elle en soit bien persuadée.

— Je sais que je n'ai pas été à la hauteur et que j'ai trahi votre confiance, Margriet. J'aurais dû vous protéger contre… contre…

Il hésita à prononcer le nom.

— Mais je vous promets que jamais plus je ne…

Elle lui couvrit la bouche de sa main, l'empêchant ainsi de revenir sur ses erreurs.

— M'aimerez-vous, Rurik ?

— Mais je vous aime déjà !

— Et me ferez-vous confiance ?

— Cela aussi, je le fais déjà.

Elle le regarda, mutine.

— Et me ferez-vous toutes ces choses dont Elspeth m'a parlé, quand nous serons ensemble pendant les longues nuits d'hiver de Lairig Dubh ?

Incapable de contenir plus longtemps sa joie, il la souleva dans ses bras et la fit tournoyer dans les airs.

— J'y compte bien !

Elle prit une profonde inspiration.

— Alors je veux bien vous épouser, Rurik.

Des vivats s'élevèrent à l'intérieur des murs. Religieuses et laïques, tous les habitants du couvent s'étaient réunis là pour leur présenter leurs bons vœux !

Une voix grave résonna soudain derrière eux et Rurik se retourna pour voir s'avancer un prêtre de haute stature, qui se dirigeait à grands pas vers la porte.

— J'ai envoyé chercher le père dès que l'ai su que vous étiez en route pour Caithness, expliqua mère Ingrid. J'étais sûre que lorsque vous auriez remis la main sur elle, vous ne voudriez plus la lâcher !

Et il ne l'avait pas lâchée, en effet, songea-t-il en baissant les yeux vers leurs doigts entrelacés.

Mais mère Ingrid n'en avait pas fini.

— Etant donné votre réputation, je savais aussi que vous voudriez consommer l'union le plus rapidement possible, mon fils. Et qu'il faudrait donc procéder à la célébration sans tarder…

— Mère ! se récria Rurik, choqué par la façon dont elle semblait avoir lu dans ses pensées.

Mais cette nuit-là, allongé dans le noir avec sa nouvelle épouse étroitement serrée dans ses bras, il remercia silencieusement sa mère de le connaître assez pour avoir anticipé son désir…

Il avait construit une tente pour Margriet, une tente presque pareille à celle qu'elle avait utilisée pendant leur voyage vers le nord, mais avec quantité de fourrures et de couvertures de laine pour assurer son confort. Quant à la chaleur, il se chargeait de la lui fournir !

Les hommes n'étant pas admis au couvent pendant la nuit, il avait passé une bonne partie de la journée à chercher le meilleur endroit pour leur première nuit de couple marié. Pas question de se priver de Margriet ne fût-ce que quelques heures, à présent qu'elle était sa femme !

Les nonnes leur avaient offert un banquet de mariage à leur façon, et Rurik avait volontiers accepté leur invitation et leurs souhaits de bonheur.

Sven et Elspeth avaient choisi de camper près des portes, tandis qu'il entraînait Margriet plus loin dans la forêt, afin de préserver leur intimité. Puis il souleva la toile de leur tente et l'aida à se glisser à l'intérieur.

Il savait qu'elle n'était pas très à l'aise avec son corps à présent que sa grossesse approchait de son terme. Mais il aimait la voir ainsi, épanouie par cette vie qui croissait en elle.

Si Margriet avait pu éprouver la moindre appréhension à ce sujet, ses craintes fondirent comme neige au soleil à la première caresse de Rurik. Pour cela aussi, elle lui faisait confiance. Et curieusement, les conseils de la révérende mère avaient contribué à apaiser son inquiétude.

La dernière fois qu'il l'avait touchée, il était profondément en colère. Mais cette fois, ce fut avec une grande douceur qu'il posa les mains sur elle, lui ôtant son surcot, sa robe et même sa chemise, jusqu'à ce qu'elle se retrouve nue dans ses bras.

Elle ne vit pas comment il ôta ses propres vêtements, mais ils disparurent aussi en un clin d'œil, et la sensation de sa peau contre la sienne lui fit pousser un soupir d'aise.

Elle avait les seins plus lourds à présent et leur mamelon était hypersensible à son toucher. Elle le regarda tracer du bout du doigt de petits cercles autour des deux boutons roses. Puis il se pencha pour les embrasser. Le désir grandit en elle, et elle se pressa contre lui.

Elle voulait plus, encore plus…

Rurik prit l'un des mamelons dans sa bouche et le lécha doucement. Puis il passa à l'autre et continua jusqu'à ce qu'elle lui agrippe les cheveux pour le maintenir contre sa poitrine, enfiévrée par le besoin ardent qui montait en elle.

Le rire qu'il fit entendre alors fut pour elle le plus merveilleux des sons.

Il se positionna de façon à s'étendre contre elle, évitant ainsi de peser trop lourdement sur son ventre, et l'embrassa exactement comme elle aimait. Leurs langues se rencontrèrent, s'entrelacèrent, et il plongea dans les profondeurs veloutées de sa bouche, déclenchant en elle des vagues de plaisir toujours croissant.

Puis il glissa une main entre ses cuisses et elle goûta alors d'autres sensations, plus exquises, plus enivrantes encore. Il la sentit frémir contre lui et enfonça un doigt dans la toison soyeuse déjà tout humide de son toucher.

La tension montait en elle. Chaque geste de Rurik faisait naître au plus profond de sa féminité un autre besoin, une nouvelle volupté dont elle découvrait avec émerveillement les prémices.

Elle voulut le caresser à son tour et tendit la main vers sa virilité roidie, impatiente de lui faire partager le plaisir qu'elle éprouvait.

Mais il secoua la tête.

— Non, ma chérie. Si vous faites cela, notre nuit d'amour risque de tourner court !

— Oh, Rurik, s'il vous plaît ! Laissez-moi vous toucher à mon tour…

Il y avait tant d'amour dans son regard qu'il s'écarta légèrement pour la laisser faire. Elle avait pensé qu'il ralentirait pendant ce temps ses propres approches, mais non ! Il lui retourna chaque caresse jusqu'au moment où ce fut trop pour lui.

— Arrêtez, Margriet, pria-t-il alors dans un gémissement rauque.

Elle s'immobilisa, la main posée sur lui, et le laissa continuer son voluptueux mouvement de va-et-vient. Mais elle sut bientôt qu'elle aussi n'allait pas tarder à demander grâce. Les caresses de Rurik la brûlaient littéralement, lui donnaient envie de crier pour avoir davantage…

Le moment arriva enfin.

— Venez, mon amour !

Il la souleva par les hanches et la guida vers lui. Leurs gémissements se répondirent lorsqu'elle se laissa descendre lentement vers son ventre pour le prendre en elle.

— Oui, ainsi…, murmura-t-il.

Et il glissa une main entre eux pour la caresser là, à la jonction mouillée de ses cuisses.

Margriet eut l'impression que tout son corps se resserrait autour de lui pour mieux l'enclore. Frémissante d'anticipation, elle le sentit s'enfoncer profondément en elle tandis qu'ils basculaient ensemble dans le grand vertige. Emporté par une inépuisable frénésie, Rurik maintint son rythme encore et encore jusqu'à ce qu'elle s'abatte sur sa poitrine avec un cri.

Il l'enveloppa alors de ses bras et la pressa de longues minutes contre lui, le temps de reprendre tous deux leur respiration.

Les bruits de la nuit résonnaient autour d'eux, dans les profondeurs de la forêt. Mais le son qu'elle aimait entre tous, c'était le martèlement ferme et régulier du cœur de Rurik qui battait sous son oreille, tandis qu'elle appuyait la joue contre sa poitrine.

Si fort. Si réconfortant…

Elle était presque endormie, lorsqu'elle l'entendit chuchoter à son oreille :

— Voilà ce qui arrive, belle dame, lorsqu'on se rend à un Highlander…

Elle rit à la perspective des nuits innombrables qu'elle allait partager avec lui, à lui payer tous les tributs qu'il exigerait d'elle.

Et ce tribut, elle le paya plusieurs fois avec allégresse avant que la lumière de l'aube ne vienne les éveiller, annonciatrice d'un jour nouveau.

Épilogue

Le temps s'était refroidi beaucoup plus tôt qu'ils ne l'avaient escompté et le voyage leur prit plus de temps que prévu.

Une tempête de neige menaçait, le jour où ils traversèrent enfin le village de Lairig Dubh et prirent la direction du château.

Margriet était blottie dans le giron de Rurik, enveloppée dans un épais tartan de laine et réchauffée par la douce chaleur qui émanait de son corps. Ils se trouvaient à plusieurs miles du château quand elle s'était endormie et il n'avait pas encore eu le cœur de la réveiller.

Il baissa vers elle un regard extasié et, une fois de plus, remercia le ciel de l'avoir conduite vers lui. En fait, il passait son temps à la regarder. Qu'elle soit en train de dormir, de manger, de parler ou de marcher, le spectacle ne cessait de l'enchanter. Chaque fois qu'elle esquissait un geste, il s'émerveillait qu'elle soit sienne, après toutes les épreuves qu'ils venaient de traverser.

Il la regardait aussi quand elle posait la main sur l'enfant qui grandissait en elle et savait qu'elle s'inquiétait au sujet de l'événement à présent si proche.

Et maintenant, il la regarda s'éveiller dans ses bras au moment où ils franchissaient la grande porte.

Elle se frotta les yeux et jeta un coup d'œil surpris autour d'elle.

— Mon Dieu, nous sommes déjà arrivés ? Vous auriez dû me réveiller, Rurik ! Que va penser votre dame si elle me voit endormie dans vos bras comme une enfant ?

Il lui sourit tendrement.

— Mais moi, c'est précisément ce que j'aime, figurez-vous. Que vous soyez là, endormie comme une enfant dans mes bras !

Elle se redressa et écarta le tartan de son visage afin de pouvoir examiner le château. Rurik lui en avait tant parlé qu'elle devait avoir l'impression d'en connaître chaque pierre et chaque recoin.

En fait, il n'avait compris à quel point la vie à Lairig Dubh lui manquait que lorsqu'il avait été au loin. Et l'amour qu'il ressentait pour ses habitants ne s'était pleinement révélé à lui que lorsqu'il avait été sur le point de les abandonner.

A présent, il pouvait voir Connor debout à sa place favorite en haut des remparts, Jocelyn à son côté.

Il salua d'un geste plusieurs personnes tandis qu'ils passaient les portes. Mais il ne s'arrêta pas, car il tenait à rencontrer d'abord le seigneur et sa dame.

Parvenu au pied du donjon, il s'arrêta et tendit Margriet à l'un des soldats de la garde, qui la déposa délicatement sur le sol. Puis il mit pied à terre pour la soutenir et lui donner quelques instants pour ajuster sa tenue, quelque peu dérangée par leur longue chevauchée.

Le temps que Margriet sente ses jambes se raffermir un peu, Connor et Jocelyn étaient déjà descendus et s'avançaient vers eux pour les accueillir.

Emmitouflée dans son plaid, Margriet ne laissait guère voir d'elle-même que le sommet de sa tête.

Mais Rurik n'eut pas la patience d'attendre qu'ils découvrent le reste.

Il s'inclina dans un salut très formel.

— Milord, milady. Puis-je vous présenter mon épouse, Margriet Gunnarsdottir ?

Avec sa sensibilité coutumière, Jocelyn fondit en larmes et attira à la fois Margriet et Rurik contre elle, dans une étreinte à leur couper la respiration.

Puis elle poussa un cri en sentant le ventre de Margriet sous le tartan.

— Oh, Seigneur, vous ne nous aviez pas dit cela ! Mais c'est magnifique, Rurik !

Et d'embrasser de nouveau Rurik, qui se sentit merveilleusement réchauffé par cet accueil.

Connor lui tendit la main en signe de bienvenue avant de lui adresser un clin d'œil.

— Eh bien, Rurik Erengislsson, vous n'avez pas perdu de temps ! fit-il d'un ton taquin. Je croyais qu'on vous avait chargé d'escorter cette jeune personne chez elle, pas de la ramener chez vous !

Margriet et Rurik avaient décidé de ne révéler à personne d'autre le secret des origines du bébé. Aussi Rurik tint-il sa langue, les laissant libres de croire ce que bon leur semblait.

Qu'importait, après tout ? Il n'avait peut-être pas engendré cet enfant, mais il serait son père désormais. Il ne restait plus que lui pour aimer Margriet et son bébé et veiller sur eux.

Ainsi que sur les autres enfants que le ciel voudrait peut-être leur accorder…

Il ne put retenir un petit rire de bonheur à la pensée d'être enfin de retour.

Parfois, on avait besoin de quitter les gens ou les lieux pour se rendre compte à quel point ils étaient importants pour vous.

Il tourna les yeux vers Margriet, en train de bavarder gaiement avec Jocelyn, puis vers Connor qui contemplait son épouse avec une évidente adoration.

Oui, on pouvait renoncer à beaucoup, beaucoup de choses pour conserver ce qui était le plus important dans la vie.

Et il savait ce qui comptait pour lui à présent.

Le bonheur.

L'avenir.

L'amour.

CLAIRE THORNTON

Mariage à Hazelhurst

Les Historiques

éditions Harlequin

Titre original : TEN GUINEAS ON LOVE

Ce roman a déjà été publié en juillet 2002

83-85 boulevard Vincent-Auriol 75646 PARIS CEDEX 13.
Service Lectrices — Tél. : 01 45 82 47 47
www.harlequin.fr

Chapitre 1

— Mon Dieu ! soupira Charity en portant les mains à ses joues. Ainsi, maître Canby, nous serons obligées de quitter Hazelhurst si nous ne trouvons pas vingt mille livres avant la fin de ce mois ?

— C'est malheureusement… exact, mademoiselle Mayfield, confirma l'avoué.

— Puis-je connaître la raison de cet ultimatum ?

— Certainement, mademoiselle. Votre père avait engagé cette demeure pour garantir une dette. Selon les termes de l'accord déposé à mon étude, cette dernière devait être entièrement remboursée le 1er mars 1766. Or, comme vous le savez, monsieur votre père a trouvé la mort deux jours après la signature du document.

— J'entends bien, maître. Mais ceci ne m'explique pas pourquoi mon père avait emprunté autant d'argent, et surtout, pourquoi ne m'en informe-t-on qu'aujourd'hui, après l'expiration du délai fixé pour le remboursement ?

Visiblement embarrassé, Canby détourna les yeux.

— Je porte l'entière responsabilité de ce retard, mademoiselle Mayfield, confessa-t-il d'une voix sourde. Bien entendu, je connaissais l'existence de ce document. Et je ne doutais pas que votre père avait l'intention de rembourser son créancier, mais il est décédé au moment même où notre plus jeune fils perdait la vie dans un accident tragique. Mon épouse…

— Je sais…, interrompit Charity d'une voix douce. Inutile d'évoquer ces souvenirs douloureux.

Onze mois auparavant, peu après la disparition du propriétaire d'Hazelhurst, le jeune Canby s'était noyé dans la rivière. Folle de douleur, la femme de l'avoué avait bien failli en perdre la raison, et Me Canby lui-même, abattu par le chagrin, avait négligé son travail pendant plusieurs mois.

— J'avoue que, dans mon désarroi, j'avais oublié la date d'échéance de cette dette, reprit-il humblement. Il n'en demeure pas moins que le créancier fait valoir ses droits sur la propriété… Je suis vraiment désolé, mademoiselle Mayfield. Tout cela est ma faute.

Appuyant son front contre la vitre, Charity poussa un long soupir.

Dans le parc, le soleil de février jouait sur la neige étincelante. Bientôt, les premiers perce-neige déploieraient leurs pétales sur les vastes pelouses — et dès les premiers jours de mars, le domaine d'Hazelhurst n'appartiendrait plus aux Mayfield.

— Pardonnez-moi, maître, mais les raisons exactes de cet accord entre mon père et le comte d'Ashbourne — dont j'ignorais l'existence jusqu'à ce jour — m'échappent totalement. Pourquoi papa lui a-t-il emprunté cette somme et comment envisageait-il de la rembourser ?

— A vrai dire, mademoiselle, ces vingt mille livres représentent… une dette de jeu.

— Une dette de jeu ! répéta Charity, consternée.

Repoussant sa chaise, elle traversa la pièce d'un pas hésitant. En cet instant, toutes ses certitudes, tous ses rêves d'avenir s'effondraient. Jamais elle n'aurait cru son père capable de se ruiner sur le tapis vert. Si seulement elle avait pu compter sur un maigre héritage, elle aurait remboursé en partie le comte d'Ashbourne… mais elle n'avait pas un sou vaillant. La situation semblait sans issue : dès les premiers jours de mars, Hazelhurst passerait aux mains du comte !

Elle secoua la tête avec accablement. N'y avait-il vraiment aucun moyen de repousser cette terrible échéance ?

— Qu'en est-il de l'argent que m'a laissé mon oncle ?

s'exclama-t-elle soudain. Cette somme ne pourrait-elle m'aider à sauver Hazelhurst ?

— Hélas, mademoiselle… les consignes de monsieur votre oncle sont très claires à cet égard : vous ne pourrez pas disposer de votre héritage avant votre trentième anniversaire, à moins de vous marier d'ici là. M. Kelland a particulièrement insisté sur ce point au moment de rédiger son testament.

Charity retint un soupir : son oncle s'était donc montré rétrograde jusque dans ses volontés testamentaires. Persuadé que la sagesse ne venait aux femmes qu'avec l'âge — ou le mariage —, il lui interdisait l'accès à son héritage au moment où elle en avait le plus besoin !

— Sans doute, acquiesça-t-elle, mais la perspective d'hériter de cette fortune pourrait me permettre d'emprunter les vingt mille livres que réclame le comte d'Ashbourne. Les banquiers y verraient une sorte de garantie, n'est-ce pas ?

— Ce serait une solution, en effet. Mais votre créancier devrait attendre sept ans avant de rentrer dans ses fonds, et je crains qu'il ne vous le fasse payer très cher. A mon sens, ce ne serait pas raisonnable, mademoiselle Mayfield.

Charity hocha la tête à regret.

— N'ayez crainte, toutefois : vous ne serez pas dans le besoin, reprit-il avec un regain d'optimisme. Vous percevez une rente fort convenable de feu M. Kelland et votre mère dispose de coquets revenus. Evidemment… vous devrez renoncer à Hazelhurst.

— C'est ce renoncement qui me coûte le plus, maître. Je ne m'y résoudrai pas sans être certaine d'avoir tout tenté… Peut-être y a-t-il un autre moyen de sauver le domaine ?

Levant les yeux vers son visiteur, elle reprit vivement :

— Pardonnez-moi, maître, je manque à tous mes devoirs. Puis-je vous offrir une tasse de thé ?

— Non, merci, déclina l'avoué, visiblement soulagé de s'être acquitté de sa mission sans trop d'encombre. Je vais vous quitter, à présent. Le travail m'attend !

Le regard inquiet qu'il lança vers la porte n'échappa pas à

Charity. Sans doute craignait-il de voir surgir Mme Mayfield ! Malgré toute l'affection qu'elle portait à sa mère, la jeune femme n'ignorait pas qu'elle fatiguait ses interlocuteurs par ses questions déroutantes et son bavardage incessant.

— Au fait, maître, le comte d'Ashbourne a-t-il déjà pris contact avec vous ? s'enquit-elle en s'avançant pour le raccompagner.

— Euh… non, mademoiselle Mayfield.

— Dans ce cas, je vous prie de le faire. De mon côté, je me charge d'annoncer la triste nouvelle à ma mère.

Il acquiesça d'un air compatissant.

— Ah ! J'allais oublier, mademoiselle Mayfield : votre voisin, lord Riversleigh, est mort hier.

— Vraiment ? Inutile de m'en cacher avec vous, maître Canby : cet homme ne m'inspirait aucune sympathie. Il était violent, tyrannique, et honni de toute la noblesse des environs. Comment cela s'est-il passé ?

— Son phaéton s'est renversé dans Hyde Park et il a été tué sur le coup, ainsi que son fils Harry, qui se trouvait avec lui. Nul doute qu'Edward, le nouveau lord Riversleigh, ne tardera pas à prendre possession des terres de ses ancêtres !

Sur ces précisions, l'avoué rassembla ses documents, qu'il rangea soigneusement dans sa sacoche, et prit congé.

Demeurée seule, Charity se laissa choir dans un des vastes fauteuils de la bibliothèque. Ainsi, la chance avait enfin souri à Edward, son ami d'enfance ! Si elle exécrait le vieillard qui venait de trouver la mort dans un accident, elle chérissait tendrement son petit-fils, orphelin méprisé par son entourage.

Un frisson la ramena soudain à la réalité : des courants d'air agitaient les rideaux dans cette partie de la maison exposée au vent du nord, qui venait de se lever. L'hiver toucherait bientôt à sa fin… mais elle devrait quitter Hazelhurst avant les premiers frémissements du printemps, se rappela-t-elle avec tristesse.

S'exhortant au courage, elle monta voir sa mère, qu'elle

trouva au lit, emmitouflée dans un châle, en train de siroter une tasse de chocolat. Une dizaine de grosses bûches crépitaient pourtant dans la cheminée, transformant la pièce en véritable fournaise.

— La fin de l'hiver approche, ma chérie ! s'exclama Mme Mayfield en resserrant son châle sur ses épaules. Cette saison m'insupporte. Si tu savais comme j'ai hâte de me rendre à la soirée des Leydon pour me distraire un peu ! Encore faudrait-il que la neige cesse de tomber, sans quoi je serai condamnée à rester clouée ici pendant des semaines. Je me souviens qu'un jour ton père…

— Maman, j'ai à vous parler de choses sérieuses, l'interrompit Charity.

Choisissant ses mots avec soin, elle annonça la nouvelle à sa mère avec tant de ménagements que cette dernière lui épargna ses cris de douleur et l'évanouissement dont elle était coutumière.

Plus tard dans la soirée, Charity se retira dans la bibliothèque pour songer à son avenir. Par souci d'honnêteté, elle avait informé toute la maisonnée de la dette que son père avait contractée envers le comte d'Ashbourne, et chacun, du cocher à la gouvernante, l'avait pressée de questions inquiètes. Elle s'était patiemment efforcée de rassurer tout le monde — mais pour combien de temps ?

Dans le silence de la maison endormie, elle s'installa auprès de la cheminée, attisa les braises et les regarda se consumer un long moment, cherchant l'inspiration dans les flammes rougeoyantes. Enfin, elle s'assit à son bureau, tailla sa plume et la trempa dans l'encrier.

Très cher Edward,

J'ai appris aujourd'hui même le décès de ton grand-père et de ton oncle. Bien entendu, je t'adresse mes plus sincères condoléances… mais nous savons l'un et l'autre que leur disparition n'affectera personne. Le personnel de Riversleigh Hall se réjouit certainement de te voir devenir le nouveau maître des lieux, et je ne doute pas que chacun, chez toi, envisage l'avenir avec sérénité.

De mon côté, les nouvelles sont nettement moins agréables : mon avoué m'a informée ce matin même que mon père avait contracté une dette de jeu peu de temps avant sa mort. La somme est d'une telle importance que maman et moi devrons céder Hazelhurst au créancier d'ici à la fin du mois... à moins de trouver vingt mille livres en quelques jours, ce qui me paraît totalement illusoire.

Toute la maisonnée est plongée dans un vif désarroi, et Mme Wendle, la gouvernante, qui dirige Hazelhurst depuis près de quarante ans avec le zèle que tu connais, erre de pièce en pièce comme une âme en peine.

Tu te souviens sans doute de Jacob Kelland, le frère de ma mère ? Alors que nous le prenions pour le parent pauvre de la famille, il a surpris tout le monde en me léguant une coquette somme, assortie, hélas, des clauses les plus désespérantes qui soient : je ne peux en effet disposer de cet héritage avant mon trentième anniversaire ou mon mariage — événements qui n'ont aucune chance de se produire avant la fin de ce mois !

Je n'ignore pas, cher Edward, que tu n'as pas la moindre intention de prendre femme dans les jours qui viennent. A cela, tu préfères sans doute poursuivre tes chères études, et je te comprends fort bien. Je me permets cependant d'attirer ton attention sur cette affaire car, j'en suis persuadée, l'argent de l'oncle Jacob pourrait servir tes intérêts autant que les miens.

Riversleigh Hall est hypothéqué, ce n'est un secret pour personne. Or, si tu acceptais de m'épouser, la fortune dont j'hériterais me permettrait de conserver Hazelhurst et de lever les hypothèques sur Riversleigh. J'ajoute qu'il resterait sans doute assez d'argent pour nous offrir un voyage de noces à Rome, ville que tu rêves de découvrir.

Ma démarche te paraît sans doute bien audacieuse, mais la solution que je propose me semble de nature à améliorer nos destinées. J'espère de tout cœur qu'elle aura ton agrément.

J'attends ta réponse avec impatience.

Après avoir apposé sa signature au bas de la lettre, Charity s'apprêtait à la cacheter, quand elle se ravisa avec un froncement de sourcils.

P.-S. : le bail de la ferme de Bellow est parvenu à échéance depuis plus d'un mois, et comme M. Bellow part vivre chez sa fille, il te faut chercher un nouveau locataire. Ton grand-père souhaitait y installer Cooper, mais M. Guthrie, ton régisseur, penche plutôt pour Jerry Burden. J'approuve totalement ce choix. Décide-toi vite, car il n'est pas bon de laisser une ferme sans fermier.

La jeune femme relut sa missive, puis elle y apposa son cachet avec un sourire satisfait. Désormais, il ne lui restait plus qu'à attendre la réponse de son cher Edward.

Chapitre 2

Une semaine s'écoula. Le soleil revint, et l'optimisme avec lui. Charity fit des bouquets de perce-neige, qui apportèrent une touche de gaieté aux pièces de la vaste demeure. En dépit des soucis qui l'assaillaient, Mme Mayfield accepta de se rendre chez les Leydon pour se changer les idées. Profitant de son absence, sa fille s'employa à mettre un peu d'ordre dans le grenier, et, par là même, dans ses souvenirs. Elle travaillait depuis une petite heure lorsque la voix de son valet se fit entendre :

— Mademoiselle ?

— Oui, Charles. Qu'y a-t-il ?

Le jeune homme passa la tête dans l'embrasure de la porte.

— Lord Riversleigh vous attend dans la bibliothèque, annonça-t-il à une Charity couverte de poussière.

Abandonnant sa brassée de vieilles hardes, elle se précipita dans l'escalier et ouvrit à la volée la porte du salon.

— Edward ! s'écria-t-elle. Je savais que tu…

Elle s'immobilisa sur le seuil, portant instinctivement la main à ses cheveux pour se recoiffer.

L'homme qui se tenait au milieu de la pièce n'était pas Edward Riversleigh. Grand, les épaules larges, d'une élégance raffinée, il ne lui évoquait aucun visage connu.

— Je vous demande pardon… monsieur, balbutia-t-elle.

Comment son valet avait-il pu confondre ce gentilhomme avec Edward ? Un simple regard aurait suffi à les distinguer l'un de l'autre. A moins que Charles n'ait jamais vu le jeune lord… ce qui était fort probable, songea-t-elle soudain, puisqu'il n'était à son service que depuis trois semaines !

— Veuillez m'excuser, monsieur. Je m'attendais à trouver Edward Riversleigh. Que puis-je pour vous ?

— C'est à moi de vous présenter mes excuses, mademoiselle Mayfield, rectifia-t-il d'une voix bien timbrée. Je vous dois une explication.

Comme il s'approchait pour la saluer, elle remarqua le gris de ses yeux — un gris sombre et envoûtant.

— Vraiment ? bredouilla-t-elle, troublée par cette rencontre inattendue.

— Vous êtes bien mademoiselle Charity Mayfield ? questionna-t-il en haussant les sourcils.

— Oui… c'est exact.

— Je préférais m'en assurer. Permettez-moi de me présenter : mon nom est Jack Riversleigh.

— Jack Riversleigh ? répéta-t-elle dans un souffle.

— Oui, le fils de Richard Riversleigh, l'autre oncle de votre ami Edward.

— Ah ! Donc, si je comprends bien… vous précédez Edward dans l'ordre de la succession ?

— Vous avez parfaitement compris, mademoiselle.

— Je croyais que Richard Riversleigh était mort depuis longtemps, couvert d'opprobre, confia-t-elle sans dissimuler son étonnement.

— Mon père est mort de sa belle mort, respecté de tous, voici environ dix-sept ans, précisa-t-il en esquissant un sourire. Je soupçonne mon grand-père d'avoir sali sa mémoire à plaisir.

Il fit quelques pas vers la fenêtre, avant de reprendre :

— Navré de vous décevoir, mademoiselle Mayfield, mais je ne suis pas celui que vous attendiez. Je crains que vos projets de mariage…

— Seigneur ! Vous avez donc lu ma lettre ? interrompit-elle, les joues en feu.

Elle se souvint alors avoir demandé à Charles de remettre

sa missive à lord Riversleigh — sans préciser qu'il s'agissait d'Edward, et non de Jack !

— Je l'ai lue, en effet, mademoiselle. C'est d'ailleurs la raison de ma visite. J'ai préféré vous avertir de votre méprise sans plus attendre.

— Quelle terrible erreur, marmonna-t-elle en baissant les yeux.

Elle avait tout bonnement proposé le mariage à un parfait inconnu. Quelle humiliation !

— Remettez-vous, mademoiselle, pria-t-il en la guidant vers un fauteuil.

Elle eut un mouvement de recul.

— Je manque à tous mes devoirs, milord. C'était à moi de vous proposer un siège. Prenez place, je vous en prie.

Contre toute attente, le jeune lord se mit à rire.

— N'ayez crainte. Je conçois sans peine votre surprise et votre embarras, et je déplore que nous fassions connaissance en pareilles circonstances.

D'abord méfiante, Charity se surprit à lui sourire. Elle commençait à regagner un peu d'assurance face à ce visiteur impromptu. Après tout, peut-être jugeait-il la situation plus amusante qu'embarrassante ?

— Permettez que je vous donne quelques éclaircissements, enchaîna-t-il d'un ton aimable. Richard Riversleigh, mon père, était le premier fils de mon grand-père défunt. Le père d'Edward, lui, était le benjamin. Parvenu à l'âge adulte, mon père a quitté le domaine, il y a trente ans de cela. Dès ce jour, lord Riversleigh l'a banni à jamais. A ses yeux, Richard était mort, et il n'avait plus que deux fils.

— C'est odieux ! s'insurgea Charity. Mais pour ne rien vous cacher, milord, cette histoire ne fait que conforter la piètre opinion que j'avais de votre grand-père. Il se montrait si souvent injuste avec Edward… Que reprochait-il à votre père, au juste ?

A peine avait-elle énoncé cette question qu'elle se mordit la lèvre, consciente de son indiscrétion. Quand donc apprendrait-elle à tenir sa langue ? Par bonheur, son hôte ne parut pas se formaliser de sa curiosité, et ce fut avec une simplicité désarmante qu'il lui répondit :

— Il l'accusait de s'être rebellé contre son autorité, rien de plus.

— Voilà qui ne me surprend pas de la part de votre grand-père. Il était connu pour son intolérance et… n'hésitons pas à le dire, pour sa méchanceté. Il n'avait aucune affection pour Edward, auquel il ne pardonnait pas de préférer ses études aux devoirs de son rang. De la part d'un tuteur, ce n'était ni très juste ni très adroit.

— Je ne puis que vous donner raison, mademoiselle. Mais qu'importe, à présent ! Après avoir quitté la maison paternelle, mon père s'est marié et je suis venu au monde peu après.

— Lord Riversleigh vous connaissait-il ?

— Nous nous sommes rencontrés une fois, après la mort de mon père. J'étais curieux de faire sa connaissance. Mais nos relations se sont arrêtées là. Mon grand-père a refusé de me reconnaître comme son petit-fils. C'est pourquoi l'idée de lui succéder ne m'avait jamais effleuré l'esprit.

— De mon côté, la surprise est totale, avoua-t-elle en baissant les yeux. Quant à Edward… j'imagine qu'il a eu peine à le croire !

— D'autant plus que son tuteur lui avait toujours caché mon existence.

— Est-il toujours en Angleterre ?

— Je crains que non, mademoiselle Mayfield. Il est en route pour l'Italie.

— Pour l'Italie ? Mais…

— La nouvelle ne devrait pas vous étonner : il rêvait de s'y rendre depuis si longtemps ! Oh, il va vous écrire, j'en suis certain.

— Aurait-il fait la connaissance d'un mécène susceptible de prendre en charge ses études d'architecte à Rome ? Si c'est le cas, j'en suis ravie pour lui. Il sera certainement plus heureux ainsi qu'encombré d'un titre de lord dont il n'aurait su que faire.

Jack Riversleigh observa un bref silence avant de lui proposer, avec un tact dont elle lui fut reconnaissante, de faire suivre sa lettre à Edward.

— J'ai bien peur que cela soit inutile, milord, répondit-elle à regret. Il ne me reste plus qu'à orienter mes recherches dans une autre direction…

— Auriez-vous l'intention de vous mettre en quête d'un autre mari ? questionna le jeune homme, manifestement stupéfait.

— Je ne sais pas. En fait, seul Edward aurait pu comprendre ma démarche : nous nous connaissions depuis l'enfance. Trouver en quelques jours un inconnu désireux de m'épouser s'annonce bien plus difficile !

A ces mots, lord Riversleigh se redressa vivement.

— Mais alors, que va devenir Edward ? Il y a une semaine, vous lui proposiez le mariage, et maintenant…

— Je pensais qu'il était disponible. Etudiant en Italie, il ne m'est plus d'aucun secours et n'a plus besoin de moi.

— Je le conçois aisément, admit lord Riversleigh avec un léger sourire. Les termes de votre lettre étaient significatifs à cet égard. Toutefois, si vous ne disposez que de quelques jours pour résoudre vos difficultés, vous n'avez pas de temps à perdre. Mais je ne me soucie pas pour vous : vous semblez de nature pragmatique, mademoiselle Mayfield !

— J'ai le sens des réalités, voilà tout. D'ailleurs, il devrait être donné à tout le monde. La société anglaise ne s'en porterait que mieux.

— Admirable philosophie ! Je gage que vous avez déjà une petite idée sur le remplaçant d'Edward ? A mon sens, votre fortune devrait…

— En attirer plus d'un ? De grâce, milord, ne parlons pas de ma fortune. Seule ma mère et vous-même connaissez mon secret. Et je tiens à le garder.

— Ma discrétion vous est acquise, mademoiselle.

— Pour tout dire, les prétendants ne sont pas légion dans ce coin perdu du Sussex. Seule consolation : je les connais tous depuis l'enfance. Et je suis sûre qu'aucun d'eux ne m'épousera par intérêt, puisqu'ils ignorent l'existence de cet héritage.

Charity s'interrompit un instant pour contempler le jardin baigné de soleil, mais se ressaisit presque aussitôt.

— Où ai-je donc la tête ! s'exclama-t-elle. Je ne vous ai rien offert, milord. Prendrez-vous un verre de vin, ou un peu de thé ?

— J'accepterai volontiers une tasse de thé.

Tandis que Charity appelait une domestique, lord Riversleigh se leva pour faire quelques pas.

— Le mariage est-il donc la seule solution à votre problème ? questionna-t-il dès qu'ils furent de nouveau seuls.

— Vous avez lu ma lettre, milord. Selon vous, quel autre moyen aurais-je de conserver cette demeure ?

— Pour le moment, je n'en vois aucun, hélas. Mais je comprends votre attachement à cette maison. De quand date-t-elle ?

— Du siècle dernier. Les Mayfield avaient acquis ces terres bien auparavant, mais nous devons l'actuelle Hazelhurst à Thomas Mayfield. Il l'a fait bâtir juste avant la guerre civile, au début du règne de Charles 1er. Tenez, voici son portrait.

Elle désigna un tableau très sombre, qui trônait au-dessus de la cheminée. Le peintre avait saisi avec beaucoup de finesse le visage aimable, le regard intelligent de l'ancêtre de Charity.

— Malheureusement, il n'a guère profité de sa maison. Il est mort quelques mois après sa construction, en défendant le roi, auquel il était très attaché. Son fils, alors âgé de quelques semaines, a hérité du domaine à sa majorité et, par bonheur, il a su le conserver.

Elle soupira, songeant que faute de trouver un mari, elle serait contrainte d'abandonner cette magnifique propriété familiale à des mains étrangères.

— Etes-vous marié, milord ? questionna-t-elle tout à trac.

— Diantre, non ! répondit-il en riant. Et l'idée de me passer la corde au cou ne fait pas partie de mes projets immédiats.

— En êtes-vous bien sûr ? Songez aux avantages mentionnés dans ma lettre à Edward. Riversleigh Hall est hypothéqué des caves aux greniers et je gage que vous aurez le plus grand mal à vous acquitter de toutes les dettes de votre grand-père.

— Mademoiselle Mayfield… vous ne savez rien de moi. Certes, votre proposition me flatte, mais elle m'inquiète tout autant. Avez-vous l'intention de vous jeter ainsi à la tête du premier venu ?

— N'en croyez rien. Je suis plus sensée qu'il n'y paraît, milord.

— Je n'en doute pas. Cependant, si je ne suis pas l'homme de la situation, qui sera votre prochaine victime ?

— Je me garderai bien de vous dévoiler son nom. Je vous crois capable de le mettre en garde.

Le jeune lord lui prit la main et s'inclina pour y déposer un baiser.

— Vous voilà bien méfiante ! ironisa-t-il. Pardonnez-moi, mais je dois prendre congé, à présent.

La porte se referma sur lui — et Charity se sentit étrangement seule. Bien que son hôte ait bouleversé ses projets d'avenir, elle avait réellement apprécié sa compagnie. Et le plaisir qu'elle avait pris à discourir avec lui n'appartenait qu'à elle… Il lui faudrait pourtant raconter cette entrevue à sa mère, qui ne manquerait pas de l'apprendre des domestiques. Comment lui expliquerait-elle la visite d'un homme dont elle ignorait l'existence ce matin même ?

Elle s'interrogeait encore lorsqu'elle entendit la voix de sa mère résonner dans le vestibule. Mais quand Mme Mayfield entra dans la bibliothèque, Charity avait retrouvé le sourire : elle était prête à répondre à ses questions.

Chapitre 3

Le lendemain matin, le ciel d'un bleu pur invita Charity à une promenade dans la campagne environnante. La fraîcheur printanière stimulerait sa réflexion, espérait-elle en enfilant ses bottines.

La veille au soir, Canby l'avait avertie que l'avoué de lord Ashbourne s'apprêtait à lui rendre visite afin de régler les derniers détails de la cession du domaine.

Ainsi, l'engrenage se resserrait autour d'Hazelhurst. Rien ne pourrait plus l'arrêter — hormis un mariage en bonne et due forme. En soupçonnant Charity d'avoir jeté son dévolu sur une nouvelle victime, lord Riversleigh ne s'était pas trompé : ne trouvait-elle pas un charme soudain au jeune Owen Leydon ?

Bien qu'elle le connût depuis l'enfance, elle n'entretenait pas avec lui la même complicité qu'avec Edward. Il lui faudrait donc se montrer plus diplomate pour persuader le jeune homme de l'épouser. D'autant que son caractère obtus ne faciliterait sûrement pas ses démarches…

Charity avançait d'un pas nonchalant sur le chemin creux qui marquait la limite entre Hazelhurst et la propriété des Leydon. Soudain, elle aperçut la haie de noisetiers qui avait donné son nom à la propriété de ses ancêtres, et son cœur se serra.

Hazelhurst — le Bosquet aux noisettes — était devenu au fil des ans sa raison de vivre. Aidée d'un régisseur compétent, elle dirigeait le domaine avec une maîtrise qui forçait l'admiration. Quelques années plus tôt, elle avait réussi à convaincre son père de moderniser les modes de culture et, depuis sa disparition, elle avait poursuivi la tâche avec ardeur. Les résultats ne s'étaient pas fait attendre : la production de céréales avait triplé et leur qualité s'était améliorée. Comment abandonner de gaieté de cœur cette terre aux mains d'un étranger ? Et surtout, comment se résoudre à habiter une petite ville de province, à consacrer le plus clair de son temps à la broderie, et le reste à la préparation de la kermesse paroissiale ?

Non, vraiment, ce sinistre destin ne la tentait guère ! Il lui fallait coûte que coûte épouser Owen Leydon pour conserver Hazelhurst et redonner à toute la maisonnée l'espoir d'un avenir sans nuages.

Soudain, des aboiements lui firent dresser l'oreille. S'avançant dans le champ voisin, elle aperçut un renard suivi d'une meute de fox-terriers en furie. La bête, qui les précédait d'une bonne trentaine de mètres, s'engouffra dans les bois d'Hazelhurst au moment où le premier cavalier débouchait dans le chemin. Tant par jeu que par souci de protéger les espèces, Charity s'empressa de fermer la grille qui séparait les deux propriétés, coupant ainsi le chemin aux chasseurs.

Comme elle se dissimulait dans la haie pour observer la scène, les limiers butèrent sur la grille et leurs aboiements redoublèrent. Certains, plus pugnaces que d'autres, se frayèrent un passage dans les halliers et reprirent leur course folle à la poursuite du renard.

A l'instant où Charity sortait de sa cachette, sir Humphrey Leydon, accompagné de son fils et de plusieurs cavaliers, arrêtait sa monture devant la grille. Son fils, Owen Leydon, les précédait de quelques dizaines de mètres.

— Charity ! s'écria-t-il, visiblement furieux. Ouvre cette grille. Tu n'as pas le droit de gâcher la partie de chasse de mon père.

— Ouvre-la toi-même, mon cher. Ce n'est pas moi qui l'ai fermée.

— Menteuse ! Elle était ouverte ce matin.

D'abord tentée de lui clouer le bec, Charity se ravisa. Ce n'était pas le moment de se brouiller avec l'homme qu'elle comptait épouser… Aussi tenta-t-elle de s'expliquer :

— J'ai… j'ai eu peur que les chiens ne ravagent nos terres.

— Tu plaisantes ? Il n'y a pas de cultures en cette saison. Je suis sûr que tu as agi à dessein pour compromettre la partie de chasse organisée pour nos invités.

— J'ignorais que vous aviez des visiteurs, Owen. Et puis, quel intérêt aurais-je à vous ridiculiser ?

— Je ne sais pas, moi ! répliqua le jeune homme d'un ton exaspéré. Tu as parfois de ces idées, vraiment ! Quelle petite peste, tu fais !

— Hé là, tout doux, mon ami ! Je te rappelle que tu chasses sur *mes* terres, que tes chiens et tes chevaux foulent *mon* propre sol et que j'ai le droit de fermer la grille de *ma* propriété si j'en ai envie.

— Pas au nez de mes chiens et à la barbe de nos amis ! Tu me le paieras, crois-moi !

Rouge de colère, Owen Leydon éperonna sa monture, qui partit en projetant une giclée de boue noirâtre sur la robe de Charity. Comme celle-ci reculait, elle perdit l'équilibre et s'affala dans un buisson en maudissant son voisin.

— Ce n'est pas ainsi que l'on retient les maris, mademoiselle Mayfield. Encore une occasion manquée !

Levant les yeux, elle reconnut Jack Riversleigh, qui sautait de son cheval.

— Vous n'êtes pas blessée, j'espère ?

— Si je l'étais, vous le sauriez déjà ! répliqua-t-elle vertement, fâchée d'avoir été surprise en si mauvaise posture.

Elle accepta malgré tout la main secourable qu'il lui tendait, et se releva d'un bond.

— Ravi de vous revoir, déclara-t-il en posant sur elle un regard frondeur. Quelle radieuse journée pour un début de printemps, vous ne trouvez pas ?

Elle le considéra avec méfiance.

— Pardonnez-moi, mais je ne sais que répondre à ces mondanités. Je vais toujours à l'essentiel. Comment allez-vous ce matin, milord ?

— Je me porte à merveille, murmura-t-il en gardant sa main dans la sienne pour y déposer un baiser. L'attention que vous portez à ma santé me touche infiniment.

Charity ne put réprimer un frisson de plaisir au contact de ses lèvres fraîches.

— Je ne m'attendais pas à vous trouver ici, milady. Que faites-vous donc dans ces sous-bois ?

— Je descendais le chemin quand j'ai entendu les aboiements des chiens de M. Leydon et…

— M. Leydon ? Votre voisin ? Je présume que ce monsieur a un fils à marier et que celui-ci a déjà pris la place de mon cousin Edward dans votre cœur ?

— En quoi cela vous concerne-t-il, milord ?

— Mes craintes se confirment, mademoiselle Mayfield. A en juger par l'humeur du jeune homme, vous venez de rater le coche.

— Je ne comprends rien à vos insinuations.

— Au lieu de vous emporter contre le jeune Leydon, vous auriez dû feindre l'affliction, conseilla Riversleigh. Quelques larmes, quelques gémissements sur la cruauté de la chasse et le tour était joué !

— Ces simulacres ne me ressemblent guère, milord.

— Si vous n'usez d'aucun subterfuge, vous risquez fort de demeurer demoiselle jusqu'à la nuit des temps. Reconnaissez que ce serait dommage pour un si joli minois…

— Voulez-vous parier dix guinées que j'aurai la bague au doigt à la fin de ce mois ?

Le jeune lord éclata de rire.

— Voilà un pari bien audacieux, mademoiselle Mayfield ! Tenez, prenez mon bras, je vous reconduis chez vous.

Mais elle se déroba prestement.

— Donc, vous refusez de parier ? répliqua-t-elle en le défiant du regard.

— Je n'ai pas pour habitude d'engager un pari sur un sujet aussi futile, confia-t-il, visiblement las de ses caprices.

Il fit une nouvelle tentative pour lui saisir le bras, mais Charity fit un nouvel écart.

— Allons, permettez-moi de vous raccompagner, mademoiselle. Avec tous ces chasseurs, les bois ne sont pas sûrs.

— Vous craignez de perdre ce pari, n'est-ce pas ? Eh bien, soit ! Je rentre seule.

Elle releva dignement le menton et s'avança vers la grille.

— Fort bien, j'accepte le pari, lança-t-il d'une voix forte. Si je le perds, je m'engage à vous offrir votre plus beau cadeau de mariage. A moins que vous ne préfériez des espèces sonnantes et trébuchantes ?

— Réfléchissez bien, milord. Votre pari est perdu d'avance et je crains qu'il ne vous laisse sur la paille.

— C'est tout le bonheur que je vous souhaite, mademoiselle Mayfield. Rien ne serait plus triste à mes yeux que de vous voir vieillir seule !

— Ce n'est pas mon intention et, comme vous le savez, cela contrarierait sérieusement mes plans.

Elle accepta enfin son bras, puis reprit d'un ton léger :

— Mais racontez-moi plutôt comment se passe votre installation à Riversleigh Hall ?

— Je dois dire que cette immense bâtisse ne répond pas entièrement à mes attentes. Son luxe tapageur ne correspond guère à mes goûts simples… Fort heureusement, le personnel s'est montré très accueillant à mon égard.

— Cela ne me surprend pas : votre prédécesseur était un tel tyran pour ses gens qu'ils n'ont certainement pas regretté sa disparition !

— Mon principal handicap est mon manque d'expérience. Je n'ai pas été élevé pour diriger un domaine. Enfin… je ferai de mon mieux pour le maintenir en l'état !

— Je le souhaite, dit-elle en levant les yeux vers lui. Je suis sûre que vous apprendrez à aimer cette terre.

Comme ils arrivaient au bout de l'allée, Charity se libéra de son emprise.

— Vous pouvez me laisser ici, milord. Merci de votre obligeance.

— Comme vous voudrez. Au revoir, mademoiselle Mayfield. Et permettez-moi de vous souhaiter bonne chance dans vos entreprises !

Mais leurs regards se croisèrent, et Jack se prit à souhaiter l'échec des plans de sa nouvelle voisine. D'après ce qu'il avait vu d'Owen Leydon, il pressentait que Charity ne serait pas heureuse avec lui. Les mots que le jeune homme avait eus pour elle à propos de la grille qui séparait leurs propriétés trahissait un caractère rustre et peu enclin aux concessions.

— A bientôt, milady, cria-t-il en s'éloignant. Je brûle de savoir qui sera votre prochaine victime !

Charity le suivit des yeux. Son impertinence l'irritait, mais il avait le mérite de la distraire — ce qui n'était pas le cas de ce lourdaud d'Owen ni même d'Edward, trop rêveur à son goût.

Sur le chemin du retour, elle se remémora leur entretien avec tant d'acuité que le rire joyeux de Jack résonnait encore à ses oreilles lorsqu'elle entra dans sa chambre.

— Eh bien, milord, qu'en pensez-vous ? s'enquit le régisseur, visiblement inquiet.

— Les résultats sont médiocres, admit lord Riversleigh en hochant la tête. Mais nous sommes encore loin de la faillite. Certes, tout ce qui concerne la gestion d'un domaine agricole échappe au banquier que je suis. Cependant, je ne suis pas plus bête qu'un autre et, grâce à vos compétences, j'apprendrai vite. A nous deux, nous redresserons la barre, Guthrie. J'en fais le pari.

Ils discutèrent encore un moment, chacun apprenant à mieux connaître celui qui deviendrait son interlocuteur principal au cours des années à venir. A l'issue de cette entrevue, Guthrie ne doutait plus de la détermination du nouveau maître de Riversleigh Hall à redresser les finances du domaine.

— Entendu, Guthrie, conclut le jeune lord. J'irai donc voir Jerry Burden dès demain pour lui proposer la ferme.

Ce faisant, il suivrait les recommandations de son régisseur — et celles que Charity avait données à Edward dans sa lettre. Pour plus de sûreté, toutefois, il tenait à rencontrer lui-même le futur fermier.

Et sans doute espérait-il revoir ainsi la jeune femme dont l'impétuosité l'amusait. Quel souffle d'air après les bavardages insipides de ses anciennes conquêtes !

Au soir de cette même journée, Charity et sa mère brodaient dans le salon, lorsque Charles vint leur annoncer la visite d'Owen Leydon.

Devant l'air embarrassé du jeune homme, le regard penaud qu'il posait sur elle tout en répondant aux questions de Mme Mayfield, Charity comprit le sens de sa démarche. Assurément, Owen était venu lui présenter ses excuses. Aussi se proposa-t-elle de le raccompagner jusqu'à la porte d'entrée, lui offrant ainsi un bref tête-à-tête.

— Charity, il fallait que je te parle, confessa-t-il quand ils s'avancèrent dans la pénombre du hall. Mes paroles ont dépassé ma pensée ce matin, et je t'en demande pardon. Mais enfin, pourquoi as-tu fermé cette grille ? Tu savais qu'en agissant ainsi, tu gâchais la partie de chasse !

Prompte à la réplique, elle s'apprêtait à rabrouer son hôte, quand elle songea à l'avenir d'Hazelhurst.

— C'est très simple, Owen : j'ai eu pitié du renard, avoua-t-elle.

— Tu as eu pitié du renard ? Quelle drôle d'idée ! En parlant de renard, justement, sache que mon père et lord Travers, notre hôte, repartiront le chasser dès demain matin.

— La bête a donc réussi à s'échapper ! conclut-elle avec un sourire triomphal. Mon stratagème a fonctionné !

— En effet, mais ne t'avise pas de recommencer !

Elle regardait Owen enfiler son manteau, quand une idée lui traversa l'esprit.

— Peux-tu venir m'aider, demain ? s'enquit-elle. J'ai une foule de choses à faire et je suis certaine que tes conseils me seront précieux.

Aussi flatté que surpris, le jeune homme se rengorgea aussitôt.

— J'en serai ravi, Charity, en dépit des coups pendables que tu me fais. Tu sais que je n'aime pas te voir dans l'embarras.

Chapitre 4

Cette nuit-là, Charity s'éveilla en sursaut vers 2 heures du matin, persuadée d'avoir entendu du bruit à l'étage inférieur. Il avait fait si beau, la veille, que les fenêtres étaient restées ouvertes toute la journée. La gouvernante avait peut-être oublié de fermer celle de la bibliothèque ?

Rassemblant son courage, elle décida d'aller s'en assurer. Le clair de lune suffisant à éclairer l'escalier, elle renonça à se munir d'une chandelle.

Dès qu'elle ouvrit la porte de la bibliothèque, la fenêtre claqua. Mais comme elle s'avançait pour la refermer, un bruit sourd l'interrompit. Dans la clarté de la lune, une ombre se glissa près de la cheminée. Assurément, elle n'était pas seule !

— Qui est là ? s'enquit-elle d'une voix chevrotante. Est-ce vous, Charles ?

L'intrus ne répondit pas… mais il la bouscula violemment. Elle perdit l'équilibre et poussa un cri en se cognant au lourd bureau de chêne qui se dressait dans l'angle de la pièce. Alors qu'elle reprenait son souffle, elle aperçut distinctement une forme humaine se hisser sur l'appui de la fenêtre, puis s'éloigner sous la clarté de la lune.

Alerté par le vacarme, Charles fit irruption dans la pièce.

— Mademoiselle Charity… Est-ce vous ?

— Oui, Charles. C'est moi. Nous venons de recevoir de la visite…

— Juste ciel ! l'interrompit-il. Vous n'êtes pas blessée, au moins ?

— Non. Je présume que notre visiteur a eu aussi peur que moi. Allez chercher une chandelle, je vous prie. Je veux savoir ce qu'il cherchait.

— Tout de suite, mademoiselle.

Charles fit volte-face… et se heurta à la gouvernante qui venait aux nouvelles.

— Madame Wendle ! s'écria Charity en la voyant s'écrouler sur le carrelage. Seigneur ! Rien ne me sera épargné, ce soir !

— Elle a perdu connaissance, déclara le valet d'un ton penaud. C'est moi qui l'ai bousculée, mais on n'y voit pas plus clair que dans un four, ici.

— Allons, Charles, apportez-nous de la lumière et courez rassurer ma mère, qui doit être épouvantée. Moi, je m'occupe de Mme Wendle.

Charity ne regagna sa chambre qu'une heure plus tard, lorsque la maisonnée eut repris son calme. Mais elle était trop bouleversée pour dormir paisiblement, et s'éveilla au petit jour au terme d'un sommeil agité. Aussi décida-t-elle d'aller marcher un peu pour se changer les idées — et chasser de son esprit la terrible frayeur qui l'avait saisie quand l'intrus avait bondi sur elle. De sa vie, elle n'avait jamais eu aussi peur qu'en cet instant !

Au bout du chemin, elle s'adossa au tronc d'un vieux pommier pour offrir son visage au soleil printanier.

— Mademoiselle Mayfield !

Le timbre de cette voix déjà familière la fit sursauter. Jack Riversleigh — car c'était bien lui — mit prestement pied à terre et attacha son fringant étalon à un chêne tout proche.

— Bonjour, milord. Peut-être veniez-vous nous rendre visite ? Ma mère serait enchantée de faire votre connaissance.

— J'en serais tout aussi ravi, mademoiselle. Malheureusement, le travail m'appelle : je me rendais chez Jerry Burden quand je vous ai aperçue dans le verger. Et je n'ai pu résister au plaisir de vous apprendre que votre conseil sera suivi à la lettre.

— Mon conseil ? questionna Charity, intriguée. De quoi parlez-vous ?

— Dans la missive que vous aviez adressée à Edward, vous recommandiez les services de Jerry Burden, n'est-ce pas ?

— En effet. Pardonnez-moi : j'étais à cent lieues de me rappeler ce détail.

Lord Riversleigh l'observa avec étonnement. La distraction dont elle faisait preuve ce matin ne lui était guère coutumière. Aurait-elle perdu son sens de la repartie ?

— Vous invitiez mon cousin à aller trouver ce fermier au plus vite, reprit-il. Comme vous le voyez, vos vœux seront exaucés sans tarder !

— Ne vous méprenez pas, milord : je ne me serais jamais permis de formuler un tel conseil si j'avais su que ma lettre tomberait entre vos mains. Mais Edward était parfois si négligent dans sa gestion du domaine que je veillais à lui rappeler ses devoirs chaque fois qu'il paraissait les oublier…

— Quoi qu'il en soit, vous avez fort bien fait, mademoiselle Mayfield. Je vous raconterai mon entrevue avec Jerry Burden dès que possible.

Sur ce, lord Riversleigh prit congé — et Charity le regarda s'éloigner avec un pincement au cœur. Pourquoi fallait-il qu'il la quitte si vite ?

— J'ai surpris un malfaiteur dans la bibliothèque la nuit dernière, énonça-t-elle vivement comme il allait se mettre en selle. Il m'a bousculée avant de s'enfuir par la fenêtre !

Jack revint aussitôt sur ses pas.

— Diantre ! Ce brigand a dû vous causer une belle frayeur !

— Tout s'est passé si vite que je n'ai songé qu'après au danger encouru, confia-t-elle. En revanche, ma mère et les domestiques sont encore sous le choc.

Le jeune lord lui prit la main — et ce seul geste suffit à la réconforter. Il y avait chez Jack Riversleigh quelque chose de rassurant, une propension à protéger ses semblables, un regard naturellement apaisant qui lui conféraient un charisme sans égal.

— Si vous n'avez pas eu le temps de distinguer son visage, il vous sera difficile de l'identifier…

Il réfléchit un instant, avant de s'enquérir :

— Avez-vous remarqué s'il manquait un ou plusieurs objets ?

— Rien n'a disparu. J'ai fait l'inventaire de la bibliothèque ce matin.

— Voilà qui va compliquer les recherches, je le crains. Décidément, le mauvais sort s'acharne sur vous, milady !

— Hélas, oui. Et ce n'est peut-être que le début d'une longue série d'événements… Vous plairait-il de venir saluer ma mère, milord ? Je suis sûre qu'un peu de distraction lui ferait du bien.

— Eh bien, soit ! Si ma visite peut lui changer les idées, j'en serai ravi.

Il détacha son cheval et ils prirent ensemble le chemin d'Hazelhurst.

Ainsi que Charity l'avait prévu, Mme Mayfield fut enchantée de faire la connaissance du nouveau propriétaire de Riversleigh Hall. Au terme d'une demi-heure de conversation, Charity en savait davantage sur Jack Riversleigh, grâce aux questions très adroites que sa mère posait au jeune lord. Le privilège de l'âge, sans doute : de son côté, jamais elle n'aurait osé soumettre son hôte à un tel interrogatoire dès leur première rencontre !

Elle apprit notamment que Jack Riversleigh avait deux sœurs. L'aînée, Elizabeth, était mariée depuis trois ans, tandis que Fanny, la seconde, âgée de vingt et un ans, vivait à Londres avec leur mère.

— Je présume que cet héritage inattendu bouleverse votre existence, remarqua Mme Mayfield. Vous voilà propulsé du jour au lendemain dans les plus hautes sphères de la société. Quant à votre plus jeune sœur, elle va pouvoir faire son entrée dans le monde.

Lord Riversleigh acquiesça avec courtoisie, avant de se lever pour prendre congé.

— Ma chérie, tu devrais accompagner lord Riversleigh chez Burden, suggéra Mme Mayfield. Cette ferme est tellement isolée que notre hôte risque de se perdre en route…

— J'ai mille choses à faire ce matin ! protesta vivement Charity.

— Pourtant, il était dans tes projets de rendre visite à Burden au plus vite, me semble-t-il ?

A l'évidence, Mme Mayfield était conquise par le jeune lord. Peut-être même voyait-elle en lui la solution à leurs problèmes financiers… Or, lorsqu'elle se mettait une idée en tête, il était hélas impossible de lui faire changer d'avis. Aussi Charity se résigna-t-elle à lui obéir, bien que la simple idée de courtiser Jack aussi ouvertement la répugnât par avance.

— Entendu, admit-elle. Le temps de me changer et nous partons, milord.

— Je suis à vos ordres, mademoiselle Mayfield, dit-il en reprenant place dans son fauteuil.

— Une escapade à cheval lui fera le plus grand bien, confia Mme Mayfield à son hôte. Ma fille dirige le domaine sans ménager ses efforts, et je crains parfois pour sa santé. Nos récents déboires, ajoutés à cette tentative de cambriolage, l'ont beaucoup perturbée, c'est certain. J'ose espérer que cet intrus n'aura pas l'idée de revenir !

— Pour plus de sécurité, demandez à deux de vos gens de dormir au rez-de-chaussée, conseilla-t-il. Ainsi, vous serez plus tranquille.

— En voilà une idée, milord ! Je la mettrai en œuvre dès ce soir !

*
* *

Sur le chemin qui les menait à la ferme des Burden, Jack Riversleigh interrogea Charity sur les motifs qui lui faisaient préférer Jerry Burden à Cooper.

— Jerry est jeune et ambitieux, impatient de prouver ses qualités de fermier. Cooper, lui, a plus d'expérience, mais il est déjà locataire de deux fermes et ne songe qu'à améliorer ses revenus. Il me semble qu'en donnant une chance à Jerry Burden, vous obtiendrez de meilleurs résultats.

— Guthrie est de votre avis sur ce point. Décidément, milady, vous êtes une femme d'affaires remarquable.

— J'essaie de faire le meilleur usage du bon sens que le ciel m'a donné, voilà tout.

— Tout le monde n'a pas vos aptitudes, déplora le jeune lord. Je présume que vous dirigez la propriété d'Hazelhurst de main de maître ?

— C'est le mot, en effet, puisque mon père m'en a laissé les rênes il y a plusieurs années. Dieu merci, Hazelhurst n'est pas immense ! Nous n'avons que deux fermes, mais j'avoue que, sans l'aide de Sam Burden, je n'aurais jamais accompli ces prouesses.

Elle s'interrompit une seconde, puis reprit d'un ton plus hésitant :

— Veuillez me pardonner mon indiscrétion, milord, mais quelle est votre occupation habituelle ?

— Je n'ai rien à cacher, milady. Je suis banquier.

— Banquier ? Quelle ironie pour le descendant d'un homme criblé de dettes !

— Oui, le sort l'a voulu ainsi, commenta-t-il. Mais je suis aussi le petit-fils de Joseph Pembroke, mon grand-père maternel : un homme d'affaires avisé, celui-là ! Il était orfèvre, et c'est lui qui a incité mon père à créer puis à développer la banque.

— Diable ! Un orfèvre et un banquier : vous aviez tout pour réussir. J'imagine, d'ailleurs, que vous êtes cité en exemple dans votre propre famille ?

— Vous songez à mon cousin Edward, je suppose ?

Dans son cas, peut-être valait-il mieux qu'il se consacre aux arts, en effet…

— Et je ne peux que me réjouir de ce choix ! Il devient un autre homme dès qu'il a un crayon ou un burin en main.

— Il vous manque, n'est-ce pas ? Si vous le souhaitez, je peux… lui demander de revenir.

— Bien sûr qu'il me manque, confirma-t-elle avec franchise. Edward est le grand frère que je n'ai jamais eu. Oh, ne vous y trompez pas, milord : si je lui ai proposé le mariage, c'était uniquement pour arranger ses affaires… et les miennes.

— Hum ! Je comprends, murmura-t-il, l'air songeur.

— Connaissez-vous lord Ashbourne ? questionna-t-elle tout à trac.

Bien que peu accoutumé à cette habitude qu'avait Charity de sauter du coq à l'âne, le jeune homme ne laissa rien paraître de sa surprise.

— Lord Ashbourne ? Pourquoi le connaîtrais-je ?

— Vous habitez Londres l'un et l'autre : vous auriez pu vous y rencontrer ! C'est auprès de lui que mon père s'est endetté.

— Nous avons dû nous croiser une fois ou deux dans quelque réception, mais il ne m'a jamais été présenté. Ashbourne appartient à l'aristocratie, moi à la finance. Deux mondes plus éloignés l'un de l'autre que vous ne seriez tentée de le croire, mademoiselle Mayfield.

Ils chevauchèrent un moment en silence, et la jeune femme mesura une fois de plus la distance qui la séparait encore d'une solution pour Hazelhurst.

— Ah, nous voici arrivés ! annonça-t-elle en apercevant le toit de chaume de la ferme des Burden.

Chapitre 5

L'entretien que Jack eut avec Jerry Burden lui sembla de si bon augure qu'il décida d'engager le jeune homme sur-le-champ. Le fermier lui inspirait naturellement confiance, et il ne pouvait que se féliciter d'avoir suivi les recommandations conjuguées de Charity et de son régisseur.

Cette longue conversation avec Burden lui permit également de mieux connaître son accompagnatrice — et de mesurer l'admiration qu'elle suscitait dans son entourage. Le fermier avait en effet profité d'un aparté pour lui confier le respect qu'il vouait à cette jeune femme aussi courageuse qu'entreprenante. D'après lui, elle avait su, à l'inverse de son père, moderniser Hazelhurst et améliorer notablement le rendement des terres. Bien que le fermier s'en soit tenu à quelques insinuations, Jack n'avait pas été long à comprendre que M. Mayfield n'avait rien d'un propriétaire foncier avisé. Fort dépensier, il ne s'était jamais soucié de la prospérité de son domaine, qui était resté pratiquement à l'abandon jusqu'à ce que sa fille le reprenne en main.

— Si j'avais aimé le jeu comme votre père, milady, j'aurais sans doute commis les mêmes négligences, déclara spontanément le jeune lord sur le chemin du retour.

Il avait prononcé ce jugement sans malice, mais il n'en fallait pas davantage pour convoquer à la mémoire de Charity des souvenirs trop longtemps refoulés. Sentant les larmes sourdre à ses paupières, elle tira sur les rênes de sa monture pour faire halte. Comprenant sa détresse, Jack s'arrêta à son tour et mit pied à terre. Ils firent quelques pas, puis la jeune femme, n'y pouvant plus, laissa libre cours à ses larmes.

— Pardonnez-moi, milord... mais l'évocation du passé m'est si pénible, avoua-t-elle dans un souffle. Je me sens tellement coupable...

— Vous n'avez pas à vous sentir coupable.

— J'aurais dû empêcher mon père de commettre toutes ces folies.

Elle n'ignorait pas que tout le voisinage vilipendait la passion du jeu qui s'était emparée de M. Mayfield, mais elle s'était fait un point d'honneur de défendre sa mémoire. Et Jack Riversleigh ne la prendrait pas en défaut sur ce point, se promit-elle avec un sursaut de fierté.

— Je me sens coupable parce que je connaissais mon père mieux que moi-même, reprit-elle plus calmement. Je savais qu'il finirait par nous ruiner, mais je n'ai jamais osé lui faire entendre raison. Quoi qu'il en soit, le pauvre homme n'est plus là pour se défendre, aujourd'hui !

— Dans quelles conditions... est-il mort ? questionna son compagnon avec hésitation.

— Il est mort comme il a vécu, en homme insouciant et généreux, déclara-t-elle avec un sourire empreint de nostalgie. Un soir, en rentrant de la ville, il a été témoin de l'attaque d'une voiture par trois bandits. En don Quichotte qu'il était, il s'est porté au secours des voyageurs, mais l'un des malfaiteurs l'a abattu d'un coup de pistolet.

— C'était donc un homme de cœur, commenta Jack à mi-voix. Il a joué de malchance, et vous y avez tous perdu.

Elle acquiesça, et ils cheminèrent un moment en silence comme s'ils n'osaient ni l'un ni l'autre évoquer plus longtemps ces tristes souvenirs.

— Merci de m'avoir écoutée, milord, dit-elle enfin. Mais je vous en prie, chassez vite cette conversation de votre mémoire.

— Votre confiance me touche, mademoiselle Mayfield.

En retour, soyez certaine que je ne trahirai pas un mot de notre entretien.

Comme elle levait les yeux vers lui, Jack se permit de la dévisager un peu plus longuement qu'à l'accoutumée. En dépit des stratagèmes qu'elle déployait pour rester maîtresse de son domaine, Charity était de loin la femme la plus sincère qu'il ait connue. Et la simplicité avec laquelle elle venait de lui ouvrir son cœur forçait une fois de plus son admiration.

— Owen ! s'exclama-t-elle tout à coup. Juste ciel ! Il doit me rendre visite en fin de matinée !

— Seriez-vous réconciliés ? s'enquit Jack avec un soupçon de moquerie.

— Nous ne restons jamais fâchés bien longtemps. Il est venu me demander pardon hier soir. Le pauvre garçon… Il était tout penaud !

— Vos projets de mariage se précisent-ils ?

— C'est en bonne voie. Savez-vous que j'abandonne rarement mes idées en chemin ? Hier soir, j'ai mis en place une stratégie qui ne tardera pas à porter ses fruits, j'en suis convaincue. Dans quelques jours, j'aurai gagné mon pari, milord.

— Vraiment ? Et peut-on savoir quels sont vos nouveaux atouts ? Votre héritage, je présume ?

— Pas du tout. Aux yeux d'Owen Leydon, l'argent ne compte pas.

Elle réfléchit un instant et reprit, l'air soupçonneux :

— J'hésite à vous les dévoiler, cependant. Si vous alliez les révéler à Owen ?

— Mademoiselle Mayfield ! Je suis un homme d'honneur ! se récria Jack, piqué au vif.

— Je ne voulais pas vous offenser, milord, mais nous nous connaissons si peu… Puisque vous insistez, sachez que j'ai demandé à Owen de m'assister dans toutes mes démarches. Il en était d'ailleurs très flatté.

— Croyez-vous que son aide soit vraiment souhaitable ?

— Je n'en suis pas sûre, mais je tiens à ce qu'il se sente

concerné par mes difficultés. De mon côté, je le laisserai croire qu'il m'est très utile — et le tour sera joué !

— Et vous pensez qu'une relation durable se nouera sur de telles bases ?

— Pourquoi pas ? S'il me laisse tout diriger par la suite, nous parviendrons à nous entendre.

— Pauvre garçon ! marmonna Jack. Je me demande si je ne devrais pas l'avertir des déboires qui l'attendent.

— Ah non ! Ce serait…

— Déloyal ? suggéra-t-il en esquissant un sourire.

Charity s'apprêtait à répondre lorsqu'elle aperçut Owen Leydon au bout de l'allée. Le jeune homme, qui avait sacrifié une journée de chasse pour la consacrer à sa voisine, parut contrarié de la trouver en compagnie d'un autre.

— Lord Riversleigh, je présume ? questionna-t-il avec hauteur. Je ne crois pas avoir eu le plaisir de vous saluer. Vous n'êtes que de passage dans le Sussex, bien entendu ?

— L'endroit est si plaisant que je pourrais même m'y installer, plaisanta Jack, ravi de titiller un peu ce jeune coq. Ce qui est sûr, c'est que je ne quitterai pas Riversleigh avant la fin du mois.

Il baissa les yeux vers Charity, qui rougit instantanément.

— Nous rentrons à l'instant de chez Burden, précisa-t-elle, dans l'espoir de faire diversion. Lord Riversleigh va louer la ferme de Bellow à Jerry, aussi ai-je cru bon de l'accompagner.

— Fort bien, commenta Owen d'un air pincé. J'étais venu te proposer mon aide, mais si tu as changé d'avis…

— Pas du tout, Owen ! Je suis ravie que tu aies pu te libérer de tes obligations. J'ai vraiment besoin de toi, tu sais.

Elle se tourna vers Jack et conclut avec son plus charmant sourire :

— Merci d'avoir embauché Jerry Burden, lord Riversleigh. Je suis certaine que vous ne regretterez pas votre choix. Merci aussi de m'avoir raccompagnée. Je ne veux pas abuser de votre temps, et je vous rends donc votre liberté.

— Cette escapade fut un plaisir, mademoiselle Mayfield, repartit le jeune lord, amusé par l'empressement que mettait Charity à le congédier.

A peine avait-il tourné bride qu'Owen laissa libre cours à son courroux.

— Je croyais que tu étais submergée de travail, lança-t-il avec aigreur, et voilà que tu passes ton temps en « escapades » avec un inconnu !

— Régler certains détails avec M. Burden faisait partie de mes tâches les plus urgentes, répliqua-t-elle vertement. D'autre part, lord Riversleigh n'est pas un inconnu et c'est un parfait gentleman, lui !

— Lui, un gentleman ? Tu ignores peut-être qu'il était le petit-fils d'un modeste orfèvre. Aujourd'hui, il porte un titre, certes, mais il n'en demeure pas moins roturier. Lord Travers nous disait hier soir que le vieux lord Riversleigh n'avait jamais admis le mariage de son aîné avec cette fille Pembroke. Père était entièrement de son avis, d'ailleurs.

— J'ignorais que ton père fût à ce point mesquin ! s'enflamma Charity. A mon sens, le fils d'un honnête orfèvre est cent fois plus estimable que le cadet des Riversleigh, qui devait hériter du titre. Paix à leurs cendres, mais j'avoue que je n'avais de sympathie ni pour le défunt lord ni pour son fils Harry.

— Comment oses-tu traiter mon père de mesquin ? se récria Owen. Il n'a pas mis toute sa famille sur la paille, lui, contrairement au tien !

Devant le visage décomposé de son amie d'enfance, Owen comprit qu'il était allé trop loin.

— Tu viens de livrer le fond de ta pensée et celle de tous nos voisins, remarqua-t-elle calmement. Je ne t'en veux pas, mais je préfère te mettre en garde : à l'avenir, abstiens-toi de tenir de tels propos en ma présence, je te prie.

— Je te le promets, Charity, balbutia-t-il. Je crois… que je vais me retirer, maintenant.

— Non ! Pardonne-moi, Owen. Moi non plus, je n'aurais pas dû parler ainsi de ton père. Oublions cet incident, veux-tu ? Nous sommes amis depuis trop longtemps pour nous chamailler de la sorte.

Owen la contempla comme s'il la voyait pour la première fois. Le cœur de Charity n'avait guère de secrets pour lui, pourtant… Mais il venait de comprendre en cet instant combien elle avait été blessée, humiliée par ce père qui l'avait ruinée. Jamais sa force de caractère et le désir de reconstruire sa vie ne lui avaient paru aussi évidents.

— Tu es courageuse, Charity, murmura-t-il. Pardonne-moi. Je ne voulais pas te faire de peine.

— C'est oublié, Owen. N'en parlons plus. Viens, allons à la maison. Je trouverai bien quelque chose pour te régaler.

Il prit volontiers la main qu'elle lui tendait.

— Pour ne rien te cacher, je meurs de faim, avoua-t-il. Mon dernier repas remonte à…

— A deux heures au moins ! acheva-t-elle en riant. Autant que je me souvienne, tu as toujours eu l'estomac dans les talons, mon pauvre ami.

— C'est faux ! rétorqua-t-il, tout en sachant pertinemment qu'elle disait vrai.

Au fond, il était presque flatté de découvrir que sa jolie voisine le connaissait si bien. Et, pour la première fois, il songea sérieusement à la prendre pour épouse, ainsi que le lui recommandait son père avec insistance.

Chapitre 6

Le lendemain matin, sir Humphrey Leydon, qui exerçait avec zèle et talent ses fonctions de magistrat local, se rendit chez Mme Mayfield afin d'enquêter sur la visite nocturne dont elle avait été victime.

Après avoir écouté les témoignages des propriétaires et des domestiques, le juge comprit que l'enquête s'annonçait délicate. En effet, personne n'était en mesure de reconnaître le voleur… qui d'ailleurs n'avait rien dérobé !

Soucieux de rendre service à ses voisines, M. Leydon passa ensuite près d'une heure dans la bibliothèque avec Charity, qui lui avait demandé de l'aider à établir les documents officiels de la cession d'Hazelhurst à lord Ashbourne.

De retour dans le salon, le magistrat accepta volontiers la tasse de thé que Mme Mayfield lui tendit, puis il s'installa confortablement dans un fauteuil.

— Je ne saurais vous remercier assez de votre précieuse assistance, sir Humphrey, déclara la maîtresse de maison. Et c'est avec joie que nous nous rendrons chez vous demain pour notre dernière soirée dans la région.

— A ce propos, mon épouse m'a suggéré d'inviter le nouveau lord Riversleigh. Qu'en pensez-vous ? questionna Leydon, visiblement perplexe.

— C'est un jeune homme charmant, repartit Mme Mayfield. Dieu merci, il n'a rien de commun avec son cruel grand-père !

— Je me suis laissé dire que le grand-père maternel du jeune lord n'était qu'un simple artisan. Quel dommage qu'une telle famille soit entachée de roture, ne trouvez-vous pas ?

Charity, qui retenait sa langue depuis le début de l'entretien, décida d'intervenir. Bien qu'habituée aux jugements sans indulgence de sir Humphrey, elle ne pouvait souffrir de l'entendre vilipender un homme qu'il n'avait pas connu.

— Qui vous a raconté tout cela, sir Humphrey ? questionna-t-elle d'un ton aimable.

— Lord Travers. Il séjourne chez nous en ce moment, et je n'ai qu'à me louer de ses qualités. C'est un homme remarquable, excellent cavalier, et pour ce qui est de porter un jugement sur le jeune lord, je lui accorde toute ma confiance.

— Vraiment ? Et... que vous a-t-il dit d'intéressant sur Jack Riversleigh ?

— Eh bien, tout d'abord que son grand-père, Joseph... Pembroke, je crois, n'était qu'un modeste orfèvre, illettré de surcroît. Richard Riversleigh a commis dans sa jeunesse des fautes bien plus graves que d'épouser la fille de ce besogneux, mais tout de même !

— De quels crimes accusait-on Richard ? insista Charity, agacée par le mépris de sir Humphrey à l'égard du père de Jack. Vous l'avez connu, naturellement ?

— A vrai dire... je ne l'ai jamais rencontré. J'avais vingt ans quand il a quitté le pays, et depuis, personne n'a plus jamais entendu parler de lui. C'est dire qu'il était indésirable !

— Vous me surprenez, monsieur Leydon. N'êtes-vous pas mieux placé que quiconque pour connaître les méfaits dont on accuse Richard Riversleigh ?

Sir Humphrey baissa les yeux. Les anecdotes lestes qui, selon lord Travers, couraient sur le fils aîné du vieux lord Riversleigh auraient heurté les chastes oreilles de ces dames.

— Hum ! Pour aller à l'essentiel, disons que, d'après lord Travers, si le nouveau propriétaire de Riversleigh ressemble à son père, les dames ont fort à craindre... pour leur vertu.

— Diantre ! s'écria Mme Mayfield en haussant les sourcils. Autant je me méfiais de son grand-père paternel, autant ce jeune homme m'inspire la plus grande confiance. Rien n'indique en effet qu'il ait un comportement équivoque.

D'ailleurs, pourquoi les descendants des Riversleigh devraient-ils ressembler à leurs ancêtres ? Prenez son cousin Edward, par exemple. C'est un garçon irréprochable. Pourquoi Jack ne le serait-il pas ?

— Je partage tout à fait votre point de vue, maman, déclara Charity, ravie de l'intervention de sa mère.

— Soit ! Je me rends à vos arguments, madame Mayfield, conclut Leydon avec un soupçon d'aigreur. J'inviterai donc *votre* jeune lord à notre soirée de demain.

— J'en suis ravie, sir Humphrey. Vous verrez comme il est plaisant de surmonter ses préjugés et d'apprécier par soi-même les qualités de ses semblables. En ce qui me concerne, j'ai trouvé ce jeune homme tout à fait exquis.

— Puisque vous le dites, madame !

Sir Humphrey avait éveillé la curiosité de Charity. Impatiente d'en savoir davantage sur la famille de Jack, elle résolut de questionner Guthrie, l'intendant de Riversleigh Hall. Quels crimes avait donc commis le père de Jack pour se voir banni de la maison familiale ?

Elle se posta sur le chemin qui séparait Hazelhurst de Riversleigh Hall, sachant que Guthrie viendrait à y passer au cours de sa tournée d'inspection quotidienne. Par bonheur, elle n'eut pas longtemps à attendre : à peine vingt minutes après son arrivée, elle aperçut un cavalier, qu'elle reconnut aussitôt.

— Bonjour, monsieur Guthrie ! lança-t-elle d'un ton patelin. Avez-vous vu Jerry Burden ? Quel bonheur que votre nouveau maître l'ait engagé !

— Comment le savez-vous, mademoiselle ?

— Je l'ai moi-même accompagné chez les Burden. En fait… je suis ravie de vous croiser, monsieur Guthrie. J'ai un renseignement à vous demander.

L'homme mit pied à terre et s'approcha, l'air soupçonneux.

— C'est au sujet de Richard Riversleigh, le père de

votre nouveau maître. Vous étiez déjà au service de lord Riversleigh quand il est parti, je suppose ? Pourquoi son père l'a-t-il chassé, à votre avis ?

— Je ne saurais vous répondre, milady, marmonna-t-il en se renfrognant.

— Pourtant, vous connaissez certainement la raison de son départ, insista Charity. Richard Riversleigh était-il aussi débauché qu'on le prétend ? Je veux savoir pourquoi il a quitté le pays.

— Diable ! En quoi cela vous intéresse-t-il, mademoiselle Mayfield ?

— Je… Je ne sais pas, bredouilla-t-elle en rougissant comme une écolière. C'est juste que… je n'ai pas trouvé d'explication aux rumeurs malveillantes qui courent sur Richard. Et j'ai l'impression qu'on le condamne par habitude, sans chercher à connaître la nature de ses crimes.

— Vous avez peut-être raison, admit enfin l'intendant, l'air songeur.

Le silence s'installa tandis que Guthrie réfléchissait, comme s'il hésitait devant l'attitude à adopter.

— En fait, Richard Riversleigh n'a rien fait de mal, reprit-il enfin. Et c'est peut-être là son seul crime… Il était l'exact opposé de son frère cadet Harry, qui courait la gueuse et se couvrait de dettes. Richard n'était pas un tricheur, lui !

— Est-ce à dire qu'Harry l'était ? s'étonna Charity.

— Je ne peux pas vous en dire plus, mademoiselle Mayfield. Mais… où en étais-je ?

— Richard n'a rien fait de mal, disiez-vous. Alors, que s'est-il passé ?

— Le jeune lord ne s'entendait pas avec son père sur la façon d'exploiter le domaine. Il se rendait bien compte que la gestion de lord Riversleigh les conduisait à leur perte, et plus d'une fois il a proposé de prendre les rênes du domaine pour redresser la situation. C'était un travailleur, foncièrement droit et honnête. Malheureusement, le vieux lord, de connivence avec son fils cadet, refusait de lui confier de plus amples responsabilités. Il le critiquait sur sa façon d'envisager les choses, se moquait de lui à tout propos avec Harry, qui ajoutait aux quolibets.

— Je commence à comprendre pourquoi il est parti !

— Et vous ne vous trompez pas, milady : un matin, excédé par tant de haine, Richard a quitté Riversleigh Hall en jurant de ne plus jamais y revenir. A compter de ce jour, son père n'a plus jamais prononcé son nom. Pour Richard, ce départ a été une véritable libération : il allait enfin pouvoir mettre ses talents à profit — ce qu'il n'a pas tardé à faire, d'ailleurs.

— Que pensait lady Riversleigh de cette situation ?

— La pauvre femme n'avait pas voix au chapitre. C'était une personne frêle et effacée qui subissait en silence les humeurs et les incartades de son mari. Mais cette fois, il était allé trop loin… Elle a bravé ses foudres, quelques mois plus tard, en rendant visite à Richard qui s'était établi à Londres.

— Quel drame insoutenable pour une mère !

— Insoutenable, c'est bien le mot, mademoiselle Mayfield. Le cœur brisé, lady Riversleigh est morte deux ans après le départ de Richard. Voilà tout ce que je sais.

Un bref silence s'écoula, puis Charity questionna :

— Richard a-t-il connu sa femme avant ou après son départ de Riversleigh ?

— Après, sans le moindre doute, milady. Quelles que soient les rumeurs, son épouse n'est en aucun cas responsable de la rupture entre lord Riversleigh et son fils. Pour l'avoir rencontrée à plusieurs reprises, je peux affirmer qu'elle était d'un naturel doux et conciliant. Française par sa mère, elle était la petite-fille d'un huguenot chassé par le roi de France et réfugié en Angleterre. Richard fut très heureux avec elle. A mon avis, mademoiselle, le titre et la naissance ne sont pas l'essentiel pour réussir un mariage.

— Je suis entièrement d'accord avec vous ! renchérit

Charity. Mais dites-moi… Quelle fut la réaction d'Harry à l'annonce du mariage de son frère avec cette Française ?

— Il l'a vu comme une chance pour lui. Une fois débarrassé de son aîné, il était en première ligne pour l'héritage — d'autant que le vieux lord était tout disposé à déshériter Richard ! Harry ne se tenait plus de joie. A l'époque, il a même eu l'audace de me confier qu'il n'attendait que la mort de son père pour mener joyeuse vie…

— Quelle honte ! s'exclama Charity, choquée par ces révélations. Harry haïssait donc son père ?

— Ah ! C'est une autre histoire, mademoiselle, et ce n'est pas moi qui vous la raconterai. Quoi qu'il en soit, Jack Riversleigh, mon nouveau maître, n'est pas du genre à se laisser impressionner par les rumeurs qui courent sur lui, croyez-moi !

— J'en ai bien l'impression, en effet. Encore une chose, Guthrie… Seriez-vous prêt à dénoncer les calomnies dont Richard était l'objet ?

L'intendant fronça les sourcils.

— Décidément, vous êtes tenace, mademoiselle Mayfield ! s'exclama-t-il d'un ton admiratif. Avec tous les soucis que vous avez, pourquoi défendre la réputation d'un homme qui nous a quittés depuis belle lurette ?

— Je crois que si j'étais victime de médisances, j'aimerais que quelqu'un soit assez courageux pour rétablir la vérité.

— Si cela peut vous rassurer, mademoiselle, sachez que je me fais un devoir de rétablir la vérité sur Richard Riversleigh chaque fois que j'entends médire de lui. Mais j'ignore, hélas, ce que l'on dit dans les cercles privilégiés que fréquentent les Riversleigh.

— Moi je le sais, Guthrie, et c'est là que les langues sont les plus virulentes, confia-t-elle en songeant aux propos tenus par lord Travers.

— C'est fort regrettable… Maintenant, si vous le permettez, je vais continuer ma tournée. Vous avez vous-même beaucoup à faire, je crois ?

— Pas tant que ça, monsieur Guthrie... Bientôt, Hazelhurst n'aura plus besoin de moi ! conclut-elle tristement.

Elle fit un signe amical à l'intendant et reprit le chemin de la maison, où l'attendaient Me Canby et l'avoué de lord Ashbourne.

Chapitre 7

A peine entrées dans le grand salon des Leydon, Charity et sa mère furent happées par les hobereaux du voisinage. La cession d'Hazelhurst faisait l'objet de toutes les conversations, et chacun s'interrogeait sur l'avenir de ces dames. Elles s'efforçaient de répondre patiemment aux questions lorsque, par bonheur, la maîtresse de maison les délivra des curieux pour les présenter à l'hôte dont elle était si fière : lord Travers.

La conversation fut de courte durée, mais il n'en fallut pas plus à Charity pour mesurer l'indifférence de lord Travers à leur égard. L'homme profita cependant de leur entretien pour calomnier Jack Riversleigh, très convoité, selon lui, par les matrones les plus ambitieuses du Sussex.

Après avoir salué la plupart des invités de Mme Leydon, la jeune femme s'approcha d'Owen, qui semblait de fort méchante humeur.

Elle ne se trompait pas.

— Quand je pense qu'il ose se pavaner dans notre salon ! grommela-t-il aussitôt après l'avoir saluée.

— De qui parles-tu ? s'enquit Charity.

— De Jack Riversleigh, pardi ! Regarde-le, au milieu de ces commères ! Ne savent-elles pas à qui elles ont affaire ? Lord Travers m'a dit de lui pis que pendre…

— Prêter l'oreille à ces ragots est indigne de toi, Owen. Je n'ai échangé que quelques mots avec lord Travers, mais cela m'a suffi pour le juger : c'est une langue de vipère. Je suis sûre qu'il invente la plupart de ce qu'il raconte au sujet de Jack. C'est un esprit mesquin, aigri, jaloux — un homme qui a certainement des revanches à prendre.

— Je ne te permets pas d'insulter notre hôte ! Lord Travers est un vrai gentleman. Comment oses-tu insinuer qu'il ment comme un arracheur de dents ?

— Tu te trompes, Owen. Gentleman ou non, je suis persuadée que lord Travers est un menteur de la pire espèce. Et je serais curieuse de savoir pourquoi il s'acharne à vilipender ainsi Jack Riversleigh…

Charity et Owen se tenaient à l'écart des autres convives, et si ces derniers ne pouvaient saisir leurs propos, leurs gestes témoignaient d'une conversation animée. Une fois de plus, songea la jeune femme avec désarroi, ils étaient comme chien et chat !

— Allons donc ! C'est toi qui es tombée sous le charme de ce gredin de Riversleigh ! rétorqua Owen d'un ton acerbe. D'ailleurs, je suis sûr que tu m'as menti sur le but de votre *escapade* quand je t'ai surprise en sa compagnie.

Au regard furieux de Charity, Owen comprit qu'il était allé trop loin. La jeune femme s'éloigna sans un mot, et le repoussa violemment quand il essaya de la retenir.

Comme elle se dirigeait vers la terrasse, elle fut apostrophée par Mme Carmichael, la plus mauvaise langue du comté. Elle était en conversation avec lord Riversleigh, qui paraissait s'ennuyer à mourir.

— Le croiriez-vous, mademoiselle Mayfield ? Lord Riversleigh vient de m'annoncer le départ d'Edward pour Rome ! s'exclama la commère en guettant avidement sa réaction.

L'affection de Charity pour Edward n'était un secret pour personne — et surtout pas pour cette matrone à l'affût de la moindre intrigue amoureuse.

— Vous ne m'apprenez rien, madame Carmichael, répondit Charity d'un ton léger. Nous avons justement reçu une lettre de lui, hier. Il est enchanté de son voyage.

Depuis le temps qu'il rêvait de se rendre dans la capitale des arts !

Se tournant vers le jeune lord, elle poursuivit :

— Nous savons tous ici que, sans la générosité de lord Riversleigh, Edward n'aurait jamais pu réaliser son rêve. Je présume qu'il va vous écrire, milord, mais en attendant, maman et moi-même sommes chargées de vous transmettre ses remerciements. Grâce à vous, il peut enfin s'adonner à sa passion pour l'architecture !

Satisfaite de son effet, elle parcourut la salle du regard, et s'empressa de conclure :

— Pardonnez-moi, je me sauve. Maman m'attend.

Mme Carmichael la suivit des yeux tandis qu'elle se faufilait dans la foule, puis commenta avec aigreur :

— Hum ! Cette petite est charmante, mais quelle insolence !

Charity était accoudée à la balustrade donnant sur le parc, quand lord Riversleigh la rejoignit. Levant les yeux vers lui, elle confessa hardiment :

— J'ai menti à cette gorgone à propos de la lettre d'Edward, milord. Mais après tout, il aurait très bien pu nous écrire, n'est-ce pas ?

— Sans aucun doute, mais… pourquoi avoir affirmé à cette femme que je méritais la reconnaissance de mon cousin pour ma générosité ?

— Parce que cette idée m'est venue à l'esprit, tout simplement. Et je ne crois pas m'être trompée… En fait, j'ai compris dès le premier jour que le mécène d'Edward et vous-même ne faisiez qu'un.

Jack lui jeta un regard stupéfait. Décidément, sa perspicacité avait de quoi surprendre !

— Auriez-vous pour habitude de lire dans les âmes à livre ouvert, milady ?

— Tout dépend de l'âme que j'ai en face de moi !

répondit-elle sans détour. A ce propos, milord… Lord Travers n'aurait-il pas une dette envers vous ?

Cette fois, Jack Riversleigh demeura interloqué. Le don de divination de cette fine mouche ne connaissait-il pas de limites ?

Cependant, il ne s'agissait pas de divination — mais bien d'un sens aigu de l'observation : sa voisine n'avait pas manqué de remarquer, ainsi qu'elle le confia, à quel point lord Travers le haïssait. Selon elle, Travers se faisait fort de lui forger une réputation atroce parmi les hobereaux des environs… Jack s'expliquait mieux, à présent, la réticence ou la curiosité excessive que certains manifestaient à son égard. Nul doute que l'ignoble lord Travers tenait sur lui des propos calomnieux et distillait sur son père les pires mensonges ! Ce point-là le touchait davantage et, à ce titre, le calomniateur méritait une bonne leçon — qu'il se promit de lui infliger tôt ou tard.

— Pardonnez-moi, milord, tout ceci ne me regarde pas, conclut Charity en se mordant la lèvre de façon charmante.

— C'est sans importance. Votre question m'a surpris, voilà tout. Et je suis heureux que vous m'ayez informé de ces ragots.

— Lord Travers a bien une dette envers vous, n'est-ce pas ? insista-t-elle malgré tout.

— Pour être plus exact, il doit de l'argent à notre banque, en effet.

— Je m'en doutais ! J'ai tout essayé pour convaincre Owen de la rancœur de cet homme à votre égard, mais il n'a rien voulu entendre.

— Mettez-vous à sa place : Travers est le meilleur ami de son père. Quoi qu'il en soit, je vous remercie d'avoir pris ma défense, affirma-t-il d'un ton courtois qui, espérait-il, ne trahissait rien de son émotion.

— J'ai horreur de la calomnie.

— Ce trait vous honore, Charity, mais… je ne voudrais

à aucun prix que vous vous fâchiez par ma faute avec Owen Leydon.

— Ne vous inquiétez pas, milord : tout finira par s'arranger entre nous.

Fort troublée par la tournure que prenait la conversation, elle n'avait pas noté qu'il l'avait appelée par son prénom. Lorsqu'elle en prit conscience, il lui sembla que plus rien n'existait autour d'eux — que leur complicité ne connaissait plus d'obstacle. Et ce sentiment l'emplit d'une telle félicité qu'elle dut se retenir de ne pas se blottir contre lui pour goûter, mieux encore, cette amitié nouvelle.

Jack, quant à lui, demeurait fasciné par l'éclat de ses yeux de jais. Il tendit les mains pour la prendre dans ses bras, mais se ravisa aussitôt. Où avait-il la tête ?

— Maman… voudrait vivre à Londres plutôt qu'en province, balbutia-t-elle pour rompre le silence qui s'étirait. Elle souhaiterait avoir votre avis sur le quartier que nous devons choisir. Elle a toujours préféré la ville à la campagne et…

— Et vous ? l'interrompit-il. Serez-vous plus heureuse à Londres ?

— Je…

Elle leva de nouveau les yeux vers lui et manqua défaillir en croisant son regard gris.

— Je me ferai un plaisir de vous renseigner, conclut-il d'un ton étrangement neutre.

Prenant conscience qu'ils étaient observés, il résolut de mettre un terme à ce tête-à-tête. Se donner ainsi en spectacle ne ferait qu'alimenter les commentaires désobligeants de lord Travers, de Mme Carmichael et des autres commères que comptait le vaste salon des Leydon.

— Permettez-moi d'aller vous chercher un verre de limonade, proposa-t-il tout à trac.

— Volontiers, milord, acquiesça-t-elle, heureuse de la diversion qu'il lui offrait.

Un instant de plus en sa compagnie, et son cœur la

trahissait, comprit-elle en le regardant s'éloigner. Déjà, elle ne voyait plus le monde sous le même jour — jusqu'à la lumière des candélabres qui brillait d'un éclat nouveau…

— Charity, Charity, écoute ! s'écria Owen Leydon en accourant vers elle.

Chapitre 8

Ce fut une Charity rayonnante, encore sous le charme des instants magiques qu'elle venait de passer en compagnie de Jack Riversleigh, qui se tourna vers Owen Leydon.

Mais le voyant soucieux, elle changea d'expression.

— Pardonne-moi, j'avais la tête ailleurs, déclara-t-elle d'un ton léger. Je sais, je t'ai un peu délaissé ce soir, mais…

— Non, tout est ma faute, interrompit le jeune homme, manifestement désarçonné par son repentir inattendu. Tu traverses en ce moment une période difficile, et je conçois que tu sois à bout. Viens t'asseoir un moment. Sais-tu que ta pâleur m'inquiète ?

Charity se laissa guider vers le canapé que l'on venait de pousser contre le mur pour permettre à quelques joyeux convives de danser une gigue endiablée.

A l'autre bout de la pièce, Jack Riversleigh devisait gaiement avec la plus jeune sœur d'Owen. Ils semblaient si joyeux, si complices qu'elle en oublia aussitôt sa belle humeur. Comment Jack pouvait-il se montrer si affable avec cette jeune péronnelle ?

— J'ai l'intention de rendre visite à ta mère, annonça Owen. Crois-tu qu'elle pourrait me recevoir demain ?

— Je suppose qu'elle n'y verra aucun inconvénient, répondit-elle distraitement, sans quitter des yeux le jeune couple.

— Fort bien. Dans ce cas, je serai chez vous vers 10 heures. Crois-tu que ma visite lui fera plaisir ?

— Quelle question ! Tu sais bien que nous sommes

toujours ravies de t'accueillir, Owen. Et je te remercie par avance de sacrifier une partie de chasse pour nous.

— Je ne sacrifie rien, Charity. Me rendre chez toi est toujours une joie pour moi.

— A demain matin, donc, conclut-elle sans lui accorder un regard. Pardonne-moi, mais je vais rejoindre…

— Charity, un instant ! Je crois que tu n'as pas bien compris le sens de ma démarche. Si je viens chez toi demain matin, c'est pour demander ta main à Mme Mayfield.

— Comment ? Oh, mon Dieu… je n'avais pas saisi, en effet.

— Ma douce amie, j'ai bien peur que toutes ces épreuves ne te tournent la tête ! Je crois que tu as besoin de repos. Viens, je vais te raccompagner.

— Oui. Enfin… non, déclina-t-elle en repoussant sa main. Je n'y comprends plus rien, Owen : il y a une demi-heure, nous étions comme chien et chat, et voilà que tu me demandes en mariage ! Que s'est-il donc passé ?

— J'étais très fâché contre toi, Charity, je l'avoue. Mais depuis, j'ai réfléchi et… je crois que tu n'es plus toi-même depuis quelque temps. Aussi me suis-je promis de tout faire pour te faciliter la vie au lieu de t'accabler. Je jure de me montrer plus tolérant à l'avenir, conclut-il d'un ton solennel.

D'un geste tendre, le jeune homme lui prit la main avec ferveur.

— Merci, Owen, tu es vraiment un bon garçon, commenta-t-elle platement.

Que dire d'autre ? La situation était des plus insolites. Quelques jours auparavant, elle cherchait à apprivoiser Owen en espérant l'épouser. Stratégie payante, certes, puisque ce soir, il se jetait dans ses bras… Mais était-elle bien certaine de souhaiter ce mariage ? Depuis l'enfance, elle ne cessait de se quereller avec Owen. Etait-ce là le fiancé idéal, celui auquel elle confierait son destin ?

La réponse était non, bien sûr. Mais il y avait Hazelhurst — et le mois de février qui se raccourcissait de jour en jour.

Pouvait-elle, au nom de son bien-être personnel, abandonner le domaine et son personnel à des mains étrangères ?

Non. Jamais elle ne se le pardonnerait. Il n'y avait donc qu'une seule voie possible : devenir Mme Leydon avant la fin du mois.

— Ta demande en mariage me fait honneur, déclara-t-elle avec une conviction nouvelle. Viens voir maman demain matin, nous en reparlerons.

— J'y serai, Charity, murmura le jeune homme, le regard brillant. Mais il se fait tard, et je crois que ta mère veut rentrer. Viens, je vais te mener auprès d'elle.

La tête haute, Owen guida sa fiancée à travers la foule en la couvant d'un regard attendri. Il connaissait Charity mieux que quiconque, et saurait s'accommoder de sa personnalité. Sur ce point, il était confiant. Sur d'autres, en revanche…

— Je tiens à être clair avec toi, déclara-t-il en fronçant les sourcils. A l'avenir, j'aimerais que tu évites lord Riversleigh.

— Owen ! Comment oses-tu ?

Furieuse de se voir ainsi dicter sa conduite, Charity leva un regard courroucé vers son ami, prête à le tancer vertement — puis se ravisa. Il n'était plus temps d'imposer ses conditions à son futur époux… Mais dans son propre intérêt, ne devait-elle pas tracer dès ce soir les limites de son autorité ?

— Je comprends que tu te préoccupes de mes fréquentations, repartit-elle avec tact, mais il ne t'appartient pas de décider à ma place. Il me semble que je suis assez grande pour me gouverner moi-même.

— Nous allons nous marier, Charity. Désormais, c'est à moi qu'il appartiendra de te guider, de te conseiller…

— Certes, mais ce n'est pas à toi de choisir mes amis. Que ce soit bien entendu entre nous.

— Hum ! Tu es un peu fatiguée. Viens, je crois qu'il est temps d'aller te reposer.

Charity leva les yeux au ciel. L'Owen de son enfance

était dix fois moins exaspérant que ce « fiancé » envahissant et directif !

Jack Riversleigh, qui les avait observés de loin, comprit que Charity s'apprêtait à partir. Aussi décida-t-il de se rendre au fumoir pour y disputer une partie de cartes avant de prendre congé à son tour.

Sitôt entré, il remarqua sir Humphrey et lord Travers, assis au fond de la pièce. Ils venaient d'entamer une partie de whist manifestement défavorable à lord Travers, qui affichait une grimace éloquente.

Jack s'approcha des joueurs à pas feutrés.

— Ravi de vous rencontrer ici, lord Travers ! s'exclama-t-il d'un ton faussement enjoué. Je vous croyais dans le Buckinghamshire. Vos affaires ne vous donnent pas trop de souci, j'espère ?

— En quoi cela vous concerne-t-il, Riversleigh ? Je suis libre de rendre visite à mon ami Leydon, tout de même !

Sir Humphrey haussa les sourcils, craignant sans doute que la discussion ne s'envenime.

— Tout à fait libre, bien entendu. Mais comprenez ma surprise, milord ! reprit Jack avec perfidie. Cependant, comme le hasard fait bien les choses, j'aimerais avoir un entretien privé avec vous. Je crois que nous avons deux mots à nous dire. Je vous attends donc demain matin, à 9 heures, à Riversleigh Hall.

Pris de court, lord Travers acquiesça d'un hochement de tête. Il savait qu'il avait du retard dans ses échéances bancaires, mais il en ignorait le montant exact. Assurément, lord Riversleigh ne manquerait pas de les lui préciser ! songea-t-il en réprimant un frisson d'appréhension.

En regagnant le grand salon, Jack constata que Mme Mayfield et sa fille s'étaient attardées. Comme Hazelhurst se trouvait sur son chemin, il proposa tout naturellement de les reconduire. Owen l'avait devancé, mais il ne s'en formalisa guère : après tout, s'exclama-t-il avec naturel, ils ne seraient pas trop de deux pour les escorter ! Si cet arrangement parut déplaire à Mme Mayfield, il reçut l'approbation de Charity, qui lui lança un regard reconnaissant.

Owen et Jack chevauchaient de part et d'autre de la berline des Mayfield quand ils s'engagèrent dans l'allée d'Hazelhurst sous la clarté de la lune. La maison se dressait avec fierté au-delà des hêtres centenaires, et Jack devina une fois de plus combien il en coûtait à Charity de devoir quitter ce domaine au charme désuet.

La jeune femme avait occupé ses pensées toute la soirée. La menace d'expulsion dont elle faisait l'objet le souciait tant qu'il avait résolu d'intervenir auprès de lord Ashbourne. Cette démarche s'annonçait des plus délicates — Ashbourne n'était qu'une vague connaissance — mais il s'était promis de la mener à bien.

Ils approchaient de la maison quand un détail attira son attention : derrière la fenêtre de la bibliothèque restée entrouverte, les rideaux tirés laissaient filtrer une lumière opaque. Apparemment, les domestiques avaient oublié d'éteindre les chandelles. A moins que…

Il n'eut pas le loisir de s'interroger davantage : la porte d'entrée s'ouvrit brusquement sur deux individus qui s'enfuirent à toutes jambes, l'un à droite, l'autre à gauche.

— Owen ! Prenez celui-ci en chasse, je m'occupe de l'autre ! cria Jack en se lançant à la poursuite de l'inconnu.

Le cocher épouvanté tira sur les rênes, et la berline s'immobilisa après avoir effectué une violente embardée.

— Martin ! Que se passe-t-il ? s'enquit Charity d'une voix tremblante.

— Surtout ne bougez pas, mademoiselle. Il y avait deux voleurs dans la maison, et ils n'étaient peut-être pas seuls.

Elle promena un regard effaré sur la pelouse, et aperçut lord Riversleigh qui sautait de son cheval pour saisir un homme au collet. Comme ils roulaient à terre, elle porta la main à sa poitrine. Pourvu qu'il ne lui arrive pas malheur !

Par bonheur, Jack se releva le premier et, tenant fermement les mains du bandit derrière son dos, il le hissa sur la selle de sa monture.

— Mais qui est ce malandrin ? s'écria Mme Mayfield, très alarmée.

— Ne t'inquiète pas, maman. Lord Riversleigh l'a mis hors d'état de nuire.

Jack ramena l'homme auprès de la berline, le descendit de son cheval et l'obligea à se mettre à genoux, les mains sur la tête. Puis il ordonna au cocher de le surveiller.

— Ne bouge pas, misérable, gronda Martin, armé du tromblon qu'il cachait sous son siège. Au moindre geste, je te transforme en passoire.

Son pistolet à la main, Jack se dirigea alors vers la maison, bientôt rejoint par Charity qui venait aux nouvelles.

— Retournez dans la voiture, mademoiselle Mayfield, commanda-t-il d'un ton qui ne souffrait pas la réplique. Il y a peut être un autre homme à l'intérieur.

Mais elle ne se laissa pas impressionner.

— Je suis ici chez moi, milord, et je vous interdis de me dicter ma conduite !

— Fort bien. Suivez-moi, mais je vous préviens : ce ne sera pas sans risques.

Le rez-de-chaussée était plongé dans l'obscurité, à l'exception de la bibliothèque où brûlait une bougie abandonnée par les deux visiteurs nocturnes.

En entrant dans la pièce, Charity ne put réprimer un cri d'effroi : les rayonnages avaient été vidés de leur contenu ! Les livres s'entassaient pêle-mêle sur le sol, ouverts, déchirés, tordus. Les tiroirs du bureau étaient vides, eux aussi, les dossiers éventrés et les documents éparpillés dans toute la pièce. Le spectacle était affligeant.

— Mon Dieu ! s'écria-t-elle, au bord des larmes. Mais que sont-ils venus chercher ici ?

— Je n'en ai pas la moindre idée, mais il est clair que

cette bibliothèque recèle un trésor… et que celui qui le cherche ne l'a pas encore trouvé !

Lord Riversleigh explora la maison des caves au grenier afin de s'assurer que personne ne s'y cachait, puis il rejoignit Charity.

— Tenez, prenez ceci, dit-il en lui tendant son chandelier. Allez m'attendre dans le salon : je vais chercher votre mère.

Il esquissa un sourire, avant de conclure d'un ton rassurant :

— Après tout, ce n'est peut-être pas aussi grave qu'il n'y paraît, milady !

Chapitre 9

Mme Mayfield, dont les nerfs avaient été mis à rude épreuve, ne consentit à franchir la porte d'entrée qu'après avoir obtenu de Jack Riversleigh la promesse qu'il passerait la nuit à Hazelhurst afin d'assurer leur protection.

Quant à Owen Leydon, il ne se pardonnait pas d'avoir laissé échapper l'autre maraudeur. Aussi, pour tenter de se racheter, suggéra-t-il à son tour de veiller sur ses hôtesses.

Blottie dans son lit, Charity ne trouvait pas le sommeil. Dieu merci, elle et sa mère n'étaient pas seules dans cette vaste demeure : Jack et Owen sauraient les protéger en cas de danger, se répétait-elle pour se rassurer.

Mais l'image du désordre qui régnait dans la bibliothèque demeurait gravée dans son esprit. Jamais elle n'aurait le temps de remettre la pièce en état avant son entretien avec l'avoué d'Ashbourne ! Comment le recevoir sans avoir au moins retrouvé les documents nécessaires à leur discussion ?

Cette idée la troublait tant qu'elle décida de s'atteler à la tâche sans plus attendre. Elle se leva, alluma une chandelle et descendit l'escalier sur la pointe des pieds.

Un rai de lumière filtrait sous la porte de la bibliothèque. Charity s'en étonna, puis songea qu'elle avait dû oublier d'éteindre avant de monter.

Elle se trompait. Ce n'était pas un oubli de sa part… mais lord Riversleigh, confortablement installé dans un fauteuil, un verre de cognac à la main !

— Eh bien, milady, vous n'avez pas sommeil ? s'enquit-il d'un ton badin.

— Je préfère tout ranger avant de…

Elle s'interrompit.

— Est-ce vous, milord, qui avez remis en place les livres et les dossiers ?

— Pas exactement dans l'ordre où ils étaient, je vous l'accorde, mais j'ai fait de mon mieux. En tout cas, cela vous évitera de vous tordre le cou pour retrouver les documents dont vous avez besoin.

— Décidément, votre aide n'a pas de prix ! commenta-t-elle en réprimant un frisson.

— Vous avez froid… Venez donc vous asseoir auprès du feu.

Jack n'ignorait pas qu'il se montrait bien audacieux : il eût été infiniment plus convenable de renvoyer Mlle Mayfield dans sa chambre. Cependant, les événements de la soirée l'avaient troublée, et il était de son devoir de la rassurer. En outre, il appréciait la compagnie de son hôtesse — et ne doutait pas que ce sentiment fût réciproque. Pourquoi, dès lors, se priver d'un plaisir partagé ?

— Je me demande vraiment ce que cherchaient ces deux hommes, confia-t-elle en prenant place dans un fauteuil.

— Moi aussi, mais à en croire le désordre qui régnait ici, c'est dans ces rayonnages que se trouve la réponse.

Il s'interrompit un instant, avant de poursuivre en haussant les sourcils :

— A propos… j'ai jeté un rapide coup d'œil à vos livres de comptes. Ils sont remarquablement tenus. Je vous engagerais volontiers comme intendante !

— Un peu de patience, milord : je ne vais pas tarder à être libre !

Elle croisa son regard, et rosit malgré elle.

— Puis-je vous offrir un verre de votre meilleur cognac, milady ? proposa-t-il avec un rien d'insolence. Je n'ai trouvé que cette carafe. Aussi, je crains que nous n'ayons pas le choix !

— Volontiers, milord. Ce n'est pas dans mes habitudes,

mais ce soir, j'ai grand besoin d'un cordial pour me remettre de mes émotions. C'est du cognac français.

— Contrebande, n'est-ce pas ? Dites-moi, savez-vous quels rapports entretenait mon grand-père avec les contrebandiers de nos côtes ?

— Vous voulez dire les « Gentlemen », comme nous les nommons dans le Sussex ? Je présume que M. Guthrie saura mieux vous renseigner que moi dans ce domaine.

— Décidément, cet homme est un puits de science !

— Son aide vous sera précieuse à bien des égards, croyez-moi. A mon sens, Guthrie n'a jamais été mêlé au trafic avec la France, mais il est né sur la côte et n'a jamais quitté la région. Il sait tout ce qui s'y passe et connaît tout le monde.

— L'homme m'est plutôt sympathique, je l'avoue. Et puis, il a connu mon père… Il est donc le seul à pouvoir m'apporter les précisions qui me font défaut.

Charity s'émut de cette remarque. A n'en pas douter, Jack avait soif de souvenirs de famille…

Elle sourit en songeant au tableau qu'ils offraient : lui en tenue de soirée, elle en chemise de nuit, un saut-de-lit noué à la hâte sur sa gorge nue. Singulier contraste ! Cependant, elle se sentait si bien en sa compagnie, si rassurée par sa présence, qu'elle se pelotonna dans son fauteuil comme une chatte frileuse.

— Ne devriez-vous pas regagner vos appartements ? suggéra-t-il soudain, rompant le charme de ce plaisant tête-à-tête.

— A vrai dire, je n'ai même pas le courage de bouger, avoua-t-elle en réprimant un bâillement.

— Le feu va s'éteindre et vous allez prendre froid, prévint-il en lui prenant la main. Allons, debout ! Permettez-moi de vous aider.

Fascinée par l'éclat de ses yeux gris, Charity se leva lentement, heureuse de la douce pression de ses doigts contre les siens.

Et, tout aussi lentement, Jack Riversleigh l'attira contre lui.

Elle eut un léger sursaut quand il l'enlaça par la taille, mais ne fit rien pour se dérober à son étreinte. Jack dénoua le cordon qui fermait le saut-de-lit, et parcourut sa gorge offerte de ses lèvres brûlantes.

Saisie d'un frisson voluptueux, Charity entoura le jeune lord de ses bras et se lova contre lui. Bientôt, elle sentit ses seins se dresser au contact de ce corps vigoureux… mais tandis qu'il la couvrait de baisers, la chandelle s'éteignit.

— Mon Dieu ! chuchota-t-elle en le repoussant.

Craignant de l'effaroucher, lord Riversleigh la libéra aussitôt — non sans remarquer que ses yeux de jais brillaient encore de désir à la lueur des braises.

— Pardonnez-moi, milady. Je ne sais pas ce qui m'a pris… Vous feriez mieux de remonter dans votre chambre, lança-t-il d'une voix précipitée.

— Tout ceci est ma faute, milord. Je me suis montrée bien effrontée en m'abandonnant ainsi dans vos bras…

— Vous inversez les rôles, mademoiselle Mayfield. C'est moi qui vous ai offensée.

Charity songea alors à Owen, à leur projet de mariage auquel elle ne pouvait renoncer, et porta les mains à ses tempes.

— Qu'ai-je fait ? prononça-t-elle, le cœur serré.

— Qu'y a-t-il, Charity ?

— Je crois que… je ne sais plus où j'en suis, balbutia-t-elle.

L'avenir d'Hazelhurst et l'attrait qu'elle éprouvait pour cet homme se mêlaient en un écheveau inextricable dans son esprit embrumé. Lord Riversleigh l'aimait-il ? Elle n'osait le croire, et n'était pas en état de lui poser la question. Quant à savoir si elle l'aimait… La promesse qu'elle s'était faite d'épouser Owen lui interdisait de s'interroger plus longtemps à ce sujet.

— Une rude journée vous attend demain, milady, reprit Jack avec sollicitude. Vous devriez aller vous coucher, à présent. Voulez-vous que je vous reconduise à votre chambre ?

— Non, milord, c'est inutile… Je vous remercie.

Elle s'avança vers la porte d'un pas hésitant.

— Je crois que je ne dormirai pas tant que je ne saurai pas ce que venaient faire ces cambrioleurs, confia-t-elle en s'immobilisant sur le seuil. Ce n'est pas la première fois qu'ils viennent. Pourquoi la bibliothèque d'Hazelhurst les intéresse-t-elle à ce point ? Riversleigh se raidit. Jusque-là, il n'avait pas jugé utile de lui faire part de ses soupçons, mais puisqu'elle lui posait la question…

— Pour ne rien vous cacher, j'ai ma petite idée sur cette affaire, milady.

Charity revint aussitôt sur ses pas, animée d'un regain d'espoir.

— De quoi s'agit-il, à votre avis ?

— Ces hommes sont à la recherche d'un trésor.

— Dans notre bibliothèque ? C'est insensé. Il n'y a jamais eu de trésor à Hazelhurst !

— C'est ce que vous croyez. Cependant, s'ils sont venus plusieurs fois, c'est qu'ils sont persuadés de l'y trouver.

— Le malfaiteur que vous avez capturé a donc parlé ?

— Non. Cet homme ne semble pas savoir grand-chose. C'est un simple d'esprit, et son rôle se bornait à faire le guet pendant que l'autre opérait. A mon avis, il ne nous apprendra rien. Tout juste m'a-t-il avoué que son compère avait reçu l'ordre de fouiller la bibliothèque et d'y retrouver « un trésor » avant la fin de ce mois.

— Un trésor ? répéta Charity en parcourant d'un regard stupéfait les murs de la pièce, qu'éclairaient les braises rougeoyantes. S'il existe, personne ne m'en a jamais parlé !

— Quoi qu'il en soit, nous devrions nous lancer à sa recherche dès demain. Ainsi, nous en aurons le cœur net.

Soudain, un bruit de pas se fit entendre dans le couloir. Ils retinrent leur souffle avec inquiétude. La main sur la poignée de la porte, Jack s'apprêtait à ouvrir, tandis que Charity rajustait son saut-de-lit sur sa gorge.

Curieusement, le silence revint, puis la porte s'ouvrit sur

Owen Leydon, qui bondit dans la pièce comme un diable sortant de sa boîte.

— Charity ! Mais… que fais-tu ici en pleine nuit ? Et vous, lord Riversleigh ?

— Pardonnez-moi, Leydon, intervint Jack. Je vous ai sans doute réveillé en mettant un peu d'ordre dans les rayonnages après le passage des cambrioleurs.

— Vous ? Mettre de l'ordre ?

— Oui. J'ai le désordre en horreur, voyez-vous, répliqua-t-il avec le plus grand sérieux.

Charity esquissa un sourire tandis qu'Owen considérait le jeune lord d'un œil dubitatif.

— C'est une obsession chez moi. Il me reste quelques livres à classer, et ce sera tout. Ensuite, j'irai me coucher et vous pourrez enfin dormir tranquille.

Leydon fronça les sourcils, ne sachant manifestement que penser de cette explication.

— Et vous aviez besoin de Mlle Mayfield pour ranger les étagères ?

— Non. A vrai dire, je n'ai eu besoin de personne.

— Mais alors… que fait-elle ici ?

— Elle passait dans le couloir, comme vous.

De plus en plus perplexe, Owen tendit la main à Charity et conclut d'un ton sans appel :

— Viens. Je te reconduis dans ta chambre.

— Non ! se récria-t-elle en s'arrachant à son emprise. Je suis encore capable de monter l'escalier sans toi. Retourne dans ton lit, s'il te plaît !

— Ah non ! Je n'ai pas l'intention de te laisser seule…

— Je ne suis pas seule, comme tu le vois. D'ailleurs, j'étais en train de m'entretenir avec lord Riversleigh quand tu es entré sans crier gare.

— Eh bien, j'attendrai ici, répliqua le jeune homme en croisant les bras.

Exaspérée par son entêtement, Charity se tourna vers Jack, qui ne lui fut d'aucun secours, hélas : il la considéra sans mot dire, un léger sourire aux lèvres. De toute évidence, il ne semblait pas disposé à intervenir pour renvoyer Owen !

A elle, et à elle seule, donc, de décider de mettre Owen dans le secret du trésor d'Hazelhurst, ou de regagner sa chambre sous sa conduite, comme il l'y invitait instamment.

Elle opta à contrecœur pour la seconde solution.

Jack referma la porte sur eux, intrigué par la soumission inattendue de son hôtesse. Quelle mouche avait donc piqué la belle Charity pour qu'elle se conforme ainsi aux ordres de ce jeune coq ?

Chapitre 10

Les diverses émotions de la nuit tinrent Charity éveillée jusqu'à l'aube. Epuisée, elle finit par fermer les yeux vers 5 heures du matin ; lorsqu'elle les ouvrit, le soleil était à son zénith. Peu à peu, les événements de la veille lui revinrent à la mémoire — et elle ne put retenir un frisson de plaisir au souvenir des caresses de Jack Riversleigh.

Son plaisir, cependant, se mua vite en désarroi. Elle avait envisagé d'épouser tour à tour Edward, puis Owen, ses amis d'enfance, mais l'idée de s'éprendre d'un troisième larron ne l'avait même pas effleurée. Face à cette situation, qu'allait-elle décider ?

D'autant qu'à l'heure qu'il était... Owen avait peut-être déjà demandé sa main à sa mère ! Effarée, elle enfouit son visage dans l'oreiller. Que n'aurait-elle donné pour arrêter le temps !

Elle s'habilla à la hâte, partagée entre l'inquiétude et le désir de connaître les événements de la matinée.

— Bonjour, ma chérie. As-tu bien dormi ? questionna Mme Mayfield avec une sérénité inaccoutumée quand elle entra dans sa chambre. Tu me semblais bien lasse hier soir ! Et je ne peux t'en blâmer : nous étions tous bouleversés par la visite de ces maraudeurs !

A ces mots, Charity tressaillit. Troublée par son tête-à-tête avec Jack, elle avait complètement oublié les révélations qu'il lui avait faites sur la confession du voleur. Peut-être avait-il fait d'autres découvertes pendant la nuit ?

— Savez-vous où est lord Riversleigh, mère ? interrogea-t-elle.

Mme Mayfied, que cette évocation ravissait, se lança aussitôt dans une description élogieuse, mais parfaitement hors de propos, de leur nouveau voisin.

— N'en déplaise à ceux qui dénigrent sa famille, ce jeune homme me paraît très estimable et d'une parfaite éducation. Je le disais encore hier soir à…

— Maman, où est-il, je vous prie ?

— Aux écuries, je suppose. Il avait un pli à faire porter à Riversleigh Hall.

Charity fit un pas vers la porte, puis se ravisa.

— Et Owen Leydon ? L'avez-vous vu, ce matin ?

— Bien sûr ! répondit Mme Mayfield avec un sourire entendu. Il n'avait qu'une idée en tête : aller chercher son père pour ouvrir au plus tôt l'enquête sur les mystérieux cambriolages qui se succèdent dans cette maison.

— Quelle heureuse initiative ! s'exclama la jeune femme en réprimant un soupir de soulagement.

Ainsi, Owen n'avait pas encore eu l'occasion de s'entretenir avec sa mère ! Radieuse, elle courut, sans autre commentaire, à la recherche de Jack.

Elle le rencontra dans le hall.

— Bonjour, milord, le salua-t-elle. Dites-moi… Vous m'avez parlé d'un trésor hier soir, n'est-ce pas ?

Jack lui prit la main avec une exquise galanterie.

— Rassurez-vous, mademoiselle Charity : vous n'avez pas rêvé. A ce propos, j'aimerais vous parler avant l'arrivée de sir Humphrey… Mais allons dans un endroit tranquille, où nous pourrons discuter librement.

— Suivez-moi, proposa Charity en entraînant son hôte vers le boudoir.

A peine avait-elle refermé la porte de cette petite pièce, qu'elle remarqua le sourire énigmatique qui illuminait le visage du jeune lord.

— Tenez, dit-il en lui tendant un écrin de velours. Voici la preuve que vous n'avez pas rêvé.

Elle l'ouvrit d'une main tremblante, et ne put réprimer une exclamation de surprise.

— Ce pendentif est une pure merveille ! s'extasia-t-elle en s'approchant de la fenêtre pour mieux examiner le bijou.

Trois rubis entourés de diamants brillaient de tous leurs feux sous le pâle soleil de cette fin d'hiver.

— Et ce n'est pas tout ! renchérit son hôte, décidément très enjoué. Admirez ce chef-d'œuvre de mécanique.

Prenant délicatement le pendentif entre ses doigts, il actionna le fermoir du médaillon. Celui-ci s'ouvrit dans un bruit sec, révélant le portrait d'une ravissante jeune femme vêtue à la mode élisabéthaine.

— Il s'agit probablement d'une œuvre de Nicolas Hilliard, le plus célèbre miniaturiste de son temps, commenta-t-il. Très apprécié par la reine Elisabeth Ire, il a réalisé de nombreux portraits d'elle et de ses dames de compagnie.

— C'est… magnifique ! balbutia Charity. Je n'ai jamais rien vu d'aussi beau. Cette jeune femme semble si vivante, son regard est si clair… On dirait qu'elle me sourit.

— Il est possible que le peintre ait également fabriqué le bijou de ses mains, reprit son hôte. Hilliard avait plus d'une corde à son arc. Il était à la fois orfèvre, joaillier et peintre. Heureux homme, en vérité !

— Voilà qui devrait vous faire regretter de ne pas avoir choisi l'orfèvrerie comme votre grand-père, milord.

— J'ai appris ce métier dans ma jeunesse et j'avoue que j'aimerais avoir un peu plus de temps à lui consacrer… mais je ne déteste pas le monde des affaires, loin de là ! Je crois même y trouver autant de plaisir que vous en avez à diriger Hazelhurst.

Elle sourit à ce compliment, puis revint au sujet qui les occupait.

— Ce trésor, milord… où l'avez-vous déniché ?

— Là où les voleurs le cherchaient : dans votre bibliothèque ! Après avoir inspecté les rayonnages du sol au plafond, j'ai fini par trouver la cachette derrière une étagère. Il y avait un mécanisme à actionner… Dès lors, ce n'était qu'un jeu d'enfant.

Charity fronça les sourcils.

— Ceci n'explique toujours pas comment cet objet s'est retrouvé dans nos murs, et surtout comment les voleurs en ont eu connaissance ! déplora-t-elle.

— Si je pouvais répondre à ces deux questions, l'énigme serait résolue, milady. A en juger par votre étonnement, vous ignoriez jusqu'à l'existence de ce pendentif.

— Je n'en avais jamais entendu parler, en effet. Je présume que si mon père l'avait découvert, il aurait pu honorer ses dettes de jeu… et nous épargner bien des soucis.

— Quel gâchis, n'est-ce pas ? commenta Jack avec compassion, avant de reprendre : Ce qui est fait est fait, milady. Bien sûr, il serait intéressant de savoir dans quelles conditions ce bijou est arrivé à Hazelhurst, mais nous ne pouvons nous consacrer à une telle question ce matin. D'autant que nous avons deux problèmes importants à régler…

Comme elle lui lançait un regard interrogatif, il poursuivit :

— Point numéro un : croyez-vous qu'il soit utile d'informer sir Humphrey de la découverte de ce pendentif ?

— Certainement pas ! D'ailleurs, je n'ai pas une minute à lui consacrer. J'ai rendez-vous avec l'homme d'affaires du comte d'Ashbourne, et…

— Nous sommes donc du même avis, l'interrompit le jeune lord, manifestement pressé de régler ces questions avant l'arrivée de sir Humphrey. Deuxième point : le maraudeur qui s'est enfui cette nuit n'abandonnera certainement pas ses recherches. Sans doute prépare-t-il déjà sa prochaine incursion dans votre bibliothèque. Il me semble donc plus prudent que vous demandiez l'hospitalité aux Leydon pour quelques jours…

— Comment ? Livrer Hazelhurst aux mains de ce

pendard ? Jamais de la vie, milord. Maman et moi sommes ici chez nous, et je n'ai pas peur de…

— Je n'en ai jamais douté, mademoiselle Mayfield, assura-t-il. Cependant, il nous reste très peu de temps pour agir. L'essentiel, c'est de prendre le voleur la main dans le sac, et non d'ergoter sur votre emploi du temps dans les jours à venir.

— Milord… Dois-je comprendre que vous avez déjà tout arrangé sans me consulter ? questionna-t-elle en plissant le front.

— N'en croyez rien. Je m'en suis ouvert à Owen et à votre mère qui ont souscrit à ma proposition. Veuillez m'écouter, je vous prie…

Il la saisit par les épaules comme pour mieux la convaincre, et poursuivit calmement :

— J'apprécie votre tempérament de feu, Charity, mais croyez-moi, l'heure n'est pas aux manifestations de bravoure. Nous devons avant tout mettre la main sur ce malfaiteur afin de remonter la filière jusqu'à son commanditaire. Or, le seul moyen de l'inciter à revenir consiste à faire courir le bruit que vous avez quitté Hazelhurst… N'êtes-vous pas d'accord ?

— Hmm… Vous avez peut-être raison, reconnut-elle à mi-voix.

— En outre, personne ne doit savoir que nous avons mis la main sur le trésor. Personne, vous m'entendez ? Le voleur doit être persuadé que le bijou est encore dans sa cachette.

— Mais… qu'allons-nous faire du pendentif ?

— Je le garde. Oh, n'ayez crainte, je vous donnerai un reçu.

— Décidément, vous pensez à tout ! commenta-t-elle avec une pointe d'ironie. Avez-vous déjà déterminé la stratégie à adopter pour appréhender notre voleur ?

— J'ai envoyé quérir Alan, mon homme de confiance. Il est aussi intelligent qu'intrépide. Si vos domestiques ne s'accommodent pas de sa présence, vous leur expliquerez qu'il est ici sur mon initiative afin de protéger la maisonnée.

— Entendu, acquiesça-t-elle. Mais de votre côté, il faudra que vous retourniez à Riversleigh Hall. Votre absence pourrait paraître suspecte.

— Bien sûr ! Je serai de retour chez moi avant midi. Mais je reviendrai ici à la nuit tombée, et j'entrerai dans la maison avec la complicité d'Alan, à l'insu de vos domestiques. Il faut absolument que le voleur ignore ma présence.

— Combien de jours ce manège durera-t-il ? questionna Charity avec un soupçon d'impatience.

— Impossible de le savoir, milady... mais je ne serais pas surpris de rencontrer notre visiteur dès ce soir — demain, au plus tard. Tenez, voici le reçu du pendentif. Gardez-le précieusement, et ne le montrez à personne !

Il tendit l'oreille, avant d'ajouter :

— Taisons-nous. Il me semble reconnaître la voix de sir Humphrey.

— Vous partez ?

— Oui. Lord Travers m'attend à Riversleigh Hall.

— Lord Travers ? Que diable a-t-il à voir avec cette affaire ?

Jack lui prit les mains et les porta à ses lèvres.

— Je vous l'expliquerai dès que possible, Charity. Pour l'heure, inutile de faire attendre sir Humphrey plus longtemps. Ce ne serait pas convenable !

— Je vous suis, rnurmura-t-elle avec une docilité qui la surprit elle-même.

Chapitre 11

Le chemin qui menait d'Hazelhurst à la propriété voisine n'était pas de tout repos : profondément raviné par les dernières pluies, il ne laissait aucune chance aux passagers de la berline des Leydon de somnoler pendant le trajet.

Assise auprès de sa mère, Charity prenait son mal en patience, tandis que Sabina, la femme de chambre de Mme Mayfield, tamponnait le front de sa maîtresse, anéantie par les émotions de la matinée.

Sir Humphrey et son fils Owen suivaient à cheval, encadrant les trois domestiques chargés de surveiller le prisonnier.

Après l'interrogatoire du personnel d'Hazelhurst et du voleur captif, sir Humphrey avait conclu à un banal cambriolage. Et Charity s'était bien gardée de l'en dissuader.

Ses pensées se tournèrent vers Owen, à qui elle annoncerait dès leur arrivée qu'elle renonçait à leur projet de mariage. Bien sûr, elle perdrait du même coup son pari avec Jack Riversleigh, mais quelle importance ?

L'essentiel était ailleurs : grâce au pendentif, elle pourrait rembourser le comte d'Ashbourne, et conserver Hazelhurst. Cette perspective amena un sourire radieux à ses lèvres. Si seulement elle pouvait dès maintenant annoncer l'heureuse nouvelle à sa mère !

Un coup de feu brisa le silence, et la voiture s'arrêta brutalement, précipitant ses passagères les unes contre les autres.

— Que personne ne bouge ! ordonna une voix d'homme. Relâchez le prisonnier ou je fais feu.

Il ne s'agissait pas d'une attaque ordinaire, devina Charity avec effroi : ils avaient affaire au chef de bande des expéditions nocturnes d'Hazelhurst, venu libérer son acolyte ! Mme Mayfield, terrorisée, s'agrippait à son bras ; quant à Sabina, ses tremblements trahissaient la plus vive angoisse — d'autant que, de l'intérieur de l'habitacle, les voyageuses ne pouvaient voir ce qui se passait au-dehors.

— Luke, reprit la voix de l'agresseur, j'ai un cheval pour toi. Monte et filons sans plus attendre.

Curieusement, l'homme s'exprimait dans un langage châtié, à mille lieues du sabir grossier des bandits de grand chemin.

— Tu ne t'en tireras pas comme ça, chenapan ! cria sir Humphrey.

— Trop tard ! ricana l'inconnu. C'est comme si Luke était déjà libre.

Le cœur battant, Charity tendit l'oreille. De toute évidence, le dénouement était proche. Que pouvaient sir Humphrey et Owen contre ce malandrin sans doute armé jusqu'aux dents ? Les bêtes de l'attelage, que le cocher maintenait à grand-peine, piaffaient d'impatience, secouant la voiture en tous sens.

Soudain, un autre coup de feu déchira le silence, suivi d'un cri de triomphe et d'un galop effréné.

Cette fois, Charity n'y tint plus. Elle s'empara de la sacoche glissée sous le siège, dans laquelle sir Humphrey cachait un pistolet. Puis, l'arme à la main, elle ouvrit la portière, sauta à terre et fit le tour de la voiture : sir Humphrey était à genoux à côté d'Owen, qui gisait dans la poussière, l'épaule en sang.

Rassemblant son courage, Charity pointa le pistolet sur les deux bandits qui fuyaient à travers champs, et tira. L'un des malfrats s'affala sur la crinière de son cheval mais resta en selle. L'autre prit les rênes de son compagnon et ils continuèrent ainsi leur course folle.

Laissant retomber son bras, la jeune femme courut auprès

d'Owen. Son ami respirait encore, mais il perdait beaucoup de sang. S'ils n'arrêtaient pas l'hémorragie, il n'en aurait plus pour très longtemps à vivre, comprit-elle avec angoisse.

Elle se tourna vers sir Humphrey, mais il semblait si choqué qu'elle n'osa lui demander secours. Alors, avec mille précautions, elle déboutonna la veste d'Owen, puis sa chemise rougie, et découvrit sa blessure. Celle-ci était profonde et libérait un flot de sang à chaque pulsation.

— Vite, du linge… Là, dans les malles, ordonna-t-elle. Sir Humphrey, c'est à vous que je m'adresse !

Le magistrat se leva comme un automate, tandis que les gardes du prisonnier disparu s'approchaient à la hâte. L'un d'eux retira son écharpe et la tendit à Charity.

— Aidez-moi à lui ôter sa chemise. Il faut faire un pansement tout de suite pour arrêter l'hémorragie.

Elle sacrifia un jupon pour éponger le sang, puis confectionna un bandage bien serré avec l'écharpe, de sorte que le blessé puisse arriver sans trop d'encombre jusqu'à Leydon House. Elle s'apprêtait à demander aux gardes d'installer Owen dans la berline, lorsque Jack Riversleigh surgit au détour du chemin.

Ainsi qu'il l'expliqua à Charity par la suite, il avait entendu les coups de feu au moment de quitter Hazelhurst, et s'était lancé sur le sentier à bride abattue.

— Vous avez fait tout ce qu'il fallait, milady, assura-t-il en examinant le pansement d'Owen. Pensez-vous que le blessé soit en état de supporter le trajet ?

— Je le crois. De toute façon, nous n'avons pas le choix. Mettons-nous en route dès maintenant. C'est notre seule chance de le sauver !

Dans la voiture, Sabina tentait d'apaiser Mme Mayfield, en proie à une crise de nerfs. Les deux gardes installèrent Owen sur la banquette, puis Charity glissa un coussin sous la tête du jeune homme.

De son côté, Jack pria sir Humphrey de partir en éclaireur afin de préparer son épouse à recevoir leur fils. Il appela ensuite l'un des gardes et l'envoya quérir le médecin avec l'ordre d'escorter celui-ci jusqu'à Leydon House.

— Je vous rejoindrai chez les Leydon un peu plus tard, conclut le jeune lord. Ne vous inquiétez pas pour moi.

Se tournant vers les deux gardes, il s'enquit :

— Combien étaient-ils, ces bandits ?

— Il n'y en avait qu'un, milord.

— Qui a fait feu ?

— Lui, pardi ! répondirent-ils d'une seule voix.

— Pourtant, j'ai entendu trois coups. Je suppose que cet homme a tiré le premier, mais ensuite ?

— Il a fait feu une seconde fois quand M. Owen a tenté de sauter de son cheval, et il l'a blessé à l'épaule.

— Estimons-nous heureux qu'il ne l'ait pas tué. Et la troisième détonation ?

Les deux hommes se consultèrent du regard, mais ne purent apporter de réponse. Frappés de stupeur par la blessure d'Owen, ils ne s'étaient même pas posé la question.

— Alors… Ça ne peut être que Mlle Mayfield, conclut le plus hardi. Un troisième coup a été tiré, c'est vrai. D'ailleurs, l'un des bandits a été touché, je l'ai vu.

Jack adressa un sourire admiratif à la jeune femme, avant de reprendre :

— Je vous remercie, messieurs. Ah, encore un détail : l'homme a-t-il fouillé la voiture ?

— Non, milord. Tout ce qu'il voulait, c'était libérer son complice, c'est sûr.

— Parfait. Vous pouvez partir, maintenant.

Les deux hommes se mirent en selle et disparurent au bout du chemin tandis que lord Riversleigh faisait signe au cocher de se mettre en route.

Dans le salon de Leydon House, Charity regardait par la fenêtre et songeait aux événements de la journée…

Après l'agitation provoquée par l'arrivée de la berline,

le calme était revenu dans la maison. Owen avait repris connaissance, et le médecin avait pu rassurer les parents inquiets pour la vie de leur fils. Quant à Mme Mayfield, elle se reposait dans une chambre sous la garde de sa fidèle Sabina. Nul doute que…

Une voix familière interrompit ses pensées. C'était Jack, venu aux nouvelles. Comme toujours, Charity sentit son cœur bondir dans sa poitrine à son approche.

— Comment va sir Humphrey ? demanda-t-elle en s'efforçant de dissimuler son trouble.

— Beaucoup mieux depuis que le docteur l'a rassuré sur le sort de son fils. D'ailleurs, c'est vous qu'il devrait remercier.

— Sans doute, mais je n'ai rien d'une héroïne… En fait, je n'ai jamais eu aussi peur de ma vie, confessa-t-elle.

Devinant son désarroi, Jack la prit dans ses bras et elle se blottit doucement contre lui.

Alors, elle s'autorisa enfin à libérer la tension qui l'habitait, à évacuer la terreur qui ne l'avait pas quittée depuis l'attaque de la berline : elle fondit en larmes sans la moindre gêne, tandis que le jeune lord lui caressait doucement les cheveux. Puis, comme s'il comprenait ce qu'elle attendait de lui, il resserra son étreinte et la berça comme une enfant jusqu'à ce qu'elle retrouve son calme.

— Mon Dieu ! s'exclama-t-elle soudain, en se redressant vivement. Le pendentif ? Qu'en avez-vous fait ?

— Il est toujours dans ma poche, en sûreté, murmura-t-il en lui effleurant le front d'un baiser.

Il désigna le canapé, et ajouta :

— Tenez, installez-vous ici. Je crois que nous avons des choses à nous dire.

Prenant place dans le fauteuil opposé, tout près de la cheminée, il reprit :

— Je suis plus que jamais persuadé de la fiabilité de notre plan. A l'évidence, le seul but de l'individu qui a attaqué la berline était de libérer son homme de main. Etait-ce par solidarité ou par crainte qu'il ne le trahisse, je l'ignore — même si je penche plutôt pour la seconde hypothèse. Le fait qu'il n'ait fouillé ni la voiture ni les passagers me conforte dans mes certitudes : il ne sait pas que nous sommes en possession du bijou qu'il recherche.

— Milord… vous courez un grand danger en gardant ce pendentif sur vous.

— J'en suis conscient. Toutefois, le voleur ignore encore qu'il est en ma possession. Aussi suis-je tranquille pour quelque temps. Laissons-le reprendre les fouilles de la bibliothèque : nous le surprendrons avant qu'il ait l'idée de chercher ailleurs, et je n'aurai plus rien à craindre !

— J'entends bien, milord, cependant…

— Ne vous faites pas de souci, interrompit Jack en la rassurant d'un sourire. Je déposerai ce pendentif dès que possible dans un endroit sûr, je vous le promets.

— Et si le voleur s'en empare avant ? balbutia-t-elle.

— Que ne fait-on pas avec des « si », mon amie ! rétorqua-t-il en riant. Restons calmes. Nous tenons la situation en main, je vous assure. Réfléchissez, Charity… Cet homme ignore que nous détenons le médaillon, et nous, nous savons qu'il le recherche. Avouez que cela nous donne un avantage considérable sur lui !

— Vous avez raison, concéda-t-elle enfin.

— A la bonne heure ! Voilà qui est sage de votre part, ma chère, dit-il en se levant. Maintenant, je dois vous quitter. Il faut que je fasse une halte à Riversleigh avant de retourner à Hazelhurst pour y attendre notre homme. Je ne serais pas surpris de recevoir sa visite dès ce soir. A en juger par l'empressement qu'il a mis à retrouver son âme damnée, il nous prépare un nouveau coup. Cette fois, nous n'avons pas droit à l'erreur. S'il nous menace de son arme, je l'abats sur-le-champ !

— Milord… Je dois vous avouer… que j'ai tiré sans réfléchir sur cet homme ce matin. Je n'aurais pas eu le cœur à l'abattre de sang-froid, mais il avait blessé Owen, alors je n'ai pas hésité.

— Je sais tout cela, milady. Les gardes m'ont raconté la scène. Toujours est-il que, sans vous, sir Humphrey et son épouse pleureraient leur fils à l'heure qu'il est ! Vous pouvez être fière de vous… comme je le suis moi-même.

— Pourtant, j'ai agi sous le coup de la colère, rien de plus, tempéra-t-elle en rougissant. Je ne savais plus ce que je faisais.

— Non, Charity. Votre geste fut dicté par votre seule générosité, j'en suis persuadé.

— Il est vrai que…

Charity s'interrompit : sir Humphrey entrait dans la pièce.

— Plus je pense à ces voleurs d'Hazelhurst, annonça-t-il sans ambages, plus cette affaire me paraît étrange !

Chapitre 12

— Une affaire étrange ? reprit Jack Riversleigh d'un ton léger. Que voulez-vous dire, monsieur Leydon ? Quelque nouvel indice vous aurait-il mis la puce à l'oreille ?

— L'attaque de la voiture ! indiqua le magistrat sans l'ombre d'une hésitation. L'homme risquait gros, seul contre nous tous. Pourquoi, dans ces conditions, cherchait-il tant à récupérer l'imbécile que vous avez pris la main dans le sac ? Vous n'êtes sans doute pas naïf, milord, au point de croire à l'existence d'un code de l'honneur entre bandits ?

— Je n'y crois pas du tout, en effet.

Sir Humphrey parut réfléchir quelques instants, puis considéra son interlocuteur d'un air soucieux.

— Cette affaire m'intrigue. Ces voleurs qui s'acharnent à revenir à Hazelhurst sont sans doute à la recherche de quelque chose de précis…

Le regard de Jack croisa celui de Charity, qui pétillait de malice. La situation, en effet, ne manquait pas de piquant : dans l'état actuel de l'enquête, était-il ou non de bonne guerre de dévoiler une part de ce qu'ils savaient au magistrat local ? « Allons ! songea le jeune lord avec amusement. Sir Humphrey n'est pas un mauvais bougre. A quoi bon le laisser dans l'ignorance ? »

— Mlle Mayfield et moi-même pensons, comme vous, qu'il ne s'agit pas d'un vol ordinaire, déclara-t-il.

— Vous ne m'avez donc pas tout dit ? se récria le magistrat. Allons, je vous écoute.

— Puisque Mlle Mayfield est la principale intéressée, je lui laisse le soin de vous informer de notre découverte.

— Et quelle découverte ! renchérit Charity, visiblement ravie d'entretenir le suspense. Figurez-vous que l'homme que nous avons capturé hier a avoué à lord Riversleigh qu'il était à la recherche d'un trésor caché dans la bibliothèque d'Hazelhurst.

— Un trésor ! répéta sir Humphrey d'un ton stupéfait.

— Ceci expliquerait les nombreuses visites des cambrioleurs et la libération du prisonnier par notre agresseur, intervint Jack.

— A l'évidence, poursuivit Charity, s'ils s'acharnent à retourner sur les lieux de leur forfait, c'est qu'ils sont persuadés que ce trésor est bel et bien dans la bibliothèque.

La jeune femme paraissait décidée à taire la découverte du pendentif, et Jack lui donnait entièrement raison. Toutefois, la capture du chef des bandits demeurait plus que jamais nécessaire pour éclaircir l'énigme liée au précieux bijou. Y parviendraient-ils sans s'assurer la collaboration du magistrat ?

— Diable ! marmonna ce dernier. D'où ces hommes tiennent-ils cette information ?

— Je donnerais cher pour le savoir, dit Jack.

— Un trésor à Hazelhurst ! Si l'on m'avait prédit que je mènerais pareille enquête…

— Je me serais bien passée de cette aventure, soyez-en persuadé, commenta Charity.

— Moi aussi, assura le magistrat. Mon fils a bien failli y laisser la vie. A ce propos, je tenais à vous exprimer ma gratitude, Charity. Vous avez agi avec une habileté et un courage remarquables. Sans vous…

— Je vous en prie, sir Humphrey, n'en parlons plus, interrompit-elle avec modestie. Owen est en vie, c'est l'essentiel !

— Vous avez raison. Le pire est derrière nous, et rien ne sert d'y penser. Reste à mettre la main sur ces malfaiteurs.

Il paraît que l'un d'eux est blessé. Je me demande qui a tiré, car tout s'est passé si vite…

— C'est moi qui ai tiré, sir Humphrey. Un geste de colère…

— Vous ? s'exclama-t-il avec une admiration manifeste. Voilà qui est assez inattendu chez une jeune femme… Enfin, vous avez agi comme un homme et, en la circonstance, je vous en félicite !

Charity rougit sous le compliment, et Jack, devinant son embarras, jugea bon de faire diversion.

— Que diriez-vous de prendre place dans ces fauteuils qui nous tendent les bras ? proposa-t-il avec courtoisie.

— Pardonnez-moi ! Je manque à tous mes devoirs, s'excusa M. Leydon. Je vais sonner et faire servir le thé. Je sais que…

A cet instant, la porte du salon s'ouvrit violemment, livrant passage à lord Travers, les joues rougies de froid.

— Je viens de passer des heures à grelotter dans ma voiture en attendant le bon vouloir de lord Riversleigh, s'exclama-t-il, l'air furieux. Je me doutais bien qu'on ne pouvait se fier à un vulgaire roturier qui…

Apercevant Jack, il s'interrompit tout net.

— Vous disiez, milord ? questionna l'intéressé avec un calme surprenant.

— Pardonnez-moi… Je me suis un peu emporté, bredouilla lord Travers avec un sourire gêné.

— Je vous engage vivement à retirer ce que vous venez de dire, Travers !

Un silence pesant tomba sur l'assistance.

— Hum ! Je… je le retire.

— Vous savez pourquoi je vous avais convoqué aujourd'hui, je présume ?

— Oh, les gens aiment s'abreuver de commérages, argua le visiteur pour tenter d'atténuer la querelle. Il semble que l'on raconte toutes sortes de sottises sur votre famille…

— Des sottises ? souligna Jack avec aigreur. Vous avez donc enquêté sur mes origines ?

— Oh non, milord. Vous… vous m'avez mal compris.

L'homme jetait des regards éperdus autour de lui, comme s'il cherchait un endroit où se terrer pour échapper à ce pénible interrogatoire.

— J'ai parfaitement compris, au contraire, rétorqua Jack. Retenez bien ce conseil : ne vous avisez plus d'évoquer ma famille en public. Est-ce clair ?

— C'est… très clair, milord.

A le voir si penaud, Charity fut presque tentée de prendre lord Travers en pitié. Assurément, en orchestrant une cabale contre lord Riversleigh, il n'avait pas mesuré les représailles auxquelles il s'exposait !

— Pour ce qui est de notre rendez-vous manqué, précisa Jack, j'en suis désolé. J'avais envoyé un homme à Riversleigh Hall afin de vous informer de mon retard. Sans doute vous êtes-vous croisés… J'ai été retenu ici plus longtemps que prévu, et je crains de devoir remettre notre entretien à plus tard.

— Fort bien. J'en prends bonne note, milord.

Travers se tourna alors vers son hôte, qui avait suivi toute la scène d'un air effaré.

— Une… une affaire urgente me rappelle à Londres, sir Humphrey, annonça-t-il. Croyez bien que mon séjour à Leydon House a été des plus enchanteurs, mais je ne saurais m'attarder plus longtemps. Encore merci de votre accueil.

Il se retira prestement. A peine avait-il refermé la porte derrière lui que le maître de céans se tourna vers Jack d'un air courroucé.

— Milord ! Vous venez d'humilier mon invité de façon inadmissible. Vous êtes ici chez moi, aussi aimerais-je connaître les raisons de votre attitude.

— C'est très simple, sir Humphrey. Depuis que je porte le titre de lord, Travers n'a cessé de colporter les rumeurs les plus fausses et les plus offensantes à mon égard. Je l'ai donc instamment prié de cesser ce jeu, comme vous l'auriez fait à ma place.

— Vous m'étonnez, Riversleigh ! Je connais lord Travers depuis fort longtemps : il est incapable de pareilles calomnies.

— Son comportement n'a pourtant rien de mystérieux, intervint Charity, agacée par les insinuations de sir Humphrey. Lord Travers s'est trouvé dans une situation financière délicate, et la banque de lord Riversleigh lui a consenti un prêt.

— Je ne vois là rien d'anormal.

— Attendez la suite ! Humilié d'être le débiteur d'un tout jeune lord, Travers a tenté de reconquérir sa dignité auprès de ses amis en calomniant la famille Riversleigh, attitude mesquine, mais très efficace, hélas. Espérons que sa vengeance s'arrêtera là !

— Rassurez-vous, milady, intervint Jack. L'homme est bien trop pleutre pour s'attaquer à moi par d'autres moyens. Sa langue de vipère est sa seule arme, et je doute qu'il ose s'en servir avant longtemps…

— Je n'arrive pas à le croire ! confia sir Humphrey, manifestement consterné d'avoir été dupé par son vieil ami.

— Je comprends votre amertume, monsieur. Il est toujours décevant d'être trompé par ses proches.

— Me pardonnerez-vous mon aveuglement ? s'enquit le magistrat avec une humilité qui amusa Charity.

— Bien entendu, cher monsieur. Hum ! Il me semble que nous avions parlé d'une tasse de thé ?

— Mon Dieu, oui ! Où avais-je la tête ? s'écria sir Humphrey en agitant avec vigueur le cordon de la sonnette.

— Tu vas t'en sortir, mon vieux, mais faut que tu restes tranquille pendant une bonne semaine.

Ralph Gideon, le chef de bande, s'essuya les mains après avoir extrait la balle que son comparse avait reçue dans le dos.

— Une semaine ? Je… je… suis désolé, patron, bégaya le blessé.

— Tu peux l'être, triple buse ! Mais dis-moi... Ils t'ont posé des questions, à Hazelhurst ?

— O-Oui...

— Oui, patron !

— Oui..., patron.

— Tu as su tenir ta langue, j'espère ? questionna Gideon d'un ton sévère.

— Bien... bien sûr..., patron.

Etendu sur un lit étroit, l'homme regardait son maître d'un œil craintif. Il lui avait répondu en toute sincérité, mais sa mémoire lui faisait parfois défaut, si bien qu'il n'était plus très sûr de ce qu'il avait confié à ses geôliers.

— J'espère que tu dis vrai, triple buse ! Sans quoi un peu de sel sur ta blessure pourrait bien raviver tes souvenirs...

— Oh non, patron. Pitié !

— Bon. Je n'ai pas envie de moisir ici, reprit Gideon en promenant son regard sur la chambre sordide de l'auberge. Si on te demande qui t'a mis dans cet état, tu diras que tu as été attaqué par un bandit de grand chemin du côté d'Horsham. Compris ? Il paraît que c'est très fréquent par là. Au fait, sais-tu qui t'a tiré dessus ?

— Non, répondit l'autre en roulant des yeux effarés.

— Eh bien, c'est la fille ! Celle qui a failli me surprendre dans la bibliothèque. Quand j'en aurai fini avec le trésor d'Hazelhurst, je m'occuperai d'elle, tu peux me croire !

Sur cette promesse, Gideon referma la porte et descendit dans la grande salle de la taverne pour étancher sa soif.

Pendant ce temps, à Leydon House, Jack mettait la dernière main au plan destiné à piéger le malfaiteur...

Il avait résolu d'associer sir Humphrey à la partie, de même que deux hommes à son service. L'expédition s'effectuerait dans la plus grande discrétion à la tombée de la nuit. Charity, qui assistait à la discussion, ne manquait pas de donner son avis, tout en sachant qu'elle ne serait pas du voyage.

Plus tard dans la soirée, elle rendit visite à Owen, qui dormait sous le regard attendri de sa mère.

Quand Charity informa Mme Leydon de sa probable installation à Londres après la cession d'Hazelhurst, elle crut déceler une lueur de soulagement dans son regard. Assurément, songea-t-elle avec ironie, la femme qui prendrait Owen à sa maman n'était pas encore née !

De retour dans sa chambre, la jeune femme se laissa choir sur son lit avec un soupir de lassitude. La journée avait été longue et mouvementée. Une bonne nuit de sommeil lui ferait le plus grand bien !

Une nuit de sommeil ? se répéta-t-elle en se redressant. Alors que Jack courait le plus grand danger pour protéger *sa* maison ? Si son père avait été de ce monde, il aurait été de l'expédition, c'était certain. Pouvait-elle défendre sa mémoire sans défendre la demeure qui avait été la sienne ? Non, assurément. Sa place n'était donc pas à Leydon House, mais avec les amis qui mettaient leur vie en danger pour Hazelhurst ! conclut-elle avec fougue.

En moins de cinq minutes, elle était prête à sortir. Sa mère se reposait, Sabina auprès d'elle. De ce côté-là, rien à craindre. Quant à Mme Leydon, elle dorlotait son fils… Rien ne fut donc plus facile pour Charity que de descendre l'escalier à pas de loup et de filer vers les écuries avec la légèreté d'un elfe.

Chapitre 13

A Hazelhurst, tout était calme. Les feux étaient éteints, les domestiques couchés, et seuls six hommes veillaient dans l'obscurité.

Sir Humphrey et Jack Riversleigh étaient tapis dans les recoins de la bibliothèque. Quant à Alan, le valet de Jack, il était posté dans le hall d'entrée avec deux gardes et le majordome de la maison. Seul le vent dans le lierre de la façade osait troubler le silence qui enveloppait la maison…

Soudain, un cri aigu retentit dans le parc endormi. Sir Humphrey et lord Riversleigh se dressèrent d'un même élan, tandis que les cris paraissaient s'éloigner. De toute évidence, on était en train d'enlever une femme !

— Bon sang ! Cette crapule va nous donner du fil à retordre, je le sens. Vite, allons voir ! s'écria sir Humphrey en se précipitant vers la porte.

Avertis eux aussi par les cris, les quatre autres veilleurs s'élancèrent à la suite du magistrat. Le groupe s'enfonça dans la nuit, guidé par les hurlements de la malheureuse.

Il y eut un dernier cri, déchirant, celui-là, puis ce fut de nouveau le silence — un silence de mort.

Désemparé, sir Humphrey hésita à continuer mais, bientôt rejoint par ses compagnons, il reprit sa course.

Tandis qu'ils s'éloignaient sous les chênes, une silhouette quitta furtivement le jardin et se glissa dans la maison par la porte d'entrée.

Ce soir, Ralph Gideon jouait sa dernière carte. A en juger par le piège qu'il venait de déjouer, il n'aurait pas l'occasion de revenir de sitôt à Hazelhurst. Assurément, ceux qui le guettaient savaient maintenant ce qu'il cherchait. S'il ne trouvait pas cette nuit le trésor tant convoité, il lui faudrait envisager une autre stratégie…

Une fois dans la bibliothèque, il rengaina son pistolet et alluma sa lanterne pour éclairer les étagères garnies de livres. Dieu merci, les ouvrages avaient retrouvé leur place exacte depuis sa dernière visite, constata-t-il avec soulagement.

Le sourire aux lèvres, il posa sa lampe sur le bureau et entreprit l'examen de l'étagère du milieu. Il devait agir vite, mais la sensation de toucher au but décuplait son adresse.

Il jetait les premiers livres à terre quand une voix troubla le silence de la pièce.

— Tu perds ton temps, Gideon. Tu ne trouveras rien ici.

Passé le premier moment de stupeur, le brigand porta la main à sa ceinture et fit brusquement volte-face. Trop tard : Jack Riversleigh pointait déjà son arme sur lui.

— Prends garde : au moindre geste, je tire et tu iras rôtir en enfer ! prévint le jeune lord.

— C'est toi qui finiras en enfer, Riversleigh ! répliqua le malfaiteur entre ses dents. Que fais-tu ici ?

— J'étais loin de me douter que tu étais à l'origine de ces visites nocturnes, mon cher Gideon, mais j'avoue que je suis comblé d'assister à ta déconfiture. Les mains en l'air et face au mur, à présent !

— Si je refuse ? questionna le malfaiteur en le défiant du regard.

— Si tu refuses, je te loge une balle dans la jambe et tu n'iras pas loin.

A ces mots, Gideon pivota sur lui-même sans plus discuter. Après tout, ce maudit pendentif ne méritait pas qu'il lui sacrifie sa vie !

Tandis qu'il réfléchissait au meilleur moyen de prendre la fuite, il sentit la main de Riversleigh se glisser sous son manteau et le délester de son pistolet.

— Puis-je me retourner, maintenant ? questionna-t-il.

— Certainement. Te voilà privé de ton joujou favori, mon pauvre ami !

Les deux hommes ne s'étaient pas revus depuis une dizaine d'années, mais leur animosité réciproque n'avait pas faibli.

— As-tu l'intention de me retenir longtemps ici ? s'enquit Gideon, délibérément arrogant. Je ne suis pas un vulgaire criminel, mais un gentilhomme, ne l'oublie pas.

— Allons donc ! Tu n'es qu'un voleur, doublé d'un menteur et peut-être même d'un meurtrier.

— Je croyais pourtant avoir apporté la preuve qu'un fils de banquier ne vaut pas un gentilhomme, Riversleigh !

— Tu parles sans doute de notre dernière rencontre ? Si c'est là le souvenir que tu en as gardé, sache que le mien est exactement inverse.

— Normal. Un perdant a tendance à oublier ses échecs. Sais-tu que ce soir non plus tu n'as pas le beau rôle, en dépit des apparences ? Tu t'abrites derrière ton pistolet en attendant le retour de tes compagnons, qui vont me ficeler comme un rôti. Rien de glorieux à ça, mon ami ! Si nous devions nous affronter à l'épée, nul doute que tu ferais triste figure…

— C'est ce que nous allons voir, répliqua le jeune lord d'un ton glacial. Pousse le bureau et les chaises.

— Tu as peur de trébucher, hein ?

Sous son ricanement ironique, Gideon prenait peur. Son adversaire semblait résolu à en finir et, dans cet espace étroit, il n'était pas sûr d'avoir le dessus.

— Tire ton épée.

Comme les deux hommes se mettaient en garde, Charity, qui n'avait rien perdu de leur conversation, fit discrètement irruption dans la pièce, armée d'un pistolet dérobé dans le bureau de sir Humphrey. Les deux hommes avaient une vieille querelle à régler et leur affrontement menaçait de s'achever de funeste façon, devina-t-elle, le souffle court.

Jack tournait le dos à la porte ; quant à Gideon, ses traits haineux, que révélait le faible éclat de la lanterne, étaient absolument terrifiants. Redoutant le retour des autres veilleurs, il paraissait déterminé à se battre sans faire de quartier. Aussi se lança-t-il dans le duel avec une effroyable énergie — qui, par bonheur, ne parvint pas à intimider lord Riversleigh. Ce dernier, nota Charity, parait tous les coups de son adversaire sans trahir la moindre faiblesse.

Ce n'était, hélas, pas son cas : tétanisée d'angoisse, elle ne parvenait pas à intervenir — alors qu'il lui aurait suffi d'appuyer sur la détente de son arme pour que le combat s'achève à l'avantage du jeune lord ! Elle tentait une dernière fois de rassembler son courage lorsque, pressé d'en finir, Gideon porta une botte à Jack. Le jeune lord esquiva le coup et lui décocha une pointe à la poitrine qui l'obligea à lâcher son épée. Le sang jaillit sur le revers de son manteau tandis qu'il vacillait sur ses jambes.

— Tu aurais mieux fait… de me tuer, Jack, balbutia-t-il avant de s'effondrer sur le parquet.

— C'est tout ce que tu aurais mérité, crapule, mais je préfère t'extorquer des aveux en règle avant de t'envoyer croupir en prison.

— Fils de chienne !

Bouleversée, Charity porta la main à sa bouche, heurtant malencontreusement une étagère au passage. Jack se tourna aussitôt vers l'entrée de la pièce — et découvrit sa présence. Elle était d'une pâleur extrême et regardait fixement Gideon, comme si elle ne parvenait pas à croire au triste spectacle qu'il offrait.

— Charity…, murmura-t-il en s'avançant doucement vers elle. Vous n'avez plus rien à craindre de cet homme…

Pour toute réponse, elle enfouit son visage dans ses mains et fondit en larmes.

— Quelle folie d'être venue jusqu'ici, mademoiselle Mayfield ! Je vous avais pourtant recommandé de…

— Je n'ai pas pu m'en empêcher, milord. Il s'agit… de ma maison, aussi… il était de mon devoir de…

— Lord Riversleigh ? Où êtes-vous ? s'enquit alors la voix d'Alan, son valet.

Il fit irruption dans la bibliothèque, talonné par Charles, le domestique de Charity. Tous deux s'immobilisèrent en découvrant Gideon.

— Soigne ce gredin, Alan, ordonna Riversleigh. Je ne tiens pas à ce qu'il rende l'âme sous nos yeux… Enfin, pas tout de suite.

— Bien, milord.

Le jeune homme se pencha sur le blessé, puis se retourna brusquement vers son maître.

— Je le connais ! Cet homme…

— Oui, Alan, je sais. Moi aussi, je l'ai reconnu. C'est pourquoi je tiens à le garder en vie pour le moment.

— Vous avez raison, milord.

— Où est donc passé sir Humphrey ? s'enquit Jack auprès de Charles.

— Il ne saurait tarder, milord. Il s'occupe de la malheureuse que nous avons retrouvée dans le parc.

— Celle qui criait ? Ne vous inquiétez pas pour elle.

— Vous saviez donc que c'était un piège, milord ? s'indigna Alan. Et vous ne nous en avez pas avertis !

— Messieurs, je vous en prie ! intervint Charity, qui s'était ressaisie. Vous n'avez rien à reprocher à lord Riversleigh. Si vous n'aviez pas tous volé au secours de cette femme, Gideon ne serait jamais entré dans la maison et nous n'aurions pas pu le capturer !

Surpris, une fois de plus, par sa perspicacité, Jack lui adressa un sourire complice. Même dans les situations les plus dramatiques, son esprit faisait mouche — et de quelle façon ! songea-t-il en croisant son regard.

Sir Humphrey les rejoignit bientôt, suivi de ses gardes, qui tenaient chacun par un bras la jeune fille retrouvée dans le parc.

— Où m'emmenez-vous ? s'écria-t-elle en se débattant. Je n'ai rien fait de mal.

— C'est à sir Humphrey d'en juger, intervint Jack. Mais

avant cela, peut-être pourriez-vous nous expliquer pourquoi vous hurliez dans les bois à une heure pareille ?

— C'est sa faute ! accusa-t-elle en désignant Gideon. Il m'a demandé de crier comme si on m'enlevait. « Pour faire une farce à un ami », m'a-t-il dit. Il m'a même promis une guinée si je hurlais très fort.

Elle considéra l'homme à terre avec une moue de dégoût, avant d'ajouter :

— C'est pas maintenant qu'il va me la donner, le gredin !

— En effet. Je crains qu'il ne manque à sa promesse, commenta lord Riversleigh. Mais vous pourriez sans doute nous aider en répondant à nos questions.

Il consulta sir Humphrey du regard, et celui-ci acquiesça en silence, manifestement satisfait de lui voir prendre la direction des opérations. Aussi Jack poursuivit-il son interrogatoire.

— Où avez-vous rencontré cet homme ? reprit-il d'un ton sévère.

— Il est client à l'auberge de mon père.

— Depuis quand ?

— Une semaine environ.

— Seul ?

— Non, avec un complice. Un simplet qui a été blessé par des bandits du côté d'Horsham. Mais il commence à se rétablir, et…

— Bien, nous vérifierons tout cela demain matin, interrompit Riversleigh en se tournant vers le magistrat, qui, là encore, approuva son initiative.

— Emmenez cette fille aux cuisines, ordonna-t-il aux deux gardes. Quant au blessé…

— Nous le gardons ici, acheva promptement Charity. Plus tôt nous l'interrogerons, plus tôt nous aurons résolu cette énigme.

— Certainement, confirma sir Humphrey — avant de s'écrier : Seigneur ! Que faites-vous ici, mademoiselle Mayfield ? Je croyais vous avoir conseillé de…

— Lord Riversleigh semble se féliciter de ma présence.

— Où pouvons-nous coucher Gideon, milady ? s'empressa de questionner le jeune lord.

— Je m'en occupe. Charles, conduisez ces messieurs à la chambre bleue.

Tandis que sir Humphrey prenait la tête du cortège, Charity échangea un clin d'œil complice avec Jack, ravie d'avoir échappé aux questions du magistrat.

Chapitre 14

Lord Riversleigh et sir Humphrey savouraient un verre de cognac lorsque Charity les rejoignit dans la bibliothèque.

— Votre chambre est prête, sir Humphrey, annonça-t-elle avec un sourire avenant.

— Vous êtes bien aimable, mon enfant, mais… permettez-moi d'insister : quelle est la véritable raison de votre présence à Hazelhurst à cette heure ?

— Cette maison m'appartient, sir Humphrey. L'auriez-vous oublié ?

— C'est votre mère qui en est la propriétaire officielle, Charity, du moins… jusqu'à la fin du mois. Et s'il vous était arrivé malheur, comment aurais-je annoncé la nouvelle à Mme Mayfield ?

— Ce souci vous fait honneur, milord, mais puisque je n'ai pas la moindre égratignure, il me paraît hors de propos.

— Vous êtes bien effrontée, mon enfant, et cependant… j'avoue que je serais fier de vous avoir pour fille.

— Je n'en suis pas si sûre, commenta Charity, l'air dubitatif.

Le magistrat se leva alors en réprimant un bâillement.

— Pardonnez-moi, mais la journée a été longue, et il est temps pour moi d'y mettre fin. Bonsoir, jeunes gens.

A peine sir Humphrey avait-il refermé la porte, que lord Riversleigh s'avança vers sa compagne. Celle-ci le dévisagea avec hésitation : devait-elle rester ou se retirer à son tour ? Jack ne l'avait-il pas renvoyée dans sa chambre la veille au soir, après l'avoir embrassée de la plus fougueuse façon ?

— Restez, je vous prie, intima-t-il en la retenant prisonnière de son regard gris.

Troublée, Charity obtempéra.

— Avez-vous attendu longtemps devant la porte ?

— Près d'une heure.

— Vous n'auriez jamais dû commettre pareille folie, murmura-t-il en l'enlaçant tendrement.

Charity sentit son cœur s'affoler. Pourquoi Jack l'avait-il chassée la veille, et pourquoi la retenait-il ce soir ? Et surtout, que penser d'un tel revirement ? Etait-ce le signe de l'amour ?

Comme il se penchait vers elle, Charity frémit en sentant sur ses lèvres le léger souffle dont elle avait gardé le souvenir.

— Non, Jack ! Il ne faut pas, murmura-t-elle en se dérobant. J'avais une révélation à vous faire, mais… les événements ne m'en ont pas laissé le temps.

— De quoi s'agit-il ?

— Voilà… Je me suis fiancée à Owen Leydon.

— Tous mes compliments ! répliqua-t-il avec un sourire contraint. Je ne pensais pas que vous iriez aussi vite en besogne. De quand date cet heureux événement ?

Sous la légèreté du ton, Charity ne manqua pas de déceler l'ironie mordante du propos.

— De la soirée chez les Leydon. Tout d'abord, je n'ai pas bien compris ce qu'Owen attendait de moi. J'étais si troublée par ce qui venait de se passer…

— Et comment ! J'ai bien failli vous embrasser devant tous les invités de sir Humphrey… Aussi me suis-je éloigné sous le prétexte d'aller vous chercher à boire. J'imagine que ce fut le moment choisi par Owen pour vous demander en mariage ?

— En effet, reconnut-elle. J'étais tellement distraite que je lui ai répondu par l'affirmative sans même prêter attention à sa question. Quelques secondes plus tard, ma réponse a résonné dans ma tête — trop tard, hélas ! Owen avait pris mon « oui » pour acquis.

Elle baissa les yeux, tandis que lord Riversleigh s'accoudait à la cheminée, l'air songeur.

— Je me suis aussitôt reproché cette méprise, reprit-elle avec franchise. J'avais l'intention de reprendre ma liberté dès le lendemain, mais les événements se sont précipités, et je n'ai pas pu parler à Owen avant qu'il ne tombe sous les balles de Gideon… Croyez-vous qu'il s'en sortira, milord ?

— Faites confiance à la médecine, conseilla Jack en revenant vers elle pour la prendre dans ses bras.

Elle ne se déroba pas, mais jugea bon de protester — même faiblement — contre ce tendre assaut.

— Nous ne devrions pas, Jack… Avant de vous connaître, j'étais si sage !

— Une « sagesse » qui ne vous a pas empêchée de vous jeter dans les bras du premier venu pour résoudre vos difficultés !

— Owen n'est pas le premier venu, rectifia-t-elle fermement. C'est un ami d'enfance…

— Comment ai-je pu l'oublier ! Mais votre préféré demeure Edward, n'est-ce pas ? Pour ne rien vous cacher, je serais plus fâché encore si vous vous étiez fiancée par mégarde à mon cousin.

— Seriez-vous jaloux, milord ? murmura-t-elle d'un air taquin.

En guise de réponse, Jack s'empara de ses lèvres avec une telle ardeur qu'elle en oublia toute retenue. Livrée au plaisir qu'il lui offrait, elle lui rendit son baiser avec toute la fougue d'une femme amoureuse. Mais Jack, hélas, demeurait plus raisonnable, et ce fut lui qui, une fois encore, mit un terme à leur délicieux abandon.

— Charity, chuchota-t-il avec tendresse. Il est tard, et…

— Ah non ! Vous n'allez pas m'envoyer dans ma chambre comme hier soir !

— Je le crains, ma chère : je dois interroger Gideon demain, à la première heure.

— C'est vrai… A propos, peut-être accepterez-vous

de m'expliquer par quel hasard ce gibier de potence vous connaît et pourquoi vous l'avez affronté à l'épée ?

— Notre duel était la conclusion d'une vieille affaire, Charity. Voyez-vous, aussi étrange que cela puisse paraître, Gideon et moi avons fréquenté la même école.

Il tourna son regard vers les flammes, avant de reprendre :

— Gideon avait à peine deux ans de plus que moi, mais à cet âge, la différence compte. Un jour, nous nous sommes battus en duel…

— En duel ! répéta-t-elle, effarée. Quel âge aviez-vous ?

— Lui, seize ans, moi quatorze. Il en est sorti victorieux.

— Doux Jésus ! Vos professeurs vous laissaient donc manier l'épée sans intervenir ?

— Certes non ! répliqua-t-il en riant. L'incident a provoqué un vif émoi dans tout l'établissement, et nous avons été sévèrement punis.

— Et… quelle était l'origine de votre conflit ?

— Le bougre avait dérobé une importante somme d'argent à l'un de nos professeurs, et fait accuser un des domestiques de l'école grâce à un faux témoignage. Je savais que Gideon était coupable, mais je n'avais aucune preuve tangible contre lui. Ce qui ne faisait que renforcer ma détermination, bien sûr ! A l'époque, je me prenais volontiers pour un redresseur de torts…

— Et l'argent, où l'a-t-on trouvé ?

— Nulle part. Le directeur en a conclu que le serviteur avait un complice qui s'était envolé avec le magot, et le pauvre diable a été condamné. Gideon, issu d'une famille noble, n'a jamais été inquiété. Il s'en vantait assez, le misérable !

Pour la première fois, Charity comprit combien Jack était écartelé entre l'aristocratie et les artisans dont était issu son grand-père maternel. Sans doute avait-il été plus d'une fois l'objet de quolibets, voire de mauvais traitements, ce qui expliquait son peu de goût pour l'injustice. Ainsi que son admiration pour un père qui avait préféré sa liberté à la tyrannie du vieux lord Riversleigh.

— Tel don Quichotte, poursuivit-il, je décidai alors de lutter contre Gideon. Un matin, je lui ai annoncé que je le tenais pour le véritable auteur du vol… S'estimant gravement offensé, il m'a convoqué sur le pré voisin et a choisi l'épée.

— Et vous avez accepté de vous battre au risque de vous faire renvoyer de l'école ?

— Oui… mais le risque était mince : l'année scolaire touchait à sa fin ! Le duel a duré plus d'une heure, et Gideon y mettait une telle hargne que j'ai vraiment cru ma dernière heure arrivée. Par chance, il est parvenu à me blesser au côté, je suis tombé à ses pieds — et cette victoire lui a suffi. Après s'être copieusement moqué de mes souffrances, il a quitté le pré le plus tranquillement du monde.

— Quel être ignoble ! Il n'a donc averti personne de votre blessure ?

— Personne. Quand on m'a découvert un peu plus tard dans la journée, j'avais perdu beaucoup de sang… mais j'ai pu tout raconter au directeur de l'école avant de perdre connaissance. A mon réveil, j'ai appris que Gideon avait été renvoyé dans ses foyers, et le serviteur blanchi après enquête. Pour ma part, comme j'entrais en apprentissage d'orfèvrerie, je ne suis pas retourné à l'école l'année suivante, et personne ne s'en est plaint !

— A l'exception peut-être du professeur et du serviteur, qui vous devaient une fière chandelle ? interrogea-t-elle.

— Vous avez raison : tous deux m'ont largement manifesté leur reconnaissance. D'ailleurs, je n'ai pas tardé à prendre Alan à mon service…

— Alan ? interrompit-elle, sourcils froncés. Le domestique de l'école et votre valet actuel ne sont donc qu'une seule et même personne ?

— Tout juste, milady ! confirma-t-il en souriant.

— D'où la confiance qu'il vous inspire et la fidélité qu'il vous témoigne, compléta-t-elle.

— Cet heureux épilogue vous satisfait-il ?

— Certainement. Et vous ? Estimez-vous en avoir fini avec Gideon ?

— Je lui en ai voulu longtemps, jusqu'au jour où j'ai compris que j'étais surtout furieux contre moi-même d'avoir perdu ce duel. Dès lors, je me suis promis de le retrouver pour avoir l'assurance qu'il ne me faisait pas peur et qu'il n'était pas meilleur bretteur que moi.

— Et c'est aujourd'hui chose faite !

— J'avoue avoir péché par orgueil, Charity. Je vous aurais épargné une grande frayeur en ne provoquant pas Gideon. Quand vous l'avez vu sur le parquet de la bibliothèque, couvert de sang…

— Ne vous souciez pas pour moi, milord. Vous avez fort bien fait, au contraire, de vous mesurer à ce misérable. Vous aurez l'esprit en repos, désormais. Moi aussi, je suis de nature à me lancer des défis : grimper à un arbre ou traverser un pont branlant en dépit du danger. Je ne compte plus le nombre de fois où j'ai brutalement atterri par terre ou dans le ruisseau ! Quand nous étions enfants, Owen avait le don de me provoquer, et je n'avais de cesse de lui prouver ma détermination. En dépit du bon sens, naturellement.

— Naturellement… mais se jeter dans le mariage tête baissée et grimper à un arbre sont deux défis bien différents, Charity.

— Epargnez-moi ce souvenir, milord. J'ai commis une erreur, et je n'en suis pas fière, croyez-le bien.

Lord Riversleigh haussa les sourcils, mais ne fit aucun commentaire. Tout juste vit-elle briller une lueur étrange dans ses yeux gris — étrange, mais trop éphémère pour qu'elle puisse en comprendre le sens.

— Pour en revenir à Ralph Gideon, reprit-elle avec tact, il se dit aristocrate, mais… à quelle famille appartient-il donc ?

— Pardonnez-moi, Charity, j'ai omis l'essentiel : Gideon est le neveu de lord Ashbourne !

Chapitre 15

Le lendemain matin, à la demande de lord Riversleigh, Charity assista à l'interrogatoire de Ralph Gideon. Ce dernier avait passé la nuit sous la surveillance d'Alan, auquel on avait adjoint l'un des gardes engagés par sir Humphrey.

Charity entra la première dans la chambre de Gideon, suivie du jeune lord et du magistrat local. Le gredin les accueillit avec un sourire narquois qui laissait présager un entretien houleux.

— En voilà des poltrons ! s'exclama-t-il. Vous vous cachez derrière les jupes d'une femme, à présent ?

Furieux, sir Humphrey se précipita sur l'insolent pour le saisir au collet, mais Jack s'interposa.

— Allons, monsieur Leydon. Calmez-vous, je vous prie. Ce vaurien ne perd rien pour attendre !

Il s'approcha du lit, avant de reprendre à l'adresse du blessé :

— Comment connaissais-tu l'existence d'un trésor à Hazelhurst ?

— Je l'ai vu en rêve, pardi ! répliqua l'intéressé en pouffant de rire.

— Et moi, j'ai rêvé que tu te balançais au bout d'une corde, misérable !

Gideon baissa la tête, manifestement glacé par cette perspective, mais se ressaisit aussitôt.

— Mon oncle interviendra en ma faveur, argua-t-il. Tu sais qu'il a toute la considération du roi…

— A condition que le ciel te prête vie jusqu'à ton procès,

grommela sir Humphrey d'un ton peu amène. Or, si tu continues à jouer avec notre patience, je ne réponds plus de tes conditions de détention, vaurien !

Cette fois, Gideon parut comprendre qu'il était allé trop loin.

— Jack…, reprit-il d'un ton plus déférent. Si je réponds à vos questions, accepteras-tu d'informer mon oncle de l'endroit où je me trouve ?

— Nous pourrions nous arranger en ce sens, admit le jeune lord après avoir consulté le magistrat d'un regard.

— Que voulez-vous savoir, au juste ?

— Je te le répète : comment as-tu appris que la bibliothèque d'Hazelhurst recelait un trésor de grande valeur ?

— En fouillant dans le bureau de mon oncle. Je savais qu'il détenait certains documents concernant Hazelhurst. Bien entendu, il ignore que j'en ai eu connaissance.

— Hmm. Et… qu'as-tu découvert, dans ces documents ?

— Il s'agissait de notes relevées dans un journal intime que je n'ai pas eu la chance de consulter moi-même. Donc… tu as trouvé le pendentif, n'est-ce pas ?

— Pourquoi accordes-tu tant d'intérêt à ce bijou ?

— Pour sa valeur, pardi ! Il représente une petite fortune à lui tout seul.

— Cela n'explique pas l'acharnement avec lequel tu as mis à sac cette bibliothèque, et cela à plusieurs reprises. Tu comptais t'en servir comme monnaie d'échange, je présume ? Tout le monde sait que ton oncle s'est enfin décidé à te couper les vivres. En outre, nul n'ignore qu'il est grand amateur de bijoux…

Charity, qui suivait leur échange avec attention, faillit laisser échapper un cri de stupeur : manifestement, lord Ashbourne n'était pas étranger à cette affaire !

— Pourquoi votre oncle détenait-il ces notes dans son bureau ? questionna-t-elle, décidée à en avoir le cœur net.

— Parce qu'il convoitait ce pendentif, le bougre ! Il avait

presque réussi à l'extorquer à votre père. Oh, en trichant un peu, je vous l'accorde…

Désignant Jack d'un signe de tête, Gideon ajouta entre ses dents :

— Et dire que ce bijou me passe sous le nez à cause de ce banquier !

— Expliquez-vous, Gideon, intima la jeune femme. Insinuez-vous que lord Ashbourne aurait triché pour gagner cette partie contre mon père ?

— Evidemment ! Il n'est pas dans ses habitudes de jouer contre des adversaires médiocres, croyez-moi. Et votre père était bien naïf. C'était un…

— Il suffit ! interrompit Jack. Ton oncle ne te pardonnera jamais de l'avoir calomnié, Gideon. Il ne lèvera pas le petit doigt pour te défendre.

— Oh, que si ! Il aura trop peur du scandale que je pourrais provoquer en criant sur les toits qu'il a embobiné ce pauvre Mayfield !

— Pas si sûr, rétorqua Jack. Jusque-là, lord Ashbourne t'a sauvé de la potence, mais à trop tirer sur la corde, Gideon, elle finira par te serrer le cou.

Il se tourna vers son serviteur pour ajouter :

— Surveille-le pendant que nous allons à l'auberge avec sir Humphrey. Il nous reste à interroger le simple d'esprit qui lui servait de complice.

— Mais oui, je n'y pensais plus ! s'écria le magistrat. Heureusement que vous êtes là, mon cher.

Bouleversée par les révélations de Ralph Gideon, Charity suivit les deux hommes d'un pas d'automate. Jusque-là, elle en avait voulu à son père de s'être conduit avec une telle légèreté en dispersant la fortune familiale. La confession du voleur l'invitait à réviser son jugement. En fait, lord Mayfield avait été victime d'un tricheur sans scrupules, et le vrai responsable de leur déconfiture n'était autre que lord Ashbourne lui-même.

— Messieurs, je pars pour Londres sur-le-champ ! annonça-t-elle tout à trac.

— Comment ? Mais vous perdez la tête, mon enfant ! tança sir Humphrey. Ce n'est pas le moment de vous éloigner d'Hazelhurst.

— Au contraire, milord : je dois absolument parler à lord Ashbourne afin de tirer cette affaire au clair. S'il a triché, nous disposerons d'un recours contre lui.

— Charity, écoutez-moi, je vous prie, intervint lord Riversleigh. Réfléchissons ensemble avant d'entreprendre quoi que ce soit. Les propos de Gideon sont très ambigus. Il a tenté de vous persuader que son oncle avait triché, mais il n'en est rien. Je vous garantis qu'Ashbourne ne triche jamais aux cartes.

— Gideon a pourtant affirmé le contraire ! Je me demande si vous ne prenez pas le parti de ce coquin d'Ashbourne.

— Pas du tout. Mais je suis en mesure de vous expliquer ce qui a pu se passer : Ashbourne connaissait l'existence du pendentif et, pour entrer en sa possession, il a proposé une partie de cartes à votre père. Le comte est un être retors, je l'admets, et parfois sans scrupules, mais il a son propre code de l'honneur. C'est pourquoi je suis persuadé qu'il n'a pas triché. Une telle attitude aurait nui à son image.

— Quoi qu'il en soit, lord Ashbourne est à l'origine de tous nos malheurs, insista la jeune femme. Je tiens donc à avoir une franche explication avec lui, afin de me faire une opinion *personnelle* sur sa moralité.

— Il serait bon, en effet, que vous puissiez faire la distinction entre ce que vous lui reprochez et ce dont il est réellement coupable.

— Expliquez-vous !

Jack hésita. Nul doute qu'il aurait peine à convaincre sa compagne, qui semblait perdre toute lucidité à la perspective d'innocenter son père… Mais comme toujours, il préférait rétablir la vérité avant qu'une injustice ne soit commise — fût-elle en faveur de sa charmante voisine.

— Je comprends que vous blâmiez le comte pour avoir encouragé votre père à jouer. Vous êtes également en droit de lui reprocher d'avoir fait monter les enjeux jusqu'à vingt mille livres, mais pas d'avoir triché.

Il s'interrompit un instant pour donner plus de poids à son propos, avant de poursuivre :

— N'oubliez pas qu'il avait accordé un an à votre père pour le rembourser, ce qui lui laissait le temps de rassembler les fonds. En outre, Ashbourne n'est manifestement pour rien dans les cambriolages de Gideon — pas plus qu'il n'est responsable de la mort de M. Mayfield. Enfin, conclut-il d'un ton ferme, je ne crois pas que le comte d'Ashbourne ait incité votre père à jouer contre son gré.

— Encore une fois, vous prenez sa défense ! s'exclama Charity en balayant ses arguments d'un revers de main. Il est de vos amis, je présume ? Aussi vous sera-t-il reconnaissant d'avoir retrouvé le pendentif… Quand je pense que je vous ai confié la garde de ce bijou ! Rendez-le-moi, je vous prie.

Sans un mot, Jack prit l'écrin dans la poche intérieure de son habit et le tendit à la jeune fille.

Elle se tourna vers le magistrat et déclara, après avoir vérifié le contenu de la boîte :

— Je vous le confie, sir Humphrey. Je ne tiens pas à l'emporter à Londres, ce serait trop risqué.

— Bien volontiers, Charity. Qu'il me soit permis cependant de vous faire remarquer que vous êtes bien injuste envers notre ami Riversleigh.

— Je n'ai plus confiance en personne, désormais, répliqua-t-elle avec amertume. Peut-être y verrai-je un peu plus clair après mon entretien avec lord Ashbourne ? Je le souhaite, en tout cas.

— Oserais-je malgré tout vous escorter jusqu'à Londres et vous offrir l'hospitalité chez ma mère ? proposa le jeune lord. Elle sera ravie de vous accueillir, et je suis convaincu que Mme Mayfield lui plaira.

— Maman ne m'accompagnera pas, milord. Officiellement, je me rends à Londres pour y louer un appartement.

— Je doute que Mme Mayfield laisse partir sa fille en compagnie d'un jeune homme, fût-il lord, remarqua le magistrat.

— Je ne vois là rien de scandaleux, affirma Jack, sachant que Mme Mayfield se plaisait à les voir déjà mariés. Nous partirons dès demain matin à la première heure, si cela vous convient.

Resté seul avec lord Riversleigh, Humphrey Leydon s'empressa de lui donner son avis sur l'entretien qui venait de s'achever.

— Cette petite est désorientée par les propos que vous lui avez tenus, milord. Et je la comprends sans peine : votre indulgence à l'égard de cette crapule d'Ashbourne est presque choquante. Serait-il de vos amis ?

— Certainement pas. Je n'ai cherché qu'à mettre Mlle Mayfield en garde contre le comte. A votre avis, si elle se présente chez lui en l'accusant tout à trac d'avoir triché, que se passera-t-il ? Ashbourne lui rétorquera que son père était un joueur médiocre, flatté de se mesurer à plus fort que lui. Et notre jeune voisine n'en sera que plus humiliée.

— Hmm... C'était adroit de votre part, convint Leydon, mais je ne suis pas sûr que Charity ait bien saisi votre intention.

— En effet, mais je ne désespère pas de la convaincre avant notre arrivée à Londres. Le vrai problème est ailleurs : les Mayfield doivent toujours vingt mille livres à Ashbourne, qui est en droit de les exiger dès la fin de ce mois. En outre, il n'est nullement question de dette de jeu dans l'accord signé entre Mayfield et Ashbourne. Selon les termes de cet acte, dont j'ai lu une copie dans la bibliothèque, la propriété d'Hazelhurst sert de garantie à un prêt de vingt mille livres contracté par M. Mayfield lui-même. Tout est donc parfaitement régulier.

— A moins de trouver la somme sous le sabot d'un cheval, je ne vois pas comment Mme Mayfield et sa fille pourraient éviter le désastre.

— Et ce n'est pas en attaquant de front lord Ashbourne que Mlle Charity trouvera un arrangement avec lui, renchérit Jack.

— Vous avez une autre idée, semble-t-il ? questionna le magistrat en haussant les sourcils.

— J'ai peut-être un moyen de pression…, reconnut Riversleigh. Je connais Ashbourne, et je sais comment négocier avec lui… Nous pourrions également jouer d'un argument de poids : le comte ne serait sans doute pas le bienvenu par ici. Personne ne souhaite vraiment l'avoir pour voisin. Vous me comprenez ?

— Tout à fait. Je crains que sa réputation ne le précède…

— Il n'est pas encore installé à Hazelhurst, croyez-moi, assura le jeune lord en apercevant Charity qui revenait vers eux.

— Bien, conclut le magistrat. Je vous laisse raccompagner Mlle Mayfield à Leydon House, Riversleigh. De mon côté, je vais tâcher d'extorquer quelques informations au complice de Gideon.

— Etes-vous prête, milady ? s'enquit Jack avec courtoisie.

Contre toute attente, la jeune femme baissa les yeux en s'empourprant.

— Un instant, milord, je vous prie… Je regrette de vous avoir soupçonné de complicité avec Ashbourne. Le pendentif que vous m'avez restitué est bien la preuve que vous êtes dans mon camp. Je suis donc prête à me rendre à Londres avec vous… et à suivre vos conseils afin que mon entrevue avec Ashbourne soit un succès.

Puis, fidèle à elle-même, elle s'avança d'un pas décidé vers la porte, et acheva avec un sourire confiant :

— Nous pouvons partir, maintenant !

Chapitre 16

Dans la voiture qui l'emmenait vers Londres, Charity s'efforçait de remettre de l'ordre dans ses pensées — en vain, hélas. Car, de quelque façon qu'elle l'envisage, l'attitude de Jack à l'égard de lord Ashbourne ne cessait de la troubler. Que cherchait-il à lui prouver, au juste ? Que le créancier de son père était un aristocrate au-dessus de tout soupçon, malgré les rumeurs qui couraient sur son compte ?

Dépitée, elle ferma les yeux — et reporta ses pensées sur Owen.

La veille, en arrivant à Leydon House, elle s'était rendue sans plus attendre au chevet du jeune homme. Là, elle avait entrepris de le convaincre que leur mariage serait une erreur. Owen avait longuement protesté puis, devant son insistance à reprendre sa parole, il s'était incliné, tout en déplorant que lord Riversleigh fût sans doute à l'origine de cette décision.

Charity ne l'avait pas détrompé — à quoi bon nier l'évidence ? — mais s'était montrée très évasive quant à ses projets d'avenir. L'important, estimait-elle, était d'annuler au plus vite l'hypothèque qui pesait sur Hazelhurst. Ensuite, et ensuite seulement, elle serait enfin libre de réfléchir à son destin. Elle avait donc pris la route de Londres avec une vive appréhension : son entrevue avec lord Ashbourne, prévue pour le lendemain, la hantait sans relâche.

La voiture ralentit en entrant dans la capitale, mais la jeune femme ne prêta aucune attention aux parcs verdoyants qui en faisaient tout le charme. Tapie dans un coin de l'habitacle, Sabina ne cessait de geindre, accusant le cocher de lui retourner l'estomac à chaque virage.

Jack Riversleigh, qui les avait escortées depuis Leydon House, les quitta bientôt pour annoncer leur arrivée à Pembroke House, située non loin de Berkeley Square.

Mme Riversleigh, la mère de Jack, accueillit Charity avec chaleur. Et la soirée qu'elles passèrent toutes deux dans le grand salon de cette prestigieuse demeure fut si agréable que la jeune femme en oublia presque les soucis qui la rongeaient.

Le lendemain matin, au petit déjeuner, Jack lui confirma son rendez-vous avec lord Ashbourne, fixé à midi. Dès lors, l'angoisse de Charity ne fit que croître. Et ce fut une jeune femme blême qui se présenta à l'heure dite, en compagnie de Jack, à la porte de l'hôtel particulier du comte.

Les événements, cependant, ne tardèrent pas à la tirer de sa torpeur. L'allure compassée du maître d'hôtel lui parut de si mauvais augure qu'elle s'en alarma — à raison, puisque vingt minutes plus tard, ils attendaient toujours le comte dans la bibliothèque où le domestique les avait conduits.

— Décidément, il se moque de moi ! s'indigna-t-elle.

— N'en croyez rien, Charity. A mon sens, c'est une simple provocation à mon égard. C'est moi qui ai sollicité ce rendez-vous, sans mentionner votre nom. Je suis donc ici en demandeur, et Ashbourne me le rappelle par son retard. C'est de bonne guerre.

— Eh bien, ce qui vous paraît « de bonne guerre » me rend furieuse !

— L'insolence d'Ashbourne ne me laisse pas indifférent, loin de là. Mais faire preuve d'impatience serait une erreur tactique…

— Lord Riversleigh ! s'exclama enfin le maître de maison, interrompant leur échange. Quelle heureuse surprise ! Pardon de vous avoir fait attendre, mais… les affaires n'attendent pas, vous le savez comme moi.

— Merci d'avoir accepté de *nous* recevoir, milord, répondit Jack en se levant pour saluer leur hôte, qui le gratifia d'un sourire carnassier.

— Nous ? s'étonna le comte en se tournant vers Charity. Il ne me semble pas avoir jamais rencontré cette jeune personne.

— En effet, je ne crois pas que vous connaissiez Mlle Mayfield, milord.

Ashbourne cilla, mais ses traits demeurèrent impassibles.

— Chère mademoiselle Mayfield…, reprit-il avec une courtoisie exagérée. Je suis véritablement ravi de vous rencontrer ! C'est avec consternation que j'ai appris la mort de votre père, croyez-le. C'était un homme plein de qualités.

« Et si facile à duper ! » compléta Charity en s'efforçant de lui présenter un visage avenant. Manifestement déstabilisé par cette visite inattendue, l'homme cherchait à l'humilier pour gagner du terrain. Mais elle voyait clair dans son jeu — et ne se laisserait pas faire, foi de Mayfield !

— Je suis d'autant plus heureux de faire votre connaissance que mon avoué ne tarit pas d'éloges sur votre façon d'administrer Hazelhurst, poursuivit le comte en les invitant à s'asseoir. Il semble que vous ayez fait de ces terres un modèle de rentabilité… Mais je présume que vous êtes là pour honorer la dette que votre père avait contractée auprès de moi ?

Au lieu de prendre place dans le fauteuil qu'il lui indiquait, Charity s'avança vers le bureau et, dans un sursaut de courage, fit face à lord Ashbourne.

— Pas du tout, milord. Je suis ici, au contraire, pour vous demander des explications. J'aimerais savoir comment vous avez manipulé mon père afin d'entrer en possession de notre domaine.

— Chère mademoiselle Mayfield, affirma calmement le comte, je n'ai manipulé personne. Votre père et moi-même avons fait quelques parties de piquet qui ont tourné à mon avantage, voilà tout.

— Ashbourne, intervint lord Riversleigh, nous savons que vous avez délibérément choisi M. Mayfield comme adversaire.

— Vraiment ? Et d'où tenez-vous cette information, mon cher ?

— Il y a deux jours, le hasard m'a mis en présence d'un certain Ralph Gideon. Ce nom ne vous est pas inconnu, n'est-ce pas ? J'ai pris ce filou la main dans le sac : il s'apprêtait à saccager pour la troisième fois la bibliothèque d'Hazelhurst. J'ajoute que votre cher neveu a blessé le fils du magistrat local.

— Blessé… mortellement ? s'enquit le comte, abandonnant soudain toute arrogance.

— Non, mais il s'en est fallu de peu. Il ne doit la vie qu'à Mlle Mayfield, qui a fait preuve d'un courage exemplaire lors de l'attaque dont votre neveu s'est rendu coupable.

Visiblement rasséréné par ces précisions, lord Ashbourne se tourna vers Charity en affectant un air patelin.

— Il n'est jamais plaisant d'apprendre que l'un de vos proches a commis une faute, mademoiselle. Soyez certaine que je regrette vivement…

— Que regrettez-vous donc, milord ? interrompit vertement Charity, laissant libre cours à sa colère. Ce n'est pas la faute de Gideon si mon père a été dépossédé de ses biens, que je sache ! Certes, votre neveu est un escroc notoire, mais il n'est pas responsable des tourments que ma mère et moi endurons depuis un an.

Elle s'interrompit pour reprendre son souffle, avant de continuer sur le même ton :

— Selon lord Riversleigh, la loi est de votre côté, milord, je me permets d'en douter. J'aimerais entendre de votre bouche pourquoi ma mère et moi-même nous retrouvons brusquement dans l'obligation de vous céder Hazelhurst.

— Mais enfin… que me reprochez-vous exactement, milady ? s'enquit le comte d'un ton désinvolte.

— D'avoir incité mon père à jouer et à perdre une somme *judicieusement* équivalente à la valeur d'Hazelhurst. Je sais, en outre, que vous connaissiez l'existence d'un pendentif de grand prix dans notre bibliothèque et que vous teniez à vous l'approprier par tous les moyens. Au lieu d'agir comme un gentleman en offrant à mon père de l'acheter, vous avez préféré l'affronter aux cartes. Ainsi, vous obteniez du même coup le pendentif et le domaine !

— Votre démonstration est fort habile, mademoiselle Mayfield, commenta leur hôte sans laisser paraître la moindre émotion. Cependant, me permettrez-vous quelques remarques ?

Charity demeura de glace.

— Pas un témoin n'a assisté à votre partie de piquet, Ashbourne, intervint Jack. Aussi, nul ne sait dans quelles conditions vous avez gagné.

— Je n'ai pas triché ce soir-là, si c'est ce que vous insinuez. Je ne triche jamais, Riversleigh : question d'honneur. Quelques semaines auparavant, j'avais tenté d'acquérir le domaine d'Hazelhurst par l'intermédiaire d'un agent. M. Mayfield n'a rien voulu savoir, en dépit d'une offre de trente mille livres, soit dix mille livres de plus que sa valeur réelle. Devant ce refus, j'ai cherché d'autres moyens de l'obtenir, c'est tout.

— Pourquoi ne pas avoir révélé à mon père l'existence de ce bijou ? interrogea Charity en le foudroyant du regard.

— Cela ne m'est pas venu à l'esprit. Disons que j'ai péché par omission…

— Venez-en au fait, Ashbourne, intima Jack.

— Je me suis arrangé pour proposer à M. Mayfield une partie de piquet et, en toute modestie, je crois qu'il en a été flatté. Hélas, ses talents de joueur n'étaient pas à la hauteur de ses ambitions.

« Pauvre papa, songea Charity en crispant les poings. Voilà un jugement qui pourrait être son épitaphe ! »

— Votre père était un brave homme, milady, reprit le comte en la fixant de ses yeux vifs. Quand il s'est rendu compte qu'il avait perdu beaucoup d'argent, il a essayé de se refaire. Hélas, la chance n'était pas avec lui. Dès lors, pour limiter ses pertes, j'ai décidé de mettre fin à la partie quand mes gains ont atteint la valeur d'Hazelhurst.

— Dois-je vous en être reconnaissante ?

— Ne soyez pas cynique, mademoiselle. Je comptais sur cette défaite pour décider votre père à vendre Hazelhurst. Bon prince, j'ai consenti à patienter un mois. Si M. Mayfield avait accepté ma première proposition, il aurait eu dix mille livres de plus dans la poche. Mais il s'est entêté dans son refus… Avouez que c'est navrant.

— Surtout pour moi ! remarqua Charity avec aigreur. Car il est mort avant d'avoir pu vous rembourser…

— J'appris son décès voici une quinzaine de jours, mademoiselle Mayfield. Je suis vraiment navré pour vous, croyez-le bien.

— Epargnez-moi votre pitié, voulez-vous ! Vous saviez pertinemment que l'hypothèque parviendrait à échéance, et que nous nous retrouverions à la rue. Vous n'avez pas levé le petit doigt pour vous inquiéter de notre avenir. Ah, vous aviez la partie belle, milord ! Vous deveniez propriétaire du domaine *et* du pendentif à la seule faveur de quelques parties de piquet !

— Je vous arrête, milady. Une fois en possession d'Hazelhurst, je vous aurais restitué la propriété, après avoir placé le pendentif en sécurité dans mon coffre.

— Comment puis-je croire à cette fable ?

— Rien ne vous y oblige, en effet.

Jack se leva à son tour, puis s'avança vers la fenêtre pour jeter un coup d'œil au-dehors.

— Deux choses m'intriguent, Ashbourne, confia-t-il.

Comment ce pendentif est-il arrivé à Hazelhurst, et comment avez-vous eu connaissance de son existence ?

— Je possède le journal intime du duc de Faversham. Je vais d'ailleurs vous le montrer.

Le maître de maison ouvrit l'un des tiroirs de son bureau et en sortit deux volumes reliés de cuir, qu'il tendit à Charity.

— Un cadeau, ma chère. Il contient l'histoire de ce bijou... qui va rester dans votre famille, si j'ai bien compris.

— En effet, acquiesça-t-elle froidement.

— Tout reste donc à régler, reprit le comte. D'un côté, mon neveu a jeté l'opprobre sur ma famille ; de l'autre, les héritières de M. Mayfield ne se sont toujours pas acquittées de leur dette à mon égard...

— Vous venez de déclarer que vous ne vouliez pas d'Hazelhurst, remarqua vivement Charity.

— C'est vrai. Seul le pendentif m'intéresse. Je l'accepterai volontiers en paiement de votre dette, mademoiselle. Mais à défaut, je prendrai possession du domaine ou de sa valeur exacte — à savoir vingt mille livres en espèces sonnantes et trébuchantes — à la fin de ce mois. Je suis certain, cependant, qu'en sa qualité de banquier, lord Riversleigh n'aurait aucun mal à réunir cette somme.

— Aucun mal, en effet, convint le jeune lord sans sourciller.

Charity allait protester, mais Jack l'incita au silence d'une légère pression de la main sur son bras.

— Il y a cependant des investissements plus rentables, mon cher, affirma-t-il sans quitter le comte des yeux. J'ai eu ce matin même un entretien avec Mark Horwood et Adam Kaye. Ils ont fini par dénicher un troisième investisseur pour leur affaire aux Antilles. Quel soulagement pour mon ami Horwood ! Toutefois, ils m'ont demandé d'enquêter sur la moralité de cet homme que l'on dit très riche...

Le comte soutint un instant le regard de Jack puis, d'un air excédé, il tira une feuille de papier de son sous-main, et y griffonna quelques lignes.

— Vous êtes satisfait, Riversleigh ? grommela-t-il en la lui tendant.

— Vous comblez tous mes vœux, cher ami, répondit le jeune lord en tendant le document à sa compagne.

Celle-ci parcourut le texte avec stupéfaction : lord Ashbourne annulait la dette de son père !

Chapitre 17

Dans la voiture qui les ramenait vers Pembroke House, Charity ne parvenait pas à croire à son bonheur. Lord Riversleigh dut lui répéter à plusieurs reprises qu'Hazelhurst demeurerait aux mains de la famille Mayfield pour qu'enfin elle s'autorise un soupir de soulagement.

— Voyez-vous, Charity, lui expliqua-t-il un peu plus tard devant une tasse de thé, vous vous êtes méprise sur mes rapports avec lord Ashbourne. Je n'ai aucune amitié pour cet homme, et si négocier avec lui est toujours un défi, c'est un réel plaisir que de le faire céder.

Il s'interrompit un instant, puis reprit en riant :

— La chasse est le sport favori d'Owen et de sir Humphrey, vous le savez. Pour ma part, Ashbourne est mon meilleur gibier. Rusé comme un renard, il ne néglige aucun détail et ne se laisse pas traquer facilement. En revanche, si vous l'emportez, il se montre beau joueur et vous accorde la victoire sans rechigner.

Jack riva son regard à celui de Charity, tandis qu'il continuait :

— Je ne poursuis pas les mêmes buts, mais je suis aussi têtu que le comte d'Ashbourne, ma chère. Aujourd'hui, je n'aurais abandonné la partie pour rien au monde !

— Votre ténacité nous a sauvé la mise, milord, et je vous en suis infiniment reconnaissante, déclara-t-elle avec chaleur. Cependant… je n'ai toujours pas compris par quel chantage vous avez obtenu l'annulation de la dette.

— Eh bien… Vous m'avez entendu évoquer Horwood

et Kaye, clients de ma banque, qui se félicitaient d'avoir trouvé un nouvel investisseur. Ce troisième homme n'est autre que lord Ashbourne — à ceci près qu'il se cache derrière un prête-nom. En effet, si Kaye, qui ne plaisante pas avec la morale, apprenait la véritable identité de leur partenaire, il se retirerait aussitôt de l'opération… J'ai donc promis mon silence à Ashbourne contre la levée de l'hypothèque sur Hazelhurst. Enfantin, n'est-ce pas ?

— Et si Kaye découvrait votre manœuvre ?

— Aucun risque !

— Vous ne l'en informerez donc jamais ?

— Non, car je n'ai pas le sentiment de le duper : je sais que lord Ashbourne est aussi coriace en affaires qu'au jeu. Les intérêts de mon client seront donc sauvegardés, et c'est l'essentiel à mes yeux.

Charity demeura silencieuse quelques instants, puis un sourire mutin étira ses lèvres.

— Vos tactiques ne sont pas si éloignées des miennes, finalement… J'ai, un jour, employé la même méthode pour persuader sir Humphrey de vendre à mon père un champ qu'il convoitait depuis longtemps.

— Nous avons donc plus de choses en commun qu'il n'y paraît, remarqua-t-il en l'attirant doucement à lui.

Il se pencha vers elle, et Charity lui tendit ses lèvres avec un frisson de volupté.

— Je vous aime, milady, l'entendit-elle murmurer — puis il scella son aveu du plus bouleversant des baisers.

Au bord des larmes, elle se blottit plus étroitement contre lui. Jamais elle n'avait été aussi heureuse qu'en cet instant !

— Avez-vous parlé à Owen ? lui chuchota-t-il à l'oreille.

— Oui. Hier soir, avant de quitter Leydon House.

— Venez vous asseoir un moment, pria-t-il avec une soudaine gravité. Ainsi, vous m'écouterez plus attentivement.

— Mais je vous écoute, milord ! se récria-t-elle, comme il l'emportait dans ses bras pour la déposer dans le fauteuil le plus proche.

— Hmm… On n'est jamais trop prudent avec vous : vous êtes bien capable de rompre nos fiançailles sous prétexte que vous aviez l'esprit ailleurs lors de ma demande en mariage !

— Juste ciel ! Deux demandes en mariage en trois jours ? s'exclama-t-elle en feignant le plus vif désarroi. Je ne sais plus où donner de la tête !

— Charity Mayfield, acceptez-vous de…

En cet instant précis, un coup discret contre la porte interrompit le jeune lord. Le majordome entra, portant un pli sur un plateau d'argent.

— Une lettre pour Mlle Mayfield, annonça-t-il. Le porteur n'a pas attendu la réponse.

Stupéfaite, Charity prit la missive et la décacheta en toute hâte.

Chère Mademoiselle Mayfield,

Nul doute que vous serez surprise de recevoir cette lettre. Il ne peut en être autrement…

Je ne résiste cependant pas au plaisir de vous livrer les impressions que votre personnalité m'inspire. Vous me rappelez votre père par votre courage, mais vous lui êtes infiniment supérieure sur bien des points. Si M. Mayfield avait été doué d'autant d'esprit et de clairvoyance que vous l'êtes, je me sentirais aujourd'hui moins coupable. Votre père n'était pas un adversaire, mais un brave homme que j'ai trompé, et je n'en suis pas fier, croyez-le.

Si nous étions amenés à nous rencontrer de nouveau, ce que je souhaite, j'espère n'avoir alors rien d'autre à me reprocher. La culpabilité est une bien mauvaise compagne…

Aussi trouverez-vous ci-joint la clé qui vous permettra de décoder les mémoires de lord Faversham, dont je vous ai fait don. Pour satisfaire au plus vite votre curiosité bien légitime, j'inclus à cet envoi les notes concernant l'histoire du pendentif, écrites de ma main. Je pense avoir ainsi rempli mes obligations envers vous-même et envers lord Riversleigh.

Bien à vous,

Justin Ashbourne.

En proie à une vive émotion, Charity reposa sans un mot la lettre sur ses genoux. En ouvrant les livres du duc de Faversham, elle avait effectivement découvert que lord Ashbourne s'était moqué d'elle : ces ouvrages étaient rédigés en caractères mystérieux, indéchiffrables pour le commun des mortels ! Le code que le comte lui fournissait réparait cette injure grossière, dont elle lui aurait sans doute gardé rancune. Par son geste, le vieil aristocrate tenait donc à tirer un trait définitif sur cette sombre affaire — et cette fois, Charity ne pouvait que lui accorder raison.

Elle tendit la missive à lord Riversleigh, qui la lut avec attention.

— Cet homme est décidément bien étrange, commenta-t-il ensuite. Il ne voulait pas d'Hazelhurst, mais il n'entendait pas non plus vous le rétrocéder. En fait, il cherchait le moyen de s'en débarrasser sans perdre la face, tout en libérant sa conscience…

— Et vous lui en avez fourni l'occasion, acheva-t-elle. Si vous n'aviez pas menacé de révéler son identité à Kaye, il ne se serait jamais résolu à me restituer mon bien sans contrepartie.

— Je le crois, en effet. Mais que dit-il à propos du pendentif ?

— C'est un portrait de la duchesse de Faversham, peint juste après son mariage en 1578. Il fut donné par son fils, auteur de ces mémoires, à Thomas Mayfield en 1639, afin de « le récompenser de sa loyauté », précise le comte. Or, mon ancêtre Thomas est précisément celui qui a fait bâtir Hazelhurst. Qui sait… peut-être a-t-il fait construire ce manoir pour abriter ce précieux bijou ?

— Ce n'est pas impossible. En ce temps-là, toutes les folies étaient permises ! D'ailleurs, si vous aviez vu la cachette qui l'abritait, vous en auriez conclu comme moi qu'elle avait été aménagée lors de l'élévation du mur.

Il fit quelques pas, avant de poursuivre :

— Vous m'avez dit que Thomas Mayfield fut tué au cours de la guerre civile, alors que la construction du manoir venait de s'achever. Il n'a donc peut-être pas eu le temps d'informer sa descendance de l'existence de cette cachette... Ce qui expliquerait votre ignorance quant à la présence de ce trésor à Hazelhurst.

— Cela semble logique, en effet. Mais dites-moi... ne brûlez-vous pas de savoir pourquoi Thomas a hérité de ce magnifique pendentif ? s'enquit-elle d'un ton badin.

— Je me consume d'impatience, mon ange, répondit-il sur le même ton. Au point où nous en sommes, un quart d'heure ne changera rien à l'affaire !

— Ecoutez donc, reprit-elle en consultant ses notes. Voilà... A en croire lord Ashbourne, le fils du sixième duc de Faversham, auteur des mémoires, n'était pas très équilibré. Tantôt mélancolique, tantôt exubérant, il faisait le désespoir de son père. Seul Thomas Mayfield, son meilleur ami, semblait avoir quelque influence sur lui. Ce jeune Faversham — paix à son âme — a péri dans un incendie. Un de ses cousins, que le duc détestait, devint alors son héritier direct. Le duc ne pouvait s'y opposer, mais il a préféré donner ce bijou à Thomas Mayfield à la mémoire de son fils, plutôt que de le léguer à son neveu. Par la suite, Thomas a probablement indiqué au duc de Faversham l'emplacement de la cachette, ce qui lui a permis de la mentionner dans son journal.

— Quelle imprudence !

— Dieu merci, le duc avait rédigé ce journal en code, ce qui n'en facilitait pas la lecture ! Mais, à votre avis, comment ces deux volumes sont-il tombés entre les mains de lord Ashbourne ?

— Le comte emportera probablement ce secret dans la tombe, répondit Jack. Mais qu'importe, désormais ! Ce qui compte, c'est que vous ne quitterez jamais Hazelhurst et que ce pendentif complétera votre tenue pour les grandes occasions.

— Vous avez raison. Sans la cupidité de Gideon et de lord Ashbourne, je n'aurais jamais connu l'existence de ce bijou. Jolie conclusion, n'est-ce pas ?

— Hmm… Vous n'en voyez pas d'autre ? questionna Jack en fronçant exagérément les sourcils.

Charity lui tendit les mains.

— Sans lord Ashbourne, vous ne seriez jamais intervenu en ma faveur, commença-t-elle d'un air grave.

— Et je n'aurais peut-être jamais appris à vous aimer ! conclut-il. Charity… Acceptez-vous de devenir ma femme ? Méfiez-vous : si vous refusez, je serai très bientôt plus riche de dix guinées !

— Je ne vous laisserai pas ce plaisir, milord, se récria-t-elle gaiement. Je vous réponds « oui » sans hésiter. Ainsi, les dix guinées seront pour moi !

— Certainement pas, ma bien-aimée. Il était convenu que vous seriez *mariée* avant l'expiration du délai fixé par lord Ashbourne. Or, vous ne serez que fiancée. A moins que…

— A moins que ?

— A moins de célébrer notre mariage au plus vite.

— Vous voilà bien pressé, milord ! protesta-t-elle d'un air faussement outré. Et ma mère, votre famille, le qu'en-dira-t-on ?

— Je m'en moque comme d'une guigne, ma chérie. C'est à vous d'en décider. Mais je suis persuadé que madame votre mère trouverait dans ce mariage l'accomplissement de tous ses vœux.

— Vraiment ? Je n'y avais pas songé, prétendit-elle en réprimant un fou rire.

— Je ne crois pourtant pas me tromper en affirmant

qu'elle verrait d'un bon œil sa fille prendre le nom de « lady Riversleigh ».

Il eut un sourire malicieux, et ajouta en la prenant dans ses bras :

— Ceci dit en toute modestie de la part d'un tout jeune lord ! Alors, ma douce… Acceptez-vous de gagner ce pari ?

— Avec joie, mon amour, répondit-elle en lui offrant ses lèvres.

À découvrir ce mois-ci

3 nouveaux romans dans la collection

Les Historiques

LA PRINCESSE ET LE VIKING,
de Michelle Styles - n°510

Norvège, 796 ap. J.-C. En se substituant à sa sœur dans la couche d'Ivar Gunnarson, Thyre n'imaginait pas fondre sous les caresses du ténébreux viking, ni connaître un jour passion si fervente. Encore moins dans les bras d'un homme de passage sur les rivages ranriken. Alors, elle est mortifiée d'apprendre, au lendemain de cette inoubliable nuit, qu'Ivar a découvert sa duperie. Blessé dans son orgueil, l'implacable viking est désormais déterminé à se venger d'elle : pour punition, Thyre deviendra sa concubine ; pire, elle devra le suivre à Viken. Un châtiment plus redoutable pour Thyre qu'Ivar ne le croit : car, elle le sait, son arrivée au royaume Viking ne peut que déchirer le voile du secret qu'elle fuit depuis sa naissance…

LADY MENSONGE,
de Margaret Moore - n°511

Angleterre, 1820. Une fois encore, Nell s'apprête à filer comme une voleuse. Si seulement elle n'avait pas « emprunté » le nom trop connu de Lady Eleanor Springford, pour échapper aux questions de lord Bromwell ! Quel mensonge idiot ! Hélas, c'est le seul qui lui soit venu à l'esprit quand le séduisant lord, qui voyage dans la même diligence qu'elle, s'est intéressé à sa personne. Lord Bromwell, l'aventurier, l'éternel cœur à prendre qui l'a tout de suite troublée, et auquel elle n'a pu refuser un baiser passionné. Vite, il lui faut fuir la curiosité de cet homme, si envoûtant qu'il pourrait bien faire tomber le masque dont elle se protège. Mais alors que, pleine d'espoir, elle croit profiter d'une halte pour s'échapper furtivement dans la nuit, une voix rauque et sensuelle s'élève dans la pénombre : « Rien ne presse. La diligence ne partira pas avant plusieurs heures… »

LA ROSE INTERDITE

de Terri Brisbin - n°512

Ecosse, 1356. Se soumettre à l'arrogant Rurik Erengisl qui prétend l'escorter jusqu'en Ecosse pour la ramener à son père ? Lady Margriet y répugne. Dans son état, comment pourrait-elle accepter, sans que cela entache l'honneur de sa famille ? Seulement, a-t-elle vraiment le choix ? Rurik le guerrier le lui a fait savoir : si elle s'obstine dans la rébellion, il mettra le feu au couvent où elle s'est réfugiée. Révoltée, mais acculée, la fière Margriet finit donc par céder — non sans avoir auparavant mis au point un stratagème ingénieux : avant de rencontrer Rurik, elle se travestit en nonne et cache ainsi son lourd secret dans les plis de son habit. Hélas, très vite, l'astuce se transforme en piège pour Margriet : car, au premier regard, la passion flambe entre elle et l'Ecossais qu'elle doit tromper...

A paraître le 1er juin 2011

UN TROUBLANT FUGITIF,
d'Elisabeth Lane - n°513

Colorado, 1919. Une chute de cheval, une main virile et douce qui l'aide à se relever, un échange de regards — et Clara, Clara la passionnée, se sent littéralement fascinée par le sombre Jace Tanner, qui vient de la secourir. De cet étranger qu'elle n'avait encore jamais croisé, elle ne sait que deux choses : il vient d'être embauché sur le domaine… et un voile de mystère l'entoure. Un mystère si irrésistible qu'il fait naître chez Clara le désir violent de se donner à Tanner. Mais lorsqu'elle s'offre à lui — lui qui lui affirme n'être qu'un aventurier sans scrupules —, il la repousse. Dès lors, désespérément amoureuse, la jeune femme n'a plus qu'un but : découvrir quel secret a conduit Tanner jusque sur ces terres… et l'empêche de l'aimer comme elle y aspire corps et âme…

LA REBELLE ET LE LIBERTIN,
d'Ann Lethbridge - n°514

Angleterre, 1811. Après avoir perdu toute sa fortune, Eleanor Hadley n'a eu d'autre choix que de devenir… bandit. Une occupation qu'elle doit désormais exercer avec une prudence sans faille. Pourtant, un soir, elle baisse la garde : envoûtée par l'homme qu'elle est en train de voler, elle cède à la sensualité qui couve en elle et que son séducteur a si bien su deviner… Une défaillance qui ne tarde pas à lui coûter cher : car le trop habile voyageur n'est autre que le marquis de Beauworth, celui-là même qui a causé la ruine des Hadley. Puissant, influent, il pourrait bien la faire emprisonner sur-le-champ. Mais pour Eleanor, il y a pire : poussé par l'irrésistible désir qui les a rapprochés, qui sait si Beauworth ne va pas chercher à la retrouver coûte que coûte ?

NOCES SCANDALEUSES

de Terri Brisbin - n°515

Ecosse, 1357. Poursuivie par un passé sulfureux qui a jeté le déshonneur sur elle et sa famille quelques années plus tôt, Marian vit à l'écart, avec sa fillette de quatre ans. Un fragile équilibre qui vacille à chaque nouvelle visite de Duncan MacLerie. MacLerie, émissaire envoyé pour négocier une alliance avec le clan des Robertson, ne cherche pas à fuir la fascination qu'ils exercent l'un sur l'autre. Mais à venir ainsi la voir, le guerrier ignore quel risque il prend : qu'adviendra-t-il de lui, si on le surprend avec Marian la scandaleuse ? Si on apprend que l'homme chargé d'établir la paix avec les Roberston se compromet avec cette femme qui n'est autre que… la sœur honnie de Iain, le chef du clan lui-même ? Pressentant le drame que pourrait déclencher leur passion, Marian s'efforce de refuser les attentions dont McLerie la couvre. Trop tard. Un soir, le drame éclate…

Composé et édité par les
éditions Harlequin
Achevé d'imprimer en France (Malesherbes)
par Maury-Imprimeur
en avril 2011

Dépôt légal en mai 2011
N° d'imprimeur : 162511